ANYA OMAH

Regenglanz

ROMAN

KYSS

3. Auflage September 2022
Originalausgabe
Veröffentlicht im Rowohlt Taschenbuch Verlag, Hamburg,
November 2021

Covergestaltung ZERO Werbeagentur, München
Coverabbildung Patrycja Król; Shutterstock
Satz aus der DTL Documenta
bei Dörlemann Satz, Lemförde
Druck und Bindung GGP Media GmbH, Pößneck, Germany
ISBN 978-3-499-00654-8

Die Rowohlt Verlage haben sich zu einer nachhaltigen Buchproduktion verpflichtet. Gemeinsam mit unseren Partnern und Lieferanten setzen wir uns für eine klimaneutrale Buchproduktion ein, die den Erwerb von Klimazertifikaten zur Kompensation des CO_2-Ausstoßes einschließt.
www.klimaneutralerverlag.de

MIX
Papier aus verantwortungsvollen Quellen
FSC® C014496
FSC
www.fsc.org

Für Caro. Ohne dich
würde es dieses Buch
nicht geben.

Playlist

Adore You – Harry Styles
Monster – Shawn Mendes
Fix You – Coldplay
Sweet Disposition – The Temper Trap
Crazy in Love – Beyoncé feat. Jay-Z
Wonderwall – Oasis
Like Glue – Sean Paul
Kiss Me – Ed Sheeran
Never – All The Luck In The World
Al I Want – Dawn Golden
Smells Like Teen Spirit – Nirvana
BOUND – RY X
Pillowtalk – Zayn
Bloodstream – Stateless
Hide and Seek – Imogen Heap
Untold – RY X
Lights On – H.E.R.
Talk – Khalid
Chasing Cars – Snow Patrol
Berlin – RY X
Only – RY X
This – Ed Sheeran

1

Simon

Können wir bitte noch mal über alles reden?

Ich vermisse dich, und es tut mir leid, dass ich dich angelogen habe.

Bitte, Simon. Geh ans Telefon.

Wieso lässt du mich so auflaufen? Bin ich dir wirklich egal?

Mein Freitagmorgen beginnt mit fünf Nachrichten, drei verpassten Anrufen und einer dreiminütigen Heul-Voicemail meiner Ex, von der ich nur die ersten zwanzig Sekunden abhöre. Kiki hatte offenbar nichts Besseres zu tun, als mir mitten in der Nacht auf den Sack zu gehen. Mal wieder. So läuft das schon seit einem Monat. Wir sind schon länger getrennt, aber vor vier Wochen sind wir uns durch Zufall in der Innenstadt über den Weg gelaufen. Statt sie zu ignorieren, habe ich mich auf ein kurzes Gespräch mit ihr eingelassen, obwohl ich mir geschworen hatte, nie wieder ein Wort mit ihr zu reden. Aber ich wollte kein Arschloch sein. Ich wollte nicht so tun, als wären wir nie ein Paar gewesen – auch wenn ich mir nichts mehr wünsche als das. Und …

Das Auffliegen meiner Zimmertür stoppt meine Gedanken. Alex hat soeben swatmäßig den Raum gestürmt und marschiert wütend auf mich zu.

Ich liege noch im Bett und richte mich nun abrupt auf. «Alter! Was soll das?»

«Wo zur Hölle hat deine durchgeknallte Ex meine Nummer her?» Für diese Bezeichnung hätte ich Alex bei jeder anderen meiner bisherigen Freundinnen die Hölle heiß gemacht. Leider ist Kiki genau das. Durchgeknallt. Ich meine, wie durch muss man sein, um eine Schwangerschaft inklusive Fehlgeburt zu faken?

Alex bleibt zwei Meter vor meinem Bett stehen und hält sein Handy in die Höhe.

Blinzelnd versuche ich zu erkennen, was auf seinem Display steht. «Von mir jedenfalls nicht. Was ist denn los?», frage ich.

«Zwei verpasste Anrufe und eine Nachricht, in der sie mich darum bittet, dir auszurichten, dass du dich bei ihr melden sollst. Das ist los!»

Ich erstarre. Das hat sie jetzt nicht wirklich getan, oder?

«Sorgst du dafür, dass sich das nicht wiederholt, oder muss ich es selbst in die Hand nehmen?» Alex hebt herausfordernd eine dunkle Augenbraue.

«Ich regele das», presse ich aus zusammengebissenen Zähnen hervor.

«Gut! Nach der Scheiße, die sie mit dir abgezogen hat,

hätte ich sie längst überall blockiert.» Das gibt er bereits mit dem Rücken zu mir von sich und schüttelt beim Verlassen meines Zimmers den Kopf.

Keine Sekunde nachdem Alex aus der Tür getreten ist, öffne ich angepisst hoch zehn WhatsApp, um meiner Ex eine unmissverständliche Ansage zu machen. Sie muss verdammt noch mal endlich damit aufhören. Denn ihre Nachrichten und Voicemails katapultieren mich jedes verfickte Mal wieder zurück in die Vergangenheit. Zurück in eine Zeit, in der ich total fertig war. Die Schwangerschaft war ein Schock, aber ich habe mich auf das Baby gefreut. Ich wollte mein Studium aufgeben und mir eine Arbeit suchen. Um sie und das Baby besser unterstützen zu können, verdammt. Und dann die Fehlgeburt ...

Das Baby hat es zwar nie gegeben, doch der Schmerz, den ich gefühlt habe, als wir es angeblich verloren, war real. Er hat sich wie ein Siegel in mein Gedächtnis gebrannt. Auch jetzt, sechs Monate später, dreht sich mir der Magen um, wenn ich nur daran denke. Ich kann das nicht mehr. Ich will das nicht mehr. Das habe ich ihr oft genug gesagt. Gefühlt hundert Mal habe ich sie darum gebeten, mich in Ruhe zu lassen, mir nie wieder zu schreiben. Aber ich war offenbar nicht deutlich genug. Oder zu nett. Doch damit ist jetzt Schluss!

> Ich sag dir jetzt zum letzten Mal, dass ich keinen Kontakt will. Das heißt: Ich will nichts von dir hören. Ich will nichts von dir lesen. Ich will nichts von dir sehen. Und ich will vor allem nicht,

> dass du meine Freunde belästigst. Halt dich verdammt noch mal endlich aus meinem Leben raus, oder ich schalte einen Anwalt ein. Stell mich besser nicht auf die Probe, Kiki! Und such dir Hilfe, du bist krank!

Um sicherzugehen, dass mich Kiki ein für alle Mal in Ruhe lässt, folge ich Alex' Vorschlag und blockiere sie nicht nur auf WhatsApp und für Anrufe, sondern auch bei Facebook und Instagram. Auf anderen Social-Media-Kanälen bin ich nicht zu finden.

Diesen Cut zu machen, fühlt sich gut an. Ich atme aus, als wäre ich die Last einer Hundertkilo-Langhantel auf meinen Schultern losgeworden. Doch als ich an mir hinunterblicke und das Tattoo sehe, ist das Gewicht sofort wieder da. Ich lege mein Handy neben mich auf die Matratze und betrachte zähneknirschend dieses faustgroße Desaster von einem Tattoo mit dem Namen meiner Ex, das auf meiner linken Brust prangt. Ja, korrekt. Auf. Meiner. Linken. Brust. Und ich Idiot kann mich nicht mal mehr daran erinnern, wie es überhaupt dahin gekommen ist.

Ich frage mich immer noch, wie ich so betrunken sein konnte, dass ich mich von meinen sogenannten Freunden zu so einem Schwachsinn überreden lassen konnte. Eines weiß ich aber definitiv: Das Tattoo muss weg. Ich will nichts mehr um mich und schon gar nicht an mir haben, das mich an Kiki erinnert. Entschlossen steige ich aus dem Bett, gehe in den Flur und bleibe vor Alex' verschwitztem

Körper stehen. Der Streber hat bereits mit dem Training begonnen. Er hängt an der Stange, die wir in der Tür zum Wohnzimmer angebracht haben, und macht Klimmzüge. Alex hat sich in den Kopf gesetzt, nächstes Jahr beim *Ninja Warrior* mitzumachen, und mich mit dieser Idee angesteckt. Seit über sechs Monaten trainieren wir fast jeden Tag nach der Uni. Was auch der Grund dafür ist, warum ich mich nach der Trennung von Kiki nicht auch sofort von dem Tattoo verabschiedet habe. Sport wäre dann erst mal für ein paar Wochen tabu. Allerdings halte ich es keinen Tag länger mit diesem Teil auf meiner Brust aus.

«Wo hast du noch mal dein Tattoo machen lassen?», frage ich Alex, während er sich nun einarmig an der Stange hochzieht. Auf die Sache mit Kiki werde ich nicht mehr zu sprechen kommen. Die ist geregelt.

«In Eimsbüttel. Bei ... Sebastian Klein ... im ... INKnovation. Warum?», stöhnt er mit vor Anstrengung verzerrtem Gesicht.

«Was glaubst du wohl? Ich will mir endlich ein Coverup stechen lassen.»

«Ausgerechnet jetzt?», fragt er entgeistert. «Was ist ... mit ... dem Training?»

«Muss ausfallen. Ich laufe keinen Tag länger mit diesem Ding auf meiner Haut rum», antworte ich genervt.

«Das solltest du dir echt noch mal überlegen. Hab gehört, dass Frauen was für liebeskranke Trottel übrighaben», verspottet er mich und zieht sich nun wieder mit beiden Armen an der Stange hoch. «Die finden solche Gesten romantisch.»

Schön wär's. Die letzte Frau, mit der ich nach Kiki was

hatte, hat mich ausgelacht, als sie das Ding auf meiner Brust gesehen hat. «Wenn das so ist, warum lässt du dir dann nicht selbst eine Liebeserklärung stechen?»

«Passt leider nicht zu meinem Bad-Boy-Image.»

«Du meinst wohl eher Arschloch-Image.» Ich gehe eine Tür weiter, betrete das Badezimmer. Mein Handy habe ich mitgenommen und tippe den Namen INKnovation bei Google ein. Auf der ersten Seite werde ich bereits fündig. Zahlreiche Kundenbewertungen mit einem Durchschnitt von 4,75 sprechen wohl für sich. Ich habe noch ein anderes Tattoo, ein Tribal, aber den Laden fand ich damals nicht so toll. Dieser Sebastian Klein scheint so was wie eine internationale Koryphäe zu sein. Neben Bildern, auf denen seine krassen Arbeiten abgebildet sind, finden sich auf der Homepage auch Infos zu nationalen sowie internationalen Auszeichnungen und Preisen. Ich war schon von Alex' Rücken-Tattoo überzeugt und bin es jetzt noch mehr, als ich mich durch einige Coverups klicke. Perfekt.

Während ich mir auf dem zugeklappten Klodeckel die Zähne putze, suche ich mir die Kontaktdaten und die Adresse heraus. Dann mache ich einen Abstecher auf die Seite, die das Team vorstellt. In dem Laden scheinen nur Typen zu arbeiten, was mir sehr entgegenkommt. Nicht, dass ich einer Frau nicht zutrauen würde, gute Tattoos zu stechen. Aber die Vorstellung, noch einmal wegen eines beschissenen Tattoos von einer Frau ausgelacht zu werden, dreht mir gerade den Magen um.

Nachdem ich den Zahnpasta-Schaum ausgespuckt, mir den Mund ausgespült und geduscht habe, schlüpfe ich in Jeans und T-Shirt und bin abfahrbereit. Ich habe beschlossen, direkt nach dem Frühstück bei INKnovation vorbeizuschauen. Je eher, desto besser. Auch wenn mir klar ist, dass ich vermutlich erst in einigen Wochen einen Termin bekommen werde.

In der Küche treffe ich auf Alex, der sein Training beendet hat. Er sitzt mit einem Handtuch um den Nacken gelegt am Tisch und schaufelt sich gerade einen Löffel voll Rührei in den Mund.

«Hab fir eine Fortion ürfrig felassen.» Kauend deutet er Richtung Herd.

«Danke.» Ich lasse mich mit einem vollen Teller und einer Tasse Kaffee auf dem Klappstuhl ihm gegenüber nieder.

«Und?», fragt Alex.

«Und fas?» Diesmal bin ich es, der mit vollem Mund spricht.

«Wann lässt du es wegmachen?»

Ich spüle das leicht versalzene Rührei mit einem großen Schluck lauwarmem Kaffee hinunter. Jap. Schmeckt genau so, wie es sich anhört. Aber der Hunger und die Tatsache, dass der Kühlschrank mal wieder leer ist, treiben es hinein. «So schnell wie möglich. Ich werd heut noch hinfahren.»

«Aber wenn du jetzt mit dem Training pausierst, war alles umsonst. Auf die paar Monate kommt es doch nicht an.»

«Für mich schon», widerspreche ich und hebe anklagend eine Augenbraue. «Dank dir, Nils und Malte werde ich nämlich jedes Mal, wenn ich oben ohne vor dem Spiegel stehe, an meine Ex erinnert. Weil ihr Arschlöcher das

Tattoo natürlich auf meiner linken Brust stechen lassen musstet.»

Alex' Mundwinkel wölben sich nach oben. «Sei froh, dass es kein Arschgeweih geworden ist.»

«Sei froh, dass ich euch nicht wegen Körperverletzung angezeigt habe», erwidere ich todernst. «Und was das Training betrifft … das hol ich irgendwie schon wieder auf.» Und wenn nicht, auch egal. *Ninja Warrior* ist sein Traum, nicht meiner. Ich brauche weder Publikum noch Kameras, um mich selbst herauszufordern und an meine Grenzen zu bringen. Für mich bedeutet Sport so viel mehr als das. Dennoch werde ich Alex in seinem Vorhaben, so gut es geht, unterstützen.

«Fon eine Idee, fie fu fas Tattoo verschwinden lassen willst?»

Ich würge einen weiteren Bissen hinunter und schüttle den Kopf. «Nein. Wollte mich beraten lassen, was alles möglich ist und wie viel das überhaupt kostet. Halt also schon mal die Kohle bereit.»

Alex verzieht kauend das Gesicht.

Natürlich habe ich die Jungs nicht einfach so davonkommen lassen und mir von jedem einen Hunderter auf mein Konto überweisen lassen. Alex' Anteil fehlt noch, weil der Junge chronisch pleite ist.

«Wie wär's, wenn ich stattdessen zum Händchenhalten mitkomme?», feixt er.

«Wenn du deinen Anteil mit körperlichen Dienstleistungen abstottern willst, musst du mir schon etwas anderes anbieten.» Mein Ton ist staubtrocken.

Alex schnaubt.

«Zahl mir deinen Anteil von mir aus in zwei Raten», gebe ich schulterzuckend nach. Ich weiß, dass er mich mit der Kohle nicht hängenlassen wird. Das hat er schon oft genug bewiesen. Zum Beispiel bei seinem Mietanteil, den ich ihm schon ein paar Mal vorstrecken musste. Es ist nicht so, dass ich in Geld schwimme. Ich hau bloß nicht alles, was ich verdiene, auf den Kopf, damit ich im Notfall gar nicht erst in die Situation komme, meine Eltern anbetteln zu müssen. Nur so kann ich mir die Freiheit herausnehmen, zu tun und zu lassen, was ich will, ohne mich rechtfertigen zu müssen.

«Danke, Simon, hast einen gut bei mir.»

«Werd dich bei Gelegenheit dran erinnern», sage ich und stecke mir eine weitere Gabel Rührei in den Mund.

Es ist kurz nach elf, als ich das INKnovation betrete. Ich steuere sofort den Stahltresen in der Mitte des Raumes an, hinter dem gerade ein Typ mit grünem Pulli und volltätowierter Glatze telefoniert. Den Fotos auf der Website nach zu urteilen, müsste das dieser Sebastian Klein sein. Ich nicke ihm zu, woraufhin er mit erhobenem Zeigefinger andeutet, dass ich kurz warten soll. Zumindest fasse ich seine Geste so auf und sehe mich in der Zwischenzeit ein bisschen um. Der Laden ist ziemlich groß, und es gibt eine zweite Ebene, die hinter mir über eine Metalltreppe mit Gitterstufen erreichbar ist. Nackte Glühbirnen und drei große Metalllampen baumeln von der hohen Decke, offen liegende Rohre und unverputzte Beton- und Ziegelwände vervollständigen das Design. Das nennt man wohl Industrial Chic.

«Was kann ich für dich tun?», höre ich den Typen fragen und drehe mich um.

«Hi. Ich möchte mir ein Coverup stechen lassen. Habt ihr vielleicht in nächster Zeit einen Termin frei?»

«Wir sind bis Ende des Jahres ziemlich ausgebucht.» Sein Blick sucht meinen Körper ab. «Wie groß ist denn das Tattoo, das du covern lassen willst?»

«Circa tennisballgroß, auf meiner Brust.»

«Dann braucht es mindestens zwei, eher drei Termine. Einen zur Beratung und einen bis zwei fürs Tätowieren.» Er tippt auf der Tastatur eines iMacs herum. «Den ersten kann ich dir frühestens im Januar anbieten», meint er schließlich.

Ich kann nicht verhindern, dass meine Stimme entsetzt in die Höhe geht. «Januar?»

«Hast es wohl eilig, hm?»

«Allerdings.»

Er sieht mich abwartend an.

Verdammt. Was jetzt? Wenn ich ihm die Geschichte dazu erzähle, schiebt er mich vielleicht aus Mitleid dazwischen. Oder aber er erklärt mich zum größten Idioten aller Zeiten. «Es ... hat was mit meiner Ex zu tun», erkläre ich zögerlich.

Er grinst wissend. «Willkommen im Club.»

«Es gibt einen Club für Trottel mit hirnverbrannten Tattoos?», scherze ich.

«Jap. Und der ist größer, als du denkst. Glaub mir, Mann.»

Ich hatte eben mit dem Gedanken gespielt, woanders hinzugehen, aber dieser Sebastian ist mir auf Anhieb so sympathisch, dass ich entscheide, die längere Wartezeit in Kauf zu nehmen. Vielleicht kann ich mir das Coverup ja sogar von ihm persönlich stechen lassen. Ich will ihm gerade sagen, dass der Januar-Termin für mich klargeht, als polternde Schritte auf der Metalltreppe meine Aufmerksamkeit auf sich lenken. Mein Kopf dreht sich automatisch, und ich entdecke eine junge Frau. Sie dürfte ungefähr in meinem Alter sein, und das Erste, was mir auffällt, ist ihr lilafarbenes Haar, das ihr bis zur Taille reicht. Ein schwarzer, weit geschnittener kurzer Hoodie entblößt einen schmalen Streifen blasser Haut mit kunstvollen Tattoos, die über ihren flachen Bauch verlaufen und im Bund einer knallengen verwaschenen Jeanshose mit Löchern verschwinden.

Mädchen mit Tattoos und bunten Haaren sind eigentlich überhaupt nicht mein Ding – dachte ich.

«Eventuell habe ich doch noch einen früheren Termin für dich», höre ich Sebastian sagen, während mein Blick von ihren schlanken Beinen zu ihrem Gesicht wandert. Einem verflucht hübschen Gesicht. Mit großen blauen Augen. Es ist ein helles, klares, fast schon surreal wirkendes Blau. Sie hat hohe Wangenknochen, eine kleine gepiercte Nase und volle Lippen.

«Sag mal, Alissa …» *Alissa. Schöner Name. Und irgendwie unerwartet normal.* «… kannst du im Oktober und November ein paar Extraschichten schieben?»

Meine Gedanken legen eine Vollbremsung hin. Denn – fuck – mir wird in diesem Moment klar, wie der Typ den

Satz gemeint hat und dass im INKnovation wohl doch nicht nur Männer arbeiten.

«Ja, sicher. Warum?», fragt sie, und das Worst-Case-Szenario scheint sich gerade zu bewahrheiten.

«Hier ist ein Kunde, der dringend ein Coverup braucht. Am besten schon gestern.» Der Typ zwinkert mir zu, als hätte er mir gerade die kommenden Lottozahlen verraten, während diese Alissa auf uns zukommt. Vor mir bleibt sie stehen, und, oh Mann, sie ist nicht bloß heiß, sondern echt schön. Die Art von schön, die man stundenlang anstarren könnte, weil man es einfach nicht schafft, die Augen abzuwenden.

«Hi», sagt sie und lächelt mich an. «Würdest du mir ein bisschen was über dein Tattoo erzählen und es mir zeigen? Dann kann ich den zeitlichen Aufwand besser abschätzen.»

Oh, scheiße, nein. Auf gar keinen Fall.

2

Alissa

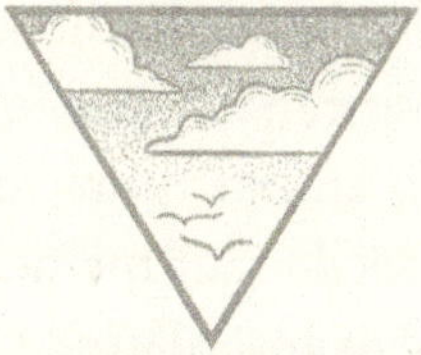

Ich bin überrascht, dass meine Stimme so fest klingt. Ehrlich gesagt, bin ich auf der Treppe grad fast ins Straucheln gekommen. Als sein Blick an mir hinab- und dann wieder hinaufgeglitten ist, dachte ich erst: *Och nee, nicht schon wieder.* Nicht schon wieder ein Kunde, der glaubt, es wäre okay, mich ungeniert anzustarren. Als wäre das Gaffen im Preis inklusive oder ein bauchfreies Oberteil die Erlaubnis, sich auch den Rest meines Körpers nackt vorzustellen. Doch dann hat er mir in die Augen gesehen, und plötzlich hatte sein Blick rein gar nichts Anzügliches, Herabwürdigendes oder Überhebliches mehr an sich. Er war eher … ehrfürchtig. Und das ist ungewohnt. Und seltsam. Und es hat mich beinahe zum Stolpern gebracht. Aber ich glaube, das konnte ich überspielen. Zumindest scheint niemand etwas bemerkt zu haben.

Jetzt nehme ich mir Zeit, diesen Typ etwas genauer zu betrachten. Er sieht wirklich gut aus. Und er ist groß. So groß, dass er mich um fast einen Kopf überragt. Aber okay, ich bin mit meinen 1,65 auch nicht gerade ein Riese. Außerdem treibt er eindeutig Sport. Erkennbar an der Wölbung seiner Bizepse; um den rechten windet sich ein

Tribal-Tattoo. Warum ich all das sehen kann? Weil er offenbar verrückt genug ist, im September – und wir reden hier von einem September in Hamburg, sprich 14 Grad und windig – nur ein T-Shirt zu tragen. Braune Locken fallen ihm in die Stirn. Sie ist leicht gerunzelt, als hätte er meine Frage nicht verstanden. Erneut sieht er unter halb gesenkten Wimpern an mir runter und wieder rauf. Als sein Blick diesmal wieder auf meinen trifft, erkenne ich Verunsicherung und Skepsis darin.

«Ähm … Schon gut», antwortet er. «Ich wollte mir gerade einen Termin im Januar geben lassen.»

Verwundert sehe ich zu Basti, doch der hat sich inzwischen abgewendet. Mit dem Telefon am Ohr verschwindet er hinter einer Wand aus Spinden, wo sich unser Backoffice befindet. Wohl in der Annahme, dass hier alles klar wäre. So nervös, wie der Typ Basti hinterherschaut, bin ich mir da nicht sicher.

«Ich hatte meinen Kollegen so verstanden, dass du lieber so früh wie möglich einen Termin hättest. Oder nicht?», frage ich.

Er sieht jetzt beinahe panisch aus, sodass ich selbst unsicher werde.

«Ähm … Nein. Ist nicht so dringend. Ich nehme den Termin im Januar. Bei deinem Kollegen, wenn es geht».

Bei deinem Kollegen. Es liegt also an mir. Ich hätte es wissen müssen. Normalerweise erkenne ich Ablehnung aus hundert Metern Entfernung. Mein halbes Leben besteht aus Ablehnung. Angefangen bei Papa und Becka. Und es ist auch nicht so, als würde ich das erste Mal auf jemanden treffen, der glaubt, dass Tätowieren reine Männersache ist.

Mit diesem Scheiß muss ich mich viel zu oft rumschlagen. Aber bei ihm – warum auch immer – trifft es mich unvorbereitet. Obwohl ich diesem Typen heute zum ersten Mal begegne, habe ich von ihm was anderes erwartet.

Die Lippen aufeinandergepresst, gehe ich zum Computer hinter dem Tresen. Das Fenster mit unserem Team-Kalender ist noch geöffnet. Ich hätte große Lust, einfach zu behaupten, dass Basti sich geirrt hat und wir erst im Frühjahr oder Sommer wieder Termine frei haben. Tatsächlich ist Basti auch im Januar ausgebucht.

«Wenn du dir das Coverup von meinem Kollegen stechen lassen willst, wirst du bis Februar warten müssen», sage ich und versuche, möglichst gleichgültig zu klingen.

Er stößt unzufrieden die Luft aus, was mir zumindest ein wenig Genugtuung verschafft. «Und was ist mit dem Termin im Januar, von dem er gesprochen hat?»

«Der wäre bei jemand anderem. Und da du darauf bestehst, das Tattoo von ihm zu bekommen …» Ich ziehe fragend die Augenbrauen hoch, als würde ich nicht gerade innerlich kochen.

«Äh … also … Ich würde mich auch von jemand anderem tätowieren lassen», stottert der Typ.

«Klar, solange es keine Frau ist», entschlüpft es mir grimmig. Okay, eventuell wollte ich diese Worte auch gar nicht zurückhalten. Ich sollte eigentlich keine Kunden vergraulen, egal wie dämlich sie sind, aber ich könnte bei solchen rückständigen Idioten kotzen.

«Was?», fragt er.

«Solange du dich nicht von mir tätowieren lassen musst, ist dir jeder Termin recht», stelle ich geradeheraus fest.

Röte schießt ihm ins Gesicht, und er schüttelt den Kopf. «Ich hab nichts gegen dich. Ich kenn dich ja nicht mal.»

«Eben. Du weißt einen Scheiß über mich. Du hast keine Ahnung, wie gut ich bin. Und nur zur Information: Ich bin so gut, dass sich mein Boss, einer der besten Tätowierer des Landes, zwei seiner Tattoos von mir hat stechen lassen.» Dass wir die erste Sitzung unterbrechen mussten, weil vor lauter Aufregung meine Hand so gezittert hat, behalte ich natürlich für mich. «Ohne jemals auch nur eine meiner Arbeiten gesehen zu haben, gehst du davon aus, dass ich nicht gut bin. Weil ich eine Frau bin.» Ich stütze meine Unterarme auf den Tresen und lehne mich etwas vor. «Tja, ich habe da eine interessante Information für dich: Die Nadel, mit der die Tinte unter die Haut gestochen wird, befindet sich nicht zwischen den Beinen.»

Die Augen des Typen funkeln. Er wirkt jetzt eindeutig amüsiert, was mich nur noch wütender macht. «Danke für das Kopfkino. Dir ist schon klar, dass ich dieses Bild nie wieder aus meinem Schädel bekomme?», sagt er leise lachend und reibt sich die Stirn.

Ich stocke. Mit dieser Reaktion habe ich nicht gerechnet. Ich dachte, er nimmt mich nicht ernst, aber stattdessen … scheint er sich selbst nicht allzu ernst zu nehmen. Und zu allem Überfluss sieht das zerknirschte Grinsen, das sich auf seinem Gesicht ausbreitet, auch noch verdammt sexy aus. «Geschieht dir recht.»

Er senkt reumütig den Kopf. Seine Hände verschwinden in den Hosentaschen seiner Jeans, und er tritt von einem Bein aufs andere. Und selbst diese unbeholfene Geste sieht bei ihm irgendwie heiß aus. Als er seinen Blick wieder hebt und meinen einfängt, wird mein Herzschlag prompt schneller. Weil er diesen Ausdruck von vorhin in den Augen hat, als ich die Treppe runtergekommen bin. Ernst und intensiv. «Es tut mir leid. Ich weiß, es wirkt so, aber ich bin echt kein Arschloch.»

«Warum benimmst du dich dann wie eins?» Ich hebe eine Augenbraue.

«Wenn ich dir das verrate, verliere ich Coolnesspunkte.»

Ich verschränke die Arme vor meiner Brust. «Man kann keine Coolnesspunkte verlieren, wenn man nie welche hatte.»

Seine vollen Lippen verziehen sich schon wieder zu einem Grinsen. Das scheint seine Geheimwaffe zu sein. Ein Grinsen, und – zack! – schon ist man von seinem Ärger abgelenkt. Und verdammt, es klappt. Denn ich kämpfe gegen das Zucken meiner Mundwinkel an.

«Da bin ich wieder», dringt Bastis Stimme an meine Ohren. Er kommt aus dem Backoffice zurück und bringt den Duft frisch aufgebrühten Kaffees mit.

«Hier, für dich.» Eine der zwei dampfenden Tassen stellt er neben das Mousepad. «Ich geh schon mal hoch, die nächste Sitzung vorbereiten. Schickst du Kim in Raum drei, sie hat um halb elf einen Termin bei mir.»

«Ja, mach ich. Und danke für den Kaffee.» Lächelnd hebe ich die Tasse an.

«Kein Ding, Lissa. Bis später. Übrigens …» Er richtet seinen Blick auf den Lockenkopf. «… ist dein hirnverbranntes Tattoo bei ihr in den besten Händen. Und wenn du ein Problem mit meinen Leuten hast, dann such dir einen anderen Laden.» Damit dreht er sich zum Gehen.

Ich liebe meinen Chef.

Mit herausfordernd gehobener Augenbraue wende ich mich wieder Mister-ich-lasse-mich-nicht-von-Frauen-tätowieren zu.

Er schließt die Augen und schüttelt den Kopf, dann strafft er sichtlich die Schultern. «Wenn du noch dazu bereit bist, dann würde ich mich sehr gern von dir tätowieren lassen.» Ich stelle die Tasse wieder ab und mustere ihn skeptisch. «Weil du meinem Chef im Gegensatz zu mir glaubst, dass ich gut bin? Oder wieso der plötzliche Sinneswandel?»

«Weil ich dich erstens zu keinem Zeitpunkt für eine schlechte Tätowiererin gehalten habe und ich mich zweitens wahrscheinlich nie wieder von einem Mann tätowieren lassen kann, nachdem du mir dieses verstörende Bild von», er zeichnet Gänsefüße in die Luft, «‹der Nadel im Schritt› in den Kopf gepflanzt hast.»

Diesmal kann ich wirklich nicht anders, als zu lachen. Okay, im Zweifelsfall für den Angeklagten. Wir vereinbaren einen Termin für sein Beratungsgespräch, dann verabschiedet er sich mit einem Winken. Sein anscheinend superpeinliches Tattoo will mir Simon – so lautet sein Name – erst da zeigen.

Hm. Meine Neugierde ist definitiv geweckt.

···◆···

Fünf Stunden und zwei Kundinnen später mache ich meine erste und vermutlich auch einzige Pause für heute. Bis zum nächsten Termin bleibt mir gerade Mal eine halbe

Stunde. Ich weiß nicht, welches Gefühl gerade schlimmer ist. Der Hunger, der mir ein Loch in den Magen zu fressen droht, oder meine Blase, die kurz vor dem Platzen ist? Letzteres, eindeutig. Nachdem ich mich darum gekümmert habe, gehe ich zum Pausenraum, aus dem mir Kwon entgegenkommt. Eine Kollision können wir beide gerade noch abwenden und bleiben voreinander stehen.

«Fliegender Tausch», kommentiert er die Tatsache, dass wir uns quasi die Klinke in die Hand geben. «Sagt man das so?»

«Fast.» Ich erwidere sein unsicheres Lächeln. «Es heißt Wechsel. Fliegender Wechsel.»

«Wechsel ... Okay. Verstanden.» Er tippt sich mit dem Zeigefinger gegen die Schläfe. Als befände sich darunter ein unsichtbarer Schalter, mit dem er alles auf seiner mentalen Festplatte abspeichern kann. Das würde zumindest erklären, wie Kwon es geschafft hat, in kürzester Zeit so gut Deutsch zu sprechen. Seit zwei Jahren arbeitet er nun schon im INKnovation, nachdem er für seine deutsche Frau nicht nur sein altes Leben in Korea, sondern auch sein eigenes Tattoo-Studio aufgegeben hat. Damals konnte er kaum Deutsch, weigerte sich aber trotzdem, Englisch mit uns zu sprechen, um so schnell wie möglich zu lernen. Also pflasterte ich sämtliche Gegenstände im Laden mit Post-its zu, auf die ich vorher die entsprechenden Vokabeln geschrieben hatte. Selbst Bastis Glatze musste dran glauben.

«Es ist noch was von dem vegetarischen Sushi im Kühlschrank. Nimm, wenn du möchtest», sagt Kwon und entlockt mir damit fast ein entzücktes Quieken. Weil Sushi zu meinen absoluten Leibgerichten zählt. Ohne den Fisch, wohlgemerkt. Den mag ich nämlich nur gekocht oder gebraten, aber auf keinen Fall roh. Kwon weiß das, seitdem er mich als Dankeschön für meine kreative Deutschnachhilfe in den kleinen Sushiladen seiner Frau eingeladen hat.

«Ich liebe dich, Kwon! Muss ich den anderen was übrig lassen?»

Er antwortet mit einem Lächeln, das Fältchen in den Winkeln seiner dunklen Augen entstehen lässt. «Ich schweige», er überlegt kurz, «wie ein Grab, wenn mich jemand fragt, wo das restliche Sushi ist.»

Ich bringe grade noch ein «Danke» und «Bis später» heraus, bevor ich in den Pausenraum sprinte und voller Vorfreude die Pappschachtel mit den Sushirollen aus dem Kühlschrank hole. Bevor ich mich aber zum Essen hinsetze, öffne ich das Fenster zur Straße, weil es angefangen hat zu regnen und ich das Geräusch mag. Genau wie den frischen Geruch, den Regen mit sich bringt. Oder den Glanz, den er auf glatten Oberflächen hinterlässt. Bunte Lichterreflexe und man selbst spiegeln sich dann überall. Formen und Farben. Becka und ich haben früher immer mit unseren Gummistiefeln vor Pfützen gekniet, als wären sie ein Tor in eine andere Welt. Wir haben uns Geschichten erzählt zu den Dingen, die wir in den Spiegelungen zu erkennen glaubten. Vielleicht mag ich den Regen deswegen so gerne. Weil er mich an eine Zeit erinnert, in der meine kleine Schwester mich noch angesehen hat, als würde sie an Wunder glauben.

Ich seufze und konzentriere mich dann wieder auf das Hier und Jetzt und mein köstliches Sushi. Ich lasse mich in einem der vier durchgesessenen Ledersessel nieder und ziehe ihn ein Stück näher an den Tisch, der aus einem Stapel Holzpaletten besteht. Gerade als ich in die erste Rolle beißen will, spüre ich die Vibration meines Handys an meinem Oberschenkel. Ich zerre es aus der Hosentasche meiner Jeans und schaue aufs Display. Nummer unbekannt.

«Hallo?», melde ich mich, bewusst ohne meinen Namen zu nennen.

«Alissa? Bist du das?»

Die Frauenstimme ist mir vertraut, und doch kann ich sie nicht sofort zuordnen. «Ähm ... ja. Wer ist denn da?»

«Hier ist Gerda, wie schön, dass ich dich erreiche, Alissa. Ich habe mir deine neue Handynummer von deinem Vater geben lassen. Ich hoffe, das ist in Ordnung. Immerhin ist es eine Weile her, dass wir uns gesprochen haben.»

Gerda. Gerda Ahrends. Wir hatten das letzte Mal vor circa zwei Jahren Kontakt, als sie mir mit meiner Bewerbungsmappe für die Kunsthochschule geholfen hat. Sie ist Malerin, Kunstgaleristin und ... eine Freundin von Mama. *War eine Freundin*, korrigiere ich mich, und mein Herz fühlt sich mit einem Mal bleiern an. Wie ein Fremdkörper, der fest und hart gegen meinen Brustkorb donnert und rauswill. Ich hole Luft, atme tief gegen die dort entstehende Enge an. «Ja ... ja, natürlich ist das in Ordnung. Ich freue mich, von dir zu hören.»

«Wie geht es dir, Alissa?»

«Es geht mir gut. Und ... wie geht es dir?»

Ich hatte mir nach meinem Auszug von zu Hause so fest vorgenommen, in Kontakt zu bleiben. Ich wollte sie regelmäßig anrufen, bei ihr vorbeischauen. Doch Schuldgefühle und mein schlechtes Gewissen haben mich davon abgehalten. Mama und Gerda haben sich so nahegestanden. Sie haben zusammen gemalt und Kunst erschaffen, die Gerda dann in ihrer Galerie hier in Hamburg verkauft hat. Als Mama plötzlich nicht mehr da war, hat sich auch ihr Leben von jetzt auf gleich verändert. Bilder von Mamas Beerdigung blitzen auf. Ich sehe Gerdas verheultes Gesicht vor mir, höre das Zittern in ihrer Stimme bei der Beileidsbekundung. Trauer schwimmt in ihren rot unterlaufenen Augen. Trauer, für die ich verantwortlich bin, und ich frage mich, was Gerda wohl sagen würde, wenn sie davon wüsste? Wenn sie wüsste, dass Mama vielleicht noch leben könnte. Hätte sie mir trotzdem geholfen, den Studienplatz an der Hochschule für bildende Künste zu bekommen?

«Auch gut, danke, Alissa. Ich habe einen kleinen Überfall auf dich vor. Nichts Schlimmes», gibt sie sofort Entwarnung. «Hast du fünf Minuten? Dann erzähle ich dir, worum es geht.»

Natürlich. Natürlich nehme ich mir Zeit für sie. Das würde ich, selbst wenn es grad nicht passen würde. «Ich bin auf der Arbeit, mache aber gerade Pause.»

«Sehr schön.» Sie räuspert sich. «Wie du weißt, hat es mich sehr gefreut, dass es mit der Kunsthochschule geklappt hat. Wobei ich nicht den geringsten Zweifel daran hatte, dass du angenommen wirst. Du bist eine einzigartige Künstlerin. Das hat man auch mal wieder auf der Jahresausstellung deiner Hochschule gesehen.»

«Du warst da?», frage ich überrascht.

«Ich schaue sie mir jedes Jahr an. Und deine Schwarz-Weiß-Porträts sind mir ganz besonders in Erinnerung geblieben. Die Art, wie du die Dot-Technik anwendest … das ist wirklich etwas Besonderes.»

Meine Augen werden groß. «Oh, danke.» Ich klinge etwas ungläubig. Im Rahmen dieser Ausstellung werden so viele tolle Werke gezeigt. Drei Tage lang präsentieren Studenten aller Fachbereiche ihre Arbeiten: von Film und Fotografie über Performance, Bildhauerei und Malerei bis hin zu Raum- und Soundinstallationen ist fast alles vertreten. Da hervorzustechen, ist fast unmöglich.

«Es ist die Wahrheit, Alissa. Du hast das Talent deiner Mutter geerbt. Sie wäre unglaublich stolz auf dich.»

Ich schlucke.

«Und es wäre mir so eine große Ehre, einige deiner Werke zusammen mit noch unveröffentlichten Arbeiten deiner Mutter in meiner Galerie ausstellen zu dürfen.»

Meine Hand landet auf meiner Brust. Ich presse sie flach dagegen, als ließe sich mein rascher Herzschlag dadurch verlangsamen. «Es … gibt Bilder von Mama, die … ich nicht kenne?»

«Ja. Die, die sie hier im Atelier gemalt hat und … teilweise nicht mehr fertigstellen konnte, weil …» Sie spricht nicht weiter. Meine Hand presst sich noch fester gegen meine Brust.

«Davon hast du mir nie etwas gesagt.» Ein leiser Vorwurf schwingt in meiner Stimme mit, obwohl ich das gar nicht will.

«Ich weiß, Alissa. Und … und es tut mir leid. Damals habe ich einfach alles weggeräumt. Ich … ich konnte es nicht ertragen …», erklärt sie, und ich verstehe. Weil es mir genauso ging. Sechs Jahre hat es gedauert, bis ich mir Fotos von Mama ansehen konnte, ohne in Tränen auszubrechen. «Und dann habe ich einfach nicht mehr dran gedacht. Es tut mir leid», wiederholt sie.

«Ich bin dir nicht böse, Gerda. Ich … war im ersten Moment nur … überrascht.» *Überrascht* ist definitiv nicht das richtige Wort, um meine Gefühle zu beschreiben, aber mir fällt kein besseres ein.

«Mir ist wichtig, dass du weißt, dass ich nie vorhatte, die Bilder zu behalten. Sie gehören euch. Dir, Becka und eurem Vater. Aber weil Ellen immer Menschen mit ihrer Kunst berühren wollte, würde ich sie vorher gerne ausstellen. Zusammen mit deinen – wenn du einverstanden bist.»

Ich nicke heftig und habe ein Lächeln auf den Lippen, während Tränen meine Sicht trüben. Weil ich mir nichts Schöneres vorstellen kann, als meine Gemälde neben denen von Mama hängen zu sehen.

«Aber wenn du das nicht willst, ist das vollkommen okay», rudert Gerda zurück, die mein Schweigen wohl fehlinterpretiert.

«Doch, ich will», antworte ich etwas heiser. «Es wäre mir eine unglaubliche Ehre.»

«Du ahnst ja nicht, wie sehr mich das erleichtert, Alissa.» Wie zum Beweis atmet sie gedehnt aus. «Ich würde vorschlagen, dass du so bald wie möglich vorbeikommst, damit wir alles besprechen können. Die Ausstellung ist nämlich schon am 21. November. Weil mir ein Künstler kurzfristig abgesprungen ist, habe ich umdisponiert.»

Das ist bereits in acht Wochen und sollte mich vermutlich in Panik versetzen. Zumal ich mich neben dem Job auch noch auf zwei Prüfungen vorbereiten muss. Doch der Grund für das unangenehme Druckgefühl in meinem Bauch ist ein anderer: Papas Reaktion auf die Neuigkeiten. Wird er sich für mich freuen? Zur Ausstellung kommen? Stolz auf mich sein? Oder ist es ihm egal – wie einfach alles, was mich betrifft?

«Hast du meinem Vater schon davon erzählt?», frage ich so beiläufig wie möglich.

«Nein, das überlasse ich gerne dir. Er und deine Schwester werden bestimmt vor Stolz auf dich platzen.»

Da bin ich mir leider nicht sicher. Ich weiß nicht mal, ob ich Becka – so hart das auch klingen mag – überhaupt beim Besuch der Ausstellung dabeihaben möchte. Sie hat die Gabe, mir Dinge, über die ich mich freue, mieszureden. Aber Papa ... Papa dabeizuhaben, würde mir die Welt bedeuten.

Entsprechend nervös bin ich, als ich ihm vier Stunden später auf dem Weg zur Bushaltestelle eine Nachricht schreibe, von der es bereits vier Versionen gibt. Ich verwerfe auch die aktuellste und beschließe, ihn nachher anzurufen. Wenn er hört, wie wichtig mir diese Ausstellung ist, wird er sich vielleicht auch freuen. Wie es meine Freundinnen Calla und Leo tun, als ich die Neuigkeit in unserer WhatsApp-Gruppe teile.

Von Calla kommt zuerst eine Antwort:

> Ahhh, das hast du so verdient! Gott, wie ich mich für dich freue, Lissa. Jas-

per sitzt neben mir und war kurz in Panik, weil ich Tränen in den Augen habe. Reservier mir bitte sofort eine Karte. Wenn ich übernächstes Wochenende nach Hamburg komme, müssen wir das unbedingt feiern! ♥♥♥

Ich lächele gerührt und lese nun die Nachricht von Leo.

Ich wusste es! Ich wusste, dass du eines Tages groß rauskommst. Diese Ausstellung ist erst der Anfang. Ich bin so verdammt stolz auf dich und brauche selbstverständlich auch eine Karte. Liege zwar schon mit Jogginghose auf unserem Sofa und wollte heute früh schlafen gehen, aber darauf müssen wir gleich anstoßen. ♥

Oh, dann trinkt unbedingt für mich mit, Mädels!, schreibt Calla, die im Gegensatz zu mir und Leo in Lübeck studiert. Deshalb ist aus der geplanten Dreier- nur eine Zweier-WG, bestehend aus Leo und mir, geworden. Zu dritt sehen wir uns leider viel zu selten. Weil mindestens einer von uns entweder total im Prüfungsstress steckt oder – wie in meinem Fall – neben der Uni auch noch arbeiten muss. Dafür sehen wir uns während der Semesterferien umso öfter. Besonders in Lübeck, um gemeinsame Strandtage zu verbringen, sobald die Temperaturen es zulassen.

Am Alsenplatz angekommen, steige ich in die Buslinie 25 und verbringe die knapp zehnminütige Fahrt damit, meinen Freundinnen zu schreiben und mir von ihnen die nun aufkommende Aufregung nehmen zu lassen. Darüber zu reden, macht die Sache plötzlich total real. Und jetzt kommen mir die acht Wochen vor wie vier. Außerdem wird mir gerade klar, dass garantiert auch der eine oder andere Pressevertreter und Kritiker da sein wird. Letzteres macht mir besonders Angst – jedoch nicht so sehr, wie das bevorstehende Gespräch mit Papa.

Vier Haltestellen später steige ich am Bahnhof Altona aus und gehe zu Fuß zur Ottenser Hauptstraße. Hier haben Leo und ich unsere Wohnung. Sechzig Quadratmeter im sogenannten kleinen Paris an der Elbe. Die Wohnung war echt ein Glücksfund und ist wundersamerweise sogar für zwei Studentinnen bezahlbar. Als ich zu Hause die Tür öffne, nimmt mich Leo mit einer fetten Umarmung und einer Flasche Asti in Empfang.

«Wo hast du die denn her?», frage ich grinsend. Soweit ich mich erinnere, haben wir die letzte vor etwa zwei Monaten an Leos zwanzigstem Geburtstag bis auf den letzten Tropfen geleert.

«Ich war schnell im Kiosk.»

Meine Boots habe ich kaum von den Füßen gestreift, da zieht sie mich hinter sich in unsere kleine Küche. Leo hat nicht nur Sektgläser auf unserem Esstisch bereitgestellt, sondern auch – mein Mund verzieht sich zu einem Lächeln – Smarties, die farblich in kleine Glasschälchen vorsortiert sind. Blau für mich. Grün für Leo. Und gelb für Calla. So ist es Tradition, wenn es was zu feiern gibt oder bei einem von uns Liebeskummer bekämpft werden muss oder manchmal auch einfach nur so. Begonnen hat unsere Liebe für Smarties damit, dass Leo damals trotz meines Süßigkeitenverbots eine Handvoll Smarties in mein Zimmer geschmuggelt hat, als wir zu dritt zum Spielen verabredet waren. Beim heimlichen Smarties-Naschen haben wir festgestellt, dass jeder von uns eine andere Farbe bevorzugt. Und bis heute sind wir der felsenfesten Überzeugung, dass sich diese geschmacklich total voneinander unterscheiden. Jeder, der was anders behauptet, hat überhaupt keine Ahnung.

«Calla hat gerade in die Gruppe geschrieben, dass sie virtuell mit uns anstößt. Sie ruft gleich per FaceTime an», verkündet Leo breit lächelnd.

«Oh, wie schön!»

Leo setzt sich an unseren Esstisch. In einer Jogginghose, deren Farbe fast das gleiche Rot wie ihre schulterlangen Haare hat.

Da Calla noch nicht angerufen hat, will ich mir auch eben was Bequemes anziehen. «Gib mir fünf Minuten, um die Klamotten zu wechseln, ja?»

«Du hast drei», scherzt sie, woraufhin ich in mein Zimmer flitze. Ich habe mich gerade aus meiner Jeans geschält, als mein Handy klingelt.

Es ist Papa.

Ein paar Sekunden lang starre ich einfach nur auf mein Display, weil mich die Tatsache, dass er von sich aus anruft, überfordert. Ich gehe zu meinem Bett, setze mich mit wild klopfendem Herzen auf die Matratze und klicke auf den grünen Kreis.

«Hallo, Papa.» Ich hätte mich vorher räuspern sollen. Meine Stimme klingt, als hätte ich eine Erkältung.

«Hallo. Hat Gerda sich bei dir gemeldet?», kommt er sofort auf den Punkt. Wie es mir geht, fragt er mich schon seit meinem Auszug nicht mehr. Als wollte er mich dafür bestrafen oder so, was ich beim besten Willen nicht verstehen kann. Denn ich glaube – nein, ich weiß –, dass er insgeheim froh ist, mich nicht mehr jeden Tag sehen zu müssen. «Sie hat nach deiner Nummer gefragt. Es klang wichtig, aber sie wollte nicht sagen, worum es ging.»

«Ja, wir haben vorhin telefoniert», antworte ich mit wackeliger Stimme.

«Ist alles in Ordnung?» Er klingt besorgt, und – so seltsam das auch sein mag – es tut gut. Weil es mir das Gefühl gibt, ihm nicht vollkommen egal zu sein.

«Ja, Gerda hat angerufen, weil … weil sie eine Ausstellung plant.» Für den nächsten Satz wappne ich mich mit einem tiefen Atemzug. «Eine Ausstellung von Mamas Werken. Arbeiten aus dem Atelier, die sie damals eingelagert hat und die noch niemand kennt, zusammen mit Zeichnungen … von mir.» Das «von mir» habe ich zögerlich und vorsichtig hinterhergeschoben.

Die Leitung bleibt still.

«Bist du noch dran?», frage ich leise.

Er brummt etwas, das wie ein *Ja* klingt.

«Ich habe zugesagt, die Ausstellung ist schon in acht Wochen, und … und ich würde mich freuen, wenn du kommst.» Ich halte den Atem an, und er antwortet schon wieder nicht. «Papa? Sag doch was.» *Sag, dass du kommst. Sag, dass du stolz auf mich bist.*

«Das sind … tolle Neuigkeiten, Alissa.» Es ist kaum zu überhören, dass er diese Worte über seine Lippen zwingen muss. Meine eigentliche Frage lässt er unbeantwortet, was einem Nein gleichkommt. Ich hake nicht nach. Mir fehlt einfach die Kraft, mit einer weiteren Ablehnung umzugehen. Außerdem weiß ich, wie sehr es ihn quält, über Mama zu reden oder auch nur an sie zu denken. Das ist der Grund, warum er mich nicht um sich haben kann, warum er mich meidet, wenn ich nach Hause komme. Nur hatte ich gehofft, dass er für die Ausstellung eine Ausnahme machen würde. Will er sich denn nicht wieder annähern? Will er die Kluft, die mit jedem Telefonat, jeder Begegnung größer zu werden scheint, nicht überbrücken?

«Danke, Papa.» Ich würge die Enttäuschung hinunter, aber ich kann mir nicht verkneifen zu sagen: «Die Ausstellung ist übrigens am 21. November.» In der Hoffnung, dass er sich diesen Tag frei hält und vielleicht doch kommt. Aber die Stille, die jetzt schon wieder herrscht, lässt mich erahnen, dass das nicht passieren wird. Ich schließe die Augen. Die Lippen aufeinandergepresst, kämpfe ich dagegen an zu weinen. Stattdessen rede ich mir mit aller Macht ein, dass er stolz auf mich ist und es nur nicht zeigen kann. Vielleicht war das einfach zu plötzlich. Vielleicht muss er sich erst an den Gedanken gewöhnen. Vielleicht …

Ein Räuspern dringt an mein Ohr und stoppt meine Gedanken.

«Ich hab noch zu tun, Alissa», sagt Papa, als würde ich ihn von irgendwas abhalten. Dabei haben wir gerade mal fünf Minuten telefoniert. Drei, wenn man das Schweigen abzieht.

«Okay. Danke für … deinen Anruf.» Ich klinge seltsam förmlich.

«Dann bis zum nächsten Mal.» Die Erleichterung ist Papa anzuhören.

Mir geht es, um ehrlich zu sein, ähnlich. Denn ich weiß wirklich nicht, was schlimmer ist. Dass wir uns so selten sprechen oder dass wir uns dann kaum etwas zu sagen haben?

«Ja, bis zum nächsten Mal, Papa.»

Ich lege auf, behalte aber mein Handy in der Hand und schreibe ihm wie üblich noch eine SMS.

Hab dich lieb.

Wie jedes Mal starre ich anschließend so lange auf mein Display, bis Papa antwortet.

Ich dich auch.

Wir hätten uns das auch sagen können. Aber das letzte Mal, als ich ihm am Telefon *Ich hab dich lieb* gesagt habe, hat er es nicht unmittelbar erwidert, sondern erst Minuten später per SMS. So hat sich dieses … nennen wir es Ritual … irgendwie eingeschlichen und ist geblieben.

«Lissa, was treibst du denn so lange?!», ruft Leo. «Der Sekt wird noch warm. Calla ist auch schon da und trommelt bereits mit den Fingern!»

Ich rolle mit den Augen. Calla ist der ungeduldigste Mensch auf diesem Planeten. Und das, obwohl sie sich, im Gegensatz zu mir, andauernd verspätet. Zu ihrer Verteidigung muss ich jedoch sagen, dass ich als neurotische Zu-früh-Kommerin kein Maßstab bin. Ich bin grundsätzlich mindestens fünfzehn Minuten eher als verabredet da. Immer. Lieber würde ich fünf Stunden warten, als mich fünf Minuten zu verspäten.

«Komme!», rufe ich zurück.

Ein Abend mit Sekt, Smarties und meinen Freundinnen ist exakt das, was ich nach dem Telefonat mit Papa jetzt brauche.

3

Simon

«Wo sind die Drinks für Tisch neun?», brüllt mir Mara mit dem Tresen zwischen uns zu, während sie die nächste Getränke-Bestellung auf ihr Tablett lädt.

«Hab ich ihnen gerade gebracht», schreie ich zurück und kippe Gin in ein Softdrink- anstatt in ein Longdrink-Glas. Die sind nämlich gerade alle in Gebrauch. Mara, Tommy und Julia kommen mit den Bestellungen kaum hinterher. Und Oli ist nonstop damit beschäftigt, Cocktails zu mixen.

«Danke, Simon, du bist mein Held!»

Ich hätte nichts dagegen, einfach nur der Barkeeper zu sein. Aber die *Pocket Bar* platzt an diesem Samstagabend aus allen Nähten. Mir bleibt gar nichts anderes übrig, als den Kellnern im Service auszuhelfen, wenn sich die bestellten Getränke auf der Theke stauen.

Sämtliche Sitznischen, Tische und Barhocker sind von Studenten besetzt. Als hätten sich alle zur gleichen Uhrzeit hier verabredet. Stimmenwirrwarr und lautes Gelächter erfüllen die Bar und liegen wie eine viel zu laute Tonspur über den elektronischen Beats, die von Steffi aufgelegt werden. Sie sorgt jeden Samstag ab zehn Uhr für gute Musik, und ohne sie wäre vermutlich nur halb so viel los.

Ich will mich nicht beschweren. Je voller der Laden, desto mehr Trinkgeld. Denn am Ende der Schicht werden die Einnahmen unter uns allen aufgeteilt. Auch unter den Jungs und Mädels in der Küche sowie Daniel, der dafür sorgt, dass die Gäste saubere Toiletten vorfinden. Wir sind ein Team, weshalb ich auch jetzt das Bierzapfen unterbreche, um die beiden Teller auf der Essensausgabe zum richtigen Tisch zu bringen. Obwohl die Wege echt nicht weit sind, brauche ich eine gefühlte Ewigkeit, bis ich mich durch den vollgestopften Raum gezwängt habe.

Tommy kommt mir mit hochrotem Kopf entgegen.

Bevor ich fragen kann, was los ist, hat er sich auch schon an mir vorbeigeschoben. Ich habe umgestürzte Gläser auf seinem Tablett gesehen und ahne, was passiert ist. Schulterzuckend gehe ich weiter. Bevor ich die Teller in meinen Händen losgeworden bin, kann ich eh nichts machen. Vor einem Tisch, an dem vier Typen sitzen, bleibe ich stehen. Einer von denen tupft sich gerade den Schritt seiner Jeanshose mit einem Taschentuch trocken. Und das vermutlich nicht, weil er sich gerade in die Hose gemacht hat. Als ich vor ihm die Pfütze auf dem Tisch entdecke, zähle ich eins und eins zusammen.

«Mein Kollege ist schon unterwegs und kümmert sich um neue Getränke», sage ich beschwichtigend. «In der Zwischenzeit habe ich hier schon mal einen Cheeseburger und Club-Sandwich für euch.»

«Und wer kümmert sich um meine versiffte Jeans?», kommt es von dem Brünetten, der mich mit vorwurfsvoller Miene ansieht.

Ich war gerade dabei die Teller auf die trockene Seite des

Tisches zu stellen, halte aber in der Bewegung inne. *Schon mal was von einer Waschmaschine gehört?*, kommt es mir fast über die Lippen. Stattdessen zwinge ich ein halbes Lächeln auf meine Lippen. Der Kunde ist König und so. «Ich kann dir gerne einen Cocktail aufs Haus bringen.»

Er nickt. «Einverstanden.»

Ich stelle die Teller ab, in der Annahme das Thema sei damit erledigt, doch stattdessen …

«Mach drei draus! Wir wollen auch einen!»

Mein Blick wandert von den Tellern zu dem betrunkenen blonden Typen mit Vollbart. Ich hebe eine Augenbraue. Glaubt er wirklich, dass ich nichts Besseres zu tun habe, als eine komplette Runde aufs Haus zu mixen? Noch dazu, wenn er mir in diesem Befehlston kommt? Vor drei Jahren hätte so eine Situation genügt, um mich auf 180 zu bringen. Womöglich sogar eine Prügelei zu provozieren. Um meiner Wut, den Schuldgefühlen, dem Hass auf mich selbst und meine Eltern ein Ventil zu geben. Aber die Zeiten sind vorbei. Dieser Simon existiert nicht mehr.

«Sorry, Mann. Mehr als einer ist leider nicht drin. Ich kann euch aber gerne vier Strohhalme bringen.» Ich bin mir der Absurdität meines Vorschlags bewusst, bleibe aber ernst und professionell.

«Nee, lass mal», antwortet der Dunkelhaarige und winkt ab. Er scheint seinen Cocktail auf keinen Fall teilen zu wollen.

Seinen blonden Kollegen lasse ich gar nicht erst zu Wort kommen und wende mich zum Gehen. Manche Gäste muss man eben erziehen.

«Scheißladen», höre ich den einen noch sagen.

Such dir gern einen anderen.

Genervt marschiere ich zurück zum Tresen, wo Tommy bereits mit dem inzwischen gesäuberten Tablett darauf wartet, neue Drinks zu bekommen. Er sieht noch immer total verlegen aus.

«Schwamm drüber», sage ich und mache ihm schnell die Ersatzgetränke fertig. «So was kann jedem Mal passieren. Ich hab dem mit der nassen Hose ’nen Cocktail aufs Haus versprochen, als Wiedergutmachung. Also, alles gut.»

«Echt?» Dankbar sieht Tommy mich an. Er ist noch neu, das ist grad erst seine zweite Schicht.

«Klar.» Ich sehe zu Oli herüber. Der reißt mir wahrscheinlich den Kopf ab, wenn ich ihn bitte, den Cocktail für Tommy vorzuziehen. Daher beschließe ich, ihn selbst zu mixen. «Ich kümmere mich sofort darum und bring ihn an den Tisch, okay?»

«Danke, Simon!»

«Schon okay. Wir sind immerhin ein Team, oder?»

Er nickt und kann schon wieder Lächeln.

Als es später etwas ruhiger ist, genehmige ich mir eine Pause. Wie immer spendiert die Küche für jeden von uns etwas zu essen, bevor sie dichtmacht. Ich habe mir Pommes mit Mayo bestellt. Mit knurrendem Magen, dem Teller in der einen Hand und einer Flasche Wasser in der anderen, begebe ich mich hinter die Bar. Hier befindet sich der kleine Pausenraum. Ich stelle den Teller Fritten auf den Hochtisch, auf dem auch unsere Mitarbeitergetränke stehen. Bevor ich esse, will ich mir den Biergestank von den klebrigen Fingern waschen und gehe fünf Schritte weiter zur Toilette. Ich öffne die Tür und – stoße mit etwas Hartem zusammen. Etwas verflucht Hartem. «Fuck!»

Diesen Schrank meinte Tracy also, als sie uns vor Schichtbeginn vor dem neuen Schrank auf der Mitarbeitertoilette gewarnt hat. «Der muss noch an die Wand geschoben und befestigt werden», hatte sie gesagt.

Ich fasse mir an die Wange und spüre ein dumpfes, schmerzhaftes Pochen. Wenn ich Pech habe, gibt das ein Veilchen und damit wieder endlos lange Diskussionen mit meiner Mutter, wenn ich morgen, wie jeden Sonntag, zu meinen Eltern fahre. Ohne ein Beweisvideo werden sie mir niemals glauben, dass ich Idiot gegen einen Schrank gerannt bin. Nicht bei meiner Vergangenheit. Bestehend aus exzessivem Feiern, Drogen, zu viel Alkohol und jener Nacht, die mich fast umgebracht hätte.

Fluchend schiebe ich mich an dem Schrank vorbei, wasche mir die Hände und betrachte mich im kleinen runden Spiegel. Verdammt. Das wird zu hundert Prozent ein Veilchen.

Das kann ja morgen lustig werden.

4

Simon

«Was ist mit deinem Gesicht los? Hast du dich geprügelt?», lautet Alex' Begrüßung am nächsten Morgen – oder besser gesagt Mittag. Er kommt gerade zur Wohnungstür rein, während ich hinauswill.

«Nein», antworte ich leicht gereizt. Ich weiß jetzt schon, dass meine Eltern mir exakt die gleiche Frage stellen werden. Mit dem Unterschied, dass sie meine Antwort im Gegensatz zu Alex anzweifeln werden. «Bin gegen einen Schrank gelaufen.»

«Autsch!»

«Jap!»

Er verschränkt schmunzelnd die Arme, betrachtet dabei meinen Bluterguss. «Dich kann man aber auch echt nicht allein lassen. Für zehn Euro die Stunde komme ich nächstes Mal als Aufpasser mit.»

«Danke, aber ich komme schon klar.»

«Man sieht's!»

Ich stöhne auf. «Jede Wette, dass meine Eltern durchdrehen, wenn sie mich so sehen.»

«Ach stimmt. Heute ist ja wieder Familienessen angesagt. Oder du machst krank, und wir holen uns was vom

Griechen und zocken mal wieder», schlägt Alex vor, was echt verlockend klingt.

«Nee, geht nicht. Sonst ... macht sich meine Mutter nur Sorgen.»

Alex zuckt gleichmütig mit den Schultern. Entweder hat er mein kurzes Zögern nicht bemerkt, oder er ignoriert es. «War nur ein Angebot. Hau rein und iss für mich mit.»

Wir verabschieden uns mit Handschlag, und ich bin echt froh, dass Alex kein Typ ist, der alles und jeden hinterfragt oder kommentieren muss. Denn der Grund, warum ich das Essen nicht absagen will, ist in Wahrheit meine Oma Lotte. Seitdem sie vor anderthalb Jahren einen Oberschenkelhalsbruch hatte und bei der Operation fast gestorben wäre, will ich so viel Zeit wie möglich mit ihr verbringen. Dass sie mit fast achtzig überhaupt wieder auf die Beine gekommen ist, gleicht einem Wunder. Das haben zumindest die Ärzte gesagt. Als sie im Koma gelegen hat, habe ich mir heimlich den ranzigen Teddy, den sie mir als Kind geschenkt hat, aus einer alten Kiste im Keller geholt und nachts in sein zerrupftes Fell geheult wie ein Baby. Echt peinlich. Aber notwendig. Damit ich tagsüber – wie Papa – für Mama und meine Schwester die starke Schulter sein konnte.

Apropos Schwester. Mir ist soeben eine Idee gekommen, wie ich unangenehme Fragen meiner Eltern eventuell doch umgehen kann.

Auf dem Weg zur Bahn zücke ich mein Handy und schreibe Nora eine Nachricht.

Kannst du mir einen Gefallen tun? Komm, wenn ich dir Bescheid sage, bitte vor die Tür und bring dein Make-up mit. Frag nicht, ich erklärs dir später.

Wozu brauchst du denn mein Make-up?

Stöhnend verdrehe ich die Augen. Ich hätte wissen müssen, dass meine kleine Schwester das exakte Gegenteil von dem tut, worum ich sie gebeten habe, und nach dem Warum fragt.

Machs einfach, okay?

Und was brauchst du alles?

Stirnrunzelnd lese ich Noras Frage, während Gänsehaut meine nackten Arme hochkriecht. Draußen ist es kälter als erwartet. Ich hätte vielleicht doch einen Pulli über mein T-Shirt ziehen sollen.

Wie meinst du das?

Ich meine Mascara, Lidschatten, Eyeliner … Was davon brauchst du?

Woher soll ich das wissen?

Glaub, mir reicht das Puderzeug, mit dem du deine Pickel abdeckst.

Ich hab überhaupt keine Pickel, du Arsch!

Das habe ich definitiv anders in Erinnerung, gebe aber keine Widerworte. Ich brauche ihre Hilfe, und sie sitzt momentan eindeutig am längeren Hebel.

Sorry, war nicht so gemeint. Bring einfach dieses Abdeckzeug mit, ja? Bis gleich. Schreibe dir, wenn ich da bin.

Zwei U-Bahn- und eine S-Bahnfahrt später trennen mich nur noch circa zehn Minuten Fußmarsch vom Haus meiner Eltern, das zu seinen Lebzeiten meinem Opa gehört hat. Wie die meisten Häuser des Treppenviertels in Blankenese ist auch unseres über Stufen erreichbar. Als ich noch zu Hause gewohnt habe, war das mein tägliches Work-out. Nur, dass ich nicht nur die paar Stufen bis zu uns, sondern zweimal die Woche den Süllberg hinauf- und wieder hinuntergejoggt bin. Um meine Ausdauer zu trainieren, aber auch um Frust abzubauen. Vor den letzten fünf Stufen unseres Hauses bleibe ich nun stehen und schreibe meiner Schwester wie vereinbart eine Nachricht. Ich hab sie kaum abgeschickt, da öffnet sich bereits die blau lackierte Haustür und Nora tritt heraus.

In ihren schwarzen Glitzer-UGGs, die sie letzten Monat zum Geburtstag bekommen hat und seitdem scheinbar nicht mehr ausgezogen hat. Ich bin mir fast sicher, dass sie sogar in den Dingern pennt.

Ich winke meine Schwester zu mir, weg vom Küchenfenster, damit unsere Mutter uns nicht sieht. In der Hand einen vollen Müllbeutel, der vermutlich als Alibi dient, kommt Nora auf mich zu.

«Ach so, dafür brauchst du das Make-up.» Meine Schwester klingt fast ein bisschen enttäuscht, als sie vor mir stehen bleibt. Was hat sie denn bitte erwartet?

«Hast du es dabei?»

«Hinten in meiner Hosentasche, damit Mama keine Fragen stellt. Hab ihr gesagt, dass ich Müll rausbringe.» Sie stellt den Müllsack neben sich.

«Und das hat sie dir geglaubt? Das machst du doch sonst auch nicht freiwillig», ziehe ich meine Schwester auf und kassiere dafür prompt einen Boxhieb gegen meinen Oberarm.

«Wenigstens prügele ich mich nicht», kommentiert sie mein Veilchen und holt eine kleine Dose, eine Tube sowie einen Pinsel aus ihrer Jeanshose hervor.

«Ich hab mich nicht geprügelt», stelle ich klar.

«Und woher hast du dann den Bluterguss?»

«Lange Geschichte.» Ich nehme ihr das Schminkzeug ab und habe ehrlich gesagt keine Ahnung, was ich damit anfangen soll. «Und jetzt?», frage ich leicht hilflos. Ich hätte mir während der Hinfahrt vielleicht eins dieser YouTube-Tutorials reinziehen sollen.

«Du trägst erst das hier auf.» Sie deutet auf die Tube. «Und danach das Puder mit dem Pinsel.»

«Okay ...» Ich schraube die Tube auf, drücke drauf und

habe einen beigefarbenen Klecks von der Größe einer Euromünze in der Handfläche.

Nora stößt einen entsetzten Laut aus. «Gott, Simon! Der Concealer ist von MAC. Weißt du eigentlich, wie teuer der ist?»

Ich wusste bis eben nicht mal, was ein Concealer, geschweige denn wer oder was MAC ist. «So viel ist das doch gar nicht.»

«Doch. Man braucht höchstens ein Drittel davon.» Die Tube nimmt sie mir aus der Hand, wie man einem Kleinkind das Feuerzeug wegnehmen würde. «Blödmann. Ich mach das eben.»

Ich seufze erleichtert. «Danke.»

Weil mir Nora gerade mal bis zur Brust reicht, platziere ich mich auf einer niedrigeren Stufe, damit sie mit der Hand an mein Gesicht kommt, ohne sich auf die Zehenspitzen stellen zu müssen. Sie fängt an, mir diese Paste unters Auge zu tupfen.

«Beeil dich, Nora. Mama fragt sich bestimmt schon, wo du bleibst.»

«Halt still. Bin gleich fertig.» Sie klingt konzentriert, als sie jetzt den Pinsel nimmt und mit den Borsten über meine Haut streift. «So ganz deckt sich die Farbe nicht mit deinem Teint, aber so müsste es gehen.»

Ich verziehe beunruhigt das Gesicht, als sie zurücktritt. Vorsichtig hebe ich die Hand zu der Stelle, über der sich jetzt gefühlt eine halbe Tonne Make-up befindet.

Prompt schlägt Nora sie mir weg. «Lass das. Sonst verwischst du aus Versehen noch alles.»

Sofort lasse ich meine Hand wieder sinken. «Dann

komm, gehen wir rein.» Ich lege meiner Schwester den Arm um die Schulter, ziehe sie etwas an mich und drücke ihr einen Kuss auf ihre langen braunen Locken. «Danke, Zwerg!»

«Bitte schön, Riese.»

Nach einem Zwischenstopp bei den Mülltonnen gehen wir gemeinsam ins Haus.

Drinnen laufen wir Mama, die gerade mit einer Schüssel Salat aus der Küche kommt, quasi direkt in die Arme. «Oh, Simon. Wie schön, dass du da bist.» Im Vorbeigehen streicht sie mir mit der freien Hand über den Rücken. Mein Veilchen scheint tatsächlich unsichtbar zu sein. Als sie sich von mir und meiner Schwester wegdreht, zwinkere ich Nora zu. Sie grinst triumphierend, dann folgen wir Mama durch den Flur ins Wohnzimmer. Papa und Oma sitzen bereits beide je am Kopf des gedeckten Tischs.

«Na, mein Junge! Wie ist die Lage?», grüßt mich mein Vater und lächelt mich durch seinen Vollbart an.

«Moin, Simon.» Oma winkt mir freudig zu.

«Hallo, Papa. Hallo, Oma.» Nacheinander nehme ich beide in die Arme. Papa ein bisschen fester, Oma dafür länger, und sie bekommt außerdem noch einen fetten Kuss auf ihre Wange.

«Und was ist mit mir?», kommt es von Mama. Die Schüssel hat sie neben die Fischplatte in die Tischmitte gestellt und steht jetzt mit ausgebreiteten Armen vor mir.

«Das Beste kommt zum Schluss», scherze ich und trete in ihre Umarmung. Die Spitzen ihres kinnlangen blonden Haars kitzeln mich am Hals, als sie mich an sich drückt.

«Habt ihr das gehört?», sagt sie strahlend. «Ich bin das Beste.»

«Dann frag dich mal, von wem du all das Beste geerbt hast», kommentiert Oma.

«Und warum ich dich geheiratet habe», wirft Papa ein.

«Und warum du so coole Kinder hast», setze ich noch eins drauf.

Wir müssen alle lachen.

«Muss noch was aus der Küche geholt werden?», frage ich und suche den Esstisch nach fehlendem Besteck oder Gläsern ab.

«Die Getränke fehlen noch. Und Mutti hätte gern dieses Zeug, das du die letzten Male für sie gemacht hast. Was anderes will sie nicht trinken.» Mama klingt leicht genervt. Als hätte Oma ihr schon den ganzen Tag damit in den Ohren gelegen, was vermutlich sogar der Fall ist. Nach ihrem Sturz ist sie zu meinen Eltern in mein altes Zimmer gezogen. «Dieser Cocktail ist doch alkoholfrei, oder?», fragt Mama skeptisch.

«Shhh», zische ich und flüstere: «Sie weiß nicht, dass er alkoholfrei ist.»

Die Mundwinkel meine Mutter zucken.

«Oh, ja!», ruft Oma von ihrem Platz aus. «Auf den Trink freue ich mich schon den ganzen Tag, Simon. Da kommen meine alten Zellen immer so richtig in Schwung.»

Meine Lippen verziehen sich zu seinem Grinsen, weil Oma statt Drink immer Trink sagt und nicht checkt, dass die belebende Wirkung dem schwarzen Tee geschuldet ist. Sozusagen als Ersatz für den Alkohol.

«Oma, das heißt Drink», berichtigt meine Schwester sie

lachend und nimmt links von ihr Platz. Der andere Stuhl neben Lotte ist für mich reserviert. Das ist so, seit ich denken kann. Oma sitzt immer zwischen Nora und mir.

«Habe ich das denn nicht gesagt?» Kleine grüne Augen, umgeben von einem Sonnenkranz aus Falten, die ihr Gesicht immer zum Strahlen bringen, blicken fragend in die noch unvollständige Tischrunde.

Papa nickt ihr schmunzelnd zu. «Natürlich hast du das. Mach mir auch mal so einen *Trink*, Simon!»

«Kommt sofort!» Ich mache mich auf den Weg in die Küche und höre nur, wie Mama hinter mir schnaubt. Für sie steht bereits eine geöffnete Flasche Weißwein im Kühler auf dem Tisch. Ich werde mir ein Bier genehmigen, und für meine Schwester hole ich Cola light aus dem Kühlschrank, nachdem ich den Schwarztee aufgegossen habe. Sobald der lange genug gezogen hat, mische ich ihn mit Erdbeersirup sowie Orangen- und Limettensaft. Fertig ist der vollkommen unspektakuläre, aber ziemlich leckere, noch warme Tee-Cocktail.

«Lasst ihn am besten noch etwas abkühlen», sage ich zurück am Esstisch, als ich als letztes Oma ihr Glas reiche, bevor auch ich mich setze.

«Ach, was.» Sie winkt ab, nimmt das Glas an sich und führt es zu ihrem Mund. «Dein Trink schmeckt mir bestimmt auch so.»

Meine Schwester und ich werfen uns einen amüsierten Blick zu. Während Papa es ihr gleichtut, gibt Mama erst ihm, dann Oma Essen auf den Teller. Nora und ich bedienen uns selbst. Zum Fisch gibt es Kartoffeln, eine helle Soße, Bohnen und Salat.

«Meine Güte, hast du seit letztem Sonntag gehungert?», kommentiert meine Schwester die Tatsache, dass sich auf meinem Teller doppelt so viel befindet wie auf ihrem.

«Sehe ich etwa so aus?» Ich winkle meinen Arm an, mache eine Faust und stelle extra für sie meinen angespannten Bizeps zur Schau.

Sie verdreht stöhnend die Augen. «Gott, du bist so ein Poser, Simon.»

«Poser sind Fake. Aber an meinem Körper ist alles echt.»

«Dann bist du eben ein eingebildeter Klugscheißer!», kontert Nora mit einem Gesichtsausdruck, als hätte sie es mir jetzt total gegeben. Fehlt nur noch, dass sie mir wie eine Zwölfjährige die Zunge entgegenstreckt. Stattdessen wendet sie den Blick ab, nimmt ihr Handy vom Tisch und fotografiert das Essen. Vermutlich für ihren Instagram-Feed.

Kopfschüttelnd lasse ich meine Schwester in dem Glauben, diesen Schlagabtausch gewonnen zu haben. Ich bin schließlich nicht nur der Ältere, sondern auch Klügere von uns beiden.

«Was hältst du davon, deine Muskelkraft dafür zu nutzen, unseren Garten winterfest zu machen? Die Möbel müssen zurück in die Garage, und die Hecke muss geschnitten werden», kommt es von Mama, die mir gegenüber neben Papa sitzt, der – warum auch immer – entgeistert das Gesicht verzieht.

«Klar, kann ich machen», antworte ich und stecke mir eine Gabel Fisch in den Mund.

«Was soll denn das, Schatz? Ich habe doch gesagt, dass ich mich darum kümmere.»

«So wie im Frühjahr, als du beim Raustragen der Möbel einen Hexenschuss bekommen hast?» Meine Mutter hebt eine Augenbraue. «Du hattest bereits zwei Bandscheibenvorfälle.»

«Sei vernünftig und hör auf deine Frau.» Oma wackelt belehrend mit dem Zeigefinger, der an der Spitze leicht gekrümmt ist.

Papa verdreht stöhnend die Augen, bevor er dann doch einsichtig nickt.

«Lass uns den Garten doch zusammen winterfest machen», schlage ich vor.

Von Nora ist ein Kichern zu hören. Als ich irritiert zu ihr herüberschaue, sehe ich, dass der Grund dafür irgendeine Nachricht auf ihrem Handy ist. Nicht mal beim Essen kann sie ohne.

«Zu zweit sind wir schneller fertig», füge ich noch an und schaufele Kartoffeln, die ich vorher klein gedrückt habe, mit etwas Soße auf meine Gabel.

Mama wirft mir einen dankbaren Blick zu, bevor sie Papas Hand tätschelt. «Das klingt doch nach einem guten Plan.»

Papa brummt zustimmend in seinen grau melierten Vollbart.

Ich könnte schwören, dass Mama gerade erleichtert ausgeatmet hat. «Warum macht ihr euch nicht direkt morgen Vormittag ans Werk? Du hast die Woche doch noch Urlaub, Gregor, laut Wetterbericht ist es bis drei Uhr trocken. Und du könntest mal wieder hier schlafen, Simon. Dann sparst du dir den Weg.»

«Geht nicht. Hab morgen eine Verabredung.» Ich merke

selbst, dass meine Antwort klingt, als hätte ich ein Date, und hoffe, dass –

«Oh. Wie heißt sie denn? Deine Verabredung.» Und zack nimmt meine Schwester wieder am Gespräch teil. Ihre Neugierde hat sie zu einhundert Prozent von Mama geerbt, denn auch sie sieht mich erwartungsvoll an. Aber auch besorgt. Nachdem ich wegen der Sache mit Kiki oder, besser gesagt, wegen dem, was sie mit mir abgezogen hat, eine ganze Weile ziemlich fertig war, wird meine Familie hellhörig, sobald ich nur den Namen eines Mädchens in den Mund nehme. Und meine Mutter würde jede neue Frau, die in mein Leben tritt, vorher am liebsten unter die Lupe nehmen.

«Meine Verabredung heißt INKnovation. Ich lasse mir ein neues Tattoo stechen.» Da meine Familie nichts von dem hässlichen Teil auf meiner Brust weiß, behalte ich für mich, dass es ein Coverup wird. Von Alissa. Vor der ich mich morgen bis auf die Knochen blamieren werde.

«Oh, das trifft sich gut, Simon. Kannst du mich mitnehmen?», fragt Oma. «Ich will mich auch tätowieren lassen.»

Meine Augenbrauen treffen sich fast mit meinem Haaransatz, und ich halte mit der Gabel auf dem Weg zu meinem Mund inne. Mama und Papa scheinen gleichzeitig einen Hustenanfall bekommen zu haben, während Nora die Cola, an der sie gerade genippt hat, wieder zurück ins Glas spuckt.

«Du ... du willst ein Tattoo?», frage ich ungläubig.

«Ja. Ich möchte das Foto von Franz auf meiner Haut verewigt haben.» Sie tastet nach dem Medaillon an ihrer Kette, in dem sich ein Bild von Opa befindet, auf dem er seine Seemannskluft trägt. «Damit ich ihn bei mir habe, wenn es eines Tages mit mir zu Ende geht.»

Unwillkürlich muss ich schlucken.

«Aber Mutti, dazu brauchst du doch kein Tattoo. Du hast unzählige Fotos von ihm und die Erinnerung in deinem Herzen», sagt Mama. «Tattoos sind was für Menschen in Simons Alter.»

«Finde ich nicht», widerspricht Nora. Sie wollte schon mit fünfzehn eins haben und durfte nicht. Jetzt zählt sie die Tage bis zu ihrem Achtzehnten.

«Ich auch nicht. Lass Oma doch, wenn sie will», gebe ich meiner Schwester recht, was echt nicht oft vorkommt.

«Also, da bin ich ganz bei den Kindern, Schatz. Es ist ihre Haut und damit ihre Entscheidung», argumentiert Papa, womit er Mamas wütenden Blick von uns auf sich lenkt. Inklusive der Ladung Giftpfeile, die sie gerade abgefeuert hat.

«Na vielen Dank auch, Gregor. Dann begleite du sie doch und halte Händchen.» Schmollend greift sie nach ihrem Weinglas, aus dem sie einen großen Schluck trinkt.

«Ach, komm schon. Ist doch romantisch. Also mein Okay hast du, falls du mich später mal auf deiner zarten Haut verewigen lassen willst», sagt Papa mit einem Schmunzeln auf den Lippen und greift nach ihrer Hand. «Ganz gleich, wo. Ich würde diese Stelle jeden Tag küssen.»

«Gregor … Sei nicht albern.» Mamas Wangen färben sich rot. Ein verlegenes Lächeln umspielt ihre Lippen.

Während ich lachen muss, fasst sich Nora theatralisch würgend an den Hals «O Gott! Kannst du ihr so was nicht sagen, wenn ihr alleine seid? Von so viel Kitsch wird einem ja schlecht.»

«Dann müsstest du ja ständig kotzend über der Kloschüssel hängen, so viele Schnulzen wie du in deinem Bücherregal stehen hast», ziehe ich meine Schwester auf.

Nora öffnet den Mund zu einem Konter, doch unsere Mutter kommt ihr zuvor.

«Ist das denn unbedenklich? Ich will nicht, dass du dir zu viel zumutest, Mutti», kehrt sie zum Thema zurück und sieht Oma voller Sorge an.

«Deshalb möchte ich mich ja beraten lassen und Simon zu seinem Termin begleiten. Hm?» Fragend schaut Oma nun zu mir. Mit dem perfekten Welpenblick.

Vergiss es, Oma! Damit kommst du bei mir nicht weiter. «Das klappt zeitlich leider nicht, Oma. Aber ich kann mich ja für dich erkundigen. Was genau willst du wissen?»

Nachdem Oma mir beim Essen ganz genau erklärt, in welcher Größe sie das Tattoo auf der Innenseite ihres Unterarms haben will, müsste Mama klar sein, dass es sich nicht bloß um eine fixe Idee handelt. Sie scheint sich schon eine ganze Weile mit dem Thema beschäftigt zu haben.

«Ich will nicht immer mein Medaillon öffnen oder in Fotoalben blättern müssen, um meinen Franz zu sehen. Ich will ihn immer und überall anlächeln können und ihn bei mir haben, wenn ich unter die Erde komme. Das wünsche ich mir so sehr.» Omas Stimme hat bei diesen Worten etwas Brüchiges, und ich muss schon wieder schlucken. Schwerer diesmal. Weil ich an Opa denken muss. An seine wilden und teils auch haarsträubenden Geschichten von seiner Arbeit als Matrose, die er mir vor dem Schlafengehen erzählt hat. Während ich seine tiefe, raue Stimme im Ohr habe, fällt mir auf, wie still es geworden ist. Mama blinzelt, und Nora sieht aus, als würde sie jeden Moment losheulen. Ich sehe zu Papa, der tröstend über Mamas Arm streichelt.

«Dann weißt du ja, was du von uns allen zu Weihnachten bekommst», sage ich schnell, damit die Stimmung nicht kippt, und lege einen Arm um Omas schmale Schultern.

«Ja», krächzt Mama und lächelt versöhnlich. «Das ist eine schöne Idee, Simon.»

5

Alissa

Was zur Hölle mache ich hier eigentlich?

Kopfschüttelnd stehe ich vor dem Spiegel meines Kleiderschrankes und betrachte mich in Outfit Nummer fünf. Als ob ich ein Date hätte. Dabei ist Simon ein stinknormaler Kunde, auch wenn er zugegebenermaßen extrem gut aussieht. Trotzdem ist das kein Grund, ein Klamotten-Massaker zu veranstalten, denn in meinem Zimmer sieht es aus, als wäre mein Kleiderschrank explodiert.

Ich benehme mich lächerlich und habe keine Ahnung, warum. Das gesamte Wochenende habe ich mir überhaupt keine Gedanken über das heutige Beratungsgespräch mit Simon gemacht. Erst recht nicht darüber, was ich anziehen soll. Warum bin ich dann heute Morgen plötzlich so nervös? Weil ich ihm unbedingt beweisen will, dass ich wirklich so gut bin, wie ich gesagt habe?

Nur dass ich mich nicht entscheiden kann, welches Outfit am besten «professionelle Tätowiererin» sagt. Behalte ich das transparente Oberteil an, unter dem meine Tattoos und das schwarze Top hervorschimmern, oder ziehe ich zu der Boyfriendjeans doch lieber was Schlichtes, Blickdichtes an? Schnaubend schiele ich zu meinem

Bett, auf dem sich die anderen vier Outfits türmen. Unter anderem der Over-Size-Pulli, den ich immer mit einer schwarzen Strumpfhose und Boots kombiniere. Oder … Nein. Ich ziehe mich bestimmt kein sechstes Mal um. Allein schon aus Prinzip, beschließe ich. Und damit ich es mir nicht doch wieder anders überlege, stopfe ich alle Klamotten schnell in den Schrank zurück, klaube meine Tasche vom Boden und verlasse mein Zimmer.

Im Flur kommt mir Leo aus dem Bad entgegen. Ebenfalls fertig angezogen, in Jeans und Pulli, weil sie im Gegensatz zu mir heute Uni hat. Ihr rotes Haar ist zu einem Messy-Bun aufgetürmt. Als sie mich entdeckt, bleibt sie abrupt stehen und spitzt die Lippen zu einem anerkennenden Pfeifen.

«Uh … Sexy! Das Oberteil kenne ich ja noch gar nicht. Hast du nach der Arbeit noch ein Date?»

«Na toll», murmele ich und blicke entgeistert an mir herunter. Auf keinen Fall will ich aussehen, als hätte ich mich extra aufgebrezelt. Und wenn Leo das denkt – was ich bei näherer Betrachtung sogar nachvollziehen kann –, dann vermutlich auch Simon.

«Was denn?» Leo sieht mich fragend an.

«Nichts … schon gut. Ich geh mich noch mal umziehen.»

«Warum denn?» Mit gerunzelter Stirn betrachtet sie mich von meinen schwarzen Sneakers bis zum Scheitel meiner Haare. «Du siehst superheiß aus, Lissa.»

«Danke. Aber genau das ist das Problem.»

«Verstehe. Du willst also bewusst nicht sexy aussehen?»

Ich nicke, während ich innerlich den Kopf über mich

schüttele. Mein Verhalten ist echt albern. Mir kann doch scheißegal sein, was Simon denkt. Ist es aber nicht, und das nervt. Besonders, weil wir Frauen immer viel mehr nach Äußerlichkeiten beurteilt werden als Männer. Ich möchte mich einkleiden können, ohne darüber nachdenken zu müssen, eventuell falsche Signale zu senden.

«Zieh an, worin du dich wohlfühlst, Lissa. Aber dieses Oberteil musst du mir bei Gelegenheit mal ausleihen.»

«Du weißt ja, wo mein Kleiderschrank ist», antworte ich und verschwinde erneut in meinem Zimmer.

Um kurz nach halb neun schließe ich, mit einem aufgespannten Schirm ringend, die Tür ins INKnovation auf. Basti ist zwar schon da, aber da wir offiziell noch geschlossen haben, ist von draußen das Closed-Schild zu lesen.

«Moin, Alissa!»

«Hi, Basti.»

Ich mache den Schirm zu, stelle ihn in den Ständer neben dem Eingang und stapfe mit meinen regennassen Boots hinter den Tresen, wo Basti seinen Espresso schlürft und den Dienstplan studiert. Wir begrüßen uns mit einer Umarmung, bevor ich aus meinem schwarzen Teddymantel schlüpfe.

«Ist das eigentlich der Coverup-Notfall? Der Typ mit dem hirnverbrannten Tattoo?» Basti deutet auf den Bildschirm des iMacs. Genauer gesagt auf den Neun-Uhr-Termin.

Notfall? Hirnverbrannt? Das ist mir neu, aber da ich nur

einen Coverup-Kunden habe, meinen wir definitiv denselben. «Ja, das ist er.» Meine Stimme klingt ganz normal, aber das gilt leider nicht für meinen Herzschlag. Ich hasse es, so nervös zu sein. Vor allem, wenn es keinen guten Grund dafür gibt.

«Weitere Termine habt ihr noch nicht vereinbart?», fragt Basti und scrollt den Plan runter bis zum Dezember.

«Nein. Ist erst mal nur ein Beratungsgespräch.»

«Ich blocke vorsichtshalber schon mal zwei weitere Termine.»

«Gute Idee, danke, Basti.» Ich gehe in den Pausenraum, hänge meinen Mantel auf, behalte meine Tasche aber über der Schulter und kehre mit einer Tasse Kaffee wieder zum Tresen zurück, wo Basti gerade in ein Brötchen beißt.

«Guten Hunger.»

Er nickt dankend, während ich an meinem Kaffee nippe. Gott, tut das gut. Koffein ist schon was Feines.

«Muss gleich für 'ne Stunde weg. Nimm am besten das Telefon mit, wenn du gleich deinen Termin hast.»

«Okay, mach ich», antworte ich mit den Lippen an der Tasse.

«Kannst du schon abschätzen, wie lange euer Beratungsgespräch dauern wird?»

Ich zucke mit den Schultern. «Nein, gar nicht.» Manche Kunden kommen rein und wissen sofort, was sie wollen. Andere wiederum sind vollkommen ahnungslos, nehmen Vorschläge aber dankbar an. Und dann gibt es wiederum die Unentschlossenen. Keine Ahnung, zu welcher Kategorie Simon gehört.

Simon, der bereits draußen vor dem Eingang steht.

Zumindest glaube ich, seinen Lockenkopf zu erkennen, viel mehr sehe ich momentan nämlich noch nicht. Sollte mir das zu denken geben? Oder habe ich einfach nur ein verdammt gutes Frisuren- beziehungsweise Haar-Gedächtnis?

«Oh ... Ich glaub, da ist er schon», sage ich und merke, dass mein Herz ein bisschen schneller pocht. Liegt bestimmt am Koffein. Das rede ich mir zumindest ein.

«Dein Neun-Uhr-Termin?»

Weil ich mir nicht ganz sicher bin, stelle ich meinen Kaffee ab und gehe auf die Tür zu. Als der Typ den Kopf zur Seite dreht und ich sein Profil durch die Scheibe sehe, habe ich keinen Zweifel mehr. «Ja, das ist er.» Ich werfe einen Blick auf die große Uhr über der Tür. Dass er dreizehn Minuten zu früh ist, gefällt mir. Ich mag Pünktlichkeit, weil ich selbst immer viel zu früh überall bin und sich meine Wartezeit verkürzt, wenn auch die andere Person früher als verabredet erscheint. «Soll ich ihn schon reinlassen?» Fragend blicke ich über meine Schulter zu Basti.

«Wenn du so weit bist? Warum nicht?»

Da sich alles, was ich für den Termin brauche – Skizzenblock und Bleistift –, in meiner Tasche befindet, besteht kein Grund, ihn länger als nötig draußen warten zu lassen. Zumal es noch immer nieselt. Auch wenn der Eingang überdacht ist und Simon keine Kälte zu kennen scheint. Denn er trägt wieder keine Jacke, aber im Gegensatz zu Freitag immerhin ein Longsleeve.

Ich bleibe vor der Tür stehen, klopfe an die Scheibe. Er fährt herum und grinst, als er mich erblickt. Mir fällt sofort der blassblaue Schatten über seiner Wange auf. Selbst mit einem Bluterguss sieht er gut aus. Ich frage mich, ob er gegen eine Tür gelaufen ist oder sich geprügelt hat. Letzteres passt nicht ganz zu dem Eindruck, den ich von ihm habe. Obwohl ich ihn zwischenzeitlich für einen Idioten gehalten habe.

«Hi. Ich bin etwas zu früh», sagt er und verzieht entschuldigend das Gesicht, als ich die Tür aufmache.

«Besser als zu spät. Fangen wir einfach ein bisschen eher an.»

Kurz darauf biete ich ihm den Stuhl vor dem Schreibtisch in einem der Räume an, die wir für Besprechungstermine nutzen. Es gibt auch eine kleine Sitzgruppe, aber am Schreibtisch fühle ich mich wohler.

«Ich würde vorschlagen, du zeigst mir erst mal das Tattoo, das du covern möchtest», sage ich, stelle meine Tasche auf das dunkle Holz der Tischplatte und suche in den Untiefen meines Shoppers nach meinem Skizzenbuch. Als ich es gefunden habe und den Blick wieder hebe, ist Simons Oberkörper nackt. Allerdings sehe ich nicht viel davon, denn er hält sein Longsleeve wie einen Schutzschild an seine Brust gedrückt. Dass er sich so ziert, finde ich irgendwie amüsant. Und süß. Weder das eine noch das andere lasse ich mir jedoch anmerken und schaue ihn mit angehobener Augenbraue abwartend an.

«Du hast nicht zufällig einen Röntgenblick?», fragt er und verzieht das Gesicht.

Ich schüttle den Kopf. «Dann hättest du dein Oberteil auch anbehalten können.» Ich deute auf seine Faust, mit der er den dunklen Stoff an sich presst, als hinge sein Leben davon ab. «Und ob ich es jetzt normal oder mit Röntgenblick sehe, macht auch nicht wirklich einen Unterschied, oder?»

Er kratzt sich mit der freien Hand am Hinterkopf. «Verdammt … Das macht leider Sinn.» Ein Schmunzeln zupft an seinen Mundwinkeln.

«Auf drei?», frage ich und verkneife mir ein Lächeln.

«Okay. Eins …», beginnt er.

«Zwei …»

«Zweieinviertel …?», fährt er fort, und wir müssen beide lachen.

«Na schön», sage ich und lasse mich auf seine Verzögerungstaktik ein. «Zweieinhalb …»

Statt den Countdown fortzusetzen, lässt er den Stoff ohne Vorwarnung fallen und entblößt das wohl beschissenste Tattoo, das mir im INKnovation jemals unter die Augen gekommen ist. Zum Glück. Andernfalls würde es mir verflucht schwerfallen, nicht auf seine definierte Brustpartie und seinen Waschbrettbauch zu starren. Jetzt verstehe ich auch, weshalb Basti von einem Notfall und hirnverbrannten Tattoo sprach.

«So schlimm?» Simons Frage lässt mich vermuten, dass mir meine Gesichtszüge wohl entglitten sein müssen.

Mich räuspernd, bringe ich sie rasch wieder unter Kontrolle und lege meinen Kopf leicht schief. Vielleicht sieht es aus einem anderen Blickwinkel nur halb so furchtbar aus. «Ähm … na ja …» Gott, ich kann nicht lügen. Dieses Tattoo grenzt an Körperverletzung. Außerdem wäre Simon wohl kaum hier, um ein Coverup stechen zu lassen, wenn er sich des Desasters nicht bewusst wäre. Folglich kann ich auch die Wahrheit sagen.

«Um ehrlich zu sein, ja. Ist das ein missglücktes Einhorn?» Ich neige den Kopf noch ein bisschen mehr zur Seite. «Namens Kiki, oder was steht in der herzförmigen Sprechblase darüber?»

O Gott. Ich unterdrücke einen entsetzten Laut, als mir klar wird, was ich hier vor mir habe. Das ist ein Liebes-Tattoo und Kiki vermutlich seine Ex. Nicht, dass ich prinzipiell etwas gegen Liebes-Tattoos habe. Aber das hier ist eine Beleidigung. Für die Kunst des Tätowierens *und* die Frau, die damit auf Simons Haut verewigt wurde.

«Was? Nein.» Er schüttelt heftig den Kopf, blickt auf seine Brust und deutet mit dem Zeigefinger aufs Einhorn. «Das ist kein Einhorn. Das ist ... äh ... ein Monument. Genau. Ein Monument für einen Typen, der sich unter ziemlichem Alkoholeinfluss auf die wohl dümmste Party-Wette seines Lebens eingelassen hat.» Ein Schmunzeln liegt auf seinen Lippen, während ihm die Schamesröte ins Gesicht steigt.

«M-hm ... is' klar.» Kopfschüttelnd begegne ich seinem peinlich berührten Blick. Mir wird gerade klar, dass er sich am Freitag nur so angestellt hat, weil er sich so bloßgestellt mit einem Mann wohler gefühlt hätte. Das kann ich irgendwo sogar verstehen. «Dann soll ich jetzt also dieses historische Monument der Einhornhaftigkeit einreißen?»

«Oh ja, bitte», antwortet er leise lachend, und ich stimme ein. «Allerdings würde ich es lieber umgestalten statt einreißen.»

«Kann ich verstehen.» Ich ziehe den Bleistift hinter meinem Ohr hervor, schnappe mir den Rollhocker und verstelle den Sitz, bis ich mit Simon auf Augenhöhe bin. Fast zumindest. Der Kerl ist wirklich groß. «Was hast du dir als Motiv denn vorgestellt?», frage ich.

Er öffnet den Mund genau in dem Moment zu einer Antwort, als eine Akustik-Version des Songs ‹Fix You› von Coldplay aus seiner Hosentasche dringt.

Leise stöhnt er auf. «Sorry, das ist meine Mutter. Ich geh mal eben dran», sagt er und zieht dann erst sein Handy aus seiner Jeans hervor. Das kann nur bedeuten, dass er einen der schönsten Songs, die es meiner Meinung nach gibt, seiner Mutter als Klingelton zugewiesen hat. Ich kann dieses Lied auswendig. Habe es jahrelang in Dauerschleife gehört, während ich mir gewünscht habe, dass da jemand wäre. Jemand, der mich einfach nur hält. So fest und lange, bis all das Zerbrochene in mir wieder ganz ist. Inzwischen ist mir klar, dass ich das allein hinbekommen muss – auch, wenn ich nicht weiß, wie das gehen soll. Oder ob ich mich überhaupt jemals wieder ganz fühlen werde. Vielleicht muss man die Risse und Narben, die das Leben auf einem hinterlässt, einfach hinnehmen und als einen Teil von sich akzeptieren.

«Hey, Mama, was gibt's?», meldet er sich, und ich kann die Stimme seiner Mutter am anderen Ende hören. Weil ich wirklich nicht lauschen will, wende ich den Blick ab, schlage mein Notizbuch auf und fange schon mal an, sein Tattoo zu skizzieren, um ein besseres Gefühl dafür zu bekommen, wie ich es abdecken kann.

«Stimmt, das haben wir gar nicht mehr besprochen. Dann komme ich morgen nach der Uni, um Papa zu helfen.» Jetzt spricht wieder sie, und er hört zu. «Nein, ich mache nicht blau. Die letzte Vorlesung geht bis drei.»

Obwohl ich auf meine Zeichnung konzentriert bin, kann ich nicht verhindern, mit einem Ohr mitzuhören. Seine Mutter fragt ihn gerade, ob er was essen will.

«Ich kann mir auch ein Brot machen, du musst nicht extra kochen oder mit dem Essen auf mich warten.»

Mich befällt eine Mischung aus Schmerz und Neid, weil es solche Gespräche in meiner Welt nicht mehr gibt. Seit über zehn Jahren nicht mehr. Und am liebsten würde ich Simon raten, so oft wie möglich bei seiner Mama vorbeizuschauen. Weil man nie wissen kann, ob es vielleicht das letzte Mal ist.

«Bis morgen. Ich dich auch, Mama», sagt er etwas leiser, und meine Eifersucht wird größer, der Schmerz noch schlimmer.

Ich atme tief aus und habe nicht mal gemerkt, dass ich die letzten paar Sekunden offenbar die Luft angehalten habe.

«Sorry, da bin ich wieder.» Simon hat aufgelegt und steckt sein Handy zurück in die Hosentasche. «Wo waren wir?»

Ich versuche, meinen Mund dazu zu zwingen, Worte zu formen, doch die Erinnerungen an Mama schnüren mir die Kehle zu. Gott, was ist nur los mit mir? So, wie mich Simon nun ansieht, scheint er sich das Gleiche zu fragen.

«Hey … bist du okay, Alissa?»

6

Simon

Sie ist kreidebleich. Vor zwei Minuten hat sie noch gelacht, jetzt wirkt sie irgendwie … matt. Das amüsierte Funkeln in ihren blauen Augen ist einer dumpfen Traurigkeit gewichen, und ich habe absolut keinen Plan, woher dieser plötzliche Stimmungswechsel kommt. Als mein Blick auf das kleine Buch in ihrem Schoß fällt, bemerke ich, dass die Hand, mit der sie den Bleistift hält, zittert.

«Hey … bist du okay, Alissa?»

Sie scheint etwas sagen zu wollen, bringt schließlich aber nur ein Nicken zustande. Okay, jetzt mache ich mir echt Sorgen.

«Bist du sicher? Brauchst du ein Glas Wasser?» Hektisch scannt mein Blick den Raum nach etwas Trinkbarem ab. Nichts. Weder auf dem Sideboard hinter mir noch in der Glasvitrine gegenüber. Ich müsste aus dem Zimmer, um ihr was zu holen, will sie aber nicht allein lassen.

Alissa legt den Stift auf dem kleinen Buch vor sich ab. «Ich … brauche nur …» Ihre Stimme verliert sich, und sie flüstert: «Frische Luft.» Sie wirkt wacklig, als sie aufsteht und sich zum Fenster dreht.

Ohne nachzudenken, springe ich vom Stuhl auf, um

es für sie zu öffnen. Vor allem, weil ich in der Nähe sein will, falls ihr Kreislauf schlappmachen sollte. Deshalb behalte ich sie im Auge und habe jede ihrer Bewegungen im Blick. Wie sie auf Zehenspitzen ihren Oberkörper nach vorn lehnt. Wie sie den Kopf aus dem Fenster in den leichten Nieselregen hält. Wie sie mit einer Hand ihr langes lila Haar bändigt, als es vom kühlen Wind erfasst wird. Gänsehaut klettert meinen nackten Rücken hoch, weil ich noch oben ohne bin, aber ich ignoriere die Kälte.

«Besser?», frage ich.

«Ja, danke.» Sie dreht den Kopf mit der Andeutung eines Lächelns in meine Richtung. Ihre Wangen sind wieder rosa, und sie hat Regentropfen im Gesicht. Auf der Stirn, ihrer Nase und den Lippen, über die sie flüchtig ihre Zunge gleiten lässt. Die silberne Kugel eines Piercings, das mir letzten Freitag schon aufgefallen ist, blitzt auf, und ich komme mir wie ein Arschloch vor, weil ich ausgerechnet jetzt nichts Besseres zu tun habe, als auf ihren Mund zu starren. Rasch reiße ich meinen Blick los, lasse ihn zu ihren Augen zurückkehren.

«Gut.» Ich muss mir auf die Zunge beißen, um sie nicht zu fragen, was plötzlich los war. Immerhin kennen wir uns kaum. Eigentlich gar nicht.

«Ich hätte heute Morgen vielleicht frühstücken sollen», entgegnet sie, als hätte sie meinen Gedanken belauscht.

Allerdings erklärt ihr nüchterner Magen nicht, warum sie mit einem Mal so traurig aussah. «Habt ihr denn was zu essen hier?», frage ich.

«Ja, aber es geht schon …» Sie winkt ab. «Lass uns weitermachen.»

«Wir können auch eine Pause einlegen», schlage ich vor, rudere dann aber wieder zurück, weil ihr vermutlich schon der nächste Termin im Nacken sitzt. Außerdem wollte ich mich noch für Oma über ein Tattoo erkundigen. «Oder wir bleiben noch ein bisschen am Fenster stehen und unterhalten uns hier über mein Coverup.»

Ihr Blick huscht über meinen Oberkörper. «Ist das nicht zu kalt für dich?»

«Nicht, wenn ich mich wieder anziehen darf.» Obwohl ich jetzt schon ein paar Minuten oben ohne vor ihr stehe, fühle ich mich wegen des verdammten Einhorns noch immer unwohl.

«Ist es okay, wenn ich vorher noch ein Foto von deinem Tattoo mache?»

«Klar.» Normalerweise hätte ich mir jetzt einen Scherz erlaubt und sie gefragt, ob sie vorhat, mich irgendwann damit zu erpressen. Aber die lockere Stimmung von eben ist verflogen.

Sie geht zum Sideboard neben der Tür und kehrt mit ihrem Handy zurück. Ihr Daumen wischt über das Display, dann hält sie ihr Telefon in Höhe meines Brustkorbs. «Bereit? Einhorn?» Das hinterhergeschobene ‹Einhorn› kam mit einem Schmunzeln über ihre Lippen, und das Funkeln in ihren Augen ist wieder da.

«Wie hast du mich genannt?» Ich setze eine gespielt strenge Miene auf.

«Einhorn», wiederholt sie herausfordernd.

Lachend überlege ich, mit welchem Namen ich kontern könnte. Aber alles, was mir durch den Kopf schießt, ist Regenbogen. Wegen der Wassertropfen in ihrem Gesicht und ihrem Strahlen, wenn sie lacht. Sonnenlicht, das auf Regen trifft. «Na schön, Rainbow. Bin bereit.»

Verwundert sieht sie mich an. «Warum denn Rainbow?»

«Hab meine Gründe», gebe ich mich bewusst geheimnisvoll. Zumal Alissa mich vermutlich für einen Freak halten würde, wenn sie wüsste, wie ich auf den Namen gekommen bin. Und wenn ich sie schon nicht mit einem fiesen Nickname aufziehen kann, dann eben, indem ich ihre Neugierde wecke und unbefriedigt lasse. Mein Plan scheint aufzugehen, denn sie rollt mit den Augen, bevor sie ein paar Fotos macht.

«Die ziehe ich mir später auf den Rechner, drucke sie aus und probiere ein paar Coverup-Motive aus», erklärt sie, während ich zurück in mein Oberteil schlüpfe. «Wir sollten also noch über deine Motivwünsche reden, und natürlich sage ich auch was zu den Kosten und dem zeitlichen Aufwand, damit du dir in Ruhe überlegen kannst, ob du das Coverup machen lassen willst.»

Allein schon, um sie wiederzusehen, würde ich die Frage mit Ja beantworten. «Klingt gut.»

Wenig später sitzen wir uns wie vorhin – ich auf dem Stuhl, sie auf dem Hocker – gegenüber und machen dort weiter, wo wir vor meinem Telefonat aufgehört haben. Während ich ihr nun erzähle, welche Motive und Stilrichtungen mir gefallen würden, hört sie bloß zu und fertigt Skizzen an. Ich beobachte sie dabei. Oder vielmehr ihr konzentriertes Gesicht, das zum Teil von ihrem Haar verdeckt wird. Wie ein lilafarbener Vorhang, den sie alle paar Sekunden zur Seite schiebt. Sie trägt kaum Make-up, hat eine schwarze Jeans an, dazu einen weißen Pulli. Beides weit geschnitten. Nichts, das wie am Freitag ihre gute Figur betont oder Haut zeigt. Und trotzdem klebt mein Blick an ihr. Aus irgendeinem Grund, den ich selbst noch nicht kenne, will ich unbedingt mehr über sie erfahren.

«Seit wann machst du das schon? Tätowieren und malen?»

«Was?» Ihre Augenlider flattern nach oben, und mein Herz setzt einen Schlag aus, als sich unsere Blicke treffen. Das ist mir noch nie passiert – nicht bei einer Frau, die ich gerade mal drei Sekunden kenne –, und das bringt mich kurz aus dem Konzept.

Ich wiederhole meine Frage und hoffe, dass sie meinen seltsamen Aussetzer nicht bemerkt hat.

«Ich male schon seit ...» Ihre glatte Stirn kräuselt sich, während sie sich zu erinnern versucht. «Eigentlich seit ich einen Stift halten kann. Aber mit dem Tätowieren habe ich natürlich erst später angefangen. Inoffiziell mit siebzehn. Und offiziell mit achtzehn.»

«Inwiefern denn inoffiziell?» Ich sehe sie interessiert an und hoffe, dass ich nicht zu neugierig wirke. Denn das bin ich.

«Das ist eine etwas längere Geschichte.» Kurz macht es den Anschein, als würde Alissa weitersprechen wollen, doch ihr Blick richtet sich wieder auf die Bleistiftskizze, und sie bleibt stumm. Verdammt. Deutlicher hätte sie unser Gespräch beziehungsweise mich nicht abwürgen können. Und es fühlt sich wie eine Abfuhr an, bis sie «Und du?» fragt. «Was machst du so, wenn du dir nicht gerade Einhörner stechen lässt?»

Ihr Scherz – auch wenn er auf meine Kosten geht – und die Tatsache, dass sie Interesse zeigt, locken ein Grinsen auf meine Lippen. «Ich studiere im fünften Semester Sportwissenschaften und arbeite nebenbei als Barkeeper. Sagt dir die *Pocket Bar* in der Schanze was?» Eigentlich kenne ich niemanden in unserem Alter, der die Frage mit Nein beantworten würde. Außer vielleicht Bars – oder das Feiern generell – sind nicht so ihr Fall.

«Klar. Das war früher meine absolute Lieblingsbar.»

Ich werde hellhörig. «War?»

Kurz blickt sie zu von ihrem Block auf, mit einem Ausdruck in den Augen, den ich nicht deuten kann. «Ich hab Hausverbot.»

Meine Augen werden groß. «Oh. Okay. Und … warum hast du Hausverbot, wenn ich fragen darf?»

«Ich bin mir nicht sicher, ob du die Antwort hören willst.»

Neugierde lässt mich auf meinem Sitz etwas vorrutschen. «Ich will.»

Sie nickt. «Der Grund ist, dass ich mich mit deinem rassistischen Boss angelegt habe, weil eine meiner besten Freundinnen wegen angeblicher Überfüllung nicht in die Bar gelassen wurde, während andere – Weiße – durchgewunken wurden.» Nun sieht sie mich wieder an. Wohl, um meine Reaktion mitzubekommen, und ich kann nicht verhindern, dass sich Entsetzen, aber auch Verwirrung in meinem Gesicht ausbreiten. Ungläubig starre ich sie an.

«Ich hatte dich gewarnt. Sorry, wenn ich das so sage, aber der Laden, in dem du arbeitest, ist echt scheiße.»

Kurz fehlen mir die Worte, und es braucht zwei Atemzüge, um diese Info, die überhaupt keinen Sinn ergibt, zu verarbeiten. «Bist du sicher, dass wir von der gleichen Bar sprechen?», frage ich vorsichtig.

«Vor diesem Vorfall bin ich jeden Samstag dort gewesen. Also, ja. Ich bin mir zu einhundert Prozent sicher. «

«Aber, Tracy ... meine Chefin ist schwarz, warum sollte sie ...»

«Warte», fällt mir Alissa ins Wort und wirkt nun ebenfalls verwirrt. «Ich habe einem Typen mein Bier ins Gesicht geschüttet, keiner Frau.»

«Dann müssen die Besitzer gewechselt haben. Ich arbeite erst seit einem Jahr in der *Pocket Bar.*»

«Und ich habe seit circa anderthalb Jahren Hausverbot.»

Ich fahre mir erleichtert durchs Haar. «Puh. Dachte schon, ich müsste noch heute meine Kündigung einreichen.»

«Das hättest du getan?» Dass sie so überrascht wirkt, stört mich ein bisschen.

«Ohne mit der Wimper zu zucken», stelle ich klar.

«Gut.» Sie nickt anerkennend.

«Und ich find's gut, dass du diesem Arschloch deinen Drink ins Gesicht gekippt hast.»

Sie zuckt mit den Schultern. «Es hat nicht viel gebracht. Ich hätte mir gewünscht, dass alle Gäste, die das an dem Abend mitbekommen haben, einfach aufgestanden und gegangen wären und nie wieder ein Fuß in diesen Laden gesetzt hätten, verstehst du?»

Ich frage mich, ob sie der *Pocket Bar* vielleicht noch eine Chance geben würde. «Absolut. Was genau ist denn da abgelaufen? Deine Freundin und du wolltet in die Bar, und dann?»

«Nein. Ich war schon mit ein paar Leuten da, und wir haben auf meine Freundin gewartet. Sie wollte nachkommen. Es gab an dem Tag Türsteher, weil ein internationaler DJ aufgelegt hat. Und die wollten Calla nicht reinlassen, es sei angeblich zu voll. Also bin ich raus und bekam mit, wie sie andere Gäste, die weiß waren, durchwinkten. Ich habe die Türsteher angesprochen, was das soll, aber die zuckten nur mit den Schultern und verwiesen auf ihren Boss. Er half hinter der Theke aus. Als ich ihn konfrontierte, fing er an, irgendwas davon zu faseln, dass es sein Laden wäre und er sich aussuchen könnte, wen er als Gast haben wolle.» Sie atmet einmal tief durch, scheint um Fassung zu ringen. «Und als er dann auch noch meinte, dass seine Bar kein Affengehege wäre, bin ich ausgerastet.»

Bei ihren Worten beschleunigt sich auch mein Puls. «Da wäre ich auch ausgetickt. Tut mir echt leid für deine Freundin.»

«Du kannst ja nichts dafür.»

«Ich weiß, aber … vielleicht kann ich es ja trotzdem stellvertretend wiedergutmachen. Tracy, die neue Besitzerin, hätte sicher nichts dagegen, wenn ich dir und deiner Freundin ein oder zwei Cocktails aufs Haus mixe. Immerhin war die *Pocket Bar* dein Lieblingsladen. Vielleicht kann er das ja wieder werden.»

«Hmmm …» Sie rümpft die Nase, sodass sie sich oben etwas kräuselt, was echt süß aussieht. «Das Hausverbot ist mit der neuen Besitzerin ja dann aufgehoben», scheint sie eher zu sich selbst zu sagen. «Vielleicht komme ich Samstag vorbei, aber du musst uns dann keinen ausgeben.»

«Mach ich gern. Und ich reservier euch einen Tisch, damit ihr nicht stehen müsst. Sag einfach Bescheid ... Meine Handynummer hast du ja.»

«Ja, okay ... Mal sehen.» In ihren Augen flackert etwas auf, das jedoch genauso schnell wieder verschwindet. «Jetzt sollten wir weitermachen, sonst wirst du dein Einhorn nie los.»

Ich nicke zustimmend und bin zum ersten Mal sogar fast ein bisschen dankbar für dieses scheißpeinliche Teil auf meiner Brust. Weil ich sonst jetzt nicht hier sitzen würde.

7

Alissa

Simon und ich haben uns darauf geeinigt, dass er dem INKnovation beziehungsweise mir bis Mittwochabend per Mail verbindlich mitteilt, ob er das Coverup haben möchte oder nicht. Dann erst vereinbaren wir je nach Motiv und Größe des Tattoos weitere Termine.

Nun sitze ich zu Hause am Küchentisch vor meinem Laptop und starre sein Foto an. Eventuell habe ich – natürlich aus Versehen – etwas mehr als nur das Tattoo fotografiert. Und ja, ich weiß, dass das eigentlich ein absolutes No-Go ist, weswegen ich das Bild so zurechtschneiden sollte, dass nur sein Tattoo zu sehen ist. Es ist ganz einfach, nur ein paar Klicks, aber meine Finger bewegen sich nicht.

Er sieht einfach so verdammt gut aus. Das schiefe Grinsen, der Bartschatten, seine bernsteinfarbenen Augen und sein durchtrainierter Oberkörper. Dass er sich nichts auf diesen einzubilden scheint und keine Sekunde lang mit seinen Muskeln vor mir geprahlt oder sie in irgendeiner Form zur Schau gestellt hat, macht ihn nur noch heißer.

Als ich daran denke, wie er sich mir anfangs auf keinen Fall zeigen wollte, entschlüpft mir ein kleines Kichern. Das war echt süß. *Er* ist echt süß. Ich meine, welcher Typ weist seiner Mutter ‹Fix You› als Klingelton zu? Auch wenn mich das ein paar Minuten komplett aus der Bahn geworfen hat, war es unglaublich schön, das Gespräch mit anzuhören. Mir gefällt, dass er sich nicht für zu cool hält, um ihr ‹Ich hab dich lieb› zu erwidern. Vor mir. Einer wildfremden Person.

Außerdem mag ich seinen Humor. Und Oma Lotte, für die er sich nach einem Tattoo erkundigt hat, das seine Familie ihr zu Weihnachten schenken will. Diese Frau muss der absolute Knaller sein, und ich wünschte wirklich, ich hätte Zeit, ihr ein Tattoo zu stechen. Allerdings mache ich ohnehin schon Überstunden, wenn Simon mein Kunde wird. Ein Teil von mir hofft jedoch, dass er sich dagegen entscheidet. Denn ich sollte mich nicht zu Kunden hingezogen fühlen oder mit ihnen flirten. Das geht selten gut aus.

Deswegen grübele ich aktuell auch darüber nach, wie unprofessionell es wäre, seiner Einladung in die *Pocket Bar* zu folgen? Ich hätte wirklich Lust, mal wieder einen Mädelsabend dort zu verbringen. Zumal Calla dieses Wochenende in Hamburg ist. Allerdings weiß ich nicht, ob sie nach der Sache vor anderthalb Jahren noch Lust auf die *Pocket Bar* hat.

«Uhhh … wen haben wir denn da?», dringt Leos Stimme von hinten an meine Ohren. Derart unvermittelt, dass ich vor Schreck zusammenzucke und reflexartig den Laptop zuklappe.

«Okay, jetzt will ich erst recht alles über den Hottie auf deinem Bildschirm wissen», trällert sie auf dem Weg zum Kühlschrank. Mit einer Flasche Wasser und einem

Glas nimmt sie am Esstisch mir gegenüber Platz und gießt sich etwas ein. «Also?» Grüne Augen funkeln mich neugierig an.

Wissend, dass sie mich jetzt einem Verhör unterziehen wird, stöhne ich auf. «Da gibt es nichts zu erzählen. Simon ist …»

«Verdammt sportlich», unterbricht sie mich und wackelt mit den Augenbrauen.

«Nur ein Kunde.»

«Mit dem du was hast? Oder warum glühen deine Wangen plötzlich so?» Herausfordernd sieht Leo mich an.

«Du weißt ganz genau, dass ich mir seit Marvin geschworen habe, nie wieder was mit einem Kunden anzufangen.»

Sie zuckt die Schultern. «Regeln sind dazu da, gebrochen zu werden.»

«Aber nicht in diesem Fall», beharre ich energischer als beabsichtigt.

«Okay … und warum benimmst du dich dann, als hätte ich dich gerade beim Porno-Gucken erwischt?» Schmunzelnd deutet sie auf den zugeklappten Laptop, den ich wieder öffne, um meine Unschuld zu beweisen.

«Ich mache hier überhaupt nichts Unanständiges.» Demonstrativ drehe ich den Laptop mit dem Bildschirm zu ihr, auch wenn ich damit vermutlich gegen irgendwelche Datenschutzrichtlinien verstoße. Ich sollte eigentlich keine Bilder rumzeigen, auf denen die Gesichter von Kunden zu erkennen sind. Aber Leo ist nun mal Leo, und solange es sich nicht um ein Tattoo an einer intimen Stelle handelt … «Hier. Siehst du?»

«Hm ...» Verträumt lächelnd betrachtet Leo nun Simons Bild. «Ein wirklich hübscher Mann ... aber ...» Sie zieht die Augenbrauen zusammen und geht mit ihrem hübschen Gesicht näher an den Bildschirm. «Was zur Hölle ist das da auf seiner Brust?»

Ich muss kichern. «Das hab ich mich auch gefragt, als er oben ohne vor mir stand.»

«Im Ernst, Lissa. Was. Ist. Das? Es sieht aus wie ein buckeliges Einhorn, aber warum in alles in der Welt sollte man sich so einen Unsinn tätowieren lassen?»

Sie sieht so irritiert aus, dass ich lauthals loslachen muss.

«Du verarscht mich doch.» Leos Mundwinkel zucken. «Er hat sich doch nicht wirklich ein Einhorn ... mit dem Namen Kiki tätowieren lassen? Ist das über dem Horn etwa ein Herz?»

Ich nicke. «Kiki ist vermutlich seine Ex.»

«O Gott!», stößt Leo hervor. «Die Arme. Was hat sie ihm bitte angetan, dass er sie als Krüppel-Einhorn auf seiner Haut verewigt», fährt meine Freundin fort, und ich habe inzwischen Schluckauf vor Lachen.

«Ich glaube nicht, dass er sich das Motiv ausgesucht hat. Es ist ihm irre peinlich. Deshalb will er sich ein Coverup stechen lassen», erkläre ich, nachdem ich meinen Lachflash einigermaßen überwunden habe.

«Na ja. Fang sicherheitshalber lieber doch nichts mit ihm an. Sonst landest du noch als Alpaka auf seiner Arschbacke oder so.»

«O Gott, Leo!», pruste ich.

«Was denn?» Todernst zuckt sie mit den Schultern.

«Das würde er nicht tun. Außerdem sind Alpakas total niedlich.»

«Einhörner auch, und sieh nur, was er diesem magischen Wesen angetan hat.» Sie schiebt kopfschüttelnd den Laptop zurück auf meine Seite des Tisches.

«Don't judge a book by it's cover», sage ich. «Für Tattoos gilt dasselbe. Er ist wirklich nett.» Aus irgendeinem Grund verspüre ich das Bedürfnis, Simons Ehre wiederherzustellen. Deshalb erzähle ich ihr von dem Klingelton für seine Mutter und wie fürsorglich er war, als die Erinnerung an meine Mama eine kleine Panikattacke bei mir ausgelöst hat.

Leo greift über den Tisch nach meiner Hand und streichelt sie. «Das war wirklich süß von ihm.»

«Und außerdem hat er uns für nächsten Samstag in die *Pocket Bar* eingeladen», fahre ich fort. «Er arbeitet dort als Barkeeper und hat mir erzählt, dass die Bar eine neue Besitzerin hat.

«Oh ... Das heißt ...»

«Wir müssen den Laden nicht mehr boykottieren, und ich hab kein Hausverbot mehr.»

«Dann sollten wir der *Pocket Bar* eine zweite Chance geben, oder?»

«Wenn Calla dabei ist, auf jeden Fall. Ich schreib ihr gleich mal.» Meine Vorfreude auf die *Pocket Bar* hat definitiv rein gar nichts damit zu tun, dass Simon dort arbeitet. Mit einem Mal sind meine Bedenken, seine Einladung anzunehmen, nur noch Schall und Rauch, weil sie lächerlich sind. Mich während seiner Schicht dort blicken zu lassen, heißt schließlich nicht, dass ich mich ihm an den Hals werfe oder so. Zumal er ohnehin damit beschäftigt sein wird, Getränke zu machen.

...◆...

Kunstpädagogik lernen steht dick und fett an erster Stelle meiner heutigen To-do-Liste, weshalb ich mich direkt nach dem Aufstehen in meinem Zimmer verschanze. Ich habe noch immer meinen Pyjama an und sitze umgeben von Karteikarten, Textmarkern und Büchern in meinem Bett. Weil Leo ebenfalls für eine Prüfung lernen muss, haben wir Handys getauscht, um uns gegenseitig vom Prokrastinieren abzuhalten. Denn eigentlich hätte ich viel mehr Lust, ein paar meiner neuen Zeichnungen auf meinen Insta-Account hochzuladen oder mich weiter Simons Coverup-Idee zu widmen. Eine Kombination aus einem Landschaftsmotiv, um das Einhorn verschwinden zu lassen, und einem Tribal, das sich perfekt mit dem, das er bereits hat, ergänzen und ausweiten ließe. Stattdessen versuche ich, mir die Bausteine der kunsttherapeutischen Bildtheorie einzuprägen. Wenigstens ist das Thema interessant. Außerdem weiß ich aus eigener Erfahrung, wie sehr Kunst die Seele heilen kann. Wie sehr sie einem dabei hilft, Gefühle zum Ausdruck zu bringen, für die man keine Worte findet. Aus genau diesem Grund ist das Malen, Gestalten und Entwerfen von Kunst mehr als nur ein Hobby für mich. Mich kreativ auszuleben und ausdrücken zu können, bedeutet Luft zu bekommen, wenn ich an negativen Gefühlen zu ersticken drohe.

Ein Klopfen lässt mich von meinem Buch aufsehen.

«Telefon für dich!», hör ich Leo durch die Tür rufen. «Es ist Becka.»

Sofort versteift sich mein Körper. Meine Schwester ruft fast nie an. Unser letztes Telefonat war vor vier Monaten an ihrem neunzehnten Geburtstag, als ich ihr um Mitternacht gratuliert habe. «Komm rein!», rufe ich zurück und stehe auf, um Leo entgegenzukommen und ihr mein Handy abzunehmen.

Dankend nicke ich Leo zu, die etwas verkrampft lächelt und dann mein Zimmer wieder verlässt.

«Hi, Becka.» Ich versuche, nicht allzu überrascht zu klingen.

«Wann wolltest du mir erzählen, dass du deine erste eigene Ausstellung zusammen mit Mamas Bildern hast?»

Mist. Sie muss es von Papa erfahren haben und wird mir garantiert vorwerfen, es ihr nicht selbst gesagt zu haben. Ich schließe die Augen, wappne mich mit einem tiefen Atemzug für Beckas Standpauke. Doch stattdessen …

«Herzlichen Glückwunsch! Ich freu mich für dich, Lissi. Vor allem bin ich so auf Mamas Bilder gespannt. Hast du sie schon gesehen?»

Blinzelnd öffnen sich meine Augen wieder, und ich werfe kurz einen ungläubigen Blick auf mein Handydisplay. Tatsächlich steht da der Name meiner Schwester. Unser Telefonat ist also real. Als hätte es den Streit zwischen uns, der mich meinen letzten Besuch zu Hause mal wieder vorzeitig hat abbrechen lassen, nie gegeben.

«Nein, Gerda und ich wollten uns nächste Woche treffen.»

«Könnte ich dann mitkommen?»

«Ähm … ja klar», antworte ich noch immer überrascht, aber auch etwas skeptisch. So oft, wie sie mich wegen meiner Leidenschaft zur Malerei belächelt und kritisiert hat, fällt es mir etwas schwer, nicht vorsichtig zu sein. Ich würde doch nur mit aller Macht versuchen, in Mamas Fußstapfen zu treten und mich dabei lächerlich machen, hat sie mir bei unserem letzten Streit an den Kopf geworfen. Seitdem habe ich mir eigentlich geschworen, sie komplett aus diesem Teil meines Lebens rauszuhalten. Weil es mich jedes Mal aufs Neue verletzt, wenn sie abwertend über meine Arbeiten spricht. Und trotzdem … dass sie jetzt auf mich zukommt und Interesse zeigt … ich kann nicht anders, als mich darüber zu freuen, wenn auch mit angezogener Handbremse.

«Cool. Weißt du schon, was du anziehen wirst?», fragt sie.

«Du meinst zur Vernissage?»

«Klar, wohin denn sonst? Hast du dir darüber etwa noch keine Gedanken gemacht?» Sie klingt beinahe empört, was mich zum Schmunzeln bringt.

«Um ehrlich zu sein, nein. Die Ausstellung ist ja erst in acht Wochen.» Zwei Monate. Gott. Das wirkt gleichzeitig wie eine Ewigkeit und wie ein Wimpernschlag. «Ich gehe am Wochenende shoppen», beschließe ich spontan.

«Wenn du magst, helfe ich dir, was zu finden.»

«Klar, total gerne.» Die Erleichterung darüber, ein normales Gespräch mit meiner Schwester – ohne Vorwürfe und ohne Schuldgefühle – zu führen, lässt gar keine andere Antwort zu.

«Hach, das wird cool. Ich war schon Ewigkeiten nicht

mehr in Hamburg shoppen.» Ich höre die Vorfreude in ihrer Stimme und frage mich unwillkürlich, ob sie wirklich mir oder der Aussicht auf neue Klamotten gilt. Doch ich schüttele das Gefühl ab, bevor es von mir Besitz ergreifen kann. Ich wünsche mir, Becka wieder näherzukommen, und sie hat gerade einen ersten Schritt gemacht. Da werde ich jetzt nicht alles ruinieren, indem ich jedes ihrer Worte hinterfrage.

Mein Blick fällt auf den Lernkram in meinem Bett. Ich müsste eigentlich weitermachen, aber weil ich Becka nicht das Gefühl geben will, sie abzuwimmeln, beschließe ich, dass das Lernen warten kann. Der Tag hat schließlich noch ein paar Stunden übrig. Also frage ich sie, wie es ihr geht und was sie so treibt. Sie erzählt mir von ihrem Studium in Lüneburg und dass sie jetzt in einem Café in der Altstadt jobbt. Inklusive lustige Anekdoten von Gästen, die uns beide zum Lachen bringen. Und es fühlt sich so gut an. Vertraut und gleichzeitig seltsam fremd. Um diese ungewohnte Unbeschwertheit aufrechtzuerhalten, beginne ich mit einer witzigen Story aus dem INKnovation, doch da wechselt sie abrupt das Thema.

«Ach, übrigens habe ich deinen Serien-Tipp jetzt endlich mal befolgt und *Breaking Bad* angefangen. Zusammen mit Papa. Wir haben an einem Wochenende die komplette erste Staffel durchgesuchtet. Er ist jetzt offiziell zum Serienjunkie geworden», erzählt sie und lacht. Das Geräusch lässt mich zusammenzucken. Es ist einer dieser Momente, in denen mir mal wieder klar wird, wie wenig ich zu meiner Familie gehöre. Und es tut weh. So weh, dass mir kurz die Luft wegbleibt. Ich fühle mich so … ausgeschlossen.

«Bist du noch da?», erkundigt sich Becka.

«Ja … Das klingt toll. Freut mich, dass du und Papa ein gemeinsames Hobby gefunden habt.» Es ist mir nicht gelungen, die Verbitterung komplett hinunterzuschlucken, weshalb man sie leider hören kann.

«Oh, sorry … Ich wollte dich nicht eifersüchtig machen, Lissi», entschuldigt sich Becka und streut, ohne es zu merken, zu dem Salz noch etwas Chili in meine Wunde.

«Alles gut.» Ich zwinge ein Lächeln auf meine Lippen, obwohl Becka es gar nicht sehen kann. «Außerdem ist es kein Wunder, dass ihr euch das ganze Wochenende um die Ohren geschlagen habt. Ich hab doch gesagt, dass die Serie gut ist und absolut süchtig macht.»

«O ja. Viel zu sehr. Ich hätte eher auf dich hören sollen. Obwohl … vielleicht besser nicht? Ich werde noch zur Couch-Potato», scherzt sie.

Wir unterhalten uns noch etwa zwanzig Minuten lang über diverse Serien und andere oberflächliche Themen. Ich bin dankbar, dass sie die meiste Zeit redet und ich meist nur ein zustimmendes «Hm» von mir geben muss.

Zusammen mit Papa. Wir haben an einem Wochenende die komplette erste Staffel durchgesuchtet. Worte, die sich wie eine rostige Klinge in meiner Brust anfühlen. Für Becka nimmt er sich drei Tage Zeit, um eine total belanglose – wenn auch coole – Serie zu gucken, während er nicht mal einen Nachmittag entbehren kann, um zu meiner allerersten Ausstellung zu kommen. Einer Ausstellung, die ihm doch eigentlich genauso viel bedeuten müsste wie mir.

Nachdem wir aufgelegt haben, starre ich auf das Telefon in meiner Hand. Ich kann mich nicht mal mehr darüber freuen, dass ausgerechnet meine Schwester Interesse zeigt. Meine Laune ist unwiderruflich im Keller – dachte ich zumindest. Denn genau in der Sekunde, als ich mich mit meinem Handy frustriert ins Bett werfen will, ploppen gleich zwei Nachrichten auf: Eine auf WhatsApp, in der Calla schreibt, dass sie unter den neuen Umständen nichts gegen einen Abend in der *Pocket Bar* einzuwenden hat, und eine weitergeleitete Mail aus dem INKnovation:

Hi Alissa,
es bleibt dabei. Ich will mir das Coverup auf jeden Fall von dir machen lassen und würde gerne die weiteren Termine vereinbaren. Ich kann ab nächster Woche immer mittwochs und freitags ab drei und samstags den ganzen Tag über bis achtzehn Uhr.
Liebe Grüße
Simon, AKA das Einhorn. 😉

8

Simon

«Dein Ernst, Alter?» Alex joggt neben mir auf der Stelle und deutet schwer atmend auf das Dockland-Gebäude vor uns. Das Bürohaus an der Elbe hat die Form eines Parallelogramms und erinnert an ein Schiff, dessen Bug aus dem Wasser ragt. Eine Außentreppe führt auf eine große Aussichtsplattform. «Da willst du echt noch rauf, Simon?»

«Jap», antworte ich entschlossen, obwohl meine Oberschenkel jetzt schon wie Feuer brennen. Nachdem wir direkt nach der Uni im Fitnessstudio unsere Beinmuskeln malträtiert haben und anschließend sieben Kilometer die Elbe entlanggejoggt sind, kommt nun die absolute Folter: knapp hundertvierzig Stufen nach oben. Im Sprint. «Wer zuerst auf dem Dach ist, schuldet dem anderen einen Gefallen», keuche ich.

«Das hätten wir *vor*, nicht nach dem Krafttraining machen sollen.» Alex pfeift bereits aus dem letzten Loch. Er ist zwar einer der krassesten Kletterer und Parkourläufer, die ich kenne, aber Ausdauer- beziehungsweise Kardiotraining hasst er wie die Pest.

«Das Beste zum Schluss, also komm schon!» Ich gebe

ihm einen Schubs gegen die Schulter. «Wenn du schneller bist, mache ich eine Woche lang den Abwasch.»

«Und wenn ich was anderes will?»

«Tust du nicht.»

«Woher willst du das wissen?»

«Weil ich dich kenne und du ein faules Stück bist, wenn es um Hausarbeit geht. Jetzt komm! Bereit?», frage ich.

Alex antwortet mit einem leidvollen Stöhnen, während ich den Countdown starte.

«Drei. Zwei. Eins. Los!»

Die ersten fünfzig oder sechzig Stufen nehmen wir noch im Gleichschritt. Ab der Mitte wird Alex jedoch langsamer. Und auch wenn meine Beine schwerer werden und sich wie Betonklötze anfühlen, in denen tausend kleine Nadeln stecken, ignoriere ich den Schmerz. Stattdessen ziehe ich das Tempo noch etwas an und überhole zwei Frauen, die gemütlich raufspazieren. Mir ist übel, und der Beton unter meinen Füßen scheint zu schwanken, als ich endlich die Plattform betrete. Meine Lungen drohen mit jedem schweren Atemzug in Flammen aufzugehen. Doch die grandiose Panorama-Aussicht über den Hafen und die Elbe und die Stadt ist es allemal wert. Da die Sonne gerade untergeht, erstrahlt Hamburg in rotgoldenem Licht, in der Ferne spiegelt sich der Schimmer wie Feuerschein in den Fenstern der Elbphilharmonie. Ich atme langsamer, spüre, wie sich mein Puls beruhigt, während mein Blick über das Wasser schweift. Die Touris, die den Ausblick mit ihren Kameras festhalten, und ein paar Jugendliche, die Bier trinken, nehme ich kaum wahr. Bis Alex die Stimmung killt, indem er neben mir auftaucht und, die Hände auf seine Knie gestützt, würgende Geräusche von sich gibt. «Fuck! Ich ... glaub, ich ... muss kotzen.»

Alex' Standardspruch nach jedem etwas härteren Ausdauertraining. Tatsächlich spucken musste er aber noch nie, weshalb ich ihm bloß kommentarlos auf die Schulter klopfe und weiterhin die Aussicht genieße. Ich zücke mein Handy und trete näher an das Geländer, um ein Foto zu schießen. Wie immer, wenn ich die Dockland-Stufen bezwungen habe, mache ich ein Selfie und ein Bild, auf dem nur der Ausblick zu sehen ist. Sozusagen als Trophäe, die ich eine Stunde später, als wir wieder zu Hause sind, nach einer heißen Dusche auf Instagram poste. Als Beitrag und Story.

Ich liege komplett zerstört, aber auch irgendwie zufrieden auf meinem Bett, lese Kommentare und hinterlasse Likes. Ich habe grad das heutige Bild der *Pocket Bar* angesehen, als ich mich frage, ob Alissa Samstag wohl kommt. Und dann überlege ich, ob sie hier auch zu finden ist. Statt sie über ihren Vornamen zu suchen, was vermutlich hundert Jahre dauern würde, gebe ich INKnovation in die Suchleiste ein und werde fündig. Anschließend scrolle ich mich durch die Liste der knapp dreihundert Abonnierten, bis mich ein Name förmlich anspringt: AlissaInkWonderland. *Ist sie das?* Ich klicke das Profil an, und mein Mund bleibt vor Überraschung offen stehen, als ich ihr Foto sehe.

Sie lächelt – und ist nackt. Zumindest fast. Denn das Einzige, was ihre Brüste bedeckt, zwischen denen ein Tattoo wie eine Kette mit einem dreieckigen Anhänger verläuft, sind ihre langen lila Haare. Leicht gewellt. *Fuck.* Was für ein Bild. Absolut heiß und die pure Ästhetik. Es ist fast unmöglich, wieder woanders hinzusehen. Das letzte Mal, als mich das Foto einer Frau so fasziniert hat, war mit vierzehn oder fünfzehn.

Auf der Suche nach weiteren Bildern von ihr sehe ich mir nun ihren Feed an. Dieser besteht nur aus Zeichnungen und Fotos von Tattoos, die sie anderen gestochen hat. Von Tieren, Blüten, Personen sowie geometrischen Formen und Schriftzügen ist fast alles dabei. Sie ist unfassbar vielseitig und megatalentiert. Jede ihrer Arbeiten spricht mich an. Aber am meisten gefallen mir die realistisch dargestellten Landschaftsmotive und Gesichter in Schwarz-Weiß. Bestehend aus lauter kleinen Punkten, wirken sie dennoch plastisch und total lebendig.

Das Porträt einer Frau taucht in abgewandelter Form immer wieder auf. Sie und Alissa sehen sich ähnlich, haben die gleichen Augen und denselben Mund; der Text unter den Bildern ist immer derselbe: *Always on my mind. Always in my heart. Forever in my soul.* Worte, die mich automatisch an meinen Bruder und an Opa denken lassen, obwohl sie nicht zwangsläufig heißen müssen, dass diese Frau auf den Bildern gestorben ist. Ich hoffe nicht. Ich wünsche mir für Alissa, dass sie so einen Verlust noch nicht durchmachen musste, dass die Geschichte, die diese Zeichnung zu erzählen scheint, nicht der Vergangenheit angehört.

Ob sie Opas Bild wohl auch so hinbekäme? Mit dieser Tiefe und Ausdrucksstärke? Diesem Gefühl? Eventuell nehme ich einen Abzug von dem Foto in Omas Medaillon zum nächsten Termin mit und frage Alissa, ob sie

Zeit hätte, eine Vorlage anzufertigen. Apropos Zeit beziehungsweise Termin … Ich habe die letzten vier Stunden gar nicht mehr nachgesehen, ob sie auf meine Mail von heute Morgen geantwortet hat. Doch bevor ich die Instagram-App schließe, tippe ich auf *Abonnieren* und like ein paar ihrer Bilder. Es sind auch ein paar ziemlich alte dabei. Vielleicht sollte ich zumindest diese wieder entliken, damit sie mich nicht für einen Stalker hält, sobald sie das sieht. Falls überhaupt. Bei fünf- bis teilweise sogar achthundert Likes auf ihren Posts kann ich mir kaum vorstellen, dass sie nachvollziehen kann, von wem die ganzen Herzen sind.

Ich habe den Gedanken kaum beendet, da wird mir eine Benachrichtigung angezeigt: AlissaInkWonderland folgt dir jetzt. Mein Herzschlag rast plötzlich genauso schnell, wie als Alex und ich die Dockland-Treppen hochgesprintet sind. Nur dass ich momentan in meinem Bett liege und eigentlich einen Ruhepuls von fünfzig haben müsste.

Es juckt mich in den Fingern, Alissa eine Nachricht zu schreiben. Und bei jeder anderen hätte ich das, ohne zu zögern, getan. Stattdessen starre ich wie ein Idiot auf diese Benachrichtigung, als käme sie von Obama höchstpersönlich. Lächerlich, ich weiß. Aber ich will mich vor ihr nicht zum Affen machen, falls das hier nur ein *Follow for Follow* ist. Dass ich mich mit meinem Tattoo zur Lachnummer des Jahrhunderts gemacht habe, reicht mir erst mal. Anderseits … Was hab ich zu verlieren? Ein verwackeltes Einhorn mit Herz, in dem der Name meiner Ex steht, schlägt eindeutig ein unverfängliches ‹Hi, wie geht's?›. Also fange ich an zu tippen, doch sie überrascht mich erneut und kommt mir mit einer Nachricht zuvor. Ich richte meinen Oberkörper auf, als könnte ich in dieser Position besser lesen, was sie schreibt.

> Hey Einhorn 😉,
> danke für all die Herzen. Freut mich,
> dass dir meine Bilder gefallen.
> LG Alissa.
> PS: Coole Aussicht in deiner Story. 😁

Okay – meine Mundwinkel treffen sich fast an meinem Hinterkopf, so breit grinse ich –, ich bin hier wohl nicht der einzige Stalker. Auch, wenn ich damit angefangen habe. Rasch lösche ich die angefangene Nachricht und verfasse eine neue.

9

Alissa

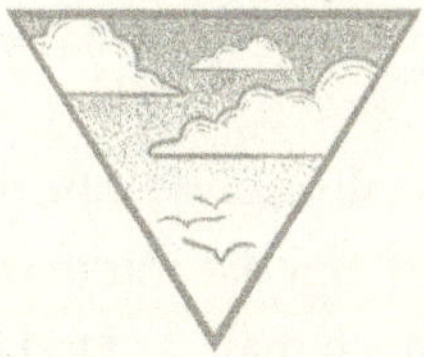

Hi Rainbow, ich schätze, es wird Zeit, dass du mein Tattoo verschwinden lässt, damit du endlich meinen richtigen Namen benutzt. Deine Bilder sind der Hammer! Es waren leider zu viele, um alle zu liken.
PS: Danke! Welche der beiden Aussichten meinst du denn genau?

Obwohl er nicht wissen kann, dass ich mir das Foto, auf dem er zu sehen ist, eindeutig länger und genauer angesehen habe, fühle ich mich ertappt. Ich könnte jetzt lügen, entscheide mich aber für den Mittelweg.

Vielleicht will ich das ja gar nicht. Zufällig mag ich außergewöhnliche Namen. Und Einhörner. Trotzdem lasse ich deins natürlich gerne verschwinden. Habe deine Mail bekommen, und wenn du magst, können wir nächste Woche Mittwoch loslegen.

Ich habe auch schon ein paar Motive entworfen, die wir gerne vorab per Mail besprechen können.
PS: Ich mag beide Aussichten. Wo am Hafen ist das Foto entstanden?

Okay, wenn du so auf Einhörner stehst, überlege ich mir das mit dem Coverup eventuell noch mal. Und ja, es gibt tatsächlich außergewöhnlichere Namen als Simon. Aber hey, dafür kann ich außergewöhnlich gut Aussichten fotografieren. Zählt Letzteres auch als außergewöhnliches Talent?

Mir entschlüpft ein Lachen, während ich weiterlese.

Mittwoch klingt gut. Schick mir gerne die Entwürfe rüber. Ich bin gespannt.
PS: Das Foto ist auf dem Dockland entstanden.

Noch immer schmunzelnd antworte ich:

Hmm … kommt ganz darauf an, wie außergewöhnlich die Aussicht ist.
PS: Gut zu wissen, ich war nämlich noch nie oben.

Zählt es auch, wenn man die besten Aussichtsspots kennt? Ich wette, dass ich mindestens vom einem weiß, den du noch nicht kennst. 😁
PS: Dein Ernst? Wie kommt's, dass du noch nie auf der Plattform warst?

Okay. Um was wollen wir wetten? 😂
PS: Sorry für den Schocker. Ich hoffe, der hält dich später nicht vom Schlafen ab. Hat sich einfach noch nicht ergeben. Außerdem komme ich ursprünglich aus Lüneburg und wohne erst seit drei Jahren in Hamburg. Zählt das als Ausrede? 😉

Aus irgendeinem Grund lässt er sich mit der Beantwortung dieser Frage Zeit. Viel Zeit. Beunruhigend viel Zeit. Hätte ich auf das mit der Wette lieber nicht eingehen sollen? Zumal das nicht mal wirklich ernst gemeint war – rede ich mir zumindest ein. Genauso wie ich mir jetzt einrede, nicht mit ihm zu flirten und auch keinen Spaß daran zu haben. Letzteres stimmt sogar, denn seit Simon nicht zurückschreibt, macht es definitiv keinen Spaß mehr. Doch dann tauchen die drei kleinen Pünktchen auf, und ich starre auf mein Handy, als würde auf meinem Display die Liveübertragung einer Ufo-Landung mit echten Aliens stattfinden. Und als ich gefühlt hundert Jahre später seine Antwort lese, spüre ich ein Flattern in meiner Magengegend. Sind vermutlich Alien-Schmetterlinge.

Wir wetten darum, dass du irgendwann mit mir aufs Dockland gehst. Bei Sonnenaufgang. Den hab ich von dort aus nämlich selbst noch nicht gesehen. Und nein, ich lasse keine weitere Ausrede gelten 😉, es sei denn, du hast eine Treppen- oder Höhenphobie.

Diesmal bin ich es, die nicht sofort antwortet, weil ich mich überrumpelt fühle. Auf eine gute Art. Das hier ist nicht bloß ein Wetteinsatz, sondern die indirekte Frage nach einem Date. Einem Date bei Sonnenaufgang. Das wäre für mich eine Premiere, und ich muss gestehen, dass mir die Vorstellung gefällt. Gerade weil es anders, fast ein bisschen verrückt ist. Genauso wie Simon. Simon, der mein Kunde ist. Was zum Teufel soll ich jetzt tun?

«Leo?!», rufe ich vom Sofa aus durchs Wohnzimmer.

«Ja?», kommt es aus der Küche zurück. Sie repariert mal wieder unsere Spülmaschine, die gefühlt jede Woche den Geist aufgibt. Ohne Leo hätten wir uns längst eine neue besorgen müssen.

«Hast du eine Sekunde?»

«Ist es was Wichtiges? Oder kann das kurz warten?» Leos Stimme klingt minimal genervt.

Aber darauf kann ich jetzt keine Rücksicht nehmen: «Ich chatte gerade mit Simon.»

«Welchem Simon?»

«Einhorn-Simon!»

Es dauert keine drei Sekunden, bis Leo in Jogginghose und einem Hoodie mit Wasserflecken auf der Brust – zumindest nehme ich an, dass es welche sind – vor mir steht. Sie pustet sich eine rote Strähne, die sich aus ihrem Zopf gelöst hat, aus dem Gesicht. «Definiere chatten!», fordert sie.

«Wie soll ich das denn definieren? Wir chatten halt.»

Leo rollt mit den Augen. «Redet ihr über das Wetter? Oder darüber, was ihr gerade anhabt? Ersteres ist chatten, Letzteres würde eindeutig in die Kategorie Flirten fallen.»

Ich merke, wie meine Ohren heiß anlaufen. «Wir schreiben definitiv keine Sex-Nachrichten, aber übers Wetter sind wir definitiv hinaus. Gibt es so was wie Soft-Flirten?» Im Schneidersitz, halte ich ihr mein Handy hin. «Hier. Ich weiß nicht, was ich auf seine letzte Nachricht antworten soll.»

Sie nimmt mein Telefon an sich und fängt an zu lesen. Ich beobachte dabei ihre Mimik. Das Hoch und Runter ihrer geschwungenen Augenbrauen. Das leichte Kräuseln ihrer Stirn. Das amüsierte Zucken ihrer Mundwinkel. Und schließlich das wissende Lächeln auf ihren Lippen. «Das Wichtigste zuerst: Kein Penisfoto!», sagt sie gewohnt trocken und gibt mir mein Handy zurück. «Wie erfrischend. Ich glaub, ich mag ihn.»

Ich nicke zustimmend. Denn auch ich habe so meine Erfahrungen mit Vollidioten, die Flirten und sexuelle Belästigung nicht auseinanderhalten können. Was einer der wesentlichen Gründe ist, warum ich mich von Tinder abgemeldet habe. Wobei ich gestehen muss, dass Tinder und ich eine Art On-off-Beziehung pflegen. Aktuell gehen wir wieder getrennte Wege. «Soll ich auf die Wette eingehen?», frage ich. «Das wäre im Grunde ein Date. Und er ist mein Kunde.»

«Aber das war dir auch schon klar, als du ihn angeschrieben hast, oder nicht? Erzähl mir nicht, dass du dich eigentlich nur über sein Tattoo austauschen wolltest und plötzlich vom Thema abgekommen bist.» Leo hebt zweifelnd die Augenbrauen.

Ertappt kaue ich auf meiner Unterlippe.

«Na also. Ich hab recht. Im Grunde hatte ich schon recht, als du versucht hast, das Bild von ihm auf deinem Laptop vor mir zu verstecken.»

«Recht womit?»

«Dass du ihn heiß findest.»

«Das hab ich nie geleugnet», kontere ich. «Aber ihn heiß zu finden, ist was anders, als sich mit ihm zu treffen. Du weißt, warum.»

«Dann sag nein zu seinem Vorschlag.»

«Mann, Leo!» Ich werfe eins der Sofakissen nach ihr. «Hör auf, so verdammt vernünftig zu sein, und hilf mir lieber, Gründe zu finden, warum es okay wäre, meine Keine-Kunden-Regel zu brechen.»

Lachend wehrt meine Freundin die Kissen-Attacke mit ihrem Unterarm ab. «Okay. Erstens: Er ist nicht Marvin.»

Ich nicke.

«Zweitens: Wie wahrscheinlich ist es, dass der zweite Kunde, auf den du dich einlässt, dir auch nach einer Woche einen Heiratsantrag macht und dir Blumen auf die Arbeit oder zu uns nach Hause schickt?»

«Ziemlich unwahrscheinlich», sage ich. Hoffend.

«Drittens: So was wie mit Marvin kann dir mit jedem beliebigen Typen passieren, egal wo du ihn kennengelernt hast.»

«Mit dem Unterschied, dass ich Männern, die ich im Club oder an der Supermarktkasse treffe, besser aus dem Weg gehen kann als einem Kunden, der noch ein Tattoo von mir bekommt», gebe ich zu bedenken.

«Dann willst du also direkt ins Bett mit Einhorn?»

«Was? Nein!», platzt es energischer als beabsichtigt aus mir heraus. Das mag verräterisch wirken, aber ich schwöre, dass meine Gedanken kein einziges Mal auch nur einen winzigen Abstecher in diese Richtung unternommen haben. Bis jetzt. *Danke, Leo.*

«Wo liegt dann das Problem, Lissa?» Vollkommen verständnislos sieht Leo mich an. «Solange du nicht vorhast, auf dem Dockland mit ihm rumzumachen und ihn anschließend mit zu uns zu nehmen, kannst du entspannt zusagen. Ihm das Tattoo zu stechen, dauert doch nicht ewig, und so lange lässt du es eben langsam angehen.» Sie runzelt die Stirn, als ihr anscheinend ein Gedanke kommt. «Und wer sagt überhaupt, dass er die Wette gewinnt? Wenn er dir gleich den Michel als Aussichtspunkt nennt, verliert er und muss ... Was eigentlich?»

«Gute Frage. Und du hast recht. Ich sag ihm zu. Danke.» Rasch deaktiviere ich die Tastensperre und öffne meinen Insta-Account.

«Gern geschehen.»

Ich werfe Leo eine Kusshand zu, bevor sie wieder in der Küche verschwindet, um den Kampf mit unserer Spülmaschine für sich zu entscheiden.

Während ich Simon texte, stelle ich fest, dass er leider offline ist.

Sorry, ich musste kurz weg. Aber ich nehme deine Wette an. Allerdings müssen wir vorher noch über deinen Wetteinsatz sprechen, wenn du verlierst.

Gesehen.

Dieses kleine Wörtchen genügt, um meine Herzfrequenz wieder in die Höhe zu treiben. Ein Glück, dass Smartphones noch nicht in der Lage sind, Vitalzeichen per Displaykontakt an die Person zu übertragen, mit der man gerade schreibt.

Kein Stress. Soll ja Menschen geben, die auch mal das Handy aus der Hand legen. Eine Spezies, zu der ich zufällig auch zähle. 😉 Freut mich, dass du die Wette annimmst. Über meinen Wetteinsatz kannst du gern allein entscheiden. Bin für alles offen. Zumindest fast. Außerdem werde ich eh gewinnen. 😉

In Sachen Selbstsicherheit bist du auf jeden Fall schon mal der klare Sieger. 😉

Ich tippe direkt weiter, als mir plötzlich eine Idee für den Wetteinsatz kommt.

Aber wenn du verlierst, legst du diesen Samstag, wenn meine Freundinnen und ich in die *Pocket Bar* kommen, einen Twerk hin.

Simon antwortet mit drei tränenlachenden Smiley-Emojis.

Ich soll twerken? Ist das dein Ernst? Ich arbeite in dem Laden. Weißt du, wie peinlich das wäre?

Mein voller Ernst. Außerdem geht es schließlich um einen Wetteinsatz. Der MUSS peinlich sein. 😂

Wie gut, dass ich eh gewinne. 😁

Abwarten …

Okay, abgemacht. Ich freue mich trotzdem, dass du Samstag vorbeikommst. Für wie viele Personen soll ich dir einen Tisch reservieren?

Für drei.

Oder geht auch vier?, korrigiere ich mich für den Fall, dass Becka mitkommen will. Ich würde sie ungern ausschließen wollen.

Klar! Und jetzt zu unserer Wette …

Tief Luft holend, warte ich auf Simons nächste Nachricht. Es gäbe definitiv Schlimmeres, als seinen Aussichtspunkt nicht zu kennen und mit ihm aufs Dockland zu müssen. Wobei ich ihn echt gerne tanzen sehen würde.

Also …

Kennst …

Du …

Ich verdrehe schmunzelnd die Augen, weil er tatsächlich jedes Wort einzeln verschickt und damit ziemlich offensichtlich versucht, mich auf die Folter zu spannen. Als Reaktion darauf schicke ich ihm einen gähnenden Emoji inklusive einem Sanduhr-Gif.

Sorry, aber das will gut überlegt sein. Will ja schließlich gewinnen. 😉 Also gut. Hier kommt mein Aussichtspunkt – Trommelwirbel – Es ist die Bunthäuser Spitze.

«Die was?», entkommt es mir. Ich lese den Namen noch mal. *Bunthäuser Spitze?* Davon habe ich noch nie gehört. Vermutlich hat Simon sich diesen Ort bloß ausgedacht. Aber um ihn nicht zu Unrecht zu bezichtigen, befrage ich schnell Google. Tja, Pech gehabt. Die Bunthäuser Spitze gibt es tatsächlich. Dort teilt sich die Elbe in Norder- und Süderelbe auf. Sogar ein kleiner Leuchtturm steht dort.

Vermutlich ist das jetzt der Moment, in dem ich mich über die verlorene Wette ärgern sollte. Stattdessen breitet sich ein Lächeln auf meinen Lippen aus.

Schade, ich hätte dich allzu gern twerken sehen 😂, verkünde ich indirekt seinen Sieg. Woher kennst du diese Bunthäuser Spitze? Laut Google zählt der Leuchtturm nicht gerade zu den bekanntesten Aussichtspunkten Hamburgs.

Deshalb habe ihn ja ausgesucht. Ich war früher als Kind mit meinem Opa oft da. Er hat mir einige Orte gezeigt, die nicht so bekannt, dafür trotzdem richtig cool sind. Apropos … als ich vorhin auf deiner Seite war, habe ich deine Porträtzeichnungen gesehen …

Der abrupte Themenwechsel lässt mich kurz stocken. Ich schließe die Augen, als ich mir eingestehe, dass ich enttäuscht bin. Eigentlich hatte ich erwartet, dass wir ausmachen, an welchem Tag wir aufs Dockland gehen. Aber das ist albern. Ich schüttele den Kopf und lese weiter.

… die sind wirklich gut, und ich würde mir für das Tattoo meiner Oma eine genauso ausdrucksstarke Umsetzung wünschen. Du hast zwar gesagt, dass dir für weitere Tattoo-Aufträge die

Zeit fehlt. Aber vielleicht wäre ja eine Zeichnung drin? Als Vorlage für ein anderes Tattoo-Studio?

Dass er sich für seine Oma Lotte so ins Zeug legt, ist unheimlich süß. Und dass er die Zeichnung unbedingt von mir will, tut meinem Ego auch ein klitzekleines bisschen gut. Ich kann gar nicht anders, als zuzusagen. Vor allem, da es zeitlich kein Problem sein sollte. Im Gegensatz zu einem Tattoo kann ich Zeichnungen auch von zu Hause aus anfertigen und bin nicht von der Terminsituation im INKnovation abhängig.

Eine Zeichnung bekomme ich hin, wenn du mir sagst, bis wann du sie brauchst und wie das Tattoo deiner Oma ungefähr aussehen soll. Am besten bringst du das Foto einfach zu unserem nächsten Termin mit, damit ich mir ein besseres Bild davon machen kann.

Meine Phantasie schaltet sich unmittelbar ein, liefert mir Ideen, wie ich das Tattoo für Oma Lotte zu etwas Besonderem machen könnte. Daher schiebe ich direkt eine Frage hinterher:

Bei unserem letzten Treffen hast du ein Medaillon erwähnt, in dem sich das Bild befindet. Könntest du eventuell ein Foto davon machen und auch das mitbringen?

Klar, kein Problem. Ich bin am Sonntag sowieso zu Hause und sehe dann auch Oma. Dafür steht sie sicher gerne Modell. Vielen Dank, dass du das machst. Wie viel willst du dafür haben? Soll ich wie beim Tattoo eine Anzahlung leisten? Dann bringe ich das Geld Mittwoch direkt mit oder überweise es.

Simons Frage macht mir bewusst, dass ich gar nicht weiß, ob es okay ist, Aufträge außerhalb des INKnovation anzunehmen. Ich sollte vorher mit Basti darüber sprechen. Wobei ich mir nicht vorstellen kann, dass er in diesem Fall etwas dagegen hätte. Wer kann schon einer Oma widerstehen, die sich mit beinahe achtzig Jahren ein Tattoo stechen lassen möchte? Noch dazu eins von ihrem verstorbenen Mann.

Über den Preis können wir nächste Woche noch sprechen, antworte ich etwas ausweichend, solange ich nicht das Go von Basti habe.

Alles klar. Und? Was steht heute noch so bei dir an?

Mein Daumen schwebt über der Tastatur, als Leo nach mir ruft: «Kannst du mal eben kommen? Ich brauche deine Hand!»

Die brauche ich eigentlich selber, um das Gespräch mit Simon fortzusetzen. Aber es hilft ja nichts. Seufzend beende ich unseren Chat.

> Ich muss jetzt meiner Freundin beim Reparieren unserer Spülmaschine helfen. Bis Samstagabend, Einhorn. 😉

> Dann viel Erfolg beim Heimwerken, und wir sehen uns in der Pocket Bar, Rainbow. 😉

10

Alissa

Ich stehe auf meiner Matratze, um ein paar Bilder, die über meinem Bett hängen, von der Wand zu nehmen. Der Wand, die zwischen Leos und meinem Zimmer liegt. Der Wand, die nicht sonderlich schalldicht ist. Ich falle beinahe vom Bett, als ich einen hohen Schrei gefolgt von einem dreifachen «O mein Gott!» höre. Noch mit dem Bild in meiner Hand stürme ich aus meinem Zimmer zu Leos. Durch ihre Tür ist ein Poltern oder vielmehr ein Stampfen zu hören. Als würde sie auf dem Boden auf und ab hüpfen. Was zum Teufel macht sie da? Anstatt einfach die Tür aufzureißen, klopfe ich lieber. «Ist alles okay da drin?»

Meine Freundin antwortet mit einem Quieken, bevor sie die Tür aufreißt und mich mit einem Tausend-Watt-Strahlen blendet. Ihre grünen Augen funkeln wie Edelsteine, während sie vor mir auf und ab hüpft. Unwillkürlich fange ich an zu grinsen. Ihre Freude, über was auch immer, ist ansteckender als die Masern.

«Was ist passiert? Hast du im Lotto gewonnen?»

«Besser! So viel besser!»

«Was könnte besser sein, als sich nie wieder Gedanken um Geld machen zu müssen?», frage ich.

«Das tun zu können, wofür man sich fünf Semester lang den Arsch aufgerissen hat, obwohl die eigene Mutter einen für bekloppt hält.»

Wenn überhaupt möglich, wird mein Lächeln breiter, denn ich ahne, worum es geht. «O mein Gott! Du hast einen Praktikumsplatz!»

«Nicht irgendeinen. Ich habe *den* Praktikumsplatz», berichtigt mich Leo voller Stolz. «Vor dir steht die zukünftige Maschinenbau-Praktikantin für den Bereich Konstruktion und Montage bei niemand Geringerem als BMW.» Mit dem Daumen wischt sie über ihr Handydisplay und hält es mir vors Gesicht. So nah, dass ich schielen müsste, um überhaupt etwas zu entziffern. Daher trete ich zwei Schritte zurück und lese die wohl beste Nachricht dieses Tages.

Liebe Frau Leona Mey,

es freut uns sehr, Ihnen mitteilen zu können, dass wir Ihnen nun doch den dreimonatigen Praktikumsplatz in der Abteilung Konstruktion und Montage unseres Unternehmens anbieten können. Am Hauptstandort München ist kurzfristig eine Stelle frei geworden, die wir ab dem 01.11.2021 sehr gerne mit Ihnen besetzen würden. Anbei finden Sie eine detaillierte Stellen- sowie Tätigkeitsbeschreibung. Da unsere Personalreferentin das persönliche Gespräch mit Ihnen vor zwei Monaten in sehr guter Erinnerung behalten hat, ist eine erneute Teilnahme an unserem Auswahlverfahren aus unserer Sicht nicht erforderlich. Es fehlt ledig-

lich Ihre Zusage, über die wir uns sehr freuen würden. Bitte teilen Sie uns bis zum 08.10. mit, ob Sie den Praktikumsplatz antreten möchten. Für Fragen stehe ich Ihnen gerne per Mail oder telefonisch zur Verfügung und verbleibe

mit herzlichen Grüßen
Aneta Bauer
Assistenz Personalabteilung

«Wow, Leo! Wie cool ist das denn? Herzlichen Glückwunsch!» Glücklich falle ich ihr um den Hals und drücke sie an mich.

«Nicht so fest, sonst muss ich BMW noch absagen, weil du mir das Rückgrat gebrochen hast.»

Lachend lassen wir einander wieder los. Und wie aus dem Nichts schießt mir ein Gedanke durch den Kopf, der meine Freude zu trüben droht. Nämlich der, dass ich erstens schon bald ohne sie in unserer Wohnung leben werde, und zweitens – was sich viel schlimmer anfühlt – wird sie vermutlich nicht bei meiner ersten Ausstellung dabei sein können. Doch das Letzte, was ich möchte, ist Leos Begeisterung zu bremsen, weshalb ich diese negativen Gedanken beiseiteschiebe. «Darauf stoßen wir heute Abend auf jeden Fall an!»

«Und wie! Gott, Lissa, ich werde so hart feiern, wie schon lange nicht mehr.»

«Wir», korrigiere ich sie, und schon wieder überfällt mich ein neuer Gedanke. Diesmal allerdings aus der Fraktion *genial*. Ich werde für Leo eine kleine Abschiedsparty

schmeißen. Ich habe zwar keine Ahnung, wie ich das in der kurzen Zeit auf die Beine stellen soll, aber das wird schon. Zum Glück ist Calla aka unser Organisationsmonster das Wochenende über da.

«Wolltest du mir zur Feier des Tages ein Geschenk machen?», wechselt Leo das Thema und deutet auf die Zeichnung in meiner Hand.

Ich schüttele den Kopf. «Nein, ich nehme gerade nur ein paar Bilder ab. Wegen Becka», schiebe ich etwas leiser hinterher.

Leo nickt wissend. «Dann kommt sie also her?»

«Ja, wir wollen von hier aus losfahren und Calla um zwei vom Bahnhof abholen.»

«Ganz ehrlich, Lissa? Es ist dein Zuhause, dein Zimmer, deine Erinnerung an eure Mama. Du solltest dich nicht verpflichtet fühlen, sämtliche Bilder eurer Mutter abzunehmen, nur weil deine Schwester … ein Problem damit hat. Du schreibst ihr doch auch nicht vor, wie sie ihr Zimmer zu dekorieren hat.»

«Becka schreibt mir nichts vor. Ich möchte nur nicht, dass sie traurig wird», lüge ich. Denn die Wahrheit ist, dass ich es bin, die es nicht aushält, wenn Becka an unsere Mutter erinnert wird. Diesen anklagenden, vorwurfsvollen, Schuld zuweisenden, manchmal sogar verachtenden Ausdruck in ihren Augen ertrage ich einfach nicht. Ich möchte nicht daran denken müssen, dass ich Mama in jener Nacht im Stich gelassen habe. Dass Becka und ich einen Großteil unserer Kindheit meinetwegen ohne Mutter aufwachsen mussten. Aber all das kann ich Leo nicht sagen. Weil darüber zu reden den Schmerz verschlimmert.

«Ich kann verstehen, dass du Rücksicht nehmen möchtest. Sie ist deine kleine Schwester, und natürlich willst du sie beschützen. Aber vergiss nicht, auch mal an dich zu denken.»

Ich erwidere ihr versöhnliches Lächeln. «Danke für den Reminder.»

«Stets zu Diensten», sagt sie mit einem Augenzwinkern und hält ihr Telefon in die Höhe. «Dann sehe ich mich bei Ikea schon mal nach günstigen Möbeln um. Eine Unterkunft bekomme ich ja zu Glück von BMW. Oder ...» Sie wirft einen nachdenklichen Blick über ihre Schulter. «Meinst du, wir kriegen es hin, mein Bett, das Regal, den Schreibtisch, den Stuhl und die Sessel die Treppen runterzuschleppen und in einen Sprinter zu verfrachten?»

«Machst du Witze? Und wie wir das hinbekommen. Girlpower!» Wie zum Beweis beuge ich meinen Arm und spanne meinen – zugegebenermaßen – ziemlich mickrigen Bizeps an. «Okay, den hatte ich irgendwie größer in Erinnerung. Aber lass dich davon nicht täuschen.» Wir müssen beide lachen.

«Alles klar! Wir kriegen das hin. Locker!»

«Im Schlaf. Jetzt brauchen wir noch jemanden zur Zwischenmiete.» Ich verziehe das Gesicht. Obwohl ich dieses Thema angeschnitten habe, wird mir gerade so richtig bewusst, dass in fünf Wochen jemand Fremdes hier wohnen wird. Sofern wir so kurzfristig jemanden finden, aber beim Hamburger Wohnungsmarkt dürfte das kein Problem sein.

«Ach ja, stimmt. Wenn wir niemanden für die ganze Zeit finden, kann ich die Miete notfalls auch weiterhin überwiesen, weil ich für die Unterkunft in München ja nichts zahlen muss. Aber vermutlich rennen uns die Interessenten die Bude ein. Wir könnten bestimmt ganz locker ein- bis zweihundert Euro dazuverdienen.» Leo strahlt, als hätte sie die Geschäftsidee des Jahrhunderts.

«Mir wäre es wichtiger, jemanden zu finden, mit dem wir klarkommen oder, besser gesagt, ich. Du bist ja nicht da. Und wir haben nur noch einen Monat. Wir müssen ein Inserat erstellen, die Bewerbungen lesen und dann Termine für die Wohnungsbesichtigung vereinbaren.»

«Überlass das einfach mir. Du weißt, dass ich eine hervorragende Menschenkenntnis habe. Ich suche dir jemanden, mit dem du dich gut verstehst, für mein Zimmer. Sagen wir für ... siebenhundertfünfzig?»

«Du Halsabschneiderin.»

«Dann eben sechshundertfünfzig.»

Missmutig nicke ich. Gott, ich werde Leo vermissen. Unser Zusammenleben ist so schön unkompliziert, weil wir uns total gut kennen und genau wissen, wann der andere seinen Freiraum braucht. Wir mussten noch nie Regeln aufstellen. Macht sie den Abwasch, trockne ich automatisch ab. Sauge ich den Boden, wischt sie, ohne nachzudenken, feucht hinterher. Wir führen nicht mal eine Haushaltskasse, weil jeder von uns mal mit dem Einkaufen dran ist und sich die Kosten immer von ganz alleine fair aufteilen. «Such mir ja keinen Psychopathen aus. Aber ... danke. Ich bin mir nicht sicher, ob ich das zeitlich grad geregelt kriegen würde.»

Ich muss für zwei Klausuren lernen und arbeiten und mich so schnell wie möglich mit Gerda treffen. Um die

Ausstellung zu planen, für die ich eventuell noch zwei oder drei Bilder fertigstellen möchte. Und dann wären da noch die Porträtzeichnung für Simons Oma, für die mir Basti gestern Abend grünes Licht gegeben hat, und die Planung von Leos Abschiedsparty.

«Kein Problem, das mache ich gerne. Gott, ich könnte grad die ganze Welt umarmen. Und der Tag wird noch viel besser, weil gleich Calla kommt und wir endlich mal wieder zu dritt ausgehen werden!», wechselt sie das Thema.

«Und shoppen!», ergänze ich, aber Leo schüttelt den Kopf.

«Sorry, daraus wird nichts. Meine To-do-Liste reicht seit heute offiziell einmal um die halbe Erde. Ich kümmere mich direkt um die Anzeige, und eventuell fange ich gleich schon damit an, ein paar Sachen zusammenzupacken und auszumisten. Denn wenn der Abend in der *Pocket Bar* so ausgeht, wie er sich in meiner Phantasie abspielt …», verheißungsvoll wackelt sie mit den Augenbrauen, «… werde ich morgen Mittag verkatert neben einem heißen Typen aufwachen.»

«Und du hast sogar schon eine Ausrede parat, falls er anhänglich wird und mehr als eine Nacht mit dir will.»

«Stimmt! Daran hatte ich noch gar nicht gedacht», entgegnet sie munter und schiebt im nächsten Moment bedauernd die Unterlippe hervor. «Trotzdem wirst du mir fehlen. Schade, dass das Praktikum nicht hier in der Nähe ist.»

Ich streiche ihr über den Arm. «Ja, das wäre perfekt, aber hey … So kommst du immerhin ein bisschen rum. Und in der Zwischenzeit werde ich keine Gelegenheit auslassen, mit dir zu prahlen. Ich bin so unfassbar stolz auf dich, Leona Mey.»

«Sagt diejenige, die bald ihre erste Kunstausstellung haben wird.»

«Sagt diejenige, die dich schon immer dafür bewundert hat, dass du genau weißt, was du willst und es dir einfach nimmst», korrigiere ich sie. «Privat und jetzt auch beruflich. Egal wie viele Steine sich dir in den Weg legen.»

Röte schießt in Leos Wangen, und sie schüttelt verlegen den Kopf. Als würde ich übertreiben. Mich überkommt plötzlich das Bedürfnis, sie daran zu erinnern, wie großartig sie ist. Besonders, weil sie es wirklich nicht leicht im Leben hatte. Früher als Kind. Und auch jetzt nicht. «Jede andere hätte längst aufgegeben. Aber du hast immer weitergemacht. Hast jeden Stein auf deinem Weg weggeräumt und bist jedes Mal aufgestanden, wenn du gefallen bist.»

«Genauso wie du, Lissa. Du kannst auch verdammt stolz auf dich sein.» Ich höre den Kloß in ihrem Hals und schlucke meinen hinunter. Leo, die fast nie weint, scheint blinzelnd mit den Tränen zu kämpfen. «Außerdem … habe ich dich durchschaut, Alissa Meyer.»

«Durchschaut?»

«Ja. Das alles sagst du doch nur, damit ich weiterhin unsere Spülmaschine repariere», sagt sie heiser. Das ist ihre Art, mit Gefühlen umzugehen. Ducken und ausweichen.

«Erwischt! Und eigentlich freue ich mich auch nur so sehr über deinen Praktikumsplatz, weil du mir später – wenn du den Laden leitest – einen ordentlichen Rabatt beim Autokauf geben kannst.»

«Immerhin bist du ehrlich», entgegnet sie schulterzuckend.

Lachend werfe ich den Kopf in den Nacken und wende mich zum Gehen. «Gut, dass wir das nach fast fünfzehn Jahren Freundschaft geklärt haben.»

«Lissa?!»

Ich bleibe stehen, drehe mich zu Leo um. «Ja?»

«Danke.»

Ich antworte mit einem Luftkuss.

Wieder in meinem Zimmer, behalte ich die Uhr im Blick, während ich die restlichen Bilder von der Wand nehme. Ich lasse auch die Fotos von Mama unter meinem Bett verschwinden. Abgesehen von dem, auf dem wir alle zu viert drauf sind. Unsere Eltern tragen uns auf dem Arm, meine Schwester ist noch kein Jahr alt. Dieses Foto hat auch Becka in ihrem Zimmer. Und jedes Mal, wenn ich es ansehe, bricht es mir das Herz und setzt es gleichzeitig wieder zusammen. Ich habe das Gefühl, weinen, aber auch lächeln zu müssen.

In diesem Moment fängt mein Handy, das auf meinem Schreibtisch liegt, an zu brummen. Es ist fast ein bisschen unheimlich, dass Becka mir ausgerechnet jetzt schreibt.

> Hi Lissi,
> ich muss dir für heute leider absagen. Papa will das Grab von Mama für den Winter bepflanzen, und ich möchte ihm dabei helfen. Irgendwie hätte ich ein schlechtes Gewissen, ihn damit allein zu lassen. Mamas Grabpflege

und für Papa da zu sein, wenn er mich
braucht, ist mir persönlich wichtiger.
Aber ich wünsche dir natürlich trotzdem viel Spaß beim Shoppen.
Drück dich, Becka.

PS: Schick mir später gerne Fotos von
den Klamotten, die in die nähere Auswahl kommen. Ich berate dich dann
aus der Ferne. 😁

Mamas Grabpflege und für Papa da zu sein, wenn er mich braucht, ist mir persönlich wichtiger. Was zur Hölle will sie mir damit sagen? Etwa, dass Mama und Papa mir gleichgültig sind? Dass ich eine egoistische, oberflächliche Kuh bin, die nur Klamotten und Shoppen im Sinn hat? Als ob ich nicht alles stehen und liegen lassen würde, um Papa zu helfen. Ich würde sofort losfahren, wenn er mich darum bitten würde. Egal aus welchem Grund.

Und wieso sagt Becka mir bitte fünf Minuten vor unserer Verabredung ab? Von früher – als ich noch zu Hause gewohnt habe – weiß ich, dass Papa die Pflanzen für das Grab mindestens ein oder zwei Tage vorher kauft und in unserem Garten zwischenlagert. Das wird sie doch mitbekommen haben. Wenn sie gestern abgesagt hätte, hätte ich, ohne zu zögern, meine Hilfe angeboten. Ich hätte mich sofort auf den Weg nach Lüneburg gemacht. Und das heißt … das heißt, dass … Becka mich vielleicht gar nicht dabeihaben will. Dass sie – so albern, es auch klingt – Papa mal wieder für sich haben möchte. Als hätte sie ihn nicht immer für sich. Sie ist bereits seine Lieblingstochter. Seit Mama nicht mehr da ist.

Tief durchatmend, ringe ich um Fassung, spüre aber, wie sich die Wut und Enttäuschung kribbelnd in meinem Körper ausbreiten. Bis in meine Fingerspitzen, was aber daran liegt, dass ich mein Telefon so fest umklammere.

Ich öffne meine Hand und wähle, ohne groß darüber nachzudenken, Papas Handynummer. Während das Freizeichen zu hören ist, setze ich mich mit wild klopfendem Herzen auf die Bettkante und warte. Als die Leitung knackt, schnellt mein Puls noch ein bisschen höher.

«Hallo, Alissa.»

«Hallo, Papa …» Kurz gerate ich ins Stocken, überlege, wie ich anfangen, was ich sagen soll. Obwohl ich das längst weiß. Daher schüttele ich meine Verunsicherung ab und entscheide mich für den direkten Weg. «Becka meinte, dass ihr heute Mamas Grab neu bepflanzt, und ich würde gerne dabei sein. Euch helfen. Ich könnte direkt losfahren und wäre in ein bis zwei Stunden da.» Ich schlucke, weil sich mein Hals mit einem Mal staubtrocken anfühlt. Es ist die Angst.

«Das brauchst du nicht, Rebecka und ich machen das schon.»

Die Angst vor eben so einer Antwort.

Denn obwohl ich Papa klar und deutlich verstanden habe, macht mein Kopf aus ‹Rebecka und ich machen das schon› ein ‹Rebecka und ich brauchen dich nicht … *Ich* brauche dich nicht›.

«Außerdem hast du, wie ich gehört habe, anderes zu tun», fährt er fort.

Wie ich gehört habe? Was hat Becka ihm erzählt? «Nein, habe ich nicht … Also doch schon, aber … Es ist nichts, was sich nicht verschieben lässt», widerspreche ich hastig. Calla wäre die letzte Person, die mir vorwerfen würde, unter diesen Umständen einen Teil ihres Besuchs zu verpassen. «Ich könnte mich sofort auf den Weg machen, dann …»

Papas bestimmtes «Nein!» lässt mich verstummen. «Wir brauchen deine Hilfe nicht, Alissa. Danke.»

Wir. Werde ich jemals wieder zu diesem *Wir* gehören?

11

Simon

Sechzehn ... Siebzehn ... Achtzehn ... Neunzehn. «Hundert!» keuche ich und löse meine Hände von der Klimmzugstange, die in der Wohnzimmertür befestigt ist. Ohne meinen Armen eine Pause zu gönnen, mache ich auf dem Holzdielenboden mit Liegestützen weiter. Auch von denen will ich insgesamt hundert in fünf Sätzen schaffen. Das Wissen, in den nächsten drei bis vier Wochen keinen Sport treiben zu können – zumindest keinen, bei dem ich derart ins Schwitzen komme –, treibt mich an. Seit Mittwoch war ich jeden Tag im Gym und anschließend laufen.

Mir ist bewusst, dass ich es übertreibe und dass mir das Training so oder so fehlen wird. Egal wie viel Gas ich jetzt gebe. Trotzdem habe ich mir vorgenommen, bis zum Termin mit Alissa mein Work-out-Programm durchzuziehen. Um das heutige zu beenden, brauche ich jetzt nur noch zwei Sätze, also vierzig Liegestütze.

Schweiß rinnt mir die Schläfen und den Oberkörper hinab. Die letzten zwanzig tun so verdammt weh, dass meine Unterarme zittern, aber ich mache weiter. Bis zum bitteren Ende. Dann löse ich die Anspannung meiner

Arme, beuge sie und lande vollkommen platt auf meinem Bauch. Für einige Sekunden bleibe ich schwer atmend so liegen.

Fuck.

Das war hart, aber auch verdammt gut. Und ich weiß jetzt schon, dass mir dieses Gefühl, sich komplett zu verausgaben, fehlen wird, sobald Alissa mir Sportverbot erteilt.

Alissa.

Seit unserem Chat taucht sie mindestens zehnmal am Tag in meinen Gedanken auf. Heute ist sie in meinem Kopf sogar Dauergast, weil ich weiß, dass ich sie später in der *Pocket Bar* sehen werde. Und ich kann mich nicht erinnern, wann ich das letzte Mal so scharf auf meine Schicht war wie heute. Vor allem, weil ich Tommy überreden konnte, meinen Schlussdienst zu übernehmen, damit ich idealerweise schon um elf, spätestens um halb zwölf Feierabend machen kann. Sollte Alissa dann noch da sein, könnte ich ihr und ihren Freundinnen – falls es sich ergibt – Gesellschaft leisten. Zusammen mit Alex.

Er hat sein Work-out bereits hinter sich und zockt auf unserer Wohnzimmer-Couch Playstation. Nachdem ich wieder halbwegs zu Atem gekommen bin und duschen war, leiste ich ihm mit einem Proteinshake und einer Schüssel Cornflakes Gesellschaft. Er weiß noch nicht, dass ich den Gefallen, den er mir vom Treppenlauf noch schuldet, heute einfordern werde. Da Alex zu den Menschen zählt, die grundsätzlich nichts planen, schon gar nicht mehrere Stunden im Voraus, wird er abends noch nichts vorhaben. Abgesehen davon ist es eine Weile her, dass Alex und ich zusammen weg waren. Und ich hätte echt mal wieder Bock drauf.

«Lust, heut so um 23:00 Uhr in die *Pocket Bar* zu kommen», frage ich.

«Musst du nicht arbeiten?» Sein Blick ist nach vorn auf unseren Flat Screen gerichtet.

«Ja, aber nur bis elf.» Kurz denke ich darüber nach, Alissa zu erwähnen. Aber viel gibt es da nicht zu erzählen. Ich weiß ja nicht mal, ob sie wirklich auftauchen oder lange genug bleiben wird, um mit ihr ins Gespräch zu kommen. Während meiner Schicht wird, wenn überhaupt, nur ein bisschen Smalltalk drin sein. Und ich will Alex nicht das Gefühl geben, ihn nur als Wingman zu brauchen. Denn so ist das nicht.

«Hätte einfach mal wieder Bock auf einen entspannten Abend mit ein paar Drinks. Wenn ich schon mal eher Feierabend machen kann, will ich die Gelegenheit auch nutzen.»

Alex schnaubt. «Unter einem entspannten Abend stelle ich mir auch eine entspannte Location vor. Die *Pocket Bar* ist samstags immer so scheißvoll. Frag doch einen von den anderen Jungs. Könnte nämlich sein, dass ich mir noch ein Tinder-Date klarmache.»

«Könnte aber auch sein, dass du mir noch einen Gefallen schuldest», erinnere ich ihn an die verlorene Challenge. «Und auf Olli, Nils und Co. habe ich echt keinen Bock mehr.» Weil die Idioten sich jedes verdammte Wochenende mit Koks oder Amphis zudröhnen. Diese Phase habe ich Gott sei Dank hinter mir. Drogen und Leuten, die sie konsumieren, gehe ich strikt aus dem Weg, seit ich clean bin. Bei meiner Uni-Clique habe ich das leider zu spät mitbekommen. Mein Freundeskreis ist dadurch im letzten Jahr ziemlich überschaubar geworden. Genau genommen besteht dieser nur noch aus Alex, dessen einzige Sucht der Sport ist.

«Komm schon, Alter! Das wird lustig. Die ersten beiden Runden gehen auf mich, okay? Und wenn's dir zu voll wird, gehen wir in einen anderen Laden.»

«Hmm ... Klingt gar nicht mal so übel. Ist echt schon 'ne Weile her, dass wir zusammen aus waren.»

«Viel zu lange», gebe ich ihm recht, obwohl ich derjenige bin, der nie Zeit hat. «Das mit dem Gefallen nehme ich übrigens zurück. Den hab ich noch gut.»

«Was? Wieso das denn?» Entgeistert sieht er mich von der Seite an.

«Weil ich dir Drinks spendiere und ein gemeinsamer Abend nicht wirklich eine Strafe ist.»

Alex' Mundwinkel zucken. «Du hast keine Ahnung, wie nervig du manchmal sein kannst. Das hab ich dir nur noch nie gesagt, um deine Gefühle nicht zu verletzen.»

Grinsend zeige ich ihm den Mittelfinger, bevor ich meinen Shake auf ex trinke. Wie aus dem Nichts kommt mir der Gedanke, dass Alex – der bei Frauen nie was anbrennen lässt – ein Auge auf Alissa werfen könnte. Oder umgekehrt. Beides würde mich extrem abfucken. Aus irgendeinem Grund stehen Frauen auf seine einfallslosen Anmach-Sprüche und Flachwitze. Alex' Beuteschema ist zwar eher blond und aufgebrezelt, aber bei einer Frau wie Alissa würde er vielleicht eine Ausnahme machen. Ich weiß noch, wie es mir ging, als ich sie die Treppe runterkommen sah. Ihre Augen ... Das Gesicht ... Dieses Lächeln ...

Kopfschüttelnd bringe ich meine Gedanken wieder ins Hier und Jetzt. «Mach dich schon mal bereit, gleich zu verlieren.»

«Träum weiter», antwortet Alex, ohne den Blick vom Fernseher zu nehmen.

Nachdem ich die Flakes gegessen und Alex wie angekündigt in vier von sechs Spielen geschlagen habe, ziehe ich mich in mein Zimmer zurück, um meinen Kleiderschrank nach Alissa-tauglichen Klamotten zu durchforsten. Ist eine Weile her, dass ich mir wegen einer Frau Gedanken darüber gemacht habe, was ich anziehen soll. Aber es ist eben auch eine Weile her, dass ich einer Frau gefallen wollte. Ich entscheide mich für eine graue Jeans und ein weißes Longsleeve. Etwas Spektakuläreres gibt mein Schrank leider nicht her. Im Grunde werde ich aussehen wie immer. Mit dem Unterschied, dass ich seit gefühlt hundert Jahren zum Bügeleisen greife, um das Oberteil zu bügeln. Eigentlich hasse ich Bügeln wie die Pest.

Als ich damit fertig bin, heißt es warten. Darauf, dass die Zeit vergeht. Darauf, dass ich endlich losfahren und mich mit Arbeit ablenken kann, bis Alissa in die *Pocket Bar* kommt. Keine Ahnung, wann genau das sein wird. Nach einer Uhrzeit habe ich sie nicht gefragt. Genauso, wie ich verpeilt habe, einen Tag auszumachen, an dem wir gemeinsam aufs Dockland gehen. Aber das werde ich. Denn ich möchte Zeit mit ihr verbringen. So viel wie nur möglich.

Schon krass, dass ich ihr ohne mein Absturz-Tattoo

niemals begegnet wäre. Unsere Wege hätten sich einfach nicht gekreuzt. Und während ich darüber nachdenke, wie beschissen das gewesen wäre, lockt Vorfreude auf unser nächstes Treffen ein Lächeln auf meine Lippen …

12

Alissa

Für den restlichen Samstag habe ich mir drei Dinge vorgenommen. Erstens: Spaß haben. Zweitens: Spaß haben. Und drittens: alles aus meinem Kopf verbannen, das mich daran hindern könnte, erstens und zweitens in die Tat umzusetzen.

Dazu zählt auch, mir vor Calla nicht anmerken zu lassen, dass ich wegen Becka und Papa ziemlich fertig bin. Aber als ich bereits von weitem ihre schwarze Lockenmähne vor dem *Franz & Friends*-Stand am Bahnhof entdecke, hellt sich meine Stimmung direkt auf. Da sie gerade damit beschäftigt zu sein scheint, Franzbrötchen zu kaufen, steht sie mit dem Rücken zu mir. In einem langen, hellbraunen Teddymantel mit einem Animal-Printmuster, den ich ihr auf der Stelle abkaufen würde.

Ich bin fast angekommen, als mir etwas abseits von Calla ihr Freund Jasper auffällt. Als er mich entdeckt und Anstalten macht zu winken, signalisiere ich ihm mit dem Zeigefinger am Mund, dass ich sie überraschen möchte. Ich sehe, dass die Verkäuferin inzwischen das dritte oder vierte Franzbrötchen in eine Tüte packt, und muss schmunzeln. Das ist so typisch für Calla. Sie liebt diese Franzbrötchen über alles und kauft bei jedem Hamburgbesuch den kleinen Laden fast leer. Besonders die mit weißer Schokolade und Karamell. Praktischerweise auch meine Lieblingssorte.

Calla holt gerade ihr Portemonnaie aus ihrer Umhängetasche hervor. Um mich unbemerkt von hinten an sie heranschleichen zu können, mache ich einen kleinen Bogen um eine etwas größere Menschentraube. Jasper, der mein Versteckspiel beobachtet, schüttelt grinsend den Kopf. Ich stehe jetzt einen Meter hinter meiner Freundin und will ihr gerade die Augen zuhalten, da fährt sie mit ihrer vollen Franzbrötchentüte zu mir herum und stößt einen leisen Schrei aus.

«O mein Gott. Lissa! Wo kommst du denn plötzlich her? Bist du aus der Erde gewachsen?»

«So ähnlich. Ich wollte dich überraschen.»

«Na, das ist dir definitiv gelungen.»

Wir fallen uns um den Hals. Quiekend, lachend und hüpfend. Wie zwei vierjährige im Zuckerschock. «Ich hab dich und Leo so vermisst, Lissa.»

«Wir dich auch. Es ist so schön, dass du das Wochenende hier bist. Geht's dir gut?»

«Sehr gut! Und dir?»

«Auch!», antworte ich, und es fühlt sich kein bisschen gelogen an, weil es stimmt. Calla wiederzusehen, ist wie ein Endorphin-Schuss in die Vene. Uns noch immer in den Armen haltend, schwanken wir hin und her. Mit so viel Enthusiasmus, dass wir die Balance verlieren.

«Vorsicht!» Nur Jaspers hervorschnellende Hand verhindert, dass wir zur Seite stolpern und andere Passanten anrempeln. Lachend lösen wir uns voneinander.

«Danke für die Rettungsaktion, Jasper. Dafür gibt's eine extra fette Begrüßung», sage ich und schließe auch ihn in meine Arme.

Natürlich sehr viel kürzer als Calla.

«Mach eine Verabschiedung draus. Ich muss direkt weiter», erklärt er. «Viel Spaß beim Shoppen. Und pass mir später gut auf meine kleine Tanzmaus auf.»

Mit einem Blick, der so voller Zärtlichkeit ist, dass ich beinahe aufseufze, wendet er sich nun wieder Calla zu. Und sie erwidert seinen Blick nicht minder verliebt.

«Ich hole dich dann heute Nacht ab, wenn du nach Hause willst, okay?» Er streicht ihr über die Wange.

«Es könnte aber ziemlich spät werden», gibt sie zu bedenken und wirft mir einen verschwörerischen Blick zu. «Wir haben einiges nachzuholen. Stimmt's?»

Ich nicke heftig. «O ja!»

«Macht nichts, Joel und ich werden eh die ganze Nacht durchzocken. Also melde dich, egal zu welcher Uhrzeit. Dann setze ich mich ins Auto und hol dich ab. Dich und Leo kann ich auch mitnehmen», sagt er nun an mich gewandt.

Das ist Jasper. Die Fürsorge in Person, wenn es um Calla geht. Er tut alles für sie, jedoch ohne ihr die Luft zum Atmen zu nehmen. Umgekehrt gilt das Gleiche. Jasper und Calla. Calla und Jasper. Sie sind das beste Beispiel dafür, dass man verrückt nacheinander sein kann, ohne 24/7 aufeinanderzuhocken und zu einem Pärchen-Monster zu verschmelzen.

«Leo und ich können uns auch ein Taxi teilen, dann musst du keinen Umweg fahren», antworte ich und lächele dankbar.

«Wär kein Ding. Überlegt es euch einfach.»

«Dann bis irgendwann heute Nacht.» Liebevoll wuschelt Calla ihm durchs dunkelblonde Haar, das widerspenstig zu allen Seiten absteht.

«Dir ist schon klar, dass du gerade meine Frisur durcheinanderbringst?» Vorwurfsvoll hebt er eine Augenbraue.

«Welche Frisur?» Calla hebt ebenfalls eine Augenbraue.

«Meinen Out-of-Bed-Look? Für den habe ich immerhin acht ganze Stunden im Bett verbracht.»

«Schlafend», ergänzt Calla trocken.

«Ich glaube, dieser Look zählt nur als Frisur, wenn man mindestens eine Stunde vorm Spiegel stand, um seine Haare zu verwuscheln», merke ich amüsiert an.

Calla zeigt mit dem Finger auf mich. «Genau! Da hast du es!»

Kopfschüttelnd winkt Jasper ab. «Ihr habt echt keinen Plan von Männer-Beauty.» Dann beugt er sich zu Calla runter.

Auf Zehenspitzen kommt sie ihm entgegen, umfasst sein stoppeliges Kinn und küsst ihn zärtlich auf die Lippen. «Bis später, mein Beauty-King.»

Kommentarlos und mit einer total übertriebenen Handbewegung wirft Jasper sich sein nichtexistentes langes Haar über die Schultern und fährt herum. Calla und ich prusten los und beobachten, wie er mit gekonntem Hüftschwung davonstolziert.

«Dieser Mann ist so was von verrückt.» Sie schüttelt den Kopf, und ihre dunklen Augen leuchten. Wie immer, wenn sie über ihn spricht oder in seiner Nähe ist.

«Deshalb passt er ja auch so gut zu dir.»

«Stimmt», gibt sie stolz zurück und hakt sich bei mir ein. «Und in welchen Laden gehen wir zwei Verrückten zuerst rein?»

«Auf jeden Fall Secondhand.»

«Dann los! Franzbrötchen für den Weg gefällig?» Sie hält ihre prall gefüllte Papiertüte in die Höhe und verkündet: «Dir habe ich natürlich auch eins gekauft.»

«Karamell?»

«Oui.» Auf dem Weg zum Ausgang der Bahnhofshalle in Richtung U-Bahn holt sie die klebrig süße Köstlichkeit hervor und überreicht sie mir.

«Awww ... Du bist die Beste.» Ich gebe ihr ein Schmatzer auf die Wange.

«Selber!»

«Was ist eigentlich mit Becka?», fragt sie, nachdem wir unsere Franzbrötchen vernascht haben. «Wollte die nicht eigentlich mitkommen?»

Spaß haben!, erinnere ich mich an meinen Vorsatz und antworte so neutral wie möglich. «Ihr ist kurzfristig was dazwischengekommen. Aber ich soll dich ganz lieb grüßen.»

Stimmt zwar nicht, aber mir ist nichts Besseres eingefallen, um zu verhindern, dass sich Calla nach dem Grund für Beckas Absage erkundigt. Meine Taktik geht auf, denn wir verlieren kein weiteres Wort mehr über meine Schwester.

Vier Stunden und unzählige Lachflashs später sitzen wir in der Bahn Richtung zu Hause. Eigentlich müsste ich total gefrustet sein, weil in keinem der Läden, in denen wir waren, etwas dabei war, das mir wirklich gefiel. Um es mit Callas Worten zu sagen: Zwischen mir und den Klamotten hat es einfach nicht gefunkt. Keines der Kleider, Hosen, Pullis und Tops hat *«Nimm mich, ich bin für dich geschaffen»* geflüstert.

Bevor wir aufgeben, machen wir aber noch einen Abstecher und gehen in meinen Lieblingsladen, der bei uns um die Ecke liegt. Das Beste kommt schließlich immer zum Schluss, und das New&Old in Ottensen hat mich noch nie im Stich gelassen. Wie der Name schon sagt, kann man hier sowohl Vintage als auch neue Klamotten kaufen. Und das, ohne ein Vermögen auszugeben.

Bereits am Eingang springt mir ein langärmliges Crop-Top aus Netzstoff entgegen. Ich liebe transparente Oberteile, weil sie meine Tattoos in Szene setzen. Nicht, dass ich davon bereits das eine oder andere im Kleiderschrank hängen hätte.

«Schau mal. Wie fändest du das für heute Abend?» Ich nehme das Oberteil samt Kleiderbügel von der Stange, fahre herum – und stelle fest, dass ich mit mir selbst gesprochen habe. Kein Wunder, dass mich die Frau, die mir gegenüber bei den Jacken steht, ansieht, als hätte ich einen Dachschaden. Als ich mich umschaue, entdecke ich Calla im Mittelgang bei den Kleidern.

Ich gehe zu einem Spiegel, halte mir das Top an den Oberkörper und versuche, mir meinen Teddymantel wegzudenken. In meiner Vorstellung trage ich unter dem transparenten Oberteil ein schwarzes Bustier, dazu eine High-Waist-Jeans in Schwarz oder Hellgrau und schwarze High Heels, die ich mir von Leo leihe. *Ja, das könnte gut aussehen. Ziemlich gut sogar.* Ich werde es anprobieren.

Ich gehe zu Calla, um ihr Bescheid zu geben, damit sie mich nicht suchen muss oder – wie ich gerade – Gespräche mit der Luft führt.

«Ich bin mal eben was anprobieren, ja?»

«Willst du das hier auch mitnehmen?» Sie hält mir ein kurzes schwarzes Kleid hin. «Sieht bestimmt toll an dir aus und ist im Sale.»

«Oh, ja! Das ist hübsch.» Ich verschwinde mit beiden Teilen in einer der drei Kabinen, die sich am hinteren Ende des Ladens befinden. Calla folgt mir und lässt sich stöhnend auf dem mit grünem Samtstoff bezogenen Sofa nieder.

Als ich mit dem Top herauskomme und vor den Ganzkörperspiegel trete, lässt Calla hinter mir ein anerkennendes «Wow» hören. «Du siehst megagut darin aus, Lissa.»

«Find ich auch.» Ich lächele mein Spiegelbild an, drehe mich ein paarmal nach links und rechts. Betrachte mich, so gut es geht, von hinten und streiche über den Netzstoff, der meine Arme und meinen Oberkörper bis knapp zum Bauchnabel bedeckt. Aufgrund der durchschimmernden Tattoos könnte man meinen, der transparente Stoff sei bedruckt. Doch die Tattoos auf meinem nackten Bauch verraten, dass dem nicht so ist.

«Findest du es nicht zu … freizügig … oder sexy? Gerade für heute Abend?», frage ich, obwohl ich das Teil jetzt schon liebe. «Die *Pocket Bar* ist ja kein richtiger Club, sondern eher eine Bar.»

«Na und? Das hat uns früher doch auch nicht daran gehindert, auf der Mini-Tanzfläche abzugehen.»

«*Dich* hat es nicht gehindert», korrigiere ich Calla.

«Fühlst du dich in dem Top denn unwohl?»

Ich schüttele den Kopf. «Nein, gar nicht.»

«Dann ist es nicht zu sexy, sondern genau richtig. Und wenn du statt der Boyfriendhose eine Röhre mit hohem Bund und einem coolen Gürtel trägst, ist das Outfit noch stimmiger.»

Callas Bemerkung lässt mich schmunzeln, weil ich mir vorhin genau das Gleiche gedacht habe.

«Ach, und eventuell ein anderer BH. Vielleicht ein schlichtes schwarzes Bustier oder so. Und hohe Schuhe?» Den Kopf leicht schief gelegt, scheint sie sich all das gerade an mir vorzustellen.

«Sollte ich jemals zu Shopping Queen gehen, wärst du auf jeden Fall meine Begleitung.»

«Oh, echt? Dann melde ich uns sofort da an!»

«Auf keinen Fall!», entgegne ich schnell, damit Calla das lässt; sie holt nämlich gerade ihr Handy hervor, und ich traue ihr locker zu, dass sie ihre Worte in die Tat umsetzt.

«Ach Mann, ich hatte mich schon gefreut.» Sie schiebt schmollend ihre Unterlippe vor. «Aber lieb, dass du mich rein theoretisch mitnehmen würdest, auch wenn das niemals passieren wird.»

«Genau! Die Geste zählt.»

«Leo fragt übrigens, wie es läuft?», wechselt Calla das Thema und hält ihr Handy in die Höhe. Vermutlich hat sie es deswegen aus ihrer Tasche hervorgeholt. «Dreh dich um, dann mache ich ein Foto. Mal sehen, wie sie das Outfit findet.»

Ich fahre zu Calla herum und mache eine extra aufreizende Pose. «Schreib dazu, dass sie schon mal ihre schwarzen, spitzen High Heels bereithalten soll.»

«Mache ich.»

Ich gehe zurück in die Kabine, ziehe den roten Vorhang wieder zu und schlüpfe in das Kleid. Wenn es so sitzt, wie es sich anfühlt, werde ich es kaufen müssen. Es schmiegt sich perfekt um meine Taille und Hüften. Ich war gerade im Begriff, den Vorhang aufzuziehen, da lässt mich der Benachrichtigungston meines Handys in der Bewegung innehalten. Das wird Leo sein. Ich krame das Telefon aus der hintersten Ecke meines Shoppers. Doch statt des Namens unserer Chat-Gruppe ist auf dem Display der meiner Schwester zu lesen.

Unsicher, ob ich überhaupt wissen will, was sie schreibt, starre ich zunächst ein paar Sekunden lang auf mein Handy. Verdammt. Ich hatte den ganzen Mist gerade erst erfolgreich verdrängt. Was ist, wenn mich ihre WhatsApp wieder runterzieht? Ich öffne sie trotzdem und wappne mich mit einem tiefen Atemzug:

> Hey, hab gar nichts mehr von dir gehört. Hast du schöne Klamotten gefunden? Wenn ja, zeig gerne mal her. ♥

Ich blinzele überrascht. Mit so einer … lieben Nachricht habe ich nicht gerechnet und bekomme ein schlechtes

Gewissen. Womöglich habe ich ihren Text heute Mittag falsch interpretiert? Oder aber Becka versucht so zu tun, als wäre nichts gewesen. Bei meiner Schwester gibt es keinen Mittelweg. Entweder sie verhält sich komplett abweisend oder so wie jetzt. Wobei ich Letzteres fast noch schlimmer finde, weil sie das noch unberechenbarer macht und ich ständig auf der Hut vor einer neuen Attacke bin.

«Lissa? Lebst du noch?»

Statt zu antworten, trete ich aus der Kabine.

«O mein Gott! Lissa!», stößt Calla beinahe geschockt hervor, und ich weiß genau, was sie meint, als ich vor dem Spiegel stehe.

Denn dieses figurbetonte, knapp über den Knien endende Kleid aus Spitze und Samt mit Sweetheart-Ausschnitt scheint für mich entworfen worden zu sein.

«Das ist es! Das ist dein Kleid!» Calla springt von der Couch auf, um mich von allen Seiten betrachten zu können. «Es gibt niemanden auf diesem Planeten, dem es besser stehen würde als dir.»

«Danke! Und dazu meine schwarzen Chelsea-Boots als Stilbruch?»

Calla klatscht zustimmend in die Hände.

Ich tue es ihr gleich und drehe mich verzückt um die eigene Achse. Mein Blick trifft dabei den der Frau von eben, aber diesmal sieht sie mich nicht an, als gehörte ich in die Klapse, sondern lächelt mir oder besser gesagt meinem Spiegelbild zu. «Steht Ihnen sehr gut!» Mit diesen netten Worten verschwindet sie in eine Kabine.

«Sie hat recht! Du strahlst richtig, Lissa. Ich würde sagen, der Funke ist übergesprungen.»

«Ich glaub auch. Gesucht und gefunden.»

«Und von wem?» Breit grinsend und mit ausgebreiteten Armen beweihräuchert Calla sich selbst.

«The one and only Klamotten-Kupplerin!»

Calla lacht. «Daraus mache ich eine Geschäftsidee.»

«Eine Kundin hast du schon mal», verkünde ich und bitte sie darum – diesmal mit meinem Handy –, auch in diesem Kleid ein Foto von mir zu machen. Für Leo, die als Antwort auf mein sexy Top gerade Herzchenaugen- und Flammen-Emojis in unsere Gruppe schickt, aber auch für Becka. Ihr schicke ich nur das Kleid und gehe mich dann umziehen.

Wenig später an der Kasse trudelt eine Antwort meiner Schwester ein. Da vor uns noch zwei andere zum Bezahlen anstehen und ich neugierig auf ihre Reaktion bin, öffne ich unseren Chatverlauf.

> Echt jetzt? Das willst du zu der Ausstellung anziehen? Du siehst aus wie ne Cracknutte auf einer Beerdigung! Wenn es nur um deine Bilder ginge, okay. Aber da werden auch Werke von Mama hängen, vergiss das nicht.

Wie ne Cracknutte auf einer Beerdigung …

Die Worte meine Schwester treffen mich mit der Wucht einer Abrissbirne. Innerlich taumle ich, fassungslos und schockiert. Wie kann sie mir so was schreiben? Hätte sie nicht einfach sagen können, dass es nicht ihren Geschmack trifft? Dass es ihr zu dunkel ist, zu viel Spitze hat oder was auch immer? Es hätte zig andere Möglichkeiten gegeben, mir mitzuteilen, dass ihr das Kleid nicht gefällt. Aber sie musste sich unbedingt dafür entscheiden, mich zu beleidigen, zu verletzen – und zu verunsichern. Denn obwohl ich mich Hals über Kopf in dieses Kleid verliebt habe, bin ich mir plötzlich nicht mehr sicher, ob es das richtige für die Ausstellung ist. Vielleicht sollte ich mir einfach ein schlichtes Etuikleid oder einen spießigen Blazer holen. Auch wenn das überhaupt nicht ich wäre.

Ich trete aus der Schlange. «Du … ich glaube, ich lasse das Kleid doch hier und nehme erst mal nur das Top», sage ich zu Calla, die mich daraufhin ansieht, als hätte ihr jemand die Franzbrötchen aus der Tasche geklaut – oder Schlimmeres. Sehr viel Schlimmeres. Ihr Ausdruck ist echt finster.

«Ich bin so kurz davor, deine Schwester anzurufen und sie zu fragen, was eigentlich ihr verdammtes Problem ist», platzt es aus ihr heraus, und ich sehe sie überrascht an. «Ja, ich weiß, ich hätte deine Nachricht nicht mitlesen sollen. Sorry. Aber wie kannst du bitte so ruhig bleiben? Deine Schwester hat sie echt nicht mehr alle.»

Calla hat keine Ahnung, wie sehr es in mir brodelt oder dass ich dank jahrelanger Übung weiß, wie man implodiert, ohne meine Umgebung auch nur die kleinste Erschütterung spüren zu lassen. Und ja, auch ich möchte Becka in solchen Momenten am liebsten anschreien. Aber sie auch nur darauf anzusprechen, würde dazu führen, dass entweder wieder Funkstille zwischen uns herrscht oder es in Streit ausartet. Und ich weiß nicht, ob ich das so kurz vor Mamas Ausstellung möchte. Mit Becka zu streiten, ist so furchtbar kraft- und energieraubend. Das war einer der Hauptgründe für meinen Auszug, kaum dass ich achtzehn war.

«Allein aus Prinzip solltest du das Kleid kaufen, Lissa! Lass dir von ihr bitte nicht einreden, es ginge bei dieser Ausstellung nicht um dich. Denn das tut es. Es werden *deine* Bilder ausgestellt. Und deshalb wird das *dein* großer Tag. Lass dir das bitte nicht kaputtreden. Von niemandem. Auch nicht von deiner Schwester», beendet Calla ihren von wildem Gestikulieren untermauerten Wutausbruch. Ihre Nasenflügel beben regelrecht, und ich werde den Verdacht nicht los, dass es hier nicht bloß um Beckas charmanten Kommentar zu diesem Kleid geht.

«Ich lasse mir von niemandem etwas kaputtreden. Aber diese Ausstellung ist eben auch Becka wichtig. Weil dort Bilder von unserer Mama ausgestellt werden. Ich kann schon ein bisschen verstehen, warum sie das Kleid kritisiert – auch wenn sie sich komplett im Ton vergriffen hat», nehme ich Becka in Schutz. Weil ich das am Ende immer tue. Ich muss. Sie ist meine kleine Schwester.

«Wie immer, wenn es um dich geht», murmelt Calla so leise vor sich hin, als würde sie mit sich selbst sprechen.

«Wie meinst du das?»

Tief Luft holend, fasst sich Calla in die Locken und sieht mich an, offenbar unschlüssig, ob sie meine Frage beantworten soll.

Ich hätte nicht nachfragen sollen. Ich bin mir ziemlich sicher, dass ich die Antwort nicht hören will. Ich kann mein Verhältnis zu meiner Schwester nicht erklären. Es gibt Gründe für Beckas Verhalten. Und für meins. Komplizierte Gründe, über die ich freiwillig niemals reden werde. Ich zucke beinahe zusammen, als Calla zu sprechen beginnt.

«Rebecka ist deine Schwester, und du liebst sie. Wenn ich dir sage, was ich … über sie denke, würde ich dich verletzen, und das will ich nicht. Deshalb sage ich jetzt besser gar nichts mehr, sonst rege ich mich nur noch mehr über sie auf und du dich über mich. Ich weiß, dass ich mir kein Urteil über deine Familie erlauben sollte; ich wünschte mir einfach, dass sie dich mehr unterstützen würden. Du bist nämlich toll und verdienst es.» Sie nimmt meine Hand und drückt sie genauso versöhnlich, wie sie mich nun anlächelt. Ich drücke und lächele zurück, aber es ist womöglich ein wenig zittrig. Mir wird zum ersten Mal so richtig klar, dass Calla ein echtes Problem mit Becka zu haben scheint. Dass sie und auch Leo nicht die größten Fans meiner Schwester sind, wusste ich. Mir ist nur nie in den Sinn gekommen, dass hier echte Antipathie im Spiel sein könnte. Oder vielleicht wollte ich es auch nie sehen.

«Okay», sage ich und entscheide mich bewusst für die Totschweige-Strategie. Etwas, das Papa und ich über die Jahre perfektioniert haben. «Dann lass uns das Thema vergessen. Ich bringe schnell das Kleid zurück, zahle das Top, dann gehen wir nach Hause und schalten auf Partymodus um, ja?»

«Inklusive Smarties?», fragt Calla und wackelt mit den Augenbrauen

Ich grinse. Und wenn ich mich dabei grad mehr erleichtert als fröhlich fühle, muss das niemand wissen. «Leo und ich haben extra Nachschub besorgt.»

13

Simon

Ich kann einfach nicht aufhören, zur Tanzfläche zu sehen. Als wären meine Augen verdammte Magnete, die sich immer wieder von ihr anziehen lassen. Mein Handy vibriert in meiner Jeanstasche, aber anstatt nachzuschauen, beobachte ich weiter die Tanzfläche. Wer auch immer etwas von mir will, kann warten.

«Schätze, wir haben ein kleines Problem», höre ich Alex neben mir sagen. Im Augenwinkel bekomme ich mit, wie er Cola in seinen Whiskey kippt und die kleine Flasche zurück auf den Tisch stellt, an dem wir sitzen. Genau gegenüber der Tanzfläche. Da die Leute eher zum Trinken in die *Pocket Bar* kommen, tummeln sich die meisten im vorderen Bereich, an der Bar, weshalb ich nahezu freie Sicht auf Alissa und ihre Freundinnen habe. Wenn sie nicht gerade von irgendwelchen Typen belagert werden, die mit ihnen zu flirten versuchen. Bis jetzt war zum Glück noch keiner dabei, der Alissa zu interessieren schien.

«Alter! Hörst du mir eigentlich zu?»

«Was?», frage ich und habe schon wieder vergessen, was Alex vor drei Sekunden gesagt hat, weil ich viel zu abgelenkt bin. Von Alissas Bewegungen. Sie tanzt wild und unbeschwert, und es wirkt, als hätte sie keine Ahnung, wie sexy sie dabei aussieht. Vermutlich, weil sie es nicht drauf anlegt. Sie wirft lachend den Kopf in den Nacken, als ihre Freundin mit den schwarzen Locken sie dazu animieren will, mit ihr zu twerken. Ich glaube, ihr Name war Calla. Könnte aber auch sein, dass ich komplett falschliege. Denn als Alissa mich während meiner Schicht ihren Freundinnen vorgestellt hat, war ich wie hypnotisiert. Von ihrem Lächeln, dem Leuchten ihrer blauen Augen und dem heißen Outfit, das ihren Bauch frei lässt.

Ein Strohhalm, der mich an der Wange trifft, lässt mich den Blick von Alissa losreißen. Genervt sehe ich zu Alex. «Was soll das denn?»

«Gut, ich habe deine Aufmerksamkeit», sagt er und lässt sich keine Sekunde später selbst ablenken. Von Alissas anderer Freundin – Leo? –, der Rothaarigen, die gerade von der Tanzfläche kommt und lächelnd an uns vorbeiläuft.

«Okay, den Fall hatten wir noch nie», fährt Alex fort und renkt sich fast einen Halswirbel aus, um ihr hinterhersehen zu können.

«Welchen Fall?»

«Dass uns beiden die gleiche Frau gefällt.»

Ich runzele die Stirn.

«Oder hast du eine der beiden anderen im Blick?» Beinahe hoffnungsvoll sieht er mich an. «Bitte sag, dass du auf die mit den schwarzen Locken oder die mit dem lila Haar stehst. Wir sind so was wie Brüder, und ich will auf keinen Fall, dass wir uns wegen einer Frau streiten.»

«Werden wir nicht», erwidere ich erleichtert, dass er kein Auge auf Alissa geworfen hat. Aber mehr sage ich dazu nicht. Stattdessen nicke in die Richtung, in die das Mädchen mit den langen roten Haaren verschwunden ist. «Viel Glück bei ihr. Aber lass besser deine Flachwitze stecken.»

«Wieso? Die Ladys lieben meine Flachwitze.» Alex grinst und kippt den Rest seines Longdrinks auf ex hinunter. «Sicher, dass du ohne mich zurechtkommst?»

«Klar. Hätte ich dir sonst meinen Segen gegeben?» Tatsächlich habe ich mir ohnehin gerade vorgenommen, Alissa nicht länger aus der Ferne anzustarren. Ich komme mir schon vor wie ein Psycho.

«Na dann ...» Er zupft an seinem Hemd herum, fährt sich durch sein dunkles Haar. Als er sich die Hand vors Gesicht hält, um den Mundgeruchtest zu machen, schüttle ich belustigt den Kopf. Er klopft mir auf die Schulter und steht auf. «Bis später. Wann auch immer das sein mag.»

Wie er in der Menge verschwindet, bekomme ich nicht mehr mit, weil Alissa meinen Blick sofort wieder auf sich zieht. Sie unterhält sich aktuell mit einem Typen und schüttelt lächelnd den Kopf, nachdem er ihr was ins Ohr geflüstert hat. Er verzieht sich, und ich frage mich, was er wohl wollte. Ihre Nummer? Einen Tanz?

Ich stehe auf, und genau in diesem Moment kreuzen sich unsere Blicke. Sie winkt mir zu. Ich tue es ihr gleich und weiß, dass es jetzt kein Zurück mehr gibt. Also schlängele ich mich an tanzenden Paaren vorbei, streife dabei hier und da nassgeschwitzte Körper. So voll sah die Tanzfläche eben gar nicht aus. Dann stehe ich vor ihr und ihrer Freundin, die gerade eng mit Alissa tanzt. Als mich diese Calla – oder wie sie heißt – entdeckt, flüstert sie Alissa was ins Ohr und entfernt sich dann rückwärts. Mit einem Augenzwinkern, in das ich besser nichts weiter reininterpretiere.

«Sorry, ich wollte nicht stören», sage ich über die Musik hinweg, obwohl das gelogen ist. Am liebsten hätte ich Alissa für mich allein. In dem schummrigen Licht wirken ihre Pupillen riesig, ihre Haut noch ein bisschen blasser.

«Sondern?», fragt sie auf diese herausfordernde Art, die ich so cool an ihr finde. Ihr Blick wandert an mir runter und wieder rauf. Diese Musterung macht mich leicht unsicher. Aber das lasse ich mir nicht anmerken und beuge mich zu ihrem Ohr. «Okay, erwischt. Hast du Lust zu tanzen?» Die Worte haben meine Lippen kaum verlassen, da wechselt der Song von einem schnelleren in einen superlangsamen RnB-Track. Von unserer DJane weiß ich, dass sie solche Lieder meist aus taktischen Gründen auflegt. Um die Leute von der Tanzfläche zurück an die Bar oder ihre Tische zu bekommen, damit sie neue Drinks bestellen.

Umso überraschter bin ich, als Alissa nickt.

Damit wir uns beim Tanzen besser unterhalten und vor allen verstehen können, halte ich ihr meine ausgestreckte Hand hin.

Sie nimmt sie, und ich schaue ihr in die Augen, während meine Finger ihre umschließen, um sie näher zu mir zu locken. Langsam. Sie weicht nicht zurück, noch versteift sie sich oder Ähnliches. Auch nicht, als ich eine Hand an ihre Hüfte und die andere an ihre Taille lege. Auf den Streifen nackte Haut zwischen ihrem Hosenbund und dem Saum ihres Tops. Als ich diese warme, weiche Haut unter meinen Fingern spüre, fängt mein Herz an zu pochen. Lauter als die Musik. Wie bei einem Fünfzehnjährigen, der noch nie eine Frau angefasst hat.

Was zur Hölle ist bloß los mit mir? Es ist nur ein Tanz, der noch nicht mal richtig begonnen hat. Damit Alissa nicht mitbekommt, was für ein Sturm gerade in mir tobt, grinse ich. Sie grinst zurück, lässt eine Hand meine Brust hinaufgleiten und legt sie sanft in meinen Nacken. Noch mehr Körperkontakt, der meine Herzfrequenz weiter in die Höhe treibt. Wir fangen an, uns langsam zu wiegen.

«Ich bin übrigens fast so etwas wie ein Profi-Tänzer, weißt du?», beginne ich das Gespräch.

Alissa neigt den Kopf nach hinten, damit sie mich ansehen kann. Sie zieht die Augenbrauen skeptisch hoch. «Ach ja?»

«Ich war circa vier Jahre in der Tanzschule», gestehe ich.

Wie nicht anders zu erwarten war, lacht sie ungläubig. «Du warst in der Tanzschule? Für Standardtänze?»

«Jap. Allerdings nicht ganz freiwillig, sondern wegen meiner Oma. Nachdem mein Opa gestorben war, habe ich mich als ihr Tanzpartner zur Verfügung gestellt.»

Bedauern huscht über ihr Gesicht, wie ein Schatten, der ihr Strahlen dimmt.

«Wir waren ein absolutes Dreamteam und haben sogar den Senioren-Discofox-Marathon gewonnen», schiebe ich schnell hinterher, um diesen Schatten zu vertreiben.

Alissas Mundwinkel zucken, und sie nickt anerkennend. «Nicht schlecht, Einhorn.»

«Danke, Rainbow.»

Ihre Finger umschließen meinen Nacken.

Das ermutigt mich, meine Fingerspitzen ein kleines

bisschen fester an ihre Hüfte und Taille zu drücken und ihren Körper näher zu mir zu ziehen. Bis sich unsere Füße berühren und ich ihren warmen Atem an meinem Hals spüre, als sie weiterspricht.

«Ich finde es sehr süß von dir, dass du deiner Oma zum Discofox-Pokal verholfen hast.»

«Leider gab es nur einen Blumenstrauß», antworte ich in gespielter Enttäuschung und ziehe einen Schmollmund.

«O nein.» Sie lacht leise. «Dann hast du ja gar keine Erinnerung an euren Triumph.»

«Dafür kann ich das hier.» Ich lasse meine Finger zu ihrem Rücken gleiten und ... über ihre Gänsehaut. Mein Mut wird größer und der Takt des Liedes etwas schneller. Perfekt, um ein bisschen anzugeben.

«Uhh, was kommt denn jetzt?»

Statt zu antworten, schiebe ich sie ein Stück von mir, lasse meine Hand ihren Arm entlanggleiten, bis sich unsere Finger treffen. Alissas Augen werden groß und ihr Lächeln breiter, als ich sie wieder an mich ziehe. Doch kurz bevor ihr Körper wieder auf meinen trifft, wirbele ich sie herum. Alissa steht jetzt mit dem Rücken zu mir. Dicht genug, um meine Brust zu berühren und garantiert das Hämmern darin zu spüren. Sie dreht den Kopf zu mir. So nah, wie sich unsere Gesichter nun sind, muss sie sich auf die Zehenspitzen gestellt haben. Und verdammt – von nahem sind ihre Züge noch schöner, das Blau ihrer Augen noch intensiver. Als sie die Zähne in ihre volle Unterlippe gräbt, wünschte ich, sie würde das Gleiche mit meiner machen. Plötzlich will ich sie so dringend küssen, dass es mich meine ganze Selbstbeherrschung kostet, mich zurückzuhalten. «Beeindruckt?», frage ich stattdessen und höre mich heiser an.

Das Funkeln ihrer Augen, als ich sie wieder zu mir drehe, deute ich als Ja und lasse meine Hand tiefer, zu ihrem unteren Rücken gleiten. Ich mache einen Vorwärtsschritt, beuge mich etwas über sie. Der leichte Druck meiner flachen Hand bringt Alissa dazu, ins Hohlkreuz zu gehen und ihren Oberkörper nach hinten zu kippen. Ihr Haar fällt Richtung Boden, und ich habe die perfekte Aussicht auf ihre Brüste und ihren flachen, tätowierten Bauch. Darauf habe ich es keine Sekunde angelegt. Aber zu behaupten, ich würde meinen Blick nicht für zwei, drei Atemzüge über sie gleiten lassen, ehe ich sie langsam wieder aufrichte, wäre gelogen.

Alissas Brustkorb hebt und senkt sich rasch gegen meinen, als wir uns in die Augen sehen. Sie schluckt, sagt kein Wort. Ihre Wangen sind gerötet, und in ihrem Blick glimmt etwas auf. Doch bevor ich den Ausdruck darin deuten kann, rempelt sie jemand von der Seite an und kappt, was auch immer hier gerade zwischen uns in der Luft lag. Jetzt erst fällt mir auf, dass die Tanzfläche sich wieder füllt, weil schnellere Musik gespielt wird.

Alissa lässt ihre Arme von meinen Schultern gleiten, und auch ich lasse sie los.

«Ich … ähm … brauche was zu trinken, kommst du mit?», fragt sie atemlos.

«Klar.» Wir verlassen die Tanzfläche, als wäre nichts gewesen.

14

Alissa

Fast hätte sich mein Vorsatz, es langsam angehen zu lassen, solange Simon noch mein Kunde ist, in heißem Rauch aufgelöst. Simon hat die durchdringendsten Augen, in die ich je geschaut habe. Sein Blick hat mich förmlich aufgesogen und nicht mehr losgelassen. Und dieser eigentlich harmlose Tanz war der wohl intensivste Flirt aller Zeiten. Überall dort, wo seine Hände mich berührt haben, kribbelt und prickelt meine Haut auch jetzt noch. Und ich glaube kaum, dass ihm meine Gänsehaut entgangen ist. Was bedeutet, dass er weiß, was seine Berührung mit mir gemacht hat. Mist.

Mit vermutlich hochroten Wangen lasse ich mich neben Calla an unserem Tisch nieder. Sie und Leo, die ein Auge auf diesen Alex geworfen zu haben scheint, funkeln mich wissend an. Noch mehr Hitze schießt mir in die Wangen.

Okay, das reicht. Ich brauche dringend eine Abkühlung. «Was wollt ihr trinken? Diese Runde geht auf mich!», biete ich an.

Leo klatscht freudig in ihre Hände. «Also, ich finde ja, dass es Zeit für Shots ist!»

«Tequila?» Ich sehe fragend in die Runde – bei Simon bleibt mein Blick deutlich länger kleben als bei den anderen. Gott, warum muss er auch so unfassbar gut aussehen? In diesem weißen schmal geschnittenen Longsleeve, das nicht nur seinen muskulösen Oberkörper betont, sondern auch seine dunklen Augen. Aber nachdem er mir erzählt hat, dass er seiner Oma zuliebe in der Tanzschule war, würde ich ihn wahrscheinlich auch in einem SpongeBob-Schwammkopf-Kostüm heiß finden.

«Tequila geht immer!», behauptet Calla.

«Wer möchte alles einen?», frage ich also.

Wie in der Schule heben alle ihre Hände.

«Okay, dann ...»

«Lass mich das machen», unterbricht mich Simon. «Erstens geht es schneller, wenn ich uns die Drinks selber mache. Und drittens bekomme ich Mitarbeiter-Rabatt.»

«Und was ist mit zweitens?», fragt sein Freund grinsend.

Jetzt fällt auch mir auf, dass er von erstens zu drittens gesprungen ist, und ich muss schmunzeln.

Simon ebenfalls, womit er mal wieder beweist, dass er über sich selbst lachen kann. «Ähm ... Und zweitens: Du bist ein verdammter Klugscheißer, Alex!»

«Ein Klugscheißer, der zählen kann.»

«Bis drei. Wow!», gibt Simon nicht minder schlagfertig zurück. «Für so eine Glanzleistung hast du dir einen doppelten Tequila verdient!»

«Mindestens!»

«Wenn das so ist: Ich kann auch bis drei zählen», wirft Leo trocken ein. Sie hat Alex ihren Stuhl überlassen und auf seinem Schoß Platz genommen. Das macht sie immer, wenn sie einen Typen gut findet. Und rein optisch entspricht Alex so ziemlich ihrem Beuteschema. Groß. Muskulös. Dunkelhaarig. Eine Beschreibung, die – wie mir gerade klar wird – auch auf Simon zutrifft.

«Das können wir alle, oder?», ergänzt Calla gutgelaunt, woraufhin Simon sich auf den Weg zur Bar macht. Er hat sich kaum abgewendet, da rückt Calla ihren Stuhl näher zu mir. Ich weiß natürlich sofort, was, oder besser gesagt, wer der Grund dafür ist.

Vor Simons Freund – auch wenn er mit Leo gerade ziemlich abgelenkt zu sein scheint – will ich nicht über ihn reden, daher tue ich so, als müsste ich auf die Toilette. Calla kommt natürlich mit.

«Also?», beginnt sie, als wir in der kurzen Schlange vor den Damenklos anstehen.

«Also, was?», stelle ich mich dumm.

«Das ist also der Typ mit dem Einhorn, ja?»

«Woher ...?»

«Leo.»

Hätte ich mir eigentlich denken können. Da ich Calla spätestens morgen Abend, beim gemeinsamen Kochen, sowieso von ihm erzählt hätte, bin ich Leo nicht böse. Zumal ich dann einfach drauflos erzählen kann, ohne großartig ausholen zu müssen. «Ja, das ist Einhorn-Simon.»

«Und was war das eben auf der Tanzfläche?» Neugierde glitzert in ihren dunklen Augen. «Hat mich ein bisschen an eine Szene aus *High School Musical* erinnert. Ihr habt soooooo süß ausgesehen», schwärmt sie und fasst sich seufzend an die Brust.

«*High School Musical* habe ich nie gesehen», antworte ich schulterzuckend. Mir ist selbst nicht klar, was das vorhin war, aber es hat sich eindeutig nicht nach der jugendfreien Disney-Version angefühlt.

«Na ja, ihr saht echt gut zusammen aus. Als hättet ihr das einstudiert.»

«Da war nichts einstudiert, Calla. Ich weiß nur, dass er mir eventuell ein bisschen gefällt. Und das ist scheiße», schiebe ich stöhnend hinterher.

«Aber er wird doch nicht für immer dein Kunde bleiben.»

Calla ist besser informiert, als ich dachte, und hat natürlich recht.

«Ich weiß, aber irgendwie ist das ein bisschen so, als würde dir jemand deine Lieblingsschoki vor die Nase halten und sagen: aber erst in drei Wochen vernaschen.»

Der rot geschminkte Mund meiner Freundin verzieht sich zu einem schiefen, leicht anzüglichen Grinsen. «Uhh … Er muss dir wirklich sehr gut gefallen, wenn du ihn am liebsten sofort vernaschen würdest.»

«Das war nur eine Metapher», stelle ich hastig klar, obwohl ich auf der Tanzfläche wirklich ganz kurz davor war, zu weit zu gehen. Allein sein Geruch … fruchtig und leicht herb, wie eine Mischung aus frisch gewaschener Wäsche, Aftershave und … ihm.

Sie mustert mich mit gehobener Augenbraue, während wir endlich die Toilette betreten. «Bist du sicher? Du hättest vorhin mal deinen Gesichtsausdruck sehen sollen, als du mit ihm zum Tisch gekommen bist.»

«Das war nur … weil … ich Durst hatte.»

«Wohl eher Hunger.»

Vor uns öffnet sich gerade eine der drei Toilettenkabinen, aus der eine Blondine mit glasigen Augen herausgetorkelt kommt. Ich nutze die Gelegenheit, um vom Thema abzulenken, und frage mit einem Schmunzeln auf den Lippen: «Willst du, oder soll ich zuerst?»

...◆...

Wieder am Tisch, warten bereits die Tequila Shots auf uns. Doppelte, die mir wie dreifache vorkommen.

«Was bekommst du dafür?», frage ich Simon sofort, damit ich es nicht vergesse. Noch bin ich einigermaßen nüchtern, was sich im Laufe der Nacht – es ist inzwischen nach eins – mit ziemlich hoher Wahrscheinlichkeit ändern wird.

«Ein Dankeschön reicht», antwortet er mit diesem Grinsen auf den Lippen, das ihn noch ein bisschen heißer aussehen lässt.

Bevor es seine knieerweichende Wirkung entfalten kann, nehme ich schnell auf meinem Stuhl ihm gegenüber Platz und bedanke mich. «Dann gehen die nächsten aber auf jeden Fall auf mich.»

«Wir rotieren einfach», schlägt Leo vor, und alle nicken. Dann hebt jeder sein Glas, und Calla bringt unerwartet einen Trinkspruch an: «Auf euren Erfolg, Leo und Lissa. Ich bin wahnsinnig stolz auf euch.»

«Und auf deinen Besuch!», entgegnen Leo und ich unisono. Ebenfalls gleichzeitig prusten wir los, weil sich das echt wie eingeübt anhörte. Calla stimmt lachend ein, während Simon schmunzelnd etwas Salz auf seinen Handrücken kippt, sich einen von den mitgebrachten Zitronenschnitzen nimmt und dann beides an mich weiterreicht.

Ein Glück, sonst hätte ich den Tequila vermutlich pur runtergekippt, was ziemlich ekelig gewesen wäre. Das könnte eigentlich die Frage aufwerfen, warum ich dieses Zeug überhaupt trinke. Stattdessen stelle ich eine andere, viel relevantere. «Wie war noch mal die Reihenfolge?» Ich nehme ein Zitronenstück und lasse meinen Blick fragend durch die Runde schweifen, nur um am Ende wieder auf Simons zu treffen. «Streuen, lecken, saugen?»

«Fast», antwortet er. «Erstens: Salz. Zweitens: Tequila. Drittens: Zitrone. Im Zweifelsfall sieh mich an und mach es mir einfach nach.» Das kam mit einem Augenzwinkern.

Obwohl die Reihenfolge nun klar und wirklich keine Wissenschaft ist, befolge ich Simons nicht ganz ernst gemeinten Vorschlag. Ein Fehler. Denn die Art, wie er über seinen Handrücken leckt und sich, nachdem er den Tequila getrunken und an dem Zitronenschnitz gesaugt hat, auch noch mal über die Lippen leckt, lässt in meinem Bauch eine Hitze entstehen, die rein gar nichts mit dem Hochprozentigen zu tun hat. Bei der zweiten Runde Tequila, die wie angekündigt auf mich geht, nehme ich mir fest vor, woanders hinzusehen. Ein Plan, der schlicht daran scheitert, dass ich ihn einfach zu gerne ansehe. Wenn er lacht. Was erzählt. Mir und den anderen zuhört. Witze reißt, mit denen er vor allem uns Mädels immer wieder zum Grölen bringt. Auch wenn unsere Lach-Hemmschwelle mit jeder weiteren Runde Tequila sinkt. Als wir bei der fünften ankommen, setze ich aus. Simon hat bereits nach der vierten aufgehört. Und auch das mag ich; dass er sich nicht völlig abschießt.

«Übrigens sorry, dass du hier in der *Pocket Bar* so eine Scheiße erleben musstest», sagt Simon nun zu Calla. «Rain... äh, Alissa...»

Fast verschlucke ich mich an meinem Wasser, auf das ich umgestiegen bin, um meinen Blutalkohol zu verdünnen. Simon hätte mich beinahe Rainbow genannt. Ob ich das ansprechen sollte? Ob die anderen aus ihm rauskriegen würden, wie er auf den Namen gekommen ist? Doch Simon spricht bereits weiter.

«... hat mir von dem rassistischen Arschloch erzählt, das dich nicht reinlassen wollte. Ich hoffe, dass du dich heute hier wohlfühlst.»

«Echt lieb, dass du das sagst, Simon. Danke. Und ja, ich fühle mich super – solange ich keine weiteren Tequilas trinken muss.» Ihre Stimme klingt genauso schleppend wie meine, und sie stößt einen Seufzer aus.

«Cola?» Simon schiebt sein volles Glas über den Tisch zu ihr. «Bedien dich ruhig. Hab noch nicht draus getrunken.»

Okay. Wenn er nicht augenblicklich aufhört, so verdammt süß und aufmerksam zu sein, werde ich ihn entweder an seinem Oberteil zu einer heftigen Knutscherei zu mir ziehen oder gehen müssen. Das ist ja nicht auszuhalten.

«Danke.» Calla nimmt das Glas an sich, und ihr Blick verrät, dass sie soeben ein kleiner Simon-Fan geworden ist. Während sie zum Trinken ansetzt, kündigt das Aufleuchten ihres Handys die Ankunft einer Benachrichtigung an. Ihrem Lächeln nach zu urteilen, als sie ihr Telefon vom Tisch nimmt, kann die Nachricht eigentlich nur von Jasper sein. Da sie damit beschäftigt ist, ihrem Freund zu antworten, richtet Simon seine ungeteilte Aufmerksamkeit nun auf mich.

«Ich wollte dich das vorhin schon fragen: Du hast heute was zu feiern?»

Ich nicke stolz.

«Verrätst du mir, was?» Beide Unterarme auf den Tisch gestützt, lehnt er sich leicht vor und sieht mir in die Augen. Interessiert und schon wieder so durchdringend, dass ich das Gefühl habe, er könnte in meinen Kopf sehen und sich die Frage selbst beantworten.

«Du weißt ja, dass ich zeichne. Und …» Ich halte kurz inne, um mir eine Kurzversion zu überlegen, dann fahre ich fort. «Eine Kunstgaleristin ist auf ein paar meiner Werke aufmerksam geworden und wird einige davon in ihrer Galerie ausstellen.» Ich zwinge mich, weder an Becka noch an Papa oder Mama zu denken. Und tatsächlich fällt mir das Verdrängen im betrunkenen Zustand sehr viel leichter, als wenn ich jetzt nüchtern wäre.

«Dann sitze ich also quasi einer Celebrity gegenüber.»

«Eigentlich schon, aber …» Ich halte mir den Zeigefinger an die Lippen. «Nicht weitersagen.»

Wir müssen beide lachen, dann wird Simon wieder ernst. «Das hört sich nach einer echt coolen Sache an. Es gibt so viele Künstler da draußen, die nie so weit kommen. Darauf kannst du dir echt was einbilden. Herzlichen Glückwunsch, Rainbow.» Das *Rainbow* sagt er so leise, dass es nur für mich hörbar ist.

Die Aufrichtigkeit seiner Worte lässt mich hart schlucken. Weil ich mir genau so etwas von Papa gewünscht hätte. Diese Anerkennung meines Talents. Meiner Leidenschaft. Und meines Erfolgs.

«Danke», bringe ich hervor. Damit er mir nicht ansieht, wie sehr mich seine Worte – Worte eines Typen, den ich kaum kenne – berühren, verstecke ich mein Gesicht hinter meinem Wasserglas. Den Kloß in meinem Hals spüle ich mit einem großen Schluck hinunter.

«Leo? Lissa?»

Ich stelle das Glas wieder ab und sehe zu Calla rüber.

«Wärt ihr mir sehr böse, wenn ich mich jetzt abholen lasse?», fragt sie.

Automatisch werfe ich einen Blick auf meine Armbanduhr und stelle zu meiner Überraschung fest, dass es fast halb drei ist. Ich will gerade antworten, dass das für mich okay wäre, da kommt mir Leo zuvor. Von ihr war die letzte halbe Stunde nicht mehr als ein gelegentliches Kichern zu hören, weil sie sich leise mit Alex unterhalten hat. Ich will gar nicht wissen, was die beiden sich gegenseitig ins Ohr geflüstert haben.

«Also, um ehrlich zu sein, wollte ich auch nicht mehr lange bleiben.»

«Ich würde dann auch die Biege machen», kommt es, wie nicht anders zu erwarten war, von Alex.

«Was ist mit dir?» Simon sieht mich fragend an. «Musst du auch schon weg? Oder hast du eventuell Lust, woanders hinzugehen? Auf dem Kiez hat letzte Woche ein neuer Club aufgemacht. Da könnten wir hin, wenn du willst.»

Ich zögere einen Moment, aber eigentlich kenne ich die Antwort schon.

Ja.

Ich will.

15

Alissa

«Vielen Dank fürs Bringen, Jasper!», sage ich, und auch Simon bedankt sich.

Calla steigt kurz mit uns aus, um mich mit einer Umarmung zu verabschieden. «Wir sehen uns morgen.» Dann sieht sie zu Simon hinüber und ruft ihm zu. Er steht etwas abseits von uns schon in der Schlange vor dem Club an, in den wir gleich wollen. «Danke, dass du Alissa erzählt hast, dass die *Pocket Bar* in neuem Besitz ist. Und es hat mich echt gefreut, dich kennenzulernen.»

«Ich fand's auch schön, dich kennenzulernen. Komm bald mal wieder, ich halte die Tequila-Flasche bereit.»

Calla drückt mich noch mal an sich. «Okay, er ist tatsächlich ein Schoko-Einhorn. Echt süß», flüstert sie mir ins Ohr.

Über das *Schoko-Einhorn* kichernd, erwidere ich ihre Umarmung. «Kommt gut nach Hause. Bis morgen Nachmittag.»

«Machen wir. Und wage es nicht, mir morgen abzusagen, nur weil du zu hart gefeiert hast.»

«Also, an deiner Stelle würde ich mir eher Sorgen um Leo machen. Sie wird heute Nacht garantiert weniger

Schlaf bekommen als ich.» Sie hat sich ein Taxi mit Alex geteilt, und ihr Abend wird definitiv nicht mit der Autofahrt enden.

Calla runzelt die Stirn, plötzlich ernst. «Haben wir eigentlich seine Adresse oder seinen Nachnamen?», fragt sie besorgt. «Ich hab gar nicht daran gedacht. Und du?»

«Nein, aber ich mache mir eigentlich keine Sorgen.» Mein Kinn deutet Richtung Simon, der so weit entfernt steht, dass er nicht mitbekommt, worüber wir reden, wenn wir nicht die Stimmen heben. «Er und Alex wohnen zusammen.»

Calla nickt erleichtert, ehe sie mir augenzwinkernd viel Spaß wünscht und wieder ins Auto steigt.

«So, da bin ich.» Ich trete mit halbwegs sicherem Schritt neben Simon, dessen Gesicht von dem neongrünen Licht des Schildes über dem Club-Eingang angestrahlt wird. *Green Dragon* ist in Großbuchstaben darauf zu lesen.

«Dann gehen wir rein?»

«Auf jeden Fall», antworte ich und spüre ein Flattern in meinem Magen, das ich meiner Vorfreude und Neugierde auf diesen Club zuschreibe. Zu Recht, wie sich herausstellt, nachdem wir die Türsteher passiert und unsere Jacken an der Garderobe abgegeben haben. Denn das Interieur-Design des Clubs schickt einen auf eine Reise nach Asien und kommt mit seinen Lichtinstallationen ziemlich innovativ daher. Während uns Simon an der Bar zwei Longdrinks besorgt, schaue ich mich um. Auf einem Neonschild wie draußen, nur in dreimal so großen Lettern, leuchtet der Clubname hinter der Bar. An Decke und Wänden prangen bunte Lichtkunstwerke aus asiatischen Schriftzeichen, für die ein Lichtjockey auf einem Pult neben dem DJ verantwortlich zu sein scheint. Dieser legt gerade einen Rock-Song von *Blur* auf, der die Menge – hauptsächlich Leute meines Alters – ausgelassen umherspringen lässt.

«Bitte schön», dringt Simons Stimme an mein Ohr. So dicht, dass die Vibration seines tiefen Timbres durch meinen gesamten Körper fährt. Er reicht mir das Glas, und wir stoßen einander in die Augen blickend an.

«Wollen wir nach oben?», fragt er.

«Es gibt noch eine weitere Ebene?»

«Drei sogar. Und der dritte Stock soll, wie ich gehört habe, am coolsten sein», erklärt er immer noch so nah an meinem Ohr, dass ich eine Gänsehaut bekomme. Anders würde ich ihn bei der lauten Musik auch nicht hören. Diese ist jetzt ins Elektronische übergegangen; offenbar werden samstags verschiedene Genres aufgelegt, was ich gut finde.

«Klar! Lass uns hoch.»

Simon geht vor und kämpft sich für uns einen Weg durch die Menschenmenge frei. Dass er alle paar Meter einen Blick über seine Schulter zu mir wirft, entgeht mir nicht. Über eine Treppe, die mich leicht außer Atem bringt, erreichen wir den obersten Stock und stehen plötzlich unter freiem Himmel. Wegen des Glasdachs kommt es einem zumindest so vor. Ein abgetrennter Lounge-Bereich mit großen Sitzkissen und sanftem Licht von Lampions, auf denen japanische Schriftzeichen abgebildet sind, lädt zum Entspannen ein. Ich bemerke, dass Simon mich von der Seite beobachtet, und drehe den Kopf zu ihm.

«Chillen oder tanzen?», fragt er grinsend.

«Beides. Zuerst tanzen und danach ein bisschen ausruhen.»

«Klingt nach einem ausgeklügelten Plan.»

Einem Plan, aus dem nur zur Hälfte was wird. Denn wir tanzen uns durch den ganzen Club. Mal zu House- und Hip-Hop-Beats, dann wieder zu Rock und Alternative. Als *Wonderwall* von *Oasis* gespielt wird, bin ich so euphorisiert, dass ich automatisch die Arme um Simon lege und mit geschlossenen Augen eines meiner Lieblingslieder mitgröle. Simons Stimme, der ebenfalls mitsingt, lässt mich meine Lider wieder öffnen, und wir halten einander mit unseren Blicken während des ganzen Songs fest. Bis das Lied viel zu schnell endet und mir plötzlich bewusst wird, wie wund sich mein Hals anfühlt. Genau wie meine Füße, weil ich in meinem Leben noch nie so lange am Stück getanzt habe. Sogar zu Macarena und den Backstreet Boys, obwohl sich Simon anfangs vehement geweigert hat. Und dann, als wir vollkommen durchgeschwitzt und fertig beschließen, dass der Zeitpunkt zum Chillen gekommen ist, legt der DJ Sean Paul auf. «Zu schade, dass du die Wette gewonnen hast», schreie ich tanzend über die Musik hinweg. «Das hier ist der perfekte Twerk-Song.»

«Was bekomme ich, wenn ich hier und jetzt twerke?»

Ich lache. Meint er das ernst? «Meine Anerkennung? Ich kann es nämlich gar nicht.»

«Okay, dann komm. Twerk-Battle!»

«Was?!», brülle ich, davon ausgehend, mich verhört zu haben.

«Twerk-Battle! Jetzt!»

«Dein Ernst?!»

Herausfordernd hebt er eine Augenbraue, geht dabei leicht in die Kniebeuge und fängt tatsächlich an, mit dem Hintern zu wackeln. Obwohl ich mich vor Lachen kaum halten kann, weil Simon dabei zu witzig aussieht, mache ich mit. Wir beide müssen unsere Hemmungen irgendwann im Laufe der Nacht komplett verloren haben. Aber das ist ein schönes … ein befreiendes Gefühl. Einfach albern und peinlich zu sein. Ganz ohne Scham. Und so tanzen wir uns lachend durch die Nacht, bis irgendwann die Lichter angehen und unsere kleine verrückte Blase zum Platzen bringen.

Draußen vor dem Club nimmt uns ein kühler Wind in Empfang. Er zerrt an meinem Haar und pustet mir Strähnen ins Gesicht. Ich schiebe sie hinters Ohr, vergrabe meine Finger tief in den Taschen meines Teddymantels und blicke zu Simon auf.

«Wie spät ist es?», fragt er.

Ich hole meine rechte Hand wieder hervor und werfe einen Blick auf meine Uhr. Statt ihm zu antworten, blinzele ich überrascht und schüttele ungläubig den Kopf. «Das kann doch nicht sein.»

«Was denn?» Simon klingt besorgt.

Ich starre ihn mit großen Augen an. «Es ist sieben. Kann es sein, dass meine Uhr gestern stehengeblieben ist? Wie spät ist es auf deiner?»

Ein raues Lachen erklingt aus Simons Kehle. «Die Uhrzeit kommt hin. Wir waren die Letzten.»

«Krass! Ich bin seit vierundzwanzig Stunden auf den Beinen. Das hab ich seit Ewigkeiten nicht mehr gemacht.»

«Und wollen deine Beine jetzt nach Hause oder steckt noch ein bisschen Restenergie in ihnen?»

«Restenergie wofür? Bei einem Marathon bin ich leider raus», scherze ich und deute auf meine oder besser gesagt Leos High Heels.

«Kein Marathon, nur ein kleiner Spaziergang.» Simons Augen scheinen mit dem Neonlicht des Clubs um die Wette zu leuchten, als er sich zu mir runterbeugt und flüstert: «Wir haben noch eine Wette offen, und nicht mehr lange, dann geht die Sonne auf. Was sagst du?»

«Ja!», platzt es aus mir heraus, doch schon beim nächsten schmerzhaften Schritt bin ich mir nicht sicher, ob ich das schaffe. Vielleicht doch nur Frühstück auf dem Fischmarkt? «Wie viele Stufen sind es noch mal?»

«Nicht so viele», antwortet er derart ausweichend, dass ich skeptisch eine Augenbraue hebe.

«Hmm ... *Nicht so viele* könnte genauso gut zwanzig wie zweihundert bedeuten.»

«Lass dich überraschen.»

Ich schnaube. «Na gut, aber wenn es mehr als *nicht so viele* sind, kannst du dir schon mal eine Wiedergutmachung überlegen.»

«Deal.» Er hält mir seine ausgestreckte Hand hin.

Ich schlage ein. «Deal.»

Eine Taxifahrt später stehen wir vor dem schiffsförmigen Bürogebäude am Elbufer. «Scheiße!», stoße ich beim Anblick der Stufen hervor.

Ich sehe das Zucken seiner Mundwinkel, als ich ihn vorwurfsvoll anstarre. «Überleg dir schon mal eine Wiedergutmachung. Ich werde nämlich neue Füße und ein Sauerstoffzelt benötigen, sobald ich da oben bin. Wie soll ich bitte etwas von der Aussicht mitbekommen, wenn ich keuchend am Boden liege?»

«Das geht so nicht», stellt er fest.

«Was geht so nicht?»

«Dass du in diesen Schuhen da hochläufst.»

«Soll das heißen, wir kehren um?», frage ich enttäuscht.

«Das soll heißen, ich ziehe mein heutiges Work-out vor und trage dich hoch.»

«Ja, klar ...» Mein Ton ist spöttisch. Das kann er nicht ernst meinen. Niemand würde sich freiwillig so was antun.

«Willst du lieber nach vorne oder hinten?» Simon schiebt die Ärmel seiner Lederjacke etwas hoch und sieht mich abwartend an. Echt jetzt?

Ich schüttele den Kopf und ziehe mir die Pumps von den Füßen. «Es geht schon, du musst mich nicht tragen. So bleiben zumindest meine Füße heil.»

«Nicht, wenn du auf eine Glasscherbe trittst.»

Aus leicht zusammengekniffenen Augen sehe ich zu ihm auf. Da ich jetzt um zehn Zentimeter kleiner bin, muss ich dazu meinen Kopf in den Nacken legen. «Versuchst du, mir gerade Angst zu machen, nur damit ich dich besteige?», ziehe ich ihn auf.

«Nein, ich bevorzuge es definitiv, freiwillig bestiegen

zu werden.» Simon scheint sich ein Lachen zu verkneifen. Dann wechselt er das Thema. «Also, Rainbow. Der Einhorn-Express ist bereit zur Abfahrt. Entscheidest du dich nun für das vordere oder hintere Abteil?»

Okay, wenn er unbedingt will. Aber es kommt mir nur fair vor, ihn noch einmal zu warnen. «Ich sehe leichter aus, als ich bin.»

«Und ich bin stärker, als du mich offensichtlich einschätzt.» Er klingt fast ein bisschen gekränkt.

Ich rolle mit den Augen. Männer und ihr Stolz! «Wenn das so ist, einmal huckepack, bitte.»

Simon kommt vor mich. Und obwohl er leicht in die Knie geht, habe ich das Gefühl, eine Leiter zu brauchen, um da hochzukommen. «Soll ich springen? Oder wie funktioniert das?»

«Wurdest du etwa noch nie huckepack genommen?», fragt Simon ebenso verwundert wie amüsiert.

Zählt, auf jemandes Rücken getragen zu werden, zu den Dingen, die man ab einem gewissen Alter erlebt haben muss? Wenn ja, scheine ich mit meinen einundzwanzig Jahren eine Spätzünderin zu sein. «Nein. Und du?»

«Klar!», antwortet er, während ich etwas unbeholfen meine freie Hand auf seine Schultern lege und ein Bein anhebe.

Dann – ohne Vorwarnung – umfasst er meine Oberschenkel und befördert mich mühelos auf seinen breiten Rücken.

Ich bin derart überrascht, dass mir ein seltsames Geräusch entkommt, eine Mischung aus «Huch» und einem Keuchen.

«Los geht's. Halt dich fest», befiehlt er und ahmt eine Lautsprecherdurchsage der Deutschen Bahn nach: «Nächster Halt: Dockland-Dach. Ankunftszeit: Sonnenaufgang.»

Lachend klammere ich mich mit beiden Beinen und einem Arm an ihm fest; in der anderen Hand halte ich Leos High Heels. «Soll ich dich anfeuern oder so? Ich könnte auch Zuggeräusche von mir geben.»

«O ja! Das will ich hören», entgegnet er und beginnt, die Stufen in erstaunlich hohem Tempo zu erklimmen. Simon scheint daraus wirklich ein Work-out zu machen. Und wenn er sich schon so abmüht, kann ich wenigstens für ein wenig Unterhaltung sorgen – auch wenn meine Frage eigentlich als Scherz gemeint war.

«Okay, aber ich bin furchtbar schlecht darin, Geräusche zu imitieren», warne ich ihn und lege los. Schon mein erstes «Tschuck-tschuck» lässt ihn vor Lachen fast über die nächste Stufe stolpern.

Das Rumpeln, das durch Simons Oberkörper bebt, überträgt sich auf meinen. «Was soll denn das für ein Zug sein?»

«Du hast nicht gesagt, dass das Geräusch realistisch sein muss.»

«Definitiv der süßeste Zug, den ich je gehört habe.»

«Und definitiv das seltsamste Kompliment, das ich je bekommen habe», kontere ich, und wir müssen beide lachen.

«Ich werd dir bei Gelegenheit zeigen, dass ich es besser kann.»

Züge imitieren? Oder mir Komplimente machen? Ich frage nicht nach.

«So, da wären wir», sagt er kurze Zeit später und lässt mich oben angekommen vorsichtig von seinem Rücken gleiten.

«Danke, Einhorn. Das war echt...» Der Rest des Satzes bleibt mir im Hals stecken, als ich mich das erste Mal richtig umsehe. Der lila-rot getränkte Morgenhimmel leuchtet mir entgegen. Als würde ich sämtlichen Hafen-Postkarten-Klischees ins Gesicht starren. Eine Aussicht, die mich sofort an William Turners in Nebel und gleißendes Licht getauchte Kunstwerke von Wasser und Schiffen erinnert. Mein Blick gleitet in die Ferne. Über Containerschiffe. Ich bestaune das Ballett aus Kränen, die in den Himmel zu ragen scheinen. Auf meine Lippen legt sich ein Lächeln, während mich heftige Windstöße, die von allen Seiten um mich herumwirbeln, erschauern lassen. Als mich eine Böe trifft, habe ich einen kurzen Moment lang das Gefühl zu schweben. Wie die Möwen über dem Wasser, auf dem sich das Sonnenlicht wie verstreutes Glitzer spiegelt.

«Wow», höre ich mich flüstern.

«Gefällt es dir?» Simons Stimme ist leise und rau.

Immer noch lächelnd, sehe ich ihn von der Seite an und nicke.

«Möchtest du ein Foto machen?», fragt er, aber ich schüttele den Kopf.

«Jetzt gerade will ich das einfach nur in mich aufsaugen, genießen und nichts davon verpassen», sage ich, den Blick wieder nach vorn gerichtet.

«Die besten Bilder schießt die Erinnerung», murmelt er vor sich hin. «Das hat mein Opa immer gesagt.»

«Stimmt. Allein schon wegen der Emotionen, die man

dabei empfindet. Die kann keine Kamera der Welt wiedergeben.»

Ich spüre seinen Blick auf meinem Gesicht. «Und was empfindest du? Jetzt gerade, in diesem Moment?»

«Freiheit», antworte ich, und der Wind umtanzt mich, als wollte er meine Worte bekräftigen.

«Ja, hier oben hat man irgendwie immer das Gefühl, etwas freier zu sein. Vielleicht komme ich deshalb so gerne hierher. Weil von oben alles so viel kleiner und unbedeutender wirkt.»

Jedes einzelne Wort aus seinem Mund fühle ich, als wäre es mein eigenes gewesen. Ich drehe den Kopf in seine Richtung, und unsere Blicke verhaken sich ineinander. Im wahrsten Sinne des Wortes, denn aus irgendeinem Grund kann ich nicht mehr wegsehen. Trotz der eigentlich viel spektakuläreren Aussicht direkt vor uns, die jedoch mit jedem meiner raschen Herzschläge mehr und mehr zu verblassen scheint.

All meine Sinne sind nur noch auf Simon gerichtet. Auf seine Augen, die mir mit einem Mal viel dunkler vorkommen und dennoch funkeln. Auf seine Nase. Seinen Mund. Den zuckenden Muskel an seinem markanten Kiefer. Ich höre erst ihn, dann mich schlucken, spüre meinen Herzschlag auf der Zunge und Simons Atem auf meinem Gesicht. Warm. Wärmer. Noch wärmer. Weil wir uns immer näher kommen. Unaufhaltsam, wie Magnete – bis sich unsere Münder berühren und ich meine Lippen auf seine lege. Weich. Zärtlich. Ein Kuss.

Ein Kuss?!

«O Gott …», hauche ich an Simons leicht geöffneten

Mund, der wie ich nach Atem ringt. «Können wir bitte so tun, als wäre das hier nie passiert, und ... und vielleicht erst mal nur ... befreundet sein?»

«Ich ...» Er räuspert sich. Seine Stimme ist ein heiseres, sexy Flüstern. «Sicher. Freunde. Freunde ... sind gut.»

Freunde sind gut.

Ich bin mir da momentan nicht so sicher ...

16

Simon

Es ist halb neun, als mich das Taxi zu Hause absetzt. Eigentlich müsste ich komplett hinüber sein und sofort ins Koma fallen. Stattdessen starre ich in meinem Bett liegend an die Decke.

Weil sich die Jalousien nicht bis ganz unten schließen lassen, dringt ein Streifen helles Licht durch den unteren Teil des Fensters. Aber das stört mich nicht. Selbst in tiefster Dunkelheit könnte ich jetzt nicht einschlafen. Weil in meinem Kopf die Erinnerungen an die letzte Nacht – an Alissa – durcheinanderwirbeln. Keine Ahnung, wann ich beim Feiern das letzte Mal so viel Spaß hatte. Und das, obwohl ich nicht mal besonders viel getrunken habe. Trotzdem fühle ich mich wie im Rausch und irgendwie … high.

Die letzten zwölf Stunden waren einfach perfekt. Der Abend. Die Nacht. Der Morgen auf dem Dockland. Und dieser Kuss hätte die Krönung, das absolute Highlight sein können. War er eigentlich auch, bis sie ihn nach drei Sekunden abgebrochen und mir stattdessen Freundschaft angeboten hat. Ein Eimer Eiswasser hätte mich in diesem Moment nicht kälter erwischen können. Natürlich habe ich mir das nicht anmerken lassen und mich einverstanden erklärt. Was hätte ich auch anderes sagen sollen?

Nur stecke ich jetzt in der Friendzone einer Frau fest, von der ich definitiv mehr will. Keinen Plan, wie ich aus der Nummer wieder rauskommen soll. Geschweige denn, wie ich am Mittwoch bei unserem Termin so tun soll, als hätte es diesen Kuss – so unschuldig er auch war – nie gegeben.

Drei Sekunden. Wie kann es sein, dass diese drei Sekunden, in denen ihre Lippen auf meinen lagen, jetzt jeden verfluchten Winkel in meinem Kopf beherrschen?

Auch eine Stunde später kreisen meine Gedanken noch um Alissa und halten mich hellwach. Also beschließe ich, dafür zu sorgen, dass wenigstens mein Körper müde wird, und steige aus dem Bett. Ich bleibe in den Boxershorts, gehe zur Tür ins Wohnzimmer und mache Klimmzüge. So schnell und lange, bis mir der Schweiß aus allen Poren schießt und sich meine Arme wie Pudding anfühlen. Bei achtzig höre ich auf und springe unter die Dusche. Jetzt noch ein Shake, dann ins Bett und hoffentlich ...

«Fuck!» Mir bleibt fast das Herz stehen, als ich nichtsahnend die Küche betrete und dort jemand Fremdes vorfinde. Eine Frau. Okay, es gibt definitiv Furchteinflößenderes. Zumal es bei näherem Hinsehen gar keine Fremde ist, sondern Alissas Freundin Leo. In einem viel zu großen T-Shirt, das vermutlich Alex gehört, und zerzausten Haaren steht sie vor unserem offenen Kühlschrank und scheint etwas zu suchen.

Sie fährt zu mir herum und sieht mich überrascht an. Als wäre *ich* der Fremde in *ihrer* Küche. «Oh, Einhorn. Was machst du denn hier?»

Einhorn? Herzlichen Dank auch, Alissa!

Wenigstens bekommt sie mein Desaster-Tattoo nicht live zu Gesicht, da ich mir im Bad ein T-Shirt übergezogen habe. Es lag zufällig noch ein sauberes rum.

«Ich wohne hier», antworte ich und hebe eine Augenbraue. Sie das Gleiche zu fragen, erübrigt sich wohl. Mir war klar, dass Alex mit ihr die Nacht verbringen wollte, nur hatte ich nicht damit gerechnet, dass er sie mit zu uns nehmen würde.

«Ach so», antwortet sie und dreht sich wieder zum Kühlschrank, in den sie fast ihren Kopf reinsteckt. «Ich bin auf der Suche nach etwas Essbarem. Und habt ihr zufällig Kaffee da?»

Ich seufze. Eigentlich wollte ich mir nur einen Protein-Shake machen und danach ins Bett. Und wenn Leo keine Freundin von Alissa wäre, würde ich genau das auch tun. Nur *ist* sie eben eine Freundin von Alissa.

«Ich mach dir einen. Magst du Rührei?»

«Mit Speck?», fragt sie mich allen Ernstes. Sie kann froh sein, dass wir überhaupt Essen in der Wohnung haben.

«Sorry, wir haben nur Salz und Pfeffer im Angebot.»

«Auch okay. Danke. Brauchst du Hilfe?»

Ich winke ab. Sie sieht nicht so wirklich fit aus. Außerdem ist sie Gast – wenn auch nicht meiner. «Setz dich, wenn du willst. Es dauert nur ein paar Minuten.» Ich deute auf einen der beiden Klappstühle an unserem kleinen runden Tisch.

Eigentlich wäre es Alex' Job, sich an den Herd zu stellen und seinem One-Night-Stand Frühstück zu machen. Und eigentlich würde ich viel lieber Alissa den Teller Rührei und die Tasse Kaffee vorsetzen, als ich fertig bin. «Milch und Zucker?»

«Ja, bitte. Und Besteck wäre toll. Danke.»

Nachdem ich Leo alles gebracht und mir selbst einen Shake gemacht habe, will ich mich eigentlich verziehen, doch sie hält mich auf.

«Liegt Alissa noch in deinem Bett?»

Fast verschlucke ich mich an meinem Shake. «Du bist ganz schön neugierig.»

«Und du weichst meiner Frage aus.» Ihre Augen, die mich wegen der verschmierten Schminke ein bisschen an die eines Waschbären erinnern, funkeln mich herausfordernd an.

«Weil ich finde, dass dich das nichts angeht. Aber, nein ... Alissa liegt in ihrem eigenen Bett.»

Verwunderung huscht über ihr Sommersprossengesicht. «Oh. Ich dachte ...»

«Falsch gedacht.»

«Dann hat sie sich also dran gehalten», murmelt sie vor sich hin.

Ich kann unmöglich so tun, als hätte ich diesen Satz nicht gehört. «Woran gehalten?»

«Wer ist jetzt hier der Neugierige von uns beiden?»

«Schätze, es steht unentschieden», antworte ich trocken und sehe sie abwartend an, doch sie spannt mich grinsend auf die Folter.

«Komm schon, du kannst nicht so einen kryptischen Satz raushauen und dann nicht erklären, was er zu bedeuten hat.»

«Doch, eigentlich kann ich das schon.» Mit zuckenden

Mundwinkeln schiebt sie Rührei auf die Gabel und steckt sich die in den Mund. «Mhmmm … gar nicht schlecht, Einhorn. Alissa verpasst was.» Das sagt sie mit einem provokanten Augenzwinkern, weshalb ich ihre Bemerkung bewusst ignoriere.

«Danke, lass es dir schmecken.» Auf keinen Fall werde ich mir anmerken lassen, wie dringend ich mehr über Alissa wissen will. Nicht zuletzt, weil ich jede Wette eingehe, dass Leo ihr von dieser Unterhaltung erzählen wird. Daher zucke ich mit den Schultern und setze dazu an, mich umzudrehen und zu gehen. Doch ihre nächste Frage nagelt mich an meinem Platz fest: «Willst du was von ihr?»

Keine Ahnung, wie ich antworten soll. Rücke ich mit der Wahrheit raus oder mache ich einen auf unnahbar und riskiere, dass Leo Alissa eventuell erzählt, ich hätte kein Interesse? Eigentlich hasse ich solche Spielchen, aber ich lasse mich trotzdem dazu hinreißen. Eventuell erfahre ich dadurch ja, was Alissa über mich denkt und was es mit diesem kryptischen Satz auf sich hat. «Na ja, wir kennen uns noch nicht besonders lange. Aber ich finde sie cool.» *Sehr sogar.*

«Dann bist du also Single?»

«Bin ich. Und … sie?» *Sag ja.*

«Auch.» Wie im Zeitlupentempo wandern ihre Mundwinkel nach oben. «Und jemand, der nichts von ihr will, würde das kaum fragen, oder?»

Diesmal bin ich es, der nicht antwortet. Ich bin zu müde, um dieses Gespräch unbeschadet zu überstehen. Also beende ich es. «Hat mich gefreut, Leo. Man sieht sich. Ich geh jetzt schlafen.»

«Träum schön, Einhorn.»

«Danke, Waschbär», antworte ich mit einem Schnauben und lasse sie mit einem verwirrt-fragenden Blick in der Küche zurück.

Wieder in meinem Bett, bin ich nun zwar körperlich erledigt, und inzwischen brennen meine Augen, aber dieser Satz von Leo hält mich weiterhin wach.

Dann hat sie sich also daran gehalten ...

Was zur Hölle soll das heißen? An was gehalten? Eine Regel? Einen Pakt? Ich wälze mich und meine Gedanken so lange hin und her, bis ich schließlich doch einschlafe.

Irgendwann am Nachmittag weckt mich mein knurrender Magen. Dabei hätte ich locker noch ein oder zwei Stunden Schlaf gebrauchen können. Aber anscheinend weiß mein Magen mehr als ich, denn beim Betreten des Flurs steigt mir der Duft von würziger Pizza in die Nase. Sofort läuft mir das Wasser im Mund zusammen. Ich folge dem Geruch, der eindeutig aus dem Wohnzimmer kommt, wo Alex auf dem Sofa sitzt und PlayStation zockt, vor sich auf dem kleinen Beistelltisch eine aufgeklappte Schachtel. In der sich noch genau ein Stück Salami-Pizza befindet. Kein Thunfisch, aber trotzdem geil.

«Kann ich das haben?», lautet meine Begrüßung.

Alex, dieser verfluchte Mistkerl, schüttelt den Kopf. «Nope.»

«Alter, ich sterbe vor Hunger.»

«Dann besorg dir deine eigene Pizza.» Ich will ihm gerade den Mittelfinger zeigen, als er fortfährt: «Hab für dich eine mitbestellt. Steht in der Küche, Thunfisch-Pizza. Stört dich ja nicht, wenn sie kalt ist.»

Ich liebe Alex.

«Danke, Mann. Dafür lass ich dich gleich beim Zocken gewinnen.»

Auf dem Weg zur Küche höre ich noch sein spöttisches Lachen. So könnte jeder Tag beginnen …

17

Alissa

«Da ist ja unsere Königin der Nacht», lautet Callas Begrüßung, als ich die Küche betrete.

Die Hände tief in der Bauchtasche meines kuscheligen Oversize-Hoodies vergraben, gebe ich ein heiser klingendes «Hey» von mir. Meine Stimmbänder sind von dem vielen Singen etwas in Mitleidenschaft gezogen worden. Und meine Füße tun immer noch so weh, dass ich, statt normal zu gehen, auf dicken Socken über den Holzdielenboden zum Kaffeeautomaten schlurfe.

«Gut geschlafen?» In Leos Stimme schwingt ein seltsamer Unterton mit.

«Ja. Und nein, ich hatte keinen Sex mit Simon.» Wenn ich das gleich klarstelle, warten sie vielleicht noch einen Moment, bis sie mich mit Fragen bombardieren.

Leo und Calla werfen sich einen Blick zu. Sie sitzen am Tisch und schnippeln bereits das Gemüse für unser Abendessen. Auch für mich liegt schon ein Schneidebrett inklusive Messer bereit. Bevor ich jedoch für das Handling scharfer Gegenstände oder das Gespräch über Simon bereit bin, brauche ich dringend eine Ration Koffein.

«Wissen wir längst», sagt Calla nach einem Moment.

Ich war gerade dabei, die Kaffeemaschine mit einem Latte-macchiato-Pad zu bestücken, und halte in der Bewegung inne.

«Von Einhorn höchstpersönlich», beantwortet Leo meine Frage, noch bevor ich sie gestellt habe.

Von jetzt auf gleich hellwach, reiße ich die Augen auf. «Wie? Wann? Wo?»

«Du hast *was*, *wer* und *warum* vergessen», spottet Calla lachend.

«Einhorn und ich hatten ein spontanes … nennen wir es … Frühstücksdate. Aber es ist nicht so, wie du denkst», schiebt Leo amüsiert hinterher. «Diesen Satz wollte ich schon immer mal sagen können und tatsächlich unschuldig sein.»

Calla erstarrt. Sie sieht plötzlich aus, als wäre gerade ihr Weltbild zerstört worden. «Soll das heißen, dass du schon mal fremdgegangen und dabei erwischt worden bist?»

Doch Leo schüttelt den Kopf. «Genau aus diesem Grund habe ich keine Beziehungen. Wenn ich mich nicht auf einen Typen festlege, komme ich gar nicht erst in die Situation, zweigleisig zu fahren.»

«Wenn es der Eine ist, hat man sowieso keine Augen mehr für andere.»

«Klar, dass du das sagst, du und Jasper seid ja auch …»

«Hallo?» Winkend mache ich auf mich aufmerksam, während die Kaffeemaschine brummend ihren Dienst verrichtet. «Können wir bitte zurück zum Thema kommen?»

«Was war das noch?», fragt Leo unschuldig. Als hätte ihr Gedächtnis auch sonst die Kapazität einer Amöbe.

Ich schwöre, ich springe ihr gleich an den Hals. «Frühstücksdate mit Einhorn», sage ich gepresst. Mit meinem fertigen Latte nehme ich auf dem Stuhl zwischen meinen Freundinnen Platz und sehe Leo auffordernd an. «Muss ich dir jetzt echt jedes Wort aus der Nase ziehen?»

«Er macht ordentliches Rührei. Nur der Kaffee war etwas dünn.»

Eifersucht versetzt mir einen winzig kleinen Stich. Zumindest dem bescheuerten Teil in mir, der Simon gestern mit einem Kuss überfallen hat. Den anderen, vernünftigen fünfzig – oder sagen wir vierzig – Prozent macht es nichts aus. Das rede ich mir zumindest ein und verdrehe seufzend die Augen. Denn Leo hat offenbar großen Spaß daran, mich auf die Folter zu spannen.

«Du bist echt fies», stellt sich Calla auf meine Seite.

«Das muss auch mal sein. Es ist superlangweilig, immer nur das nette Mädchen von nebenan zu sein.»

Zweifelnd hebe ich eine Augenbraue. «Du? Das nette Mädchen von nebenan?»

«Selbstverständlich. Oder ist es etwa nicht nett, wenn ich dir erzähle, worüber Einhorn und ich so gesprochen haben? Es ging dabei hauptsächlich um dich.»

«Um mich?» Mir schießt sofort wieder die Erinnerung an den Kuss durch den Kopf. Und ich fände es gar nicht gut, wenn Simon Leo davon erzählt hätte. Allerdings ... wenn sie Bescheid wüsste, hätte sie mich längst darauf angesprochen.

«Er wollte wissen, ob du einen Freund hast.»

Ich ziehe die Augenbrauen zusammen. Was ist denn das für eine Frage? Ich hätte ihn doch niemals geküsst, wenn ich vergeben wäre. Oder handhabt er das anders?

«Und was hast du geantwortet?», frage ich zwischen zwei Schlucken Latte macchiato.

«Dass du Single bist.»

Ich verkneife mir ein erleichtertes Durchatmen. Leo wäre es auch zuzutrauen, dass sie mehrdeutige Antworten gibt. «Und worüber habt ihr sonst noch so gesprochen?»

«Darüber, dass er dich cool findet.»

Cool? Hm. Das klingt wie die moderne Version von nett oder die etwas angesagtere Schwester von Scheiße. «Und ... In welchem Kontext hat er das gesagt?»

«Ich hab ihn gefragt, ob er was von dir will.»

«Du hast was?», platzt es aus mir heraus, und ich starre Leo fassungslos ins Gesicht, während Calla – warum auch immer – in Gelächter ausbricht.

Leo hingegen sieht mich an wie die Unschuld vom Lande. «Man wird doch wohl noch fragen dürfen. Außerdem kannst du mir nicht erzählen, dass dich das nicht auch interessiert.»

«Doch, schon ...», gestehe ich. «Aber nur, weil ich ihn gut finde, heißt das doch nicht, dass du einfach deinen Leo-Fragen-Katalog auspacken und ihn verhören musst. Wenn ich wissen möchte, ob er Single ist, frag ich ihn schon selber. Abgesehen davon spielt das eh keine Rolle, weil ... weil er ja nun mal mein Kunde ist. Mehr als Freundschaft ist nicht drin.»

«Freundschaft?» Leos Augenbraue wandert zweifelnd in die Höhe, und auch Calla bedenkt mich mit einem skeptischen Blick.

«Warum nicht? Wer sagt denn, dass man immer sofort übereinander herfallen muss?» Dass ich das mehr oder weniger bereits getan und ihn mit meinem Spontankuss überfallen habe, behalte ich vorerst für mich. Ich muss das Chaos in meinem Kopf erst mal sortieren, bevor ich darüber reden kann. Und ohne Kaffee wird das ohnehin nichts, weshalb ich den Becher an meine Lippen führe und vorsichtig von ihm nippe.

«Punkt für Lissa», kommt es von Calla. «Freundschaft ist die beste Basis für eine Beziehung.»

«Beziehung? Ich kenne Simon gerade mal drei Sekunden.»

«Und trotzdem habt ihr schon eine ganze Nacht zusammen verbracht.» Calla grinst wissend.

«Wir haben nicht ...» Ich stöhne auf und spare mit den völlig sinnlosen Widerspruch. «Ihr nervt. Könnten wir bitte das Thema wechseln?»

«Gute Idee.» Calla steht ohne Vorankündigung auf und lässt Leo und mich verwirrt in der Küche allein. Keine Minute später kehrt sie mit den Händen hinter dem Rücken und einem selbstzufriedenen Lächeln auf den Lippen zurück. «Ich hab was für dich, Lissa.»

Mein Blick zuckt von Calla zu Leo, doch auch sie scheint vollkommen ahnungslos.

«Augen zu», fordert Calla.

Mit gesenkten Lidern vernehme ich ein Rascheln, als würde sie irgendetwas aus einer Papiertüte holen.

«Kannst sie wieder öffnen.»

Ich schlage die Augen auf und ... habe das wunderschöne Kleid aus dem New&Old vor mir. Das, in das ich mich Hals über Kopf verliebt hatte. Das, in dem ich – laut Becka – aussehe wie eine Cracknutte auf einer Beerdigung.

«O mein Gott, Calla ... Du bist ja verrückt», sage ich und schüttle ungläubig den Kopf.

Sie drückt mir das Kleid in die Hand und setzt sich wieder. «*Du* warst verrückt, es nicht mitzunehmen, obwohl es wie gemacht für dich ist. Ich konnte gar nicht anders, als wieder in den Laden zu gehen und es zu kaufen.»

«Als du angeblich deinen Schal hast liegen lassen und ihn schnell holen wolltest?» Ich hätte es da schon wissen müssen.

Calla nickt. «Ich hoffe, du freust dich über mein Ich-bin-so-stolz-auf-dich-Geschenk. Um ehrlich zu sein, wusste ich bis gestern nicht, was ich dir außer Blumen schenken sollte. Insofern kam es mir ganz gelegen, dass deine Schwester überhaupt keine Ahnung von Mode hat.»

Leos Miene verfinstert sich. «War Becka etwa der Grund, warum du es im Laden gelassen hast?», fragt sie.

Mein Mund öffnet sich, um meine Schwester zu verteidigen, doch Calla kommt mir zuvor: «Ja, aber lassen wir das Thema.»

«Danke für das Kleid, Calla. Ich liebe es wirklich.» Ich falle ihr um den Hals und könnte heulen von Dankbarkeit. Nicht nur wegen des Geschenks, sondern weil sie den Fokus von Becka weggelenkt hat.

«Okay, dann möchte ich es jetzt aber auch live an dir sehen», trällert Leo.

«Geht das auch morgen? Ich sterbe nämlich vor Hunger, und Calla kennt es ja schon.»

«Stimmt. Und wenn wir so weitermachen, schnippeln wir heute Nacht noch an dem Gemüse.»

Calla greift über den Tisch nach Leos Hand. «Für dich

hab ich natürlich auch noch ein Ich-bin-so-stolz-auf-dich-Geschenk, aber das bekommst du erst zu deiner Abschiedsparty.»

«Calla!» Ich lasse stöhnend den Kopf in die Hände sinken. Jetzt hat sie *mein* Geschenk verraten.

«Ups.» Sie beißt sich auf die Lippe, sieht mich reumütig an.

«Soll das etwa heißen, ihr plant eine Party für mich?», fragt Leo mit leuchtenden Augen.

«Na toll. Das war's dann wohl mit der Überraschung.» Ich werfe Calla einen gespielt vorwurfsvollen Blick zu, woraufhin sie entschuldigend das Gesicht verzieht.

«Sorry, Lissa.»

«Das muss dir doch nicht leidtun», antwortet Leo an meiner Stelle. «Vorfreude ist bekanntlich die schönste Freude.»

18

Simon

Hi Einhorn,

sorry, dass ich erst heute dazu komme, dir meine Entwürfe für dein Coverup zu schicken. Ich hoffe, sie gefallen dir. Das Einhorn und der Namen Kiki würden, wie hier dargestellt, hinter einem Landschaftsmotiv verschwinden. Nicht irgendeinem, wie du hoffentlich erkennst. Denn wenn ich richtig recherchiert habe, handelt es sich bei deinem Tribal um ein Maori-Tribal. Richtig? Deshalb habe ich das Thema Neuseeland aufgegriffen und den Mount Cook als Motiv gewählt. Das wäre Entwurf Nummer eins. Beim zweiten Entwurf lasse ich das Coverup, also den Mount Cook, in ein neues Maori-Tribal übergehen und verbinde dieses mit dem alten. So wirkt es wie ein einziges Tattoo. Allerdings wäre es dadurch größer und ginge deutlich über den Brustbereich hinaus. Wäre das okay für dich? Damit wäre es natürlich auch teurer. Oder soll ich mir was anderes überlegen? Mach dir gerne in Ruhe Gedanken. Ich ändere und passe die Entwürfe so lange an, bis sie dir gefallen. Aus dem finalen Entwurf erstel-

le ich dann bei unserem nächsten Termin eine Schablone, damit du dir besser vorstellen kannst, wie das fertige Coverup auf deiner Haut aussehen würde. Ich bin gespannt, was du sagst, und setze natürlich auch gerne Ideen von dir um.

Liebe Grüße
Alissa

Ich bin geflasht und auch ein wenig ... überrascht? Denn Alissa hätte es sich auch leichtmachen und wahllos irgendein Motiv nehmen können. Stattdessen hat sie recherchiert, sich Gedanken gemacht. Neuseeland. Mount Cook. Als wüsste sie, dass ich mit meinem Opa da war und mir das Tribal nur wegen dieses Urlaubs habe stechen lassen. Mal sehen, wie sie ihre kreative Idee umgesetzt hat. Gespannt klicke ich zuerst den zweiten Entwurf an und – wow! Dass Alissa talentiert ist, war mir klar, aber das hier? Die Art, wie sie das Wasser des Hooker Lakes, die Gletscherkette der Southern Alps und den majestätischen Mount Cook gezeichnet hat, könnte locker als Schwarz-Weiß-Motiv für eine Postkarte herhalten. Auch der Übergang zu dem Tribal, das ich bereits besitze, könnte besser nicht sein. Wenn das Einhorn und Kikis Name dahinter verschwinden, als hätte es dieses Tattoo nie gegeben ... Perfekt. Ich antworte auf die Mail, dass ich mich für diesen Entwurf entscheide und keinen weiteren brauche. Endlich werde ich das Einhorn und diesen Teil meiner Vergangenheit los. Zumindest auf meiner Haut. Ich kann es kaum erwarten und betrete voller Vorfreude – auch auf

Alissa – mittwochs nach meiner letzten Vorlesung das INKnovation.

Ein schwarzhaariger Typ mit Zopf stellt sich mir als Kwon vor und schickt mich die Treppe hinauf. «Alissa erwartet dich. Erste Tür gleich rechts, Raum eins.»

Ich nehme die Metallstufen nach oben und erspähe Alissa durch den Spalt einer Tür. Sie sitzt an einem Schreibtisch, vor sich ein iPad, und blickt zu mir auf, als ich den Raum betrete. Das Lächeln auf ihren Lippen ist offen und echt. Keine Spur von Anspannung, was mir meine nimmt. Zumindest einen Teil davon. Den Rest meiner Nervosität lasse ich hinter einem Grinsen verschwinden.

«Hi, Rainbow.»

«Hey, Einhorn.»

Alissa steht auf und kommt auf mich zu. In einem Pulli, der so groß ist, dass es meiner sein könnte, und ihr fast bis zu den Knien reicht. Sie trägt eine Strumpfhose und flache Boots. Dieses Outfit ist das krasse Gegenteil von Samstag, aber ihre Anziehungskraft auf mich ist die gleiche. Ich muss mich zwingen, nicht auf ihren Mund zu starren. Also konzentriere ich mich auf ihre Augen, nur macht das für meinen Puls keinen Unterschied. Er ist und bleibt in ihrer Gegenwart zu schnell.

Sie bietet mir den Stuhl ihr gegenüber am Schreibtisch an, und wir nehmen gleichzeitig Platz. Dann herrscht Stille, und für einen Moment sehen wir einander bloß an. Ich frage mich, was sie denkt. Über mich. Und unseren Kuss. Und …

«Ich … ich wollte mich noch mal bedanken», bricht sie zuerst das Schweigen. «Für den schönen Abend. Oder

Morgen, schätze ich. Und auch dafür, dass du Leo nichts erzählt hast.» Ihre rosa Wangen färben sich zwei Nuancen dunkler. Sie wirkt verlegen, und mich überkommt plötzlich die Lust, sie noch ein bisschen verlegener zu machen.

«Dass ich Leo was nicht erzählt habe?»

«Na was wohl?»

Herausfordernd hebe ich eine Augenbraue. Wie kann es sein, dass sie die Initiative ergreift und mich küsst, wenn sie das Wort *küssen* nicht mal über die Lippen bekommt? «Dass du nicht twerken kannst?», stelle ich mich dumm.

«Mein Twerk war ja wohl um Längen besser als deiner. Und das trotz meiner High Heels.»

«Wohl eher *wegen* deiner High Heels.»

«Wir können beim nächsten Mal gerne gleiche Voraussetzungen schaffen und dir auch welche besorgen», schlägt sie vor, und wir müssen lachen, was mich sofort wieder zurück in den Samstagabend katapultiert. Ins *Green Dragon*, wo ich ihretwegen einen Lachflash nach dem anderen hatte und teilweise zu Musik getanzt habe, die ich sonst nie freiwillig hören würde.

Unser Lachen ebbt ab, und ich bin wieder im INKnovation. «Also ...», beginnt Alissa. «Was ich eben meinte, ist ... der Kuss.»

«Du meinst den, der gar nicht passiert ist?» Ich kann nicht verhindern, dass sich ein provokanter Unterton in meine Stimme stiehlt. Weil ich den Kuss nicht vergessen will. Ich will nicht ihr Kumpel werden und so tun, als hätte es diese drei Sekunden nie gegeben.

Sie nickt, und in ihren Augen flackert etwas auf, doch sie senkt den Blick und wechselt das Thema, bevor ich es deuten kann. «Willst du noch mal einen Blick auf das Motiv werfen?» Über den Schreibtisch schiebt sie das iPad zu mir herüber. Ich erkenne erst jetzt, dass es sich bei der Zeichnung auf dem Bildschirm um mein Coverup handelt.

«Noch immer perfekt.»

«Das freut mich. Dann kann ich davon gleich das Stencil, also die Schablone, machen und es auf deine Haut übertragen. Übrigens bist du schuld daran, dass ich unbedingt nach Neuseeland muss, um den Mount Cook live zu bestaunen.»

Ich grinse. «Gern geschehen. Kann ich nur empfehlen. Das ganze Land – zumindest was ich davon gesehen habe – ist echt eine Reise wert.»

Alissas Augen werden groß. «Du warst da?»

«Ja, mit meinem Opa. Deshalb hab ich mir auch das Tribal stechen lassen.»

«Wie schön.» Sie lächelt und sieht mich an, als wollte sie mehr hören. Die ganze Geschichte. Und ich habe plötzlich Lust, sie zu erzählen, was nicht oft passiert.

«Nach der Neuseeland-Reise mit meinem Opa wollte ich ein Tattoo, das mich an diesen Urlaub und ihn erinnert. Die Reise hab ich von ihm als Abi-Geschenk bekommen. Eine Art Belohnung, auch weil ich … eine ziemlich harte Zeit hinter mir hatte.» Überlebt habe, hätte ich eigentlich sagen müssen. Tatsächlich wäre ich beinahe gestorben, aber das behalte ich für mich. «Mein Opa war Seefahrer und ein ziemlicher Weltenbummler. Neuseeland war sein letztes großes unerfülltes Traumziel, und da meine Oma dafür nicht mehr fit genug war, bin ich mit ihm dorthin gereist.» Ein Lächeln umspielt Alissas Mund. «Als wir da waren, haben wir die Kultur der Maori kennengelernt. Für sie spiegelt diese Art der Tätowierung …», ich schiebe den linken Ärmel meines Pullis hoch, um auf mein Tribal zu deuten, «… die Abstammung und die persönliche Geschichte jedes Einzelnen wider.»

«Die nennen sich Ta Moko, oder?», fragt Alissa interessiert.

«Ja, genau. Eigentlich bedecken sie das ganze Gesicht einer Person, weil die Maori glauben, dass tote Menschen sozusagen durchleuchtet und somit unsichtbar für ihre lebenden Angehörigen werden. Das soll durch die Einzigartigkeit der Ta-Moko-Designs verhindert werden. Denn wenn Personen mit diesen Tattoos im Gesicht sterben, kann das Licht sie nicht durchdringen, und ihre Angehörigen können sie sehen. Ich bin zwar kein gläubiger Mensch, aber mir gefiel dieser Gedanke. Mein Opa ließ sich sogar noch vor Ort ein Ta Moko tätowieren, mit dieser traditionellen Klopf-Technik.»

«Wow, das ist toll. Besonders, weil du dir diese uralte Kultur nicht aus einer Laune heraus angeeignet hast. Du kennst ihre Bedeutung, verbindest was sehr Persönliches damit. Das mag ich.» Das Lächeln auf ihren Lippen bringt ihre Augen zum Leuchten. Ich kann gar nicht anders, als ebenfalls zu lächeln, und erzähle weiter.

«Ja, ich auch. Irgendwie beruhigt mich der Gedanke, dass mein Opa dadurch sichtbar bleibt … Ich bin zwar kein Maori und auch nicht in dieser Kultur verwurzelt oder so, aber manchmal glaube ich, dass es vielleicht Schicksal war, das mein Opa und ich kurz vor seinem Tod noch in Neuseeland waren. Als hätte er sich das Tattoo für uns machen lassen. Damit er für seine Familie immer sichtbar bleibt …»

Das Funkeln in Alissas Augen ist einem feuchten Glanz gewichen. Eine Hand liegt auf ihrem Brustkorb, der sich deutlich hebt und wieder senkt. «Ich … glaube, ich hab in meinem ganzen Leben noch nie so was … Schönes gehört.»

«So ging es mir auch, als ich von der Symbolik und Bedeutung dieser Tattoos erfuhr. Irgendwie nimmt es einem die Angst vor dem Tod.»

«Vor allem davor, einen geliebten Menschen zu vergessen …», ergänzt sie, und mir kommen die Bilder dieser Frau auf ihrem Instagram-Account in den Sinn. Hat sie deshalb so viele Bilder von ihr gezeichnet? Um nicht zu vergessen?

«Wenn man nicht an die Toten denkt, geraten sie in Vergessenheit und sterben zweimal», zitiere ich nachdenklich meine Oma und merke, wie es in meiner Brust etwas enger wird. Es kommt nicht oft vor, dass ich über die Bedeutung dieses Tattoos spreche. Seit Kiki ist Alissa die erste Person, mit der ich so offen darüber rede. Noch offener sogar als mit meiner Ex und … das überrascht mich. So sehr, dass ich erst jetzt bemerke, wie still Alissa geworden ist. Sie hat seit einer gefühlten Ewigkeit nichts mehr gesagt.

Ihr Blick ist nach unten gerichtet. Als sie ihn wieder hebt, ist der Ausdruck in ihren Augen fast der gleiche wie bei unserem ersten Termin. Nur dass Alissa diesmal nicht aussieht, als würde sie jeden Moment in Ohnmacht fallen. Sondern so, als bräuchte sie tausend Umarmungen.

«Ich … habe auch jemanden verloren», sagt sie leise.

Obwohl ich das bereits vermutet hatte, kommt ihr Geständnis so unerwartet, dass ich erst mal schlucken muss.

«Ist schon eine Weile her, aber mir fällt es immer noch schwer, darüber zu reden. Oder auch nur daran zu denken. Eine Zeitlang habe ich alles gemieden, was mich an sie erinnert hat.»

Sie. Dann lag ich wohl, was die Bilder dieser Frau angeht, richtig. Verdammt.

«Ich konnte mir lange Zeit keine Bilder von ihr ansehen. Bis ich irgendwann Angst hatte, dass die in meiner Erinnerung verblassen könnten.» Sie reibt sich über die Stirn und sieht mich dann an. «Danke, dass du das mit mir geteilt hast.»

«Tut mir leid. Dein Verlust.» Endlich habe ich meine Sprache wiedergefunden.

Sie atmet aus, als wäre sie eine Last losgeworden. Vielleicht haben die letzten Worte sie auch einfach Kraft gekostet. «Ich hätte eine Idee, es ist nur ein Vorschlag.» Sie dreht die Zeichnung zu sich und betrachtet sie eingehend. Ich kann förmlich dabei zusehen, wie es hinter ihrer Stirn arbeitet.

«Was für eine?»

«Ich könnte versuchen, den Namen oder die Initialen deines Opas in das Tribal zu integrieren. So, dass die Buchstaben mit den Linien, Formen und Lücken verschmelzen. Für Außenstehende wäre es unsichtbar, man könnte es nur sehen, wenn man es schon weiß. Aber wie gesagt, es ist nur eine Idee, ich will dir nicht …»

«Das gefällt mir», unterbreche ich sie. «Das gefällt mir

sogar sehr, weil es dem Tattoo noch eine persönlichere Note gibt.»

Alissa lächelt. «Ja, das finde ich auch. Und ... welcher Name wäre es?»

Der Name meines Opas liegt mir schon auf der Zunge, doch ich entscheide mich um.

«Max. Max ist der Name, den ich dort gern stehen hätte.»

«Okay, das passt perfekt», sagt sie und setzt sofort ihren Tablet-Stift an. «Mal sehen ... Ich glaube, diese Stelle wäre gut ...», murmelt sie vor sich hin.

Sie ist jetzt so vertieft in die Zeichnung, dass ich unbemerkt meinem neuen Hobby nachgehen und Alissa ansehen kann. Starren trifft es eindeutig besser. Mein Blick gleitet über ihre Brauen, ihre Nase, ihre Lippen. Und verdammt. Ich will sie wieder küssen. Richtig küssen. Lang und tief.

Wie zur Hölle soll ich nur mit dir befreundet sein?

Alissas Kopf ruckt in die Höhe, blaue Augen sehen irritiert in meine. «Wie bitte?»

Erst jetzt wird mir klar, dass ich gerade laut gedacht haben muss. Ziemlich laut sogar. Denn so, wie mich Alissa ansieht, scheint sie jedes Wort klar und deutlich verstanden zu haben.

Verdammt.

19

Alissa

Wie zur Hölle soll ich nur mit dir befreundet sein?

Ich bin mir ziemlich sicher, dass Simon das nicht laut aussprechen wollte. Seine Körpersprache ist eindeutig. Er reibt sich den Nacken und wirkt irgendwie … ertappt. Überrascht. Und peinlich berührt.

Er verzieht das Gesicht. «Sorry. Ich habe etwas zu laut gedacht.»

Ich bin mehr als bereit, einfach so zu tun, als hätte er diese Frage nie gestellt. Ich habe nämlich keine Ahnung, wie ich darauf antworten soll.

Doch anstatt abzulenken, redet Simon einfach weiter. «Das passiert mir öfter, wenn ich eine Sache nicht aus dem Kopf bekomme … Wie zum Beispiel dich … und unseren Kuss», gesteht er. Mit einem Blick, so tief, dass ich Angst habe, im Bernstein seiner Augen zu versinken, wenn ich nicht sofort wegsehe.

Doch ich schaffe es nicht. Mein Herz pocht jetzt so heftig, dass es meinen Brustkorb an seine Belastungsgrenzen bringt.

«Ich mag dich, Alissa. Zu sehr, um einfach ein Freund zu sein.»

Ich blinzle überrascht, aber auch dadurch entkomme ich der Intensität seines Blickes nicht. So direkt hat mir noch kein Typ gesagt, dass er was von mir will. Nicht auf diese Weise.

«Ich … ich weiß nicht, was ich dazu sagen soll.» Ich schlucke. «Was … erwartest du denn jetzt?»

«Gar nichts. Aber ich mag einfach keine Spielchen. Nicht bei solchen Dingen. Hab damit keine guten Erfahrungen gemacht.»

«Mit dieser Kiki?», rutscht es mir heraus, wofür ich mir sofort einen gedanklichen Arschtritt verpasse. «Sorry, das geht mich nichts an. Ich …»

«Schon gut. Und ja, dass ich lieber mit offenen Karten spiele, hat auch was mit meiner Ex zu tun.» Er belässt es bei dieser Antwort, und ich frage mich, was da vorgefallen ist. Ob er mit ihr diese harte Zeit hatte, von der vorhin gesprochen hat. Aber ich werde bestimmt nicht nachhaken. Ich hätte gar nicht erst fragen sollen. Wir sind hier bei meiner Arbeit, verdammt noch mal.

Aber ich sollte genau so ehrlich sein wie er. Mein Verhalten war nicht unbedingt eindeutig, und er verdient eine Erklärung. «Ich … küsse normalerweise keine Kunden. Weil ich *damit* schlechte Erfahrungen gemacht habe.»

«Okay …»

«Okay … was?»

Er zuckt mit den Schultern. «Okay, das respektiere ich.»

Wie jetzt? Das war's? Sollte er das nicht wenigstens schade finden oder so?

«Gut, dann können wir ja jetzt weitermachen», bringe ich mühsam hervor.

Volle feste Lippen verziehen sich zu einem wissenden Grinsen. «Und wenn ich jetzt aufstehe, gehe und mir das Tattoo woanders stechen lasse, damit ich nicht mehr dein Kunde bin?»

Ich kann gar nicht anders, als zu lächeln. «Dann würdest du dir ein verdammt gutes Coverup entgehen lassen.»

«Und du dir ein verdammt gutes Date.»

«Jetzt bin ich neugierig.»

«Perfekt. Das war Ziel Nummer eins.»

«Und was ist Nummer zwei?»

«Dass du dir von mir einen weiteren Aussichtspunkt zeigen lässt. Du willst doch sicher sehen, wodurch du unsere Wette verloren hast.»

«Du meinst, diese Bunthäuser ...» Kurz denke ich nach. «Spitze?»

«Genau. Lust und Zeit?» Fragend sieht er mich an, während sich ein schiefes Grinsen in seinem Gesicht ausbreitet. «Wenn du dich ein bisschen zusammenreißt und nicht wieder über mich herfällst, könnte ich sogar dein Kunde bleiben.»

Ich schnappe empört nach Luft, muss aber gleichzeitig lachen.

«Nicht, dass ich was gegen deine Küsse hätte. Aber ich hätte halt auch verdammt gerne dieses Tattoo von dir. Nur scheint beides ja nicht zu gehen.»

Ich verschränke mit spielerischem Ernst die Arme. «Erstens: Ich bin nicht über dich hergefallen. Wenn ich über dich herfalle, merkst du das, versprochen.»

«Gut zu wissen, Rainbow», erwidert er trocken.

Ich werfe die Plastikkappe des iPad-Stifts nach ihm und

verfehle ihn nur knapp um zwei Meter. Er musste nicht mal ausweichen. Ich bin so eine Niete.

Kein Wunder, dass er das witzig findet. «Und zweitens?», fragt er lachend.

«Zweitens … bist du ja nicht für immer mein Kunde.» Mir ist klar, dass ich hier gerade eine Grenze überschreite. Aber seien wir mal ehrlich … die habe ich im Grunde schon übertreten, als ich mich auf diese Wette mit ihm einließ.

«Verstehe», sagt er nun wieder ernster. «Das heißt also, je schneller wir hier fertig sind, desto eher …» Er spricht nicht weiter, sieht mir dabei aber auf den Mund. Und es ist völlig klar, was er meint.

Ich zögere einen Moment, dann … nicke ich.

«Worauf wartest du dann noch, Rainbow?»

Und schon wieder dieser Blick. Um der Sogwirkung zu entkommen, stehe ich auf und halte ihm die neue Version der Zeichnung hin. «Auf dein Feedback, Einhorn. Was sagst du?»

Während er seinen Blick auf das iPad richtet, kehrt meiner zu seinem Gesicht zurück. Aus dieser Perspektive fallen mir zum ersten Mal auf, wie lang und dicht seine Wimpern sind.

«Es gefällt mir … Es gefällt mir sogar sehr, was ziemlich beschissen ist.»

«Warum beschissen?»

«Weil das bedeutet, dass ich nun definitiv noch länger dein Kunde sein werde.» Ich lasse mich von dem Lächeln, dass seine Worte begleitet, anstecken und nehme wieder Platz, um den Entwurf zu vollenden.

Als ich fertig bin, drucke ich ihn auf ein Blatt und schneide ihn aus. Dann bitte ich Simon, seinen Oberkörper freizumachen und mich zum Standspiegel in der Mitte des Raumes zu begleiten. Ich halte die ausgedruckte Zeichnung an seine Brust. «Hier würde ich das Coverup ansetzen. Passt das so? Dann mache ich daraus das Stencil.»

Doch statt auf dem Entwurf ruht Simons Blick auf meinem Gesicht. Als könne er sich nicht davon losreißen. Und mir geht es umgekehrt genauso. Woher sollte ich sonst wissen, dass er mich beobachtet.

Meine Güte, reiß dich zusammen, Alissa!

Die mentale Ohrfeige hilft, mein Ton hört sich fast normal an, als ich jetzt spreche. «Du musst schon hinsehen, um zu beurteilen, ob es dir so gefällt.»

Langsam senkt sich Simons Blick auf seine Brust. «Steht hier der Name meines Bruders?»

Ich erstarre. Bekomme kaum mit, wie er mit dem Finger knapp unter die Wölbung seiner Brust deutet.

Sein Bruder. Max ist der Name seines Bruders. Seines *verstorbenen* Bruders. Er hat nicht nur seinen Opa verloren, sondern auch … O Gott. Allein die Vorstellung, dass Becka sterben könnte, ist so unerträglich, dass ich es nicht einmal aushalte, darüber nachzudenken.

«Ja», antworte ich mit belegter Stimme.

Simon nickt. «Cool. Kann gerne genau so bleiben.» Dem, was gerade in mir vorgeht, scheint er sich gar nicht bewusst zu sein. Oder vielleicht doch, und er versucht, es zu kaschieren, was *mir* jedoch nicht so recht gelingen will.

«Okay.»

Erneut fängt er meinen Blick im Spiegel ein. «Alles okay?»

«Du … hattest vorhin nicht erwähnt, dass … Max der Name deines Bruders ist.»

«Ich …», setzt er zu einer Rechtfertigung an, aber ich schüttele schnell den Kopf.

«Du schuldest mir keine Erklärung. Und ich hätte dich nicht darauf ansprechen sollen. Tut mir leid.»

«Das muss es nicht. Ich bin es nur nicht gewohnt, darüber zu reden, und mach's auch nicht so gerne. In der Regel tut es einfach weh. Aber bei dir ist das … irgendwie … nicht so … schmerzhaft.» Die letzten Worte kamen zögerlich über seine Lippen, und es liegt Verwunderung in seinem Blick. Oder ist es Unsicherheit?

Ich weiß nicht, was ich darauf erwidern soll, also drücke ich seinen Arm und versuche, wieder einen geschäftsmäßigen Ton anzuschlagen. Ich erkläre, dass ich jetzt mit der fertigen Vorlage ein Stencil anfertigen werde, und schließe mit: «Dein Coverup ist bei mir gut aufgehoben.»

Nur um zehn Minuten später das Gegenteil zu beweisen. Denn als ich die Nadel ansetze, um die Outlines zu stechen, zittert meine Hand.

Simon bemerkt es. Er sieht, wie sich die Vibration meiner Finger auf die Nadel überträgt, und ich möchte einfach nur im Erdboden versinken.

«Scheiße, ich …» … *weiß nicht, was los ist,* will ich eigentlich sagen, aber das wäre gelogen. Mir ist sehr wohl klar, woran es liegt. Ich habe ihn … seine Geschichte zu nah an mich herangelassen. *Hör dir die Storys der Kunden und die Schicksale hinter den Tattoos an, das ist wichtig.*

Aber lass sie nie persönlich werden. Niemals. Das hat Basti mir von Anfang an gepredigt. Und daran habe ich mich immer gehalten. Bis heute. Ich nehme die Nadel wieder runter, atme tief ein und wieder aus. *Er ist nur ein Kunde. Vergiss, dass du ihn geküsst hast. Vergiss die Bedeutung seines Tattoos. Vergiss seinen Opa und seinen Bruder. Vergiss ...*

«Hey ...»

Scheiße. Jetzt wird er wissen wollen, was los ist. Dachte ich. Doch stattdessen ...

«Hast du Musik da?»

«Musik?», wiederhole ich verwirrt.

«Ja. Was hörst du so?»

«Auf meinem Handy?»

Er nickt. «Zeig mir deine aktuelle Playlist.»

«Jetzt?»

«Warum nicht? Ich würde gern Musik hören.»

Während ich zum Schreibtisch gehe, auf dem mein Handy liegt, fange ich an zu begreifen. Es geht ihm nicht ums Musikhören, sondern darum, mich abzulenken. Und das lässt ein warmes Gefühl in meiner Brust entstehen. Und als ich meine Playlist laufen lasse und *Wonderwall* aus meinen Lautsprechern dringt, muss ich lächeln. Nachdem wir im *Green Dragon* dazu gesungen und getanzt hatten, bekam ich das Lied nicht mehr aus meinem Kopf. Ich musste es mir einfach aufs Handy laden.

«Du auch?», fragt Simon. Er erhebt sich gerade genug vom Stuhl, um sein Smartphone aus der Jeanstasche zu ziehen, und tippt auf dem Bildschirm rum. Als er diesen hochhält und mir zeigt, muss ich lachen. Denn auch er hat diesen Song in seiner Liste und fängt an, die Melodie mitzusummen. Leise stimme ich ein, ziehe mir neue Handschuhe über und setze die Nadel wieder an seine Brust – diesmal ohne zu zittern.

…◆…

In dieser Nacht brauche ich Ewigkeiten, um einzuschlafen. Ich wälze mich auf der Matratze hin und her, wie die Prinzessin auf der Erbse höchstpersönlich. Nur, dass in diesem Szenario Simon die Erbse darstellt.

Noch nie hat mich ein Tattoo-Termin so … aufgewühlt zurückgelassen. Im Positiven. Simon ist wahrlich nicht der erste Kunde, der sich ein Tattoo in Gedenken an einen verstorbenen Menschen von mir stechen lässt. Aber anders als sonst ist es mir nicht gelungen, meine Mauern hochzufahren, um seine Geschichte nicht zu sehr an mich heranzulassen. Vermutlich, weil ich es gar nicht versucht habe. Ich wollte mich in seine Geschichte hineinfallen lassen, ich wollte sie fühlen, ich wollte seinen Schmerz teilen. Genau wie meinen.

Und es hat sich gut angefühlt. Sogar erstaunlich vertraut. So vertraut, dass ich es einfach nicht aus meinen Gedanken rauskriege. Und je verkrampfter ich versuche, meinem Gehirn einzureden, dass es müde ist, desto wacher werde ich und kapituliere schließlich. Ich knipse das kleine Licht auf meiner Kommode an, schlage die Decke zurück und steige aus dem Bett. Da es mich in meinem Nachthemd etwas fröstelt, schlüpfe ich in meinen Hoodie und ziehe mir die Kapuze über den Kopf. Simon hat mir nach unserem Termin per WhatsApp ein Bild seines Opas geschickt, damit ich daraus die Tattoo-Vorlage für seine Oma skizziere. Allein der Gedanke zaubert mir ein Lächeln auf die Lippen.

Ich schicke mir das Bild per Mail, um es auf meinem Laptop zu öffnen. So ist es größer, und ich muss meine Augen nicht so anstrengen. Eigentlich wollte ich mich erst am Wochenende daransetzen. Weil es mindestens fünf Punkte auf meiner To-do-Liste gibt, die wichtiger sind. Aber das Zeichnen ist nun mal das beste Mittel gegen Typen, die wie ein verdammtes Pop-up ständig in den Gedanken auftauchen und einem den Schlaf rauben.

Ich schließe meine Kopfhörer ans Handy und setzte sie auf. Bewusst wähle ich dieselbe Playlist wie vorhin, und *Wonderwall* weckt wieder Erinnerungen. An unsere Club-Nacht, den Morgen auf dem Dockland, daran, wie mir Simon heute die Nervosität genommen hat und … Mist. Das hier ist das genaue Gegenteil von Nicht-an-Simon-Denken. Ich spule zum nächsten Titel vor. *Monsters* von Shawn Mendez und Justin Bieber begleiten mich, während ich anfange zu zeichnen.

Ich beginne wie immer mit den Proportionen des Gesichts, skizziere die Umrisse, gleiche meine Zeichnung immer wieder mit dem Original ab. Dann wechsele ich den Bleistift, tausche den mittelharten gegen einen harten aus und mache mich an die Schattierungen. Diese bearbeite ich mit dem Papierwischer, damit sie weicher und dadurch realer werden. Als ich nun mit dem Druckminenbleistift in die Details gehe, verziehen sich meine Lippen zu einem Lächeln. Wie immer, wenn mit jedem Fältchen, das ich zeichne, dem Porträt mehr und mehr Leben eingehaucht wird.

Ich bilde mir ein, gewisse Ähnlichkeiten zwischen Simon und seinem Opa zu erkennen. Besonders in den Augen, deren Pupillen ich mit einem Kohlestift abdunkle. Die Lichtreflexe hebe ich mit einem weißen Gelstift hervor, bis die Augen mit mir zu kommunizieren scheinen.

Fertig. In knapp sechs Stunden. Zwei weniger als gewöhnlich.

Ich weiß nicht, wann ich das letzte Mal so schnell ein Porträt gezeichnet habe und auch noch zufrieden damit war. Aber das bin ich. So zufrieden, dass ich kaum erwarten kann, Simon das Ergebnis zu zeigen. Morgen. Oder besser gesagt später. Draußen wird es bereits hell und meine Augenlider schwer. Ich bin jetzt so müde, dass ich sogar auf einer ganzen Erbsenarmee einschlafen könnte.

20

Simon

Es ist Freitagnachmittag. Seit dem Termin mit Alissa sind die wohl längsten drei Tage vergangen, an die ich mich erinnern kann. Ich habe ganz vergessen, wie es ist, keinen Sport treiben zu können. Joggen fällt flach, Krafttraining, Klettern, Parkour. Einfach alles, was mich zum Schwitzen bringt, ist für mindestens sechs Wochen tabu. Sechs verfluchte Wochen.

Keine Ahnung, wie ich das aushalten soll. Schon jetzt fühle ich mich wie ein Junkie auf Entzug. Mein ganzer Körper kribbelt, ich schlafe schlecht und brauche Ewigkeiten, um überhaupt einzupennen. Außerdem wird mir gerade bewusst, wie verdammt langweilig mein Leben ohne Sport ist. Aktuell bestehen meine Tage nur aus schlafen, essen, Uni, zocken, Serien gucken, Alex dafür hassen, dass er im Gegensatz zu mir trainieren kann – was er jeden verdammten Tag vor meinen Augen tut –, und warten. Darauf, dass die nächsten zwei Wochen vergehen, weil ich dann meinen nächsten Termin bei Alissa habe. Von der genau in diesem Moment eine WhatsApp auf meinem Handydisplay aufleuchtet.

Ich kann nicht leugnen, dass sich mein Herzschlag verdoppelt. Ist ja nicht so, als ob ich in den vergangenen drei Tagen nicht darüber nachgedacht hätte, wann, ob und vor allem was ich ihr schreiben soll, während ich darauf gehofft habe, sie würde sich zuerst melden. Ich lege die Konsole aus der Hand, nehme mein Telefon von der Sofalehne und starre fünf Sekunden später in das Gesicht meines Opas. Alissa hat wie versprochen die Tattoo-Vorlage für Oma gezeichnet und … sie ist brillant. Anders kann man es nicht sagen. Die Zeichnung ist fast realistischer als das Foto.

Was meinst du? Könnte das deiner
Oma gefallen?

Ich will gerade antworten, als aus einem der anderen Zimmer – ich glaube dem Bad – ein lautes «Fuck» zu hören ist.

«Was ist los?», rufe ich.

«Ich denke, wir haben ein verfickt großes Problem!»

Obwohl ich mir ziemlich sicher bin, dass Alex mal wieder übertreibt, stehe ich auf, um nachzusehen, wovon er spricht. «Was denn für ein …», der Rest meines Satzes bleibt mir im Hals stecken, als ich den Flur betrete und Nässe durch meine Socken sickert. Ich stehe in einer Pfütze. Der ganze verdammte Flurboden ist voller Wasser. Was zum …?

Es kommt aus dem Badezimmer, wo Alex unter dem Waschbecken hockt. Nass. Von oben bis unten. Aus dem Abflussrohr spritzt Wasser in alle Richtungen. In sein Gesicht, auf sein T-Shirt und meine Hose. Von den Fliesen mal ganz zu schweigen.

«Da ist irgendwas kaputt, geplatzt oder sonst was», presst er hervor, als ob das nicht offensichtlich wäre.

Ich reiße sämtliche Handtücher von den Haken, reiche ihm eins und breite den Rest auf den Fliesen aus. Er wickelt seines um das Rohr, während ich fluchend durch unsere Wohnung eile. Alles, was einigermaßen saugfähig ist, sammle ich ein – Decken, dreckige Klamotten, Bettbezüge. Einen Teil davon verteile im Flur und den Rest im Badezimmer. Hecktisch sehe ich mich um. «Wir müssen das Wasser abstellen! Weißt du, wo der Haupthahn ist?»

«Keine Ahnung. Im Keller?» Alex fährt sich mit dem Unterarm übers nasse Gesicht.

Ich eile sofort aus der Wohnung in den Keller, wo ich eine gefühlte Ewigkeit nach diesem verfickten Hahn suche und ihn zudrehe. Hoffentlich war es der richtige. Auf dem Weg zurück in den fünften Stock lege ich mich fast aufs Maul. Der Flur ist spiegelglatt, weil ich alles vollgetropft habe.

«Ist alles in Ordnung, Herr Roth?»

Fuck. Ich drehe mich zu der Tür, die sich gerade geöffnet hat. Frau Winkler, unsere Nachbarin, schiebt sich die Brille auf die Nasenspitze und taxiert mich von meinen Füßen bis zu meinen feuchten Haaren. Die hat mir gerade noch gefehlt. Frau Winkler ist Rentnerin und wohnt schon so lange hier, dass sie fast schon zur Bausubstanz des Hauses gehört. Dementsprechend spielt sie sich auch gerne mal auf. Wie die hausinterne Stasi gibt sie jeden scheinbaren Verstoß gegen die Hausordnung an den Vermieter weiter. Ihr größtes Hobby besteht darin, handschriftliche Aushänge zu verfassen und diese in den Hausflur zu hängen.

Dummerweise kann ich ihr den Wasserrohrbruch, oder was immer da passiert ist, nicht verschweigen. Zumal sie direkt unter uns wohnt. Also erzähle ich ihr in knappen Worten von dem undichten Rohr. Dann eile ich die restlichen Stufen hoch und fluche innerlich, als ich höre, wie sie mir folgt. Im Bademantel und mit Lockenwicklern.

«Ach, du lieber Himmel.»

Mit einer Hand vor dem Mund bleibt sie an der Tür vor einer Pfütze, die vorhin noch nicht da war, stehen. «Das müssen Sie dem Vermieter melden.»

Als ob mir das nicht klar wäre …

Alex kommt mir klatschnass entgegen, so schwer atmend, als wäre er gerade die Treppen hoch und wieder runter gesprintet.

«Und?», frage ich.

«Hat aufgehört zu fließen, aber …» Er schüttelt den Kopf, sieht sich resigniert um. «Da drin herrscht die Sintflut. Mein Treffen mit Leo kann ich wohl knicken. Es sei denn, wir können zu ihr.»

«Echt jetzt? Darüber machst du dir Gedanken?» Verständnislos schüttle ich den Kopf. «Wir haben gerade größere Probleme, als einen passenden Ort für dein Date mit Leo zu finden.»

Angepisst marschiere ich an ihm vorbei, um mir das Ausmaß der Überschwemmung anzusehen. Und … Gott verdammt. Das Wasser ist sogar bis in unsere Schlafzimmer gedrungen. Wir werden definitiv für ein paar Tage hier rausmüssen. Das bestätigt uns eine Stunde später auch der Vermieter, nachdem er einen Klempner und einen sogenannten Trockenbauer hat kommen lassen.

«Jepp, es gab einen Wasserrohrbruch. Gut, dass Sie so schnell reagiert und den Haupthahn abgedreht haben. Trotzdem wird es mindestens acht bis zehn Wochen, vielleicht sogar länger brauchen, um die Schäden zu beseitigen.»

«So lange?», frage ich entsetzt. Alex gibt neben mir ein genervtes Schnauben von sich.

Unser Vermieter nickt. «Und sie werden sich – zumindest während der Trocknungsphase – nicht in der Wohnung aufhalten können. Aber die Kosten für eine vorübergehende Unterkunft, sofern diese die Mietkosten dieser Wohnung nicht übersteigt, übernimmt meine Versicherung», erklärt er mit einem Lächeln. Als wäre uns damit geholfen.

Fuck. Wo zur Hölle sollen wir jetzt hin?

Mir ist nichts anderes übriggeblieben, als meine Trainingstasche zu packen und zu meinen Eltern zu fahren.

Alex hat sich für die Nacht bei Leo einquartiert. Meine einzige Alternative wäre das Sofa bei den anderen Jungs gewesen. Aber in einer Kifferbude unterzukommen, in der teilweise auch härtere Drogen konsumiert werden, ist wirklich das Letzte, was ich will. Da hätte ich mich lieber mit einem Schlafsack unter einer Brücke verkrochen.

«Du kannst so lange bleiben, wie du möchtest», sagt Mama und drückt mich an sich, als wäre ich aus dem Krieg heimgekommen.

Papa klopft mir im Vorbeigehen auf die Schulter und verschwindet Richtung Wohnzimmer.

«Ach, Simon …» Ich verziehe das Gesicht, als Mama meine Wange tätschelt. «Ist es sehr schlimm, dass ich mich freue, dich wieder hier bei uns zu haben?»

Ich höre ein Quietschen im Flur hinter meiner Mutter. «Ziehst du etwa wieder ein?» Entsetzen schwingt im Tonfall meiner Schwester mit.

Ich verdrehe die Augen, löse mich von Mama und sehe zu meiner Schwester. «Nur für ein paar Wochen. Also kein Grund zur Panik.»

«Und wo willst du schlafen?»

«In deinem Zimmer. Du kannst bei Mama und Papa pennen. So wie früher, als du Angst vor Zombies hattest», scherze ich, obwohl mir echt nicht zum Lachen zumute ist. Es fühlt sich wie ein Rückschritt an, wieder bei meinen Eltern einziehen zu müssen. Am meisten daran nervt mich aber, dass ich im Wohnzimmer werde schlafen müssen, weil mein altes Zimmer von Oma belegt ist.

«Was?» Noras Blick schießt zwischen mir und Mama hin und her. «Ist das wahr?»

«Lass dich doch nicht so aufs Glatteis führen. Dein Bruder schläft auf dem Sofa.»

Sofort entspannt sie sich. «Viel Spaß. Oma steht nämlich immer um halb fünf auf und kocht sich dann erst mal Kaffee.» Jetzt klingt Schadenfreude in der Stimme meiner Schwester mit. Toll. Hoffentlich ist das ein Scherz.

Fragend sehe ich zu Mama. «Ist das wahr?»

Sie zuckt mit den Schultern und nickt. «Aber so fest, wie du schläfst, wirst du bestimmt nichts mitbekommen.»

Keine Ahnung, wie sie darauf kommt. Sie scheint in mir immer noch den sechsjährigen Jungen zu sehen. Damals hätte eine Gnu-Herde durch mein Zimmer trampeln können, und ich wäre nicht wach geworden.

Die Aussicht, in den nächsten zwei bis drei Monaten nie mehr als sechs Stunden Schlaf zu bekommen, lässt mich aufseufzen.

«Stell deine Sachen ab und dann lass uns erst mal essen. Das Abendbrot ist schon aufgedeckt.»

Ein paar Minuten später sitzen wir alle am Tisch, und meine Mutter nutzt die Gelegenheit, mich mit Fragen zu bombardieren. «Wo ist Alex denn untergekommen? Seine Eltern leben doch nicht hier in Hamburg, oder? Und was ist mit euren Möbeln? Sind die sehr in Mitleidenschaft gezogen worden? Muss eventuell was davon bei uns gelagert werden?»

Ich muss erst den Bissen Brot hinunterschlucken, bevor ich antworten kann: «Alex' Eltern leben in Düsseldorf. Heute schläft er bei einer ...» *Mit der er was hat,* wäre mir beinahe über die Lippen gekommen. «... Bekannten», sage ich stattdessen und denke *Glückspilz.* Nicht, weil er die Nacht mit Leo verbringt, sondern weil ich ihn dafür beneide, dass er nach so einem ätzenden Tag jemanden hat, der ihn auf andere Gedanken bringt, ihn ablenkt. Selbst wenn es nur oberflächlicher Sex ist. «Danach wird er wahrscheinlich bei einem Kumpel unterkommen.»

«Vielleicht solltest du dir auch mal eine Freundin oder neue Kumpel suchen», wirft meine Schwester mit einem Unterton ein, der mir schon wieder den letzten Nerv raubt. Obwohl ich weiß, dass sie es nicht so meint.

«Vorher suche ich mir eine neue Schwester.»

«Soll mich das jetzt etwa treffen?»

Ich öffne den Mund zu einem weiteren Konter, aber Mama hält mich davon ab. «Muss das sein? Simon ist noch keine Stunde hier, und schon fangt ihr zu streiten an.»

«Er hat angefangen.» Nora zeigt mit dem Finger auf mich.

«Sie hat angefangen» Ich zeige mit dem Finger auf Nora.

«Ich habe nur gefragt, warum er keine Freunde hat.»

«Aber nur, um mir auf den Sack zu gehen.»

«Achte auf deine Wortwahl, Simon», empört sich Mama.

«Aber nur, um mir auf die Eier zu gehen», verbessere ich mich, was meine Schwester kichern lässt und mir einen mahnenden Blick von Mama einbringt. Papa und Oma essen in aller Seelenruhe weiter.

«Was denn?» In gespielter Ahnungslosigkeit zucke ich mit den Schultern.

«Keine vulgären Ausdrücke am Esstisch, habt ihr mich verstanden?»

«Genau, Simon, sei nicht so vulgär!», wirft meine Schwester provokant ein.

«Und du, Fräulein, hör auf mit diesen Sticheleien.»

«Ach, lass die Kinder doch Kinder sein», mischt Oma sich nun doch ein. Sie sitzt wie immer zwischen mir und Nora und tätschelt unsere Hände. «Du und dein Bruder habt früher schon keine Gelegenheit ausgelassen, den anderen zu ärgern. Geschwister, die sich streiten, lieben sich.»

«Jetzt bestärk die beiden doch nicht auch noch.» Hilfesuchend schaut Mama zu Papa. «Sag du doch auch mal was.»

Papa räuspert sich sichtlich amüsiert. «Und was ist mit den Sachen aus eurer Wohnung?»

Mama verdreht die Augen. «Das hab ich damit nicht gemeint. Aber zurück zum Thema zu kommen, ist keine so schlechte Idee.» Fragend sieht sie nun wieder zu mir.

«Die meisten Sachen haben wir ins Wohnzimmer gestellt. Das ist zum Glück trocken geblieben.»

«Hast du Fotos für die Versicherung gemacht?», will Papa wissen und schmiert Butter auf eine Vollkornschnitte.

«War nicht nötig. Für sämtliche Kosten und Schäden kommt der Vermieter auf.»

«Aber nur, wenn die Schäden dokumentiert sind. Du solltest auf jeden Fall festhalten, was kaputtgegangen ist. Sonst kann es dir passieren, dass du entweder gar kein Geld siehst oder viel zu wenig», sagt mein Vater in mahnendem Ton. «Lass uns morgen mal in die Wohnung gehen, damit ich mir das ansehen kann.»

Ich zucke mit den Schultern. «Von mir aus.»

«Gibt es Neuigkeiten wegen meines Tattoos?» Omas Themenwechsel kommt derart abrupt, dass es ein paar Sekunden braucht, bis mein Hirn umschaltet.

Doch dann ploppt in meinem Kopf sofort Alissas Zeichnung auf, und ich erinnere mich, dass ich noch nicht auf ihre Nachricht geantwortet habe. Ich verlasse kurz den Esstisch, um mein Handy aus meiner Sporttasche zu holen. Wieder zurück, zeige ich Oma Alissas Zeichnung.

Sie ist hin und weg, ihre kleinen grünen Augen leuchten, und sie fasst sich gerührt an die Brust. Oma so zu sehen, ist fast eine Entschädigung für den ziemlich beschissenen Tag.

Auch der Rest meiner Familie ist begeistert.

«Awww, kann ich eine Kopie davon haben?», fragt meine Schwester.

«Besser hätte sie deinen Vater wirklich nicht treffen können, Schatz», ist Papas Meinung.

Mama nickt. «Kann man das denn eins zu eins so auf die Haut bringen?»

«Ja.» Zum Beweis öffne ich die Instagram-App und gehe auf Alissas Profil, um ihnen ein paar von ihren Arbeiten zu zeigen – was sich jedoch als keine so gute Idee herausstellt. Oma besteht darauf, sich das Tattoo nur von ihr stechen zu lassen.

Ich warte bis nach dem Essen damit, mich bei Alissa zu melden – und zu betteln.

21

Alissa

Bewerbungen für das Zimmer lesen: check.

Termin mit Gerda vereinbaren: check.

Vorlage für Simons Oma skizzieren: check.

Projektarbeit planen: check.

Für Klausur lernen: check.

Wäsche machen/aufräumen: check.

Wums! Rums!

«Oh, *jaaa!*»

Meine To-do-Liste abzuhaken, sollte eigentlich befriedigend sein, aber das Gerumpel und Gestöhne von nebenan nervt nur noch. Seit Leo vor zwei Stunden mit diesem Alex in ihrem Zimmer verschwunden ist, sind diese Geräusche zu hören. Als würden die beiden ihre Möbel verrücken.

Schnaubend rolle ich mich auf den Rücken und lege die Arme über mein Gesicht. Wie zur Hölle soll ich nicht an Simon denken, wenn sein Mitbewohner hier ist. Jeder Laut von Alex erinnert mich daran, dass Simon sich immer noch nicht gemeldet hat. Und das, obwohl ich ihm das Porträt um drei geschickt habe. Inzwischen ist es neun Uhr abends, und ich weiß noch immer nicht, ob ihm und vor allem seiner Oma meine Umsetzung gefällt. Klar, dafür kann es hundert Gründe geben. Aber in meinem Kopf existiert bloß einer: nämlich der, dass er die Zeichnung scheiße findet und nicht weiß, wie er es mir sagen soll.

Ich hole mein Handy unter dem Kissen hervor. Dort habe ich es versteckt, um nicht pausenlos draufzustarren, als könnte ich es mit reiner Willenskraft dazu bringen, mir eine Antwort von Simon zu schicken. Immer noch kein Lebenszeichen. Auch nicht auf Instagram. Denn ja, ich bin tatsächlich erbärmlich genug, um ihn auch dort zu stalken. Wenn Alex nicht seit zwei verdammten Stunden mit Leo zugange wäre, hätte ich ihn mir längst geschnappt und möglichst subtil nach Simon ausgefragt.

Der Signalton meines Handys stoppt meine dämlichen Gedanken und lässt mich wie die Male zuvor hoffnungsvoll auf mein Display starren. Hoffnungen, die jäh von Callas WhatsApp zum Platzen gebracht werden.

Wie viele Zusagen haben wir inzwischen für Leos Abschiedsparty? Allmählich sollten wir uns überlegen, ob wir selbst kochen oder einfach Pizza bestellen. Die Getränke könnten wir eigentlich auch jetzt schon organisieren. Da Leo Bescheid weiß, müssen wir ja nichts vor ihr verstecken.

Du meinst, seit du dich vor Leo verplappert hast? 😉 Als ich das letzte Mal durchgezählt habe, waren es 14.

Lass uns mal mit plus/minus fünf planen. Kommt Jasper auch?

Nein, ihr habt mich ganz für euch allein.

Na endlich, eure Beziehung ist mir sowieso schon lange ein Dorn im Auge. Wann machst du endlich Schluss und ziehst zu uns? Ich wäre für sofort. Dann können wir uns nämlich die Suche nach einem Zwischenmieter sparen.

Calla sendet Lachsmileys.

Habt ihr noch niemanden?

Wir haben zu viele. Fast 100 Interessenten, obwohl das Inserat gerade mal ein paar Stunden online ist. Keine Ahnung, wie wir jemanden auswählen sollen. Hoffentlich erwischen wir keinen Psycho.

Oder jemanden, der sich an unseren Smarties vergreift.

Ich schicke drei Schocksmileys.

OMG! Stimmt. Wir hätten als Auswahlkriterium angeben sollen, dass er oder sie keine Schokolade mögen darf. Oder Eis. Oder Weingummis. Oder Kekse.

Mit so jemandem würdest du zusammenwohnen wollen? Mir sind Menschen, die keine Süßigkeiten mögen, unheimlich.

Diesmal ist es an mir, Lachsmileys zu senden, gefolgt von einem Kussmund-Emoji. Als Dankeschön für die Ablenkung, auch wenn Calla nichts von der Lärmbelästigung weiß, der ich dank Leo und Alex ausgesetzt bin.

Als es nebenan schon wieder rumst, stehe ich seufzend auf und gehe in die Küche. Da diese nicht direkt an Leos Zimmer grenzt, ist es hier etwas ruhiger. Vielleicht sollte ich die Zeit, bis die beiden fertig sind, einfach hier verbringen. Ich könnte den Abwasch machen. Eigentlich wäre heute Leo dran, aber ich fürchte, daraus wird wohl nichts. Außerdem kann ich Ablenkung gerade gut gebrauchen. Mir ist alles recht, das mich davon abhält, mein Handy zu beschwören.

Ich öffne den Kühlschrank, begutachte unentschlossen unsere Lebensmittel und Getränke. Schließlich hole ich mir eine Flasche Sprudelwasser heraus. Auf dem Weg zum Regal, in dem sich die Gläser befinden, halte ich inne. Schritte. Ob das Alex ist? Falls ja, lass ihn bitte was an haben. Den letzten Typen, den Leo hier angeschleppt hat, habe ich Nudist getauft, weil er mir nackt aus dem Badezimmer entgegenkam. Die Erinnerung an dieses traumatische Ereignis verblasst, als Leo in einem Pulli, der eindeutig zu groß für sie ist, die Küche betritt. Ihre Wangen glühen, und feuchte Haarsträhnen kleben an ihrer Stirn und Schläfe. Abgesehen von den Klamotten sieht sie aus, als wäre sie gerade vom Sport gekommen.

«Darf ich?» Atemlos deutet sie auf die Flasche in meiner Hand. «Ich bin nur einen Schweißtropfen davon entfernt, zu dehydrieren.»

«Hier.» Grinsend reiche ich ihr das Wasser.

Leo leert die Hälfte der Flasche in zwei langen Zügen. «Puh ... Das war knapp. Den Rest nehme ich mit in mein Zimmer. Sag mal, ist es okay, wenn Alex heute hier schläft?»

Mein Kopf ruckt nach hinten. «Leo! Du hast noch nie einen Typen hier schlafen lassen. Entwickelst du etwa Gefühle?» Verheißungsvoll wackele ich mit den Augenbrauen.

«Nein!», stößt sie beinahe angewidert hervor. Als hätte ich gefragt, ob sie schon mal Kamelhoden gegessen hätte. «Er tut mir nur leid. Bei ihm in der Wohnung gab es einen Rohrbruch oder so. Jetzt steht alles unter Wasser und muss komplett renoviert werden. Irgendwie käme es mir arschig vor, ihn unter diesen Umständen wegzuschicken. Auch wenn ich eigentlich sauer auf ihn bin.»

Ein Wasserrohrbruch? Hat Simon sich deswegen noch nicht gemeldet?

«Weißt du, was er gesagt hat, nachdem er gefragt hat, ob er hier schlafen kann?», fährt Leo etwas leiser fort und blickt verstohlen Richtung Tür. Als wollte sie sichergehen, dass Alex nicht plötzlich hereinspaziert kommt. «Er hat doch echt klargestellt, dass er auf keinen Fall mehr will als Sex.»

Ich runzele die Stirn. «Und das ist so schlimm, weil? Du willst doch auch keine Beziehung.»

«Will ich auch nicht.»

«Warum regst du dich dann darüber auf?»

«Weil er mir meinen Text geklaut hat. Ich bin diejenige, die klarstellt, dass es nur Sex ist, und die Typen haben sich damit abzufinden.»

«Was fällt ihm ein, den Spieß einfach umzudrehen?», empöre ich mich aus Solidarität. Jedoch gelingt es mir nicht wirklich, dabei ernst zu bleiben.

«Ja, ja ... mach dich nur lustig. Aber mal im Ernst, Lissa. Er ist offenbar nicht mal in Versuchung geraten, mehr von mir zu wollen. Ich mein ...» Sie deutet an sich herunter. «Ich bin schließlich der Oberhammer. Er sollte zumindest bedauern, mich nicht haben zu können.»

Ich kämpfe gegen das Zucken meiner Mundwinkel an. «Absolut. Du bist phänomenal!»

«Danke, das wollte ich hören.»

«Immerhin hast du jetzt einen gut bei ihm und kannst ihn bitten, dir beim Umziehen zu helfen, ohne ein schlechtes Gewissen haben zu müssen.»

«Oh ... gute Idee.» Ein teuflisches Grinsen breitet sich auf ihren Lippen aus. «Das mach ich. Gibt es eigentlich Neuigkeiten an der Einhorn-Front?»

«Hmm ... nicht wirklich.» Wenn ich nicht wüsste, dass Simons Mitbewohner in diesem Moment in Leos Bett liegt und sie manchmal schneller spricht, als sie nachdenkt, wäre meine Antwort vielleicht anders ausgefallen. Aber nachdem sie mich letzten Samstag bei ihrem *gemeinsamen Frühstück* mit Simon schon in Verlegenheit gebracht hat, bin ich lieber etwas vorsichtig.

Als ich ein paar Minuten später wieder zurück in meinem Zimmer bin, frage ich mich, wie es Simon jetzt geht. Nach dem, was Leo erzählt hat, dürfte er ziemlich genervt sein. Ich wäre es jedenfalls, wenn ich von jetzt auf gleich aus unserer Wohnung müsste. Ich wüsste im ersten Moment gar nicht, wohin. Nach Hause zu fahren wäre – so traurig das auch klingt – die allerletzte Option. Vermutlich würde ich Basti fragen, ob ich vorübergehend im INKnovation schlafen könnte oder mir ein Hotelzimmer nehmen.

Ich gehe zu meinem Bett, um mein Handy unter dem Kissen hervorzuholen. Zu meiner Überraschung werden mir eine Nachricht und zwei Anrufe in Abwesenheit angezeigt. Alle von Becka. Sofort fängt mein Herz an zu rasen. Doch meine Sorge, dass etwas passiert sein könnte, schlägt augenblicklich in Verärgerung um, als ich ihre WhatsApp-Nachricht öffne.

Kannst du mir hundert Euro leihen?

Kein *Hallo*, kein *Wie geht's*. Oder *Sorry, dass ich dich mit einer Cracknutte verglichen habe*. Nicht mal ein *Bitte*. Und obwohl mich all das nervt, bin ich auch erleichtert darüber, dass sie sich überhaupt meldet.

Ich starre ihre Frage an, überschlage gedanklich meine Finanzen. Obwohl ich im Grunde weiß, dass sie das Geld auch dann von mir bekommen würde, wenn ich knapp bei Kasse wäre. Weil es mir das Gefühl gibt, einen Teil meiner Schuld zu begleichen, obwohl das weder in diesem noch im nächsten oder irgendeinem anderen Leben möglich sein wird. Schon gar nicht mit Dingen wie Geld. Deshalb ignoriere ich den Teil in mir, der mir zuflüstert, mich nicht ausnutzen zu lassen. Der mich an die zweihundert Euro erinnert, die sie mir ohnehin schon schuldet.

Klar. Ich überweise es dir morgen.

Könntest du das noch heute machen?
Damit es so schnell wie möglich da ist?

Ich spüre überdeutlich, wie meine Halsschlagader pulsiert und antworte:

Okay.

Auf ein Danke oder Vergleichbares warte ich vergeblich und tippe in Großbuchstaben: GERN GESCHEHEN. Mein Daumen schwebt über dem Wörtchen *Senden*. Nur Millimeter davon entfernt, womöglich den nächsten Streit auszulösen.

Ich schicke sie nicht. Natürlich nicht.

Ich will das Handy gerade weglegen, als eine Nachricht – genau genommen eine Sprachnachricht – von Simon eintrudelt. Wenig überraschend höre ich sie sofort ab: «Sorry, dass ich mich jetzt erst bei dir melde.»

Allein dieser Satz genügt beinahe, um mich meine Wut

auf Becka vergessen zu lassen und mir ein kleines Lächeln auf die Lippen zu zaubern.

«Bei uns in der Wohnung ist ein Wasserrohr gebrochen, deshalb war alles ziemlich nass, chaotisch, nervig und ach … egal. Auf jeden Fall haben wir – du und ich – jetzt ein kleines Problem: Meine Oma ist so begeistert von deiner Vorlage, dass sie das Tattoo unbedingt von dir haben möchte. Und nein … Davon wird sie sich nicht abbringen lassen. Wenn meine Oma etwas will, ist sie sturer als Hulk in der Wut-Therapie.»

Ich pruste los. O Gott, Kopfkino. Vom Rest der Nachricht verstehe ich nur noch die Hälfte, aber genug, um zu wissen, dass Simon mich bittet, ob ich nicht irgendwas möglich machen kann. Immer noch kichernd schicke ich eine Sprachnachricht zurück: «Ich stelle mir gerade eine grüne, muskelbepackte alte Dame mit grauer kurzer Dauerwelle vor, die das INKnovation kurz und klein haut, weil ich keinen Termin für sie habe.»

Simon antwortet mit drei weinenden Lachsmileys und lässt eine Voicemail folgen: «Sie hat einen Gehstock. Unterschätze niemals einen Gehstock. Der macht sie definitiv gefährlicher als Hulk.»

«Okay, jetzt bekomme ich tatsächlich Angst. Ich schaue noch mal nach einem Termin», antworte ich. Tatsächlich war mir während des Zeichnens schon der Gedanke gekommen, wie gerne ich seiner Oma selbst das Tattoo stechen würde. Außerdem missfällt mir die Vorstellung, dass jemand anderes meine Vorlage einfach nur nachsticht, ohne … sie zu fühlen. Ohne die Geschichte dahinter zu kennen.

«Was soll ich denn erst sagen? Ich wohne unter einem Dach mit ihr. Wenn ich in zwei Wochen nicht zu unserem Termin auftauche, komm mich mit deiner Tätowiermaschine retten. Mit hoher Wahrscheinlichkeit hält Oma-Hulk mich dann als Geisel.»

Und wieder erfüllt ein Lachen mein Zimmer.

22

Alissa

Zwei Tassen Kaffee zu trinken, war eine absolute Scheißidee. Die Wirkung des Koffeins in Kombination mit Simons Anwesenheit macht mich schon wieder zittrig. Gott verdammt!

Ich sollte den Anblick seines nackten Oberkörpers inzwischen gewohnt sein, genauso wie sein schelmisches Grinsen und diesen durchdringenden Blick, mit dem er mich jedes Mal zu durchleuchten scheint. Aber je öfter wir uns sehen, desto nervöser macht mich seine Nähe anscheinend. Zumindest in den ersten fünf Minuten. Könnte ich zukünftig bitte eine Simon-Eingewöhnungsphase bekommen?

«Geht's dir gut?», fragt er und nimmt auf dem Stuhl Platz, den ich wie alles andere vorher gründlich desinfiziert habe. Wir befinden uns wieder im selben Raum wie vor zweieinhalb Wochen.

«Klar, und dir?» Dass das Timbre seiner tiefen Stimme ungewohnte Vibrationen durch meinen Körper schickt, lasse ich mir nicht anmerken.

«Auch.»

«Dann lass mich mal sehen.» Ich betrachte die bereits

gestochenen Outlines des Coverups. Das Drumherum – Simons definierte Brust, die Wölbungen seiner Bauchmuskeln und die Vertiefung dazwischen – versuche ich mit aller Macht zu ignorieren. «Hast du dich an die Nachsorge-Instruktionen gehalten?»

Er nickt. «Zweimal täglich eingecremt. Wie du es mir befohlen hast.»

Ich ziehe mir Handschuhe über und verteile Vaseline auf seiner Brust. Selbst durch das Gummi fühlt sie sich glühend heiß unter meinen Fingern an. Ich spüre, wie sein Herz schlägt. Mindestens genauso schnell wie meines, was mich irgendwie beruhigt.

«Heute bist du dran», sage ich und schüttle die schwarze Tätowierfarbe auf.

«Womit?»

«Für Musik zu sorgen. Heute möchte ich wissen, was du so hörst.»

«Ich schätze, das wird nicht so dein Fall sein.»

«Wieso? Hörst du Oper?»

«Ich hör mich durch unterschiedliche Genres durch, aber Oper ist nicht dabei», antwortet er und holt sein Handy hervor. «Aktuell stehe ich auf Oldschool-Hip-Hop. Ich glaub nicht, dass du was davon kennst …»

«Ob du es glaubst oder nicht, ich hatte auch mal eine Phase, in der ich fast nur Hip-Hop und RnB gehört habe», entgegne ich, während ein Song beginnt, dessen Beat mir irgendwie bekannt vorkommt. «Das war gleichzeitig auch meine Skateboard-Phase.» Ich erwarte, dass er erstaunt die Augenbrauen hebt. So wie fast jeder – egal ob weiblich oder männlich –, dem ich davon erzähle.

Doch Simon ist mal wieder die Ausnahme. «Als ich Skateboard gefahren bin, war ich total auf dem Rock-Grunge-Trip und stand total auf Nirvana, nachdem ich durch Zufall ein uraltes Video auf YouTube von denen entdeckt habe.»

«Oh, ich liebe Nirvana.» Vorsichtig fülle ich die aufgeschüttelte schwarze Tinte ins Farbtöpfchen.

«Wie wäre es dann hiermit?» Der monotone Sprechgesang wird durch das rockige Gitarrenriff von *Smells Like Teen Spirit* abgelöst.

Ich kann gar nicht anders, als mit dem Fuß auf und ab zu tippen und meinen Kopf zum Takt zu bewegen. Wie immer, wenn ich dieses Lied höre, möchte ich am liebsten tanzen. Wild und ungezügelt. «Ich hab alle Alben, aber vor allem dieses, früher in Endlosschleife rauf und runter gehört.»

«Soll ich es laufen lassen?»

«Wenn das für dich okay ist?»

«Klar.»

Nachdem sämtliche Arbeitsutensilien bereit sind, entnehme ich zum Schluss die Nadel aus der sterilen Verpackung. Begleitet von Kurt Cobains melancholisch schmerzhaftem Gesang, unterhalten wir uns weiter über Musik. Während ich mit dem Tätowieren dort weitermache, wo ich vor zwei Wochen aufgehört habe, stellen wir fest, dass wir einen recht ähnlichen Geschmack haben. «Was war das letzte Konzert, auf dem du warst?», will er wissen.

«Beyoncé.»

«Okay, da bin ich raus», antwortet er und winkt ab.

«Stillhalten», erinnere ich ihn.

«Sorry.»

«Es sollte dir auch leidtun.» Schmollend schürze ich die Lippen. «Ich hatte so gehofft, dass du und ich gemeinsam zu *Crazy in Love* oder *Single Ladies* abfeiern würden.»

«Scheiße, so wird das nichts mit dem Stillhalten», sagt er leise lachend.

Diesmal stoppe ich die Nadel und warte das Wackeln seines Brustkorbs ab.

«Ich sag dir was: Vor unserer nächsten Club-Tour ziehe ich mir ein paar ihrer Songs rein. Extra für dich.»

«Ich erwarte Textsicherheit. Und wenn du schon mal dabei bist, kannst du dir auch ein paar der Tanzschritte einprägen.» Schmunzelnd stelle ich mir vor, wie Simon *Single Ladies* auf der Tanzfläche performt.

«Lass mich raten … In deinem Kopf läuft gerade ein Clip von mir ab, wie ich die Choreo in einem hautengen Body und Heels nachtanze.»

«Und einer Perücke, die dir bis zum Hintern reicht.»

Jetzt lachen wir beide. Zum Glück habe ich die Nadel noch nicht wieder angesetzt.

Kleine sexy Lachfalten in Simons Augenwinkeln bringen sein Gesicht zum Strahlen, wodurch er – kaum zu glauben, aber wahr – noch attraktiver als sonst aussieht. Allerdings liegt das nicht nur an den Fältchen. Ich fange an, ihn zu mögen … so richtig.

«Mann, Einhorn, so kann ich nicht arbeiten.»

Simon räuspert sich und ist von jetzt auf gleich wieder ernst. «Okay, dann erzähl mir was von dir, das sonst niemand weiß.»

Ich fahre mit dem Tätowieren fort und schüttele den Kopf. «Ich verrat dir doch nicht meine Geheimnisse.»

«Musst du ja auch nicht. Erzähl mir einfach irgendwas. Ich lasse zum Beispiel immer einen letzten Schluck im Glas oder in der Flasche. Das ist kein Geheimnis, und trotzdem weiß das kaum jemand.»

«Na gut …» Ich überlege einen Moment. «Ich sortiere Essen auf dem Teller, damit das, was ich am liebsten mag, für die letzten Bissen zurückbleibt.»

«Ketchup und Mayo gebe ich nie über die Pommes, sondern immer daneben, damit jede Pommes einzeln darin eingetaucht werden kann und den perfekten Soßenanteil bekommt.»

«Ich schäle Fischstäbchen mit Messer und Gabel, damit ich erst den Fisch und danach die Panade essen kann. Pur.»

«Wenn ich beim Sport nicht mehr kann oder mir die Einkäufe beim Schleppen in unsere Wohnung im fünften Stock zu schwer werden, überwinde ich die Anstrengung mit Phantasien. Ich stelle mir vor, ich bin ein Bergsteiger auf dem Weg zum Gipfel, oder ich komme von der Jagd und bringe meiner Familie die erlegte Beute.»

Das finde ich süß. «Jetzt weiß ich endlich, woran du gedacht hast, als du mich das Dockland hochgetragen hast.»

«Nein, das weißt du definitiv nicht», widerspricht er in einem Tonfall, der mich meinen Blick zu seinem Gesicht heben lässt.

An was hast du gedacht?, will ich fragen, doch der Ausdruck in seinen Augen … dieses Glühen darin, lässt mich stumm bleiben. Ich bin mir sicher, dass mich seine Antwort komplett aus dem Konzept bringen würde. Daher senke ich den Blick wieder auf seine Brust und könnte schwören – wie vorhin –, seinen Herzschlag zu spüren. «Willst du mal was richtig Schräges hören?», frage ich.

«Je schräger, desto besser.»

«Als ich noch ein Fahrrad besaß, hatte ich immer ein schlechtes Gewissen, es im Keller abzustellen, weil ich mir vorgestellt habe, wie einsam und ängstlich es sich allein im Dunkeln fühlen muss. Das nennt sich Animismus, wenn man Gegenständen Gefühle und Emotionen zuschreibt. Ich scheine aber nur eine sehr leichte Form davon zu haben», gebe ich Entwarnung, damit er mich nicht für vollkommen durchgeknallt hält. Warum habe ich das überhaupt erzählt?

«Soll ich dir auch mal was Schräges verraten?»

«Je schräger, desto besser.»

«Als Kind hab ich in der Holzmaserung unseres Dielenbodens nach Gesichtern gesucht. Ich habe Stunden auf dem Boden verbracht, um Muster im Holz zu finden und ihnen dann Namen zu geben.»

Ich unterdrücke ein Lachen, während in meinem Kopf Erinnerungen aufblitzen. Davon, wie Becka und ich vor Pfützen gehockt und uns Geschichten ausgedacht haben. «So was Ähnliches mache ich manchmal heute noch, wenn es geregnet hat und sich Dinge in Pfützen spiegeln. Ich finde das ... schön.»

«Eventuell ... suche ich auch ab und an noch Gesichter in Holzmaserungen», gesteht er wie auf dem Beichtstuhl. «Ich dachte, das läge hinter mir, aber seit ich vorrübergehend wieder bei meinen Eltern wohne, bin ich wohl rückfällig geworden. Ich habe ein verdammtes Holz-Problem.»

Ich schnaube. «Nennen wir die Sache ruhig beim Namen. Du hast einen Holzfetisch.»

«So schlimm ist es nun auch wieder nicht. Ich renn ja nicht durch unser Haus, um an den Möbeln rumzulecken oder mich am Dielenboden zu reiben.»

«O mein Gott!», pruste ich und schüttle den Kopf, um diesen superskurrilen, aber auch megalustigen Film, der gerade in HD in meinem Kopf abläuft, zu stoppen. «Wenn ich hier gleich eine falsche Linie ziehe, weil du ohne Vorwarnung mit solchen Sprüchen um die Ecke kommst, bist du selbst schuld.»

«Okay, dann bin ich ab jetzt leise, damit du dich voll und ganz aufs Tätowieren konzentrieren kannst. Ich sage kein Wort. Nada.» Das Schmunzeln ist seiner Stimme anzuhören, und ich weiß genau, was er denkt. Dass wir es ohnehin nicht schaffen.

Und vermutlich hat er recht. Es sei denn ... «Ich mache mit, und wer zuerst redet oder lacht, muss ...» Nachdenklich halte ich inne.

«Du willst ein Spiel daraus machen?»

«Anders schaffen wir es bestimmt nicht, still zu bleiben.»

«Wenn du verlierst, musst du Fischstäbchen essen. Ungeschält. So, wie sie aus dem Backofen kommen.»

«Wie fies bist du denn?», stoße ich in gespielter Empörung hervor. «Ich vertraue dir meine geheimsten Essmarotten an, und du verwendest sie einfach gegen mich?»

Noch nie sah ein selbstzufriedenes Grinsen gleichzeitig so sexy aus.

«Na schön ... Dann wirst du, wenn du verlierst, Pommes essen.»

Ich kann förmlich dabei zusehen, wie seine Gesichtszüge entgleiten. «Nein!»

«O doch. Pommes mit ganz viel Mayo ...»

«Nein.»

«Und Ketchup obendrauf.»

«Komm schon.»

«Vermengt!»

«Shit! Ich werde auf keinen Fall verlieren!»

«Dito! Also los?», frage ich.

«Los.»

Wir holen gleichzeitig Luft, als wäre es mit einer gehörigen Portion Sauerstoff in den Lungen leichter, den Drang, reden oder lachen zu müssen, zu unterdrücken.

«Sätze, wie *Ich brauche eine Pause* oder *Ich muss aufs Klo* zählen nicht», sage ich schnell. «Ach ... und wie lange willst du heute eigentlich machen? Wieder drei Stunden?»

«Wie lange wirst du insgesamt noch für mein Coverup brauchen?»

«Reine Stechzeit ohne Pausen ... fünf bis sechs Stunden, schätze ich.»

«Hast du nach mir noch einen Kunden oder so?»

«Zufällig nicht. Es hat vorhin jemand abgesagt. Willst du, dass ich das Coverup heute fertig mache?»

«Wenn du sonst nichts vorhast? Gerne.»

«Von mir aus ... Dann aber mit Pause, damit du zwischendurch etwas essen kannst. Nebenan ist ein Bäcker.»

«Essen ist ein gutes Stichwort. Da ich morgen nicht mehr dein Kunde sein werde, lade ich dich nächste Woche ein. Es gibt Fischstäbchen», fügt er mit einem Augenzwinkern an und bringt mich erneut zum Lachen. «Ups. Verloren.»

«Dieses Lachen zählte noch nicht», stelle ich klar. «Wir starten in drei, zwei, eins … und los.»

23

Simon

Anfangs fiel es mir schwer, nichts zu sagen. Doch bereits nach einer Stunde bin ich froh, nicht reden zu müssen. Und nach einer weiteren ist alles, was mir durch den Kopf jagt: Schmerz. Einfach nur verfickt übler Schmerz. Keine Ahnung, wie ich den Rest dieser Sitzung überleben soll. Es ist viel schlimmer als letztes Mal. Tatsächlich habe ich gerade das Gefühl, so kurz vor meinem Ziel – nach diesem Tag nicht mehr Alissas Kunde zu sein – zu sterben.

Natürlich lasse ich mir das nicht anmerken. Stattdessen verfluche ich mich innerlich gerade selbst für meinen hirnverbrannten Vorschlag, das Coverup in dieser Sitzung zu beenden. Denn jeder Punkt und jede Linie, die Alissa sticht, brennt wie Säure auf meiner Haut. Ich muss mich zwingen, nicht zusammenzuzucken, und merke, wie mir der Schmerz in den Kopf und in den Magen zieht. Mir wird kotzübel. In der Hoffnung, dass dieses ekelhafte Gefühl verschwindet, schließe ich die Augen. Ein Fehler. Denn als ich meine Lider wieder öffne, fahre ich Karussell.

Mir ist heiß, und die Luft hier drin scheint plötzlich verbraucht zu sein. Ich fahre mir durchs Haar, merke, dass meine Finger zittern. Der Schmerz scheint sich verdreifacht zu haben, strahlt jetzt von meiner Brust in jeden verfluchten Winkel meines Körpers aus. Ich spüre ihn sogar im kleinen Finger und Zeh. Fuck. Was ist denn nur los mit mir? Letzte Woche war doch alles ganz entspannt. Aber da hat sie auch nur die Umrisse gestochen, und wir haben nach drei Stunden aufgehört. Jetzt malt sie die Formen aus, sticht und kratzt immer wieder über dieselbe Stelle und gefühlt bis auf die Knochen.

Ich beiße die Zähne zusammen, frage mich, wie lange ich das hier noch aushalten muss, und blicke an mir hinunter. Blut. Mein Blut vermischt mit Tinte. Mir wird noch schlechter. Bei dem Versuch, die Übelkeit und den verdammten Schwindel niederzukämpfen, ringt sich ein Stöhnen aus meiner Kehle. Alissas Blick hebt sich und trifft fragend auf meinen. Das wäre der perfekte Moment, um nach einer Pause zu verlangen. Stattdessen mache ich Vollidiot weiterhin auf cool und strecke einen Daumen nach oben. Doch diese Fake-Gelassenheit scheint mir Alissa kein bisschen abzukaufen.

«Auch auf die Gefahr hin, dass ich unsere Schweige-Challenge verliere und jetzt ungeschälte Fischstäbchen essen muss ... Aber ist wirklich alles okay bei dir? Du siehst gar nicht gut aus.»

Mein Gesicht, nein, mein ganzer Körper fängt an zu kribbeln. Der Raum schwankt so heftig, dass ich mir wie ein Matrose auf rauer See vorkomme. Und trotzdem nicke ich. *Reiß dich zusammen und komm endlich klar, Mann.* «Geht schon», presse ich hervor. «Ist nur ... ein bisschen ... stickig hier drin.»

«Okay, wir machen eine Pause. Lehn dich zurück. Atme tief ein und aus.» Dumpf, als wäre mein Kopf unter Wasser getaucht, dringen ihre Befehle wie ein einziges, übertrieben langes Wort an meine Ohren.

«Ich mache das Fenster auf, dann bekommst du was zu trinken und Traubenzucker», höre ich sie noch sagen, bevor ihr Gesicht verschwimmt und wie alles andere in diesem Raum von einem schwarzen Loch verschluckt wird.

«Simon?! Hörst du mich? Komm schon!», dringt es immer lauter werdend zu mir durch. Als wäre ich nach einem Tauchgang wieder auf dem Weg an die Wasseroberfläche.

Jemand klapst mir auf die Wange. Auf die rechte, dann auf die linke.

Ich blinzele, öffne langsam die Augen.

«Gott sei Dank. Willkommen zurück.»

Mein leicht umnebelter Blick wandert von Alissa, die sich über mich beugt, durch den Raum und wieder zurück in blaue, besorgte Augen.

«Was ... was ist passiert?», frage ich, und mein Mund fühlt sich staubtrocken an.

«Dein Kreislauf hat Probleme gemacht.»

«Echt?» Die Frage hätte ich mir eigentlich auch sparen können. Denn so kraftlos, wie meine Stimme klingt, fühle ich mich auch.

«Du warst kurz weggetreten. Das kann schon mal passieren, wenn man sich wie ein Idiot verhält.» Wut blitzt in ihren Augen auf. Oder bilde ich mir das ein? Sie öffnet die Schublade eines Metall-Rollcontainers, der sich neben ihrem Stuhl befindet, und holt etwas raus. Eine Ampulle, von der sie den Verschluss abdreht. Dann gibt sie einige

Tropfen in das Wasserglas, das von vorhin noch auf der Ablage neben meinem Stuhl steht. Nur dass es kein Stuhl mehr ist.

Erst jetzt fällt mir auf, dass ich nicht mehr sitze. Die Rückenlehne ist waagerecht nach unten und die Beinstütze so weit nach oben geklappt, dass ich meine Boots sehen kann.

Ich kann nicht fassen, dass ich in Ohnmacht gefallen bin. Während eines Tattoo-Termins. Vor Alissa. Nachdem ich mich bereits mit meinem Einhorn bis auf die Knochen blamiert habe. Kann sich bitte irgendwo der Erdboden auftun und mich verschlucken?

«Schaffst du es, dich aufzurichten und das hier zu trinken?» Sie schiebt ihre Hand unter meinen Kopf, den ich daraufhin etwas anhebe.

«Was hast du da reingetan?»

«Fünfundzwanzig Tropfen Korodin. Das ist ein Kreislaufmittel. Hast du Asthma oder andere Atemwegserkrankungen?»

«Nein.»

«Eine Vitamin-C-Allergie?»

Ich schüttele den Kopf.

«Dann kannst du sie ohne Bedenken nehmen.» Sie hält mir das Glas hin.

Ich richte mich noch ein bisschen weiter auf, um besser trinken zu können. Mit zittriger Hand.

«Leg dich ruhig wieder hin.» Sanft drückt sie mich zurück in eine flache Position und nimmt mir das leere Glas ab. «Hier hast du noch ein bisschen Traubenzucker, damit du wieder Farbe ins Gesicht bekommst.»

Eigentlich müsste das längst passiert sein, so peinlich, wie mir die Situation ist.

«Mund auf!», befiehlt sie und schiebt mir Dextro zwischen die Lippen.

«Danke.» Ich ringe mir ein Grinsen ab.

«Warum hast du nichts gesagt?»

«Weil ich auf keinen Fall Pommes vermanscht mit Ketchup und Mayo essen wollte», scherze ich, aber Alissa bleibt ernst.

«Das ist nicht witzig, Simon.»

«Du nennst mich Simon? Ist das Einhorn jetzt etwa Geschichte?», stelle ich mich weiterhin dumm.

«Ich hätte einen neuen Spitznamen für dich: Unreifer Vollidiot!» Die Wut in ihren Augen habe ich mir dann wohl doch nicht eingebildet, denn jetzt höre ich sie auch in ihrer Stimme. «Glaubst du, es ist cool, einen auf Obermacker zu machen und so zu tun, als wärst du okay, wenn ich dich explizit frage, ob mit dir alles in Ordnung ist?»

Verdammt. Sie ist richtig sauer. Zu Recht. «Sorry. Ich wollte nur ...»

«Keine Schwäche zeigen?» Ihre Augenbraue wandert in die Höhe. «Echt jetzt? Denn wenn das so ist, hab ich dich wohl komplett falsch eingeschätzt. Leider.»

Meine Lippen öffnen und schließen sich. Bevor ich wieder was Falsches oder Dämliches sage, halte ich lieber den Mund und sehe sie reumütig an.

Alissa seufzt. «Es ist wirklich wichtig, dass du mich beim nächsten Mal vorwarnst, sobald du merkst, dass es dir schlechtgeht. Dass ich deinen Zustand rechtzeitig bemerkt habe und du dich vorher noch zurücklehnen konntest, war echt Glück. Sonst wärst du nämlich nach vorn gekippt, und ich hätte dich nicht halten können. Das hätte wirklich übel ausgehen können.»

«Du hast recht. Kommt nicht wieder vor. Versprochen.»

Versöhnlich lächelt sie mich an und setzt sich neben mich auf die Kante des Liegestuhls. «Wie fühlst du dich?»

Mir schwirrt der Kopf, als wäre ich tatsächlich hart irgendwo aufgekommen. Ich rücke etwas zur Seite, damit sie mehr Platz hat. «Ganz okay, und du?»

«Ich? Ernsthaft?» Sie hebt fragend eine Augenbraue. «Du weißt schon noch, wer von uns beiden hier gerade ohnmächtig geworden ist?»

«Ohnmächtig? Ich? Das war allerhöchstens ein kleiner Schwächeanfall.» Ich lächele zerknirscht, sehe ihr dabei entschuldigend in die Augen. «Du ... machst mich eben ... schwach.»

«In Ordnung ...», sagt sie ernst und steht wieder auf. «So schlecht scheint es dir wirklich nicht mehr zu gehen.»

«Als du neben mir gelegen hast, ging es mir sogar noch besser.»

«Gesessen.»

«Was?»

«Ich habe neben dir gesessen, nicht gelegen.»

«Dann war meine Phantasie wohl schon etwas weiter», kontere ich, versuche, ihr ein Lächeln zu entlocken. Vergeblich. «Bist noch sauer, hm?»

Tief holt sie Luft. «Nein ... Aber dein Coolness-Konto ist ziemlich ins Minus geraten.»

Ich verziehe das Gesicht. «Was kann ich tun, um wieder ins Plus zu kommen?»

«Hör auf, davon abzulenken, dass es dir in Wirklichkeit nicht so gutgeht, wie du mir weismachen willst. Denn – sorry, wenn ich das jetzt so sage: Aber du siehst noch immer ziemlich scheiße aus.» Sie verschränkt die Arme. «Also noch mal: Wie fühlst du dich wirklich?»

Ich schließe kurz die Augen. Ertappt, aber auch erschöpft, weil es nicht nur dumm, sondern auch verdammt anstrengend ist, den Coolen zu markieren. «Na schön ...», beginne ich meine Beichte. «Die Wahrheit ist, es ging mir schon mal besser. Ich schätze, ich brauche noch ein paar Minuten, bis wir weitermachen können.»

«Du willst weitermachen?»

«Damit wir fertig werden.»

«Aber nicht mehr heute.»

Ich schnaube. «Ach, komm schon. Es ... geht mir gut.»

Sie schüttelt den Kopf. «Wir hätten mit dem heutigen Termin vielleicht länger warten sollen, damit die Lines besser ausheilen können. Mit vier Wochen ist man auf der sichereren Bank.»

«Willst du damit sagen, dass der nächste Termin erst in vier Wochen stattfinden kann?»

«Frühestens. Das wäre meine Empfehlung, aber für heute machen wir definitiv Schluss, damit du dich ausruhen kannst.»

Ausruhen. Auf dem Sofa meiner Eltern, und das an einem Samstag, wenn alle zu Hause sind? Kann ich knicken. Wenigstens bleibt mir die Bahnfahrt erspart, da ich mir Papas Wagen geliehen habe. Er hatte mich gebeten, vor meiner Schicht noch ein paar Kisten Wasser zu besorgen.

«Kann dich jemand abholen?», fragt Alissa.

«Nicht nötig. Bin mit dem Auto da.»

Entsetzt reißt sie die Augen auf. «Auf keinen Fall lasse ich dich jetzt hinters Steuer! Du bist noch total bleich im Gesicht. Entweder du wartest so lange, bis du wirklich wieder fit bist, isst und trinkst vorher was, oder ... oder ich fahre dich. Du bist eh mein letzter Termin.»

«Du machst dir ja richtig Sorgen um mich», stelle ich schmunzelnd fest.

«Es geht mir vor allem um die Unschuldigen, die du mit deiner Unvernunft potenziell umbringen könntest, wenn du dich mit instabilem Kreislauf hinters Steuer setzt», stellt sie fest und verschränkt erneut die Arme. «Also? Wofür entscheidest du dich?»

Ich könnte Alex anrufen. Der wäre sofort zur Stelle, wenn er nicht gerade mit was Wichtigem beschäftigt ist. Und vermutlich wäre ich nach einer Cola oder einem Kaffee selbst in der Lage zu fahren. Aber die Aussicht auf einen kleinen Roadtrip mit Alissa ist einfach zu verlockend. Zumal sie recht hat und ich wirklich kein Risiko eingehen sollte. Ich habe mich heute schon einmal zu viel wie ein Idiot verhalten. Ich hole den Autoschlüssel aus meiner Hosentasche und halte ihn Alissa grinsend hin. «Aber fahr meinem Vater keine Beule ins Auto.»

Sie verdreht die Augen. «Keine Sorge.»

«Dann lass uns los», sage ich, sehe mich um und nehme meinen Pulli vom Kopfteil der Liege, doch sie reißt ihn mir mit einem frustrierten Fauchen aus der Hand.

«Dein Hirn bekommt eindeutig noch nicht wieder genug Sauerstoff, du Blödmann. Ich muss zuerst dein Tattoo versorgen und mit Folie abdecken.»

Ups.

Ist wohl wirklich gar nicht so schlecht, dass sie fährt.

24

Alissa

«Immer weiter geradeaus.» Simon lotst mich durch einen der prunkvollsten Elbvororte Hamburgs. Ich brauche kein Straßenschild, um zu wissen, dass wir gerade die Elbchaussee entlangfahren. Denn wir passieren eine wunderschöne Gründerzeit-Villa nach der anderen, bis am Ende die Blankeneser Hauptstraße beginnt. Wie ein Wattwurm windet sich diese durch kleine und größere Hügel.

«Fahr ab jetzt etwas langsamer, damit wir nach einem Parkplatz Ausschau halten können.»

«Hier lebst du? Beziehungsweise deine Eltern? In Blankenese? Du Spießer!»

Er lacht. «Sorry. Für meine Herkunft kann ich nichts.»

«Immerhin kleidest du dich nicht so», ziehe ich ihn weiter auf.

«Wie kleidet man sich denn deiner Meinung nach, wenn man hier wohnt?»

«Man trägt Burberry-Jacken, um die Schultern gelegte Pullover und Polohemden mit Stehkragen.»

«Willst du damit sagen, dass ich abgefuckt aussehe?», fragt er trocken.

Meine Mundwinkel zucken. «In diesem Fall wäre das als Kompliment gemeint.»

«Wow! Danke!» Seine Stimme trieft vor Ironie.

Meine Aufmerksamkeit gilt nun wieder der idyllischen Aussicht. Aus irgendeinem Grund war ich noch nie hier, dabei ist es wirklich hübsch. Bunte Häuschen, die sich den Hang hinaufschlängeln, ziehen an uns vorbei, und unter uns glitzert die Elbe im Sonnenlicht. Ich bin derart abgelenkt, dass ich den freien Parkplatz, auf den Simon mit ausgestrecktem Finger zeigt, erst in letzter Sekunde sehe. Aus Gewohnheit sucht mein linker Fuß die Kupplung. Natürlich vergeblich, was mich so abrupt bremsen lässt, dass unsere Oberkörper katapultartig nach vorne schnellen.

«Verdammte Automatik», fluche ich. Dass sich Simon kopfschüttelnd über meine Fahrkünste amüsiert, ignoriere ich geflissentlich. Stattdessen demonstriere ich ziemlich eindrucksvoll mein Talent fürs seitwärts Einparken. Dann mache ich den Motor aus. Was beim zweiten Versuch auch klappt, als mich das Auto darauf hinweist, dass ich gleichzeitig die Bremse treten muss.

«Danke fürs Bringen und sorry noch mal wegen ... du weißt schon. Ich werd mich bei Gelegenheit für die Umstände, die du dir meinetwegen gemacht hast, revanchieren.» In Simons Gesicht lese ich eine Mischung aus Bedauern und Scham, die für das dunkle Rot seiner Wangen verantwortlich ist. Zumindest hat er wieder Farbe im Gesicht.

«Schon okay. Hab ich gern gemacht. Außerdem hab ich dir ja keine große Wahl gelassen.» Um nichts auf der Welt hätte ich ihn hinters Steuer gelassen. Denn wenn er einen

Unfall gebaut und sich dabei verletzt hätte oder Schlimmeres, wäre es meine Schuld gewesen. Weil ich es hätte verhindern können und müssen.

Wie damals bei Mama.

Wenn ich nur schneller gerannt wäre, mich mehr beeilt hätte.

Schuld beginnt an mir zu nagen, doch ich schlage sie tief durchatmend in die Flucht. «Dann mach ich mich mal auf den Weg zur S-Bahn.»

«Aber vorher bekommst du noch Geld von mir. Für die Sitzung», sagt Simon und zückt sein Portemonnaie.

«Stimmt. Hatte ich ganz vergessen.»

«Verdammt ...«

Ich halte mit der Hand am Türgriff inne und sehe zu ihm. «Was ist denn?»

«Ich muss nach Hause und Geld holen. Die anderthalb Stunden, die wir länger gemacht haben, hab ich nicht eingeplant, als ich vorhin am Automaten war.»

«Gib mir die Differenz beim nächsten Mal.»

«Auf keinen Fall!», widerspricht er bestimmt. «Ich bin schon mit meinem Coolness-Konto im Minus, da mach ich nicht auch noch Geldschulden bei dir. Hier hast du schon mal hundertfünfzig.»

Ein Lächeln zupft an meinen Mundwinkeln. «Sechs Wochen sind noch überschaubar.» Sechs Wochen. Insgeheim hoffe ich, dass wir uns schon früher sehen. Vielleicht in der *Pocket Bar*.

«Sechs? Ich dachte vier.»

«Hab vorhin meine Termine gecheckt. Eher geht's leider nicht.»

Er atmet gedehnt aus. «Sechs Wochen also ...»

Ich hoffe ... nein, erwarte eigentlich, dass er ein Treffen vorschlägt, zum Beispiel einen Ausflug zu diesem Aussichtspunkt von seinem Opa. Ich würde sofort zusagen, doch er wechselt das Thema. «Das Haus meiner Eltern ist nicht weit von hier.»

Ich schlucke meine Enttäuschung runter und sehe mich verwundert um. *Nicht weit von hier* klingt nicht gerade nach um die Ecke, und ich bin eigentlich davon ausgegangen, dass wir bereits da wären. «Wo denn?»

«Da oben. Auf dem Hang.» Sein ausgestreckter Zeigefinger deutet auf einen durch Stützmauern befestigten Treppenpfad.

«Cool.» Wie so viele schöne Orte Hamburgs steht auch das Treppenviertel schon viel zu lange auf meiner Liste. Aber wer geht schon in der eigenen Stadt auf Sightseeing-Tour?

«Mal sehen, ob du das immer noch cool findest, wenn du hochgelaufen bist.»

«Du willst, dass ich mitkomme?»

«Als ob ich dich im Auto warten lassen würde. Oder ... hast du ganz grundsätzlich eine Abneigung gegen Treppen? Ich trag dich gern auch diese hoch.» Simon grinst völlig entspannt. Es scheint ihm überhaupt nichts auszumachen, dass ich seinen Eltern über den Weg laufen könnte.

Mich hingegen macht die Vorstellung nervös. Fremden seine Familie vorzustellen, fühlt sich für mich immer ein bisschen so an, als würde man nackt über die Einkaufsstraße rennen. Man ist vollkommen entblößt, und alles, was unter der Kleidung im Verborgenen lag, kommt ans Licht. Auch die Dinge, für die man sich schämt oder – wie in meinen Fall – hasst. Allein der Gedanke daran löst Panik in mir aus. Bislang habe ich auch nur ein Mal jemanden mit zu meiner Familie genommen. Julian, mit dem ich meine erste und auch einzige feste Beziehung hatte.

«Außerdem», fährt Simon fort und öffnet die Tür, «würde mir meine Oma die Hölle heißmachen, wenn ich dich ihr nicht vorstelle, obwohl du in der Nähe bist. Für sie wird das eine Art Fangirl-Moment.»

Ich muss an seinen Vergleich mit Hulk denken und leise lachen. Okay. Es ist kein großes Ding für ihn, dann mache ich auch keins daraus.

Wir steigen aus und wechseln auf die andere Straßenseite. Nach wenigen Metern wird der asphaltierte Weg von einer kleinen Kopfsteinpflaster-Treppe, die den Hang hinaufführt, ersetzt. Gemeinsam erklimmen wir Stufe um Stufe, biegen mal rechts und mal links ab. Vorbei an kleinen, dicht an dicht gebauten Häusern, wilden Gärten, bunten Blumen, goldroten Bäumen, deren Laub unter unseren Füßen raschelt und knistert. Lächelnd blicke ich mich um, sehe hinter mir die Elbe und bleibe stehen, um all das auf mich wirken zu lassen.

«Alles okay?» Simons Frage macht mir wieder bewusst, warum ich überhaupt hier bin.

«Ja, und bei dir? Wie fühlst du dich?»

«Sehr gut. Es ist alles wieder beim Alten. Du hättest mich echt nicht fahren müssen.»

«Sicher ist sicher. Außerdem sehe ich so zumindest mal

etwas von der Stadt. Live ist es hier noch schöner als auf den Bildern, die ich kenne. Aber auch irgendwie ... ganz anders als erwartet», sage ich.

«Inwiefern?» Simon steht zwei Stufen über mir. Als er zu mir hinunterkommt, werde ich von den Sonnenstrahlen, die er zuvor verdeckt hat, geblendet.

Blinzelnd halte ich mir eine Hand über die Augen und antworte: «Ich hatte viel mehr Blankenese-Klischees erwartet. Mehr Villen, mehr Prunk. Aber hier wirkt alles so ... bodenständig. Viel dörflicher, als ich dachte.»

«Dieses Viertel war mal ein Fischerdorf.» Er sieht sich um. «Daher stammen die vielen kleineren Häuser. Enttäuscht?»

Ich schüttle den Kopf. «Im Gegenteil, ich mag es kuschelig.»

«Gut zu wissen ...», entgegnet er mit einem Grinsen, auf das mein Bauch mit einem kleinen Flattern reagiert.

Während wir weitergehen, erzählt Simon weiter. «Die Touris – und dazu zähle ich jetzt auch Hamburger, die nicht aus Blankenese kommen – denken immer, hier zu wohnen, hätte was Glamouröses an sich. Als wäre das Viertel Deutschlands Antwort auf die Hollywood Hills, nur weil hier ein paar Promis wohnen. Aber die leben nicht im Treppenviertel. Die meisten Häuser sind wirklich nur über die Stufen zu erreichen. Das heißt keine Autos, und das bedeutet schleppen. Einkäufe, Kisten ... einfach alles. Unser Haus ist eines der wenigen, die auch über einen schmalen Weg erreichbar sind, wenn man von der anderen Seite kommt.»

«Dafür hat man aber jeden Tag das Gefühl, auf einem

gigantischen Balkon ohne Brüstung zu stehen, wenn man aus der Haustür tritt.» Ich mache eine ausladende Armbewegung.

«Ja, das stimmt … Apropos Haustür.» Vor einem rechteckigen Haus aus massivem Backstein mit kleinen Fachwerkelementen bleiben wir stehen. «Hier wohne ich. Wieder.»

«Awww, ihr habt ein Reetdach.»

«Jap.»

«Und eure Tür ist blau», stelle ich entzückt fest.

«Da hast du gleich zwei Treppenviertel-Klischees auf einmal.»

Simon schließt die Tür auf und will mir den Vortritt lassen, doch ich zögere.

«Geh du lieber vor. Nicht, dass deine Eltern mich für eine Einbrecherin halten und sich erschrecken.»

«Eine Einbrecherin mit Schlüssel?»

Ich zucke mit den Schultern, woraufhin er schmunzelnd vorausgeht.

Auf meiner Unterlippe kauend, folge ich ihm in einen offenen Eingangsbereich. Mir fällt sofort das leichte Knarzen des hellen Holzdielenbodens unter meinen Stiefeln und die Bilder-Galerie an der Wand über einer Wendeltreppe auf. Unzählige Fotos, liebevoll zu einem Mosaik aus Erinnerungen arrangiert.

«Hallo? Mama? Papa?»

Erleichtert darüber, dass niemand antwortet, bleibe ich vor der Küche stehen, über die man zu einem Garten mit riesiger Holzterrasse zu gelangen scheint. Simon geht in die Küche und öffnet einen der Schränke. Diesem entnimmt er eine Minitruhe, klappt sie auf und kehrt mit zwei Fünfzigeuroscheinen zu mir zurück.

«Hast du etwa die Haushaltskasse deiner Eltern geplündert?», frage ich entgeistert.

«Ich füll sie später wieder auf. Hier.»

«Das sind fünfundzwanzig zu viel.»

«Anders hab ich es nicht.» Er nimmt meine Hand und legt die Scheine hinein. «Der Rest ist Trinkgeld.»

Mein Mund öffnet sich zu einem Widerspruch, doch er kommt mir zuvor. «Mal schauen, wo meine Oma ist. Die würde ich dir wirklich gerne noch vorstellen, bevor du fährst.»

Schon irgendwie süß, dass ihm das so wichtig ist. Ich folge ihm ins Wohnzimmer. Einem großen, hellen Raum, mit hoher Decke und ebenfalls einer Ansammlung von Fotos an der Wand über dem steinernen Kaminsims. Viele der Möbel sind aus massivem, teils abgenutzt wirkendem Holz mit kleinen Schrammen. Vielleicht strahlt das Wohnzimmer deshalb so viel Gemütlichkeit und Wärme aus. Weil hier alles so urig und natürlich wirkt. Unperfekt schön. Ergänzt durch bunte Trockenblumensträuße. Helle, bodentiefe Leinengardinen mit dicken Quasten. Dazu farblich abgestimmte Stoffkissen auf dem L-förmigen Ledersofa mit Sitzkuhlen. Ich zähle vier und stelle mir vor, wie Simon und seine Familie dort gemeinsam einen Film anschauen. Der Fernsehsessel daneben ist vermutlich für Oma Lotte reserviert.

«Simon?! Bis du schon zurück?»

Ich drehe den Kopf in die Richtung, aus der die Frage gekommen ist.

«Ja, bin ich», antwortet er.

«Aber ich dachte … Oh. Wir haben Besuch.» Eine großgewachsene Frau in Jeans und Strickpulli hat soeben den Raum betreten. Abgesehen von dem blonden, kinnlangen Bob ist sie Simon wie aus dem Gesicht geschnitten. Ihre Augen sind von dem gleichen, warmen Braun wie seine und lächeln mich an. «Hallo. Ich bin Marlene, Simons Mutter.»

Sie reicht mir die Hand, und ich ergreife sie höflich. «Ich bin Alissa, Simons …» Shit, was sage ich jetzt? Freundin klingt, als hätten wir eine Beziehung. Bekannte? Hilfesuchend sehe ich zu ihm. Er scheint gerade antworten zu wollen, doch seine Mutter ist schneller. «Ich weiß, wer Sie sind. Seine Tätowiererin und eine unglaublich talentierte Künstlerin. Von Ihnen stammt die wunderbare Porträt-Zeichnung meines Vaters.»

Mit so vielen Komplimenten habe ich nicht gerechnet. Mein Lächeln sieht vermutlich ziemlich verlegen aus. «Freut mich, dass sie Ihnen gefällt.»

«Allerdings. Und nicht nur mir, meine Mutter ist ganz begeistert. Ich hatte ja erst Bedenken, was ein Tattoo betrifft, aber nachdem Simon so viel über Sie erzählt hat …»

«Nur Gutes», wirft er ein.

«Na, das hoffe ich doch», erwidere ich trocken. Meine Nervosität löst sich langsam auf, auch weil Simons Mutter so entspannt ist. Mit ihrer Art gibt sie mir das Gefühl, hier willkommen zu sein.

«Simon hat uns Ihre Arbeiten auf Instagram gezeigt. Ich hoffe, Sie haben nichts dagegen, wenn ich Ihnen ab jetzt folge. Nun da ich auch die nette Person hinter den Kunstwerken kenne.»

Mir schießt eine Ladung Blut in die Wangen. «Natürlich nicht. Das würde mich sehr freuen.»

«Mir folgst du nicht», beklagt sich Simon. Ohne das amüsierte Funkeln in den Augen könnte man meinen, er wäre tatsächlich gekränkt.

«Du postest ja auch nicht so tolle Bilder.»

Ich widerstehe dem Drang zu lachen und schmunzele bloß.

«Nanu, was ist denn hier los?», fragt eine tiefe, dunkle Stimme. Als ich sehe, zu wem diese gehört, weiß ich augenblicklich, von wem Simon seine Locken hat.

«Das ist Alissa, Simons Tätowiererin», stellt mich Marlene seinem Vater vor.

«Hallo. Ich bin Gregor.» Freundlich lächelt er mich an. «Simon hat uns Ihre Porträt-Zeichnung gezeigt und auch einige Ihrer Bilder auf Instagram. Wenn ich einen Account hätte, würde ich Ihnen folgen.»

«Okay, jetzt fühle ich mich gemobbt», kommt es von Simon. «Wieso will eigentlich niemand aus meiner Familie *mir* folgen?»

Marlene und ich lachen, während Simons Vater fragend die Stirn kräuselt. «Habe ich was verpasst?»

«Unser Sohn braucht mehr … wie heißt das …?» Auf der Suche nach den richtigen Worten schnippt sie mit den Fingern.

Ich glaube, zu wissen, welches Wort ihr fehlt, und sage: «Follower?»

«Ja genau, Follower.»

«Hol dir doch von deiner Freundin ein paar Tipps. Sie scheint zu wissen, wie der Social-Media-Hase läuft.»

Simon und ich tauschen einen Blick.

«Alissa und ich sind kein Paar», stellt Simon dann klar, und ich ertappe mich dabei, mir vorzustellen, wie es wohl wäre, ihn als Freund zu haben. Wie es sich anfühlen würde, Teil einer Familie wie dieser zu sein. Die intakt ist. Offen. Herzlich. Heil.

«Ach so.» In Gregors Stimme liegt ein Hauch von Enttäuschung. Oder ist es Verwirrung? «Essen Sie denn trotzdem mit uns zu Abend?»

«Ja, das wäre toll!» Marlene nickt lächelnd.

Unschlüssig, was ich sagen soll, sehe ich wieder zu Simon. Vermutlich sollte ich dankend ablehnen. Aber mit welcher Begründung, wenn ich seine Ohnmacht nicht erwähnen soll? Und eine andere, halbwegs plausible Erklärung dafür, dass ich Simon hergefahren habe und nur mit reingekommen bin, weil er mir das fehlende Geld für die heutige Sitzung geben wollte, fällt mir auf die Schnelle nicht ein.

Simon scheint es ähnlich zu gehen. «Ähm ... eigentlich hatte ich vor, mich vor der Arbeit noch mal hinzulegen. Und Alissa wollte fahren.»

«Das verstehe ich nicht. Ihr seid doch gerade erst gekommen.» Verwirrt blickt seine Mutter zwischen uns beiden hin und her.

Simon reibt sich den Nacken, sieht mich fragend an. «Ich könnte schon noch eine kleine Stärkung gebrauchen ... und du?»

«Ähm.» Ich fühle mich minimal überrumpelt, will aber

seine Eltern nicht vor den Kopf stoßen. Sie sehen mich so erwartungsvoll an. «Wenn ich niemandem etwas wegesse und es Ihnen keine Umstände macht.»

Ich bleibe also. Zum Abendessen mit Simons Eltern.

Keine große Sache, oder?

25

Alissa

«Wie lange tätowierst du denn schon?»

Marlene reicht mir die Käseplatte, von der ich mir eine Scheibe Emmentaler runternehme. Wir sind inzwischen zum Du übergegangen. Fünf Augenpaare sehen mich neugierig an. Ich sitze nämlich nicht nur mit Simon und seinen Eltern am Esstisch. Nein, die ganze Familie ist dabei. Inklusive seiner Oma Lotte, die mich nach nur zwei Minuten auf einen Tattoo-Termin im Dezember festgenagelt hat, und seiner Schwester Nora, die mich die ganze Zeit beobachtet. Aber auf eine süße Art. Denn jedes Mal, wenn ich sie dabei ertappe, errötet sie und schaut schnell weg. Meine Haare scheinen sie besonders zu faszinieren.

«Offiziell seit ich achtzehn bin. Aber angefangen habe ich mit siebzehn, auf Fake- und Schweinehaut.»

Nora, die mir – wie Simon und Oma Lotte – gegenübersitzt, verzieht angewidert das hübsche Gesicht.

«Ja, das fand ich damals auch ziemlich ekelig», sage ich – auch um sie zum Reden zu ermuntern. «Hi, ich bin Nora» sind bis jetzt nämlich die einzigen Worte, die sie mit mir gewechselt hat. Mir kommt es vor, als würde sie sich von mir eingeschüchtert fühlen oder so, und ich frage mich, weshalb.

«Ist Schweinehaut denn vergleichbar mit Menschenhaut?», erkundigt sich Marlene.

«Zum Üben reicht es. Aber eigentlich ist jede Haut anders. Als ich vor drei Jahren in dem Tattoo-Studio angefangen habe, war ich echt überrascht, wie viele unterschiedliche Hauttypen es gibt. Es braucht Zeit und einiges an Erfahrung, um mit allen gleich gut zurechtzukommen.»

«Und wie bist du zum Tätowieren gekommen?», hakt Marlene weiter nach. «Durchs Zeichnen?»

Da ich gerade von meinem Brot abgebissen habe, nicke ich nur.

«Und wo hast du das gelernt?»

«Sie studiert Kunst, Mama. Und es wäre für sie sicherlich schöner, wenn sie essen dürfte, ohne von euch gelöchert zu werden», kommt es von Simon, der mich entschuldigend ansieht.

Eigentlich muss er das gar nicht. Ich finde es nett, dass seine Familie so neugierig ist. Doch bei dieser Frage bin ich für die Intervention dankbar. Denn die Antwort fällt mir immer etwas schwer, weil sie mich unweigerlich an Mama denken lässt. Daran, wie ich als kleines Mädchen ihre Bilder mit Buntstiften und Fingerfarbe nachgemalt habe. Manchmal auch auf unserer Tapete, in meinem Zimmer oder im Flur, wo bis heute noch Spuren zu sehen sind. Ich schlucke den Schmerz der Erinnerung samt dem Bissen hinunter. «Schon in Ordnung», sage ich schnell und will die Frage beantworten, aber Marlene schüttelt den Kopf.

«Nein, ist es nicht. Bitte entschuldige, Alissa, wenn ich zu neugierig bin. Wir alle freuen uns einfach, dich kennenzulernen. Unser Simon bringt nämlich nicht oft Mädchen mit.»

Grinsend sehe ich zu ihm, was ihn zwar erröten, aber nicht verstummen lässt.

«Bin halt wählerisch.»

«Das hättest du bei dieser – wie hieß sie noch? – Kiki auch mal sein sollen.»

Blitzschnell schießt Simons Blick zu seiner Großmutter. «Oma!»

«Ich habe von Anfang an gesagt, dass dieses Mädchen ein faules Früchtchen ist. Das wusste ich schon nach drei Sekunden. Aber auf mich wollte ja niemand hören», fährt sie unbeirrt fort, trotz Simons zunehmend entsetztem Gesichtsausdruck.

«Ich fand die auch scheiße!», wirft Nora ein.

«Können wir bitte das Thema wechseln?» Simons Stimme klingt gepresst, und meinem Blick weicht er aus.

«Da wäre ich auch für», sagt Gregor.

«Soll Simon dir noch mal dein Getränk machen, Mutti?», unternimmt Marlene einen ziemlich offensichtlichen Ablenkungsversuch. Mit Erfolg.

«Oh ja, einen Trink nehme ich noch. Für dich auch einen, Alissa? Mein Enkel macht hervorragende Cocktails. Mit Schuss.»

«Was ist denn da drin?»

«Komm mit, dann zeig ich's dir.»

Mir ist klar, warum Simon das vorschlägt. Er will verhindern, dass Oma Lotte in seiner Abwesenheit Dinge über seine Ex ausplaudert. Obwohl ich allzu gern wüsste, was es mit dieser Kiki auf sich hatte, will ich die Situation nicht ausnutzen. «Gerne.»

Wir rücken mit unseren Stühlen vom Esstisch ab und stehen auf. In der Küche lässt Simon ein schweres Seufzen hören. «Sorry. Meine Oma ist manchmal ...»

«Deine Oma ist toll.»

«Ich will nur nicht, dass du meine Familie für Lästermäuler hältst.»

«Solange sie nicht über mich herziehen, sobald ich weg bin», gebe ich belustigt zurück.

Simon hebt schmunzelnd einen Mundwinkel. «Keine Sorge. Dazu mögen sie dich zu sehr. Was echt schnell ging.»

«Ey, soll das etwa heißen, dass man mich nicht auf Anhieb sympathisch finden kann?»

«Doch. Mehr als das sogar.» Er sieht mir in die Augen. Nicht mehr amüsiert, sondern ernst. «Ich muss es schließlich wissen.»

Ich antworte mit einem Lächeln, während mein Herz in meiner Brust Schlagzeug spielt. Schnell und so ohrenbetäubend laut, dass ich befürchte, Simon könnte es merken.

Er räuspert sich, fährt sich durchs Haar. «Und wenn dir die Fragerei zu viel wird, sag es ruhig. Du bist hier nicht bei einem Verhör oder so», wechselt er das Thema.

«Das weiß ich. Aber es stört mich nicht.» Im Gegenteil. Es ist ein schönes Gefühl, so viel Interesse und Begeisterung für meine Kunst entgegengebracht zu bekommen.

«Behalte das lieber für dich. Sonst geht Mama nämlich noch ihren mentalen Fragenkatalog mit dir durch. Wenn

Neugierde eine Krankheit wäre, hätten meine Mutter und Schwester die schwerste Form davon.»

Lachend sehe ich ihm nun dabei zu, wie er den Wasserkocher befüllt und anstellt. «Deine Schwester? Echt? Sie hat mir bis jetzt keine einzige Frage gestellt.»

«Aber nur, weil sie sich nicht traut. Du hast sie quasi sprachlos gemacht. Wofür ich dir echt dankbar bin. Die kann ganz schön nerven.»

Da ich vorhin, als die beiden den Tisch gedeckt haben, beobachten konnte, wie er sie zwischen all den Kabbeleien kurz an sich gedrückt und ihr einen Kuss aufs Haar gegeben hat, weiß ich, dass seine Worte nicht ernst gemeint sind.

«Was ist mit dir?» Er holt zwei Teebeutel aus einem kleinen Holzbehälter. «Hast du eigentlich Geschwister?»

«Ja, eine Schwester. Sie ist jünger als ich.» Hoffentlich reicht ihm das als Antwort. Ich will jetzt nicht über unser schwieriges Verhältnis reden oder auch nur darüber nachdenken. Damit Simon nicht nachhakt, wechsele ich das Thema. «Wolltest du nicht einen Cocktail machen?»

«Bin dabei.»

«Mit Tee?» Verwundert hebe ich eine Augenbraue.

«Mit schwarzem Tee. Meine Oma denkt, da sei Hochprozentiges drin, weil es sie wach macht.»

«Du drehst ihr ein Placebo an?», frage ich ungläubig.

«Jap! Ist alles Kopfsache. Du bekommst übrigens auch einen.»

Ich lache. «Solange ich nicht so tun muss, als wäre ich beschwipst.»

Zehn Minuten später ist die Stimmung am Esstisch

wieder genauso locker und entspannt wie zuvor. Oma Lotte stellt mir Fragen zu ihrem bevorstehenden Tattoo, und ich bin erstaunt, wie gut sie informiert ist. Als sie sich darüber auslässt, dass ihr Franz anstatt mit ihrem Namen auf der Brust mit «seltsamen Mustern» aus dem Urlaub zurückgekommen ist, muss ich lachen.

Neben mir verschluckt sich Marlene an ihrem Rotwein. «Papa hatte ein Tattoo?», fragt sie hustend.

Wie sich herausstellt, wussten Oma Lotte und Simon als Einzige davon.

«Du hättest ruhig mal was sagen können», wirft Marlene ihrem Sohn vor, und ihr Mann nickt zustimmend.

«Was in Neuseeland passiert, bleibt in Neuseeland», gibt Simon zurück, allerdings fehlt der typische trockene Unterton in seiner Stimme.

Plötzlich wird mir klar, dass Simon mir vermutlich Dinge über seinen Opa erzählt hat, von denen – bis auf Oma Lotte – nicht mal seine Familie weiß. Und das fühlt sich seltsam an.

«Du, Alissa?» Nora scheint sich endlich überwunden zu haben und reißt mich aus meinen Gedanken. «Wenn ich achtzehn bin, machst du mir dann auch ein Tattoo?»

Automatisch wandert mein Blick zu ihren Eltern. Auch wenn Nora dann volljährig wäre, möchte ich nicht zwischen die Fronten geraten, sollten sie was dagegen haben. Begeistert wirken sie nicht, aber auch nicht so, als würden sie es ihr verbieten.

«Klar, warum nicht», antworte ich daher.

Sie lächelt dankbar und sagt dann wie aus dem Nichts: «Deine Haare sind megacool.»

Jetzt bin ich es, die lächelt. «Danke schön.»

«Und dein Nasen-Piercing auch.»

«Was soll denn das werden, Schwesterchen? Willst du dich so lange bei ihr einschleimen, bis sie dir das Tattoo für lau macht?»

«Halt die Klappe, du Idiot.»

«Fang lieber schon mal an zu sparen.»

«Das hatte ich ja auch vor!»

Amüsiert nippe ich an meinem warmen Fake-Alkohol-Cocktail, während ich ihrem Schlagabtausch lausche. So was hätte ich auch gern. Mit Becka.

«Übrigens wünsche ich mir zu Weihnachten Geld», sagt Nora nun etwas lauter in die Runde.

«Warum mit dem Zaunpfahl winken, wenn man gleich den ganzen Zaun werfen kann?» Simon rollt mit den Augen.

«Damit du nicht wieder auf die Idee kommst, mir eine bescheuerte Wärmflasche zu schenken.»

«Wieso denn bescheuert?» Simon stockt, er wirkt plötzlich überrascht, fast schon verdattert. «Die war von UGG. Du stehst doch auf UGG.»

«Ja, an meinen Füßen. Aber nicht als Wärmflasche.»

«Wärmflaschen kann man nie genug haben, Nora», verkündet Oma Lotte mit erhobenem Zeigefinger, als würde es sich dabei um eine Lebensweisheit handeln.

«Genau! Danke, Oma! Außerdem hat Papa gesagt, dass du dir so eine wünschst.»

Marlene lacht. Dabei landet ihre Hand auf meiner. Ihre Berührung ist so beiläufig, dass sie ihr vermutlich gar nicht bewusst ist. Ich hingegen spüre jeden Punkt, an dem ihre

Finger meine berühren, nehme das Gefühl ihrer Haut auf meiner überdeutlich wahr. Wärme – die sich in Schmerz verwandelt, als ich mich an all die beiläufigen Berührungen meiner Mama erinnern möchte und es nicht kann. Weil es viel zu lange her ist.

«Dieses Talent für Geschenke, die niemand brauchen kann, hat Simon eindeutig von seinem Vater. Ich weiß langsam nicht mehr, wohin mit all den Handtüchern, die du mir jedes Jahr schenkst.»

«Aber du hast dich doch beschwert, wir hätten zu wenig, Schatz.»

«Ja. Einmal. Und außerdem beschwere ich mich auch über Nackenschmerzen und zu wenig Schlaf. Wie wäre es mit einem Wellnessurlaub als Geschenk?»

«Ich hätte eher an ein ergonomisches Kissen oder eine neue Matratze gedacht», antwortet Gregor mit todernster Miene, woraufhin alle in schallendes Gelächter ausbrechen. Alle außer mir, denn ich versuche krampfhaft, mich daran zu erinnern, wann Papa, Becka und ich zuletzt so gelacht haben. So ausgelassen waren. Oder überhaupt zusammen an einem Tisch saßen. Wie eine Familie. Eine glückliche, ganz normale Familie.

Familie.

Die Erkenntnis, meine für immer zerstört zu haben, bricht wie eine Welle über mich herein und schnürt mir die Kehle zu. Mir wird schwindelig. Jeder Atemzug fühlt sich mit einem Mal an, als wären meine Lungen mit Wasser gefüllt. Ich spüre, wie es auf meiner Kopfhaut und meinem Gesicht zu kribbeln beginnt. Kalter Schweiß tritt mir auf die Stirn, und mein Herz donnert mit einer Wucht gegen meine Rippen, als wollte es meinem Brustkorb sprengen.

Bitte nicht. Nicht jetzt. Nicht hier.

Ich greife nach meinem Glas, in der naiven Hoffnung, die Panikattacke abwenden zu können, wenn ich einfach so tue, als wäre nichts. Aber meine Hand zittert so sehr, dass ich es nicht mal schaffe, das Glas vernünftig zu halten. Als ich es wieder abstellen will und dabei den Rand meines Tellers erwische, kippt es um und ergießt sich über das Holz. Das Lachen verstummt, alle Augen sind jetzt auf mich gerichtet, während ich um Atem ringe.

«Alissa?» Wie durch einen Verzerrer nehme ich Simons Stimme wahr. Sein sorgenvoller Blick trifft auf meinen, während sich Marlenes sanfte Stimme einen Weg durch das Rauschen in meinen Ohren bahnt.

«Was fehlt dir, Alissa?»

Luft.

Ich brauche frische Luft.

Die Furcht zu ersticken katapultiert mich aus meinem Stuhl. Simon springt ebenfalls auf, umrundet den Tisch und eilt auf mich zu, aber ich halte ihn mit ausgestreckten Händen davon ab, näher zu kommen. Denn mir dreht sich der Magen um, und ich habe das Gefühl, mich übergeben zu müssen.

Wortlos haste ich aus dem Wohnzimmer, über den Flur in die Küche. Mit zittrigen Fingern reiße ich die gläserne Flügeltür auf und stürze nach draußen auf die Terrasse. Halb blind, weil sich Panik und Angst nun in Tränen entladen, die heiß über meine Wangen laufen. Mit ausgestrecktem Arm ertaste ich die Wand neben der Tür und stütze mich mit einer Hand ab. Nach vorn gebeugt, presse ich die andere gegen meinen Magen, in dem Versuch, die Übelkeit zurückzudrängen.

Aber die Atemnot bleibt.

Ebenso die Panik.

Ich muss mich beruhigen … mich irgendwie beruhigen. Mich an die Tipps erinnernd, die die Therapeutin mir nach dem Unfall gab, lasse ich den kühlen Stein los, richte meinen Oberkörper auf und zwinge meine Arme nach oben. Ganz bewusst atme ich tief ein und wieder aus. Ein, aus. Ein, aus. So lange, bis sich der Schraubstock um meine Brust gelockert hat und ich einigermaßen frei Luft bekomme. Noch leicht zitternd, wische ich mit dem Handrücken meine Wangen trocken. Dann sinke ich erschöpft auf eine hölzerne Sitzbank und lehne mich zurück. Meinen Kopf in den Nacken gelegt, schließe ich die Augen.

Als hätten sie nur darauf gelauert, blitzen sofort Bilder des Unfalls auf. Glassplitter. Blut. Mamas Augen, die leblos ins Leere starren.

Hilflosigkeit und Schuld rammen ihre Klauen so tief in meine Brust, dass mir wieder kurz der Atem stockt und ein erstickter Laut meiner Kehle entkommt. Ich reiße die Augen auf. *Atme! Atme!*, befehle ich mir und schüttle den Kopf. Wieder und wieder. Während die Bilder und Erinnerungen verblassen, wird mir jedoch mehr und mehr bewusst, wie seltsam mein Verhalten Simon und seiner Familie vorkommen muss.

O Gott!

Was müssen die nur von mir denken? Und vor allem: Wie soll ich erklären, warum ich von jetzt auf gleich –

ohne ein einziges Wort – aus dem Raum gestürmt bin? Will und kann ich das überhaupt? Ich sollte zumindest mit Simon reden.

«Hey …» Wenn man vom Teufel spricht. «Kann ich rein- beziehungsweise rauskommen?»

26

Simon

Zehn Minuten halte ich es aus. Dann kann ich nicht anders, als Alissa nach draußen zu folgen, um nach ihr zu sehen. «Bist du okay?»

«Glaubst du mir, wenn ich ja sage?», fragt sie mit heiserer Stimme, den Kopf nach unten geneigt.

«Nicht wirklich. Ist dir kalt?»

Sie nickt – immer noch, ohne mich anzusehen.

Weil es draußen schon dämmert, knipse ich in der Küche die Außenbeleuchtung an und hole eine Wolldecke. Dann geselle ich mich zu ihr und lege sie ihr um die Schultern.

«Danke.» Alissa erschaudert, aber irgendetwas sagt mir, dass ihr nicht bloß kalt ist. Vorhin am Tisch muss irgendwas passiert … ein Wort oder ein Satz gefallen sein. Irgendetwas, das bei ihr diese heftige Reaktion ausgelöst hat. Das plötzliche Schwitzen, die fahle Gesichtsfarbe, das krasse Zittern ihrer Hände … Ich bin zwar kein Experte oder so, aber für mich sah das verdammt nach einer Panikattacke aus.

«Ich könnte vielleicht noch einen Tee-Cocktail gebrauchen. Aber ohne Tee.»

Etwas von meiner Anspannung löst sich. Wenn sie imstande ist, sarkastische Scherze zu machen, scheint es ihr schon wieder besserzugehen – dachte ich. Bis sie den Kopf zu mir dreht und ich die schwarzen Schlieren auf ihren Wangen bemerke. Ihre Wimperntusche ist verschmiert, die Augen sind gerötet und leicht geschwollen.

«Hey ... was ist denn los, Alissa? Was hast du?»

Sie senkt den Blick, versteckt ihr Gesicht hinter ihrem lila Haar. «Nichts ...»

Obwohl sie mir natürlich keine Erklärung schuldet, habe ich auf eine gehofft. Nach dem heutigen Tag und unserem Gespräch beim letzten Tattoo-Termin hätte ich gedacht, sie würde sich mir noch etwas mehr öffnen.

«Nichts ... was sich mal eben schnell erklären lässt», fährt sie fort und fummelt am Saum der Decke herum.

Ich hebe meine Hand zu ihrem Gesicht und streiche ihr das Haar hinters Ohr. Keine Ahnung, wo dieser Impuls plötzlich herkam, aber sie weicht nicht zurück. Trotzdem widerstehe ich dem Drang, meine Hand auf ihrer Wange ruhen zu lassen. «Wenn du reden willst ... Ich bin hier.»

Als müsste sie sich erst davon überzeugen, sieht sie mir wieder ins Gesicht. «Du musst gleich arbeiten.»

Ich hole mein Handy aus der Jeanstasche hervor und wähle Tracys Nummer. «Hi, ich bin's, Simon.»

«Hey, alles klar? Was gibt's?»

«Ich muss meine Schicht heute leider canceln, ist ein ... privater Notfall. Tut mir echt leid, Tracy. Ich weiß, dass das kurzfristig kommt.» Alissa schüttelt heftig den Kopf und formt mit den Lippen ein «Nein», doch ich ignoriere es.

Tracy lässt ein Seufzen hören. «Schon okay. Ich hoffe, es ist nichts Ernstes.»

Ich sehe in Alissas ängstliche Augen und antworte: «Das hoffe ich auch. Soll ich rumtelefonieren und mich um Ersatz kümmern?», frage ich. Aber insgeheim hoffe ich, dass sie mein Angebot ablehnt, und habe Glück.

«Nein, danke, das mach ich schon. Wir sehen uns nächste Woche.»

Kaum, dass ich mich von ihr verabschiedet und aufgelegt habe, faucht mich Alissa vorwurfsvoll an. «Das hättest du nicht tun müssen.»

Meine Augenbrauen wandern nach oben. «Sagt ausgerechnet diejenige, die mich nach Hause gefahren hat?»

«Das war was ganz anderes.»

«Nein, war es nicht.»

Sie stöhnt auf. «Jetzt fühle ich mich nicht nur schlecht, sondern hab auch noch ein schlechtes Gewissen. Toll. Danke.»

«Ich hatte heute sowie keine Lust zum Arbeiten. Wenn überhaupt, müsste ich ein schlechtes Gewissen haben, weil ich dich als Alibi missbrauche.» Ich grinse und hoffe, ihr ein Lächeln zu entlocken.

Immerhin bekomme ich ein halbes. Dann schweift ihr Blick zur Flügeltür, die einen Spaltbreit geöffnet ist. «Was ist mit deiner Familie? Die fragen sich doch bestimmt, was mit mir los ist. Meinst du nicht, ich muss ...»

«Du musst gar nichts», unterbreche ich sie. «Niemand erwartet eine Erklärung oder Rechtfertigung von dir, okay?»

«Aber Marlene ...»

«Mach dir um meine Mutter keine Sorgen. Wir können später mit ihr reden.»

«Wir?»

«Oder du allein. Ganz wie du magst. Aber sobald sie wieder versucht, dich zu löchern, schreite ich ein.»

«Okay ...» Ich kann sehen, wie sich ihre Schultern unter der Decke heben und wieder senken, als sie tief Luft holt.

«Möchtest du was trinken?»

«Ja, gerne.»

«Wasser? Tee? Alkohol? Ich kann dir auch eine heiße Schokolade machen.» Letzteres lässt in ihren Augen etwas aufflackern.

Dennoch lehnt sie ab. «Nein, keine Umstände bitte. Ich nehme Wasser.»

Ich stehe auf und gehe in die Küche, wo Mama mit besorgter Miene in der Tür zum Flur steht. «Ist alles in Ordnung bei ihr?»

Ich nicke, auch wenn die Wahrheit ist, dass ich es nicht weiß.

«Gibt es irgendetwas, das ich tun kann?», fragt Mama flüsternd.

Ich gehe zum Kühlschrank, hole eine Tüte Milch heraus und antworte mit gesenkter Stimme: «Ihr ist die Situation ziemlich unangenehm. Es wäre also gut, wenn ihr sie später nicht darauf ansprechen würdet.»

Mama nickt verständnisvoll und deutet auf den Topf, in den ich gerade Milch gebe.

«Ist die für Alissa?»

«Ich mache ihr eine heiße Schokolade», erkläre ich,

woraufhin Mama neben mich kommt und mich von der Kochinsel scheucht.

«Lass mich das machen. Ich bring euch die Tassen gleich raus.»

«Das brauchst du nicht, Mama.»

«Ich möchte es aber, und nun husch ... Lass sie nicht so lange allein.»

Dankend drücke ich ihre Hand, schnappe mir eine Flasche Wasser mit zwei Gläsern und kehre zu Alissa zurück. Sie hat die Decke von ihren Schultern genommen und über ihren Schoß gelegt. Als ich neben ihr Platz nehme, breitet sie die Decke auch über meine Beine aus. Ich rücke noch ein bisschen näher, dann öffne ich die Flasche und schenke ihr Wasser ein. Als sie das Glas an die Lippen führt, bemerke ich das Zittern ihrer Hand. Zwar ist es nicht mehr so heftig wie vorhin am Tisch, aber Alissa scheint das – was auch immer in ihr vorgeht – noch nicht überwunden zu haben.

Ist sie okay? In ihrem Blick suche ich nach Antwort. Das Gefühl, hier könnte es um etwas Ernsteres gehen, lässt mich einfach nicht los, und alle möglichen Szenarien entfalten sich in meinem Kopf. Von einer schweren Krankheit bis hin zu einem gewalttätigen Exfreund, der sie stalkt.

«Jetzt sieh mich nicht so an», bricht sie die Stille zwischen uns und stellt das Glas auf den abgesägten Baumstamm vor der Bank.

«Wie denn?»

«Als würde ich dir jeden Moment beichten, sterbenskrank zu sein oder so. Das bin ich nicht.»

Ich kann nicht verhindern, dass sich mein Brustkorb zu einem tiefen erleichterten Atemzug dehnt.

«Das hast du wirklich gedacht?» Überrascht sieht sie mich an.

Mein Mund öffnet sich zu einer Antwort, als ein Klopfen mich unterbricht. Alissa und ich sehen gleichzeitig zur Flügeltür, in der meine Mutter ein Tablett mit zwei Tassen und einem Teller Kekse auffordernd hochhält. Sie betritt die Terrasse nicht. Wahrscheinlich, um uns nicht zu stören, was mir nur recht ist. Daher stehe ich rasch auf, nehme ihr das Tablett ab und bedanke mich.

«Sag mir bitte nicht, dass deine Mutter uns heiße Schokolade und Plätzchen nach draußen gebracht hat?»

«Doch hat sie, wobei der Kakao meine Idee war», gebe ich zurück.

«Aber das Wasser hätte doch vollkommen gereicht.»

«Schon klar. Aber so, wie du vorhin bei den Worten *heiße Schokolade* geguckt hast? Ich konnte quasi hören, wie dir das Wasser im Mund zusammengelaufen ist.»

«Ja, okay. Ich mag Schokolade. Aber du hättest dafür nicht deine Mutter einspannen sollen. Ich hab auch so schon ein schlechtes Gewissen.»

«Ich musste sie nicht einspannen. Sie hat mich aus der Küche gescheucht, was ziemlich gut für dich ist, da ihr Kakao – und das gebe ich als Barkeeper verdammt ungern zu – besser schmeckt als meiner.» Ich geselle mich wieder zu ihr unter die Decke. «Und die Kekse hat meine Oma gestern gebacken», erzähle ich in Erwartung, dass Alissa sich freut, doch stattdessen fängt ihr Kinn an zu beben.

«Gott ... Deine Familie ist so schrecklich nett.» Sie kann ein Schluchzen am Ende des Satzes nicht unterdrücken, was mich komplett verwirrt. Wieso bringt meine Familie sie zum Weinen?

«Liegt die Betonung auf schrecklich oder nett?», scherze ich aus purer Hilflosigkeit.

«Auf nett.»

«Soll ich ihnen sagen, dass sie das lassen sollen?»

Verdammt, was rede ich für einen Unsinn? Am liebsten würde ich Alissa einfach in den Arm nehmen, nur habe ich keine Ahnung, ob sie das überhaupt möchte.

Sie schüttelt den Kopf. «Deine Familie ist toll, Simon. So herzlich, lieb und lustig und einfach alles, was ... was meine Familie nicht ist», gesteht sie mit brüchiger Stimme. In ihren großen blauen Augen schwimmt ein Ausdruck, der mich so hart schlucken lässt, dass es beinahe weh tut. Tränen, die ihr nun über die Wangen laufen, wischt sie ungeduldig mit dem Handrücken fort. «Jetzt heule ich auch noch vor dir. Tut mir leid.»

«Dir muss nichts leidtun. Schon gar nicht vor einem Typen, der während eines Tattoo-Termins in Ohnmacht fällt.» Ich habe es kaum ausgesprochen, da bereue ich es schon. Einen lockeren Spruch kann sie jetzt echt nicht gebrauchen. Das Letzte, was ich will, ist, die Situation und ihre Verfassung ins Lächerliche zu ziehen. «Wenn du also weinen musst, ist das in Ordnung. Wenn du reden möchtest, auch. Was auch immer du brauchst, okay?»

Sie dreht sich zu mir, legt ein Bein auf die Bank, und ich folge ihrem Beispiel, bis wir uns Knie an Knie gegenübersitzen.

«Das vorhin am Tisch ...», beginnt sie und holt Luft. «Als ihr alle so ausgelassen gelacht habt und überhaupt ... Das alles hier. Das Essen und wie ihr mich behandelt, als würde ich dazugehören, die Art, wie ihr seid, miteinander umgeht ... Nora und du. Eure Eltern mit euch und ...» Ihre Stimme verliert sich, und sie flüstert: «Deine Mutter mit mir ... Das hat mich daran erinnert ... dass meine Mama nicht mehr da ist. Und dass ich daran schuld bin.» Ihre Worte – besonders die letzten – treffen mit schmerzhafter Präzision einen wunden Punkt in meiner Brust.

«Wie lange ist es her?», frage ich vorsichtig und auch ein bisschen benommen von dieser plötzlichen Konfrontation mit meiner eigenen Vergangenheit. Denn ich kenne das Gefühl, sich die Schuld am Tod eines Menschen zu geben, und hoffe, dass Alissa sich davon nicht zerfressen lässt. Nicht so wie ich.

«Zehn Jahre, aber an manchen Tagen fühlt es sich an, als wäre es gestern passiert.»

Die Frage, was genau geschehen ist, liegt mir auf der Zunge. Aber ich will Alissa nicht drängen und schlucke sie hinunter. Mitsamt dem Schmerz und den Erinnerungen an meinen Bruder, den ich nie kannte. «Ich glaub, das macht keinen Unterschied. Das Herz hat ein verdammt gutes Gedächtnis, wenn es um Schmerz, Verlust und Trauer geht.»

Alissa nickt. «Verdammtes Elefantenherz.»

«Elefantenherz ...», murmele ich vor mich hin, weil der Vergleich so gut passt.

«Vorhin haben mich aber vor allem die Dinge, an die ich mich nicht mehr erinnere, fertiggemacht.»

Fragend sehe ich sie an.

«Wie es sich anfühlt, von meiner Mama in den Arm genommen zu werden», erklärt sie leise, und der Drang, sie an meine Brust zu ziehen, ist jetzt noch größer. Sie so lange und fest zu halten, bis sie wieder okay ist. Als ob ich oder sonst wer die Macht dazu hätte, diese Wunde zu heilen.

«Wenn du mal von ihr erzählen willst, einfach laut über all das nachdenken möchtest, woran du dich noch erinnerst oder auch nicht … Ich weiß nicht, ob das hilft, aber ich bin auf jeden Fall da. Zwar bin ich nicht sonderlich gut im Reden, wenn es um so was geht. Aber im Zuhören bin ich ein Profi.»

«Das stimmt.» Ein Lächeln, so schwach, dass es mir fast entgangen wäre, huscht über ihre Lippen. «Wie gehst du damit um?»

Mein Körper versteift sich. Ich will nicht darüber reden, wie ich meinen Bruder nicht retten konnte. Woher weiß sie …?

«Mit dem Verlust?», fährt Alissa fort, und ich entspanne mich wieder.

«Sport. Ich hab mit Krafttraining und Boxen angefangen. Dann kam das Laufen hinzu. Alles, was mich an meine Grenzen bringt, hilft mir, den Kopf freizubekommen. Auch heute noch. Früher habe ich es übertrieben, weil ich den Schmerz hier drin», ich fasse mir an die Brust, «mit dem körperlichen Schmerz betäuben wollte.» Dass ich mich außerdem oft sinnlos betrunken und Schlägereien provoziert habe, behalte ich für mich. Ebenso meine Selbsthass-Phase, in der ich Pillen geschmissen habe, um zu vergessen.

«Studierst du deshalb Sport?», zählt sie eins und eins zusammen.

Ich nicke. «Ich kann mir ein Leben ohne nicht vorstellen. Wegen des Tattoos für ein paar Wochen auf Sport zu verzichten, ist verflucht hart für mich.»

«Kann ich verstehen. So geht es mir inzwischen mit der Kunst. Und meinem Studium. Obwohl es fast nicht dazu gekommen wäre.»

«Warum?»

«Weil ich zum einen verpeilt genug war, um kurz vor Bewerbungsschluss meine Kunstmappe zu verlieren ...»

«Oh nein.»

«... und weil ich eigentlich vorhatte, nie wieder zu zeichnen. Nachdem meine Mama gestorben ist, habe ich drei Jahre lang alles gemieden, was mich an sie erinnert hat. Vor allem Fotos, aber auch das Zeichnen. Doch als ich gemerkt habe, dass ihr Gesicht in meiner Erinnerung mehr und mehr verblasst, habe ich ein Porträt von ihr gemalt. Mein erstes. Und ...» Sie lächelt wieder, und ein nostalgischer Ausdruck liegt in ihrem Blick, als würde sie im Geiste ein altes Foto betrachten. «Ich konnte spüren, wie gut mir das tut, weil ich mich dadurch mit ihr verbunden gefühlt habe. Von da an habe ich eine Zeitlang fast nur sie gemalt. In allen möglichen Varianten. Eine davon habe ich mir im INKnovation tätowieren lassen. Damals war ich sechzehn und hab sogar die Unterschrift meines Vaters gefälscht. Nur dass Basti mich sofort durchschaut hat und mich wegschicken wollte. Woraufhin ich so geheult habe, dass er mich erst mal in den Pausenraum verfrachtet und mir eine Tasse Tee gemacht hat. Unter Tränen habe ich ihm erzählt, was mir dieses Tattoo bedeutet und dass die Zeichnung von mir stammt. Ich sagte ihm auch, dass ich wüsste, dass er der Beste in ganz Deutschland sei und ich deshalb zu keinem anderen hingehen könne.»

«Und? Hat er ein Auge zugedrückt?»

«Zwei. Aber als ich ein Jahr später mit siebzehn bei ihm anfangen wollte, war er strenger. Verständlicherweise. Denn zum Tätowieren braucht es mehr, als gut zeichnen zu können. Also habe ich ihn gefragt, was ich können muss, damit er mich einstellt, sobald ich volljährig bin. Tja und ...» Sie zuckt mit den Schultern. «Vier Jahre später tätowiere ich 'nen Typ mit einem Einhorn auf der Brust.»

Ich lache. «Verdammt. Den Stempel werd ich wohl nie los, hm?»

«Dank mir schon.» Ein amüsiertes Funkeln hat die matte Traurigkeit in ihren Augen vertrieben. «Darauf sollten wir anstoßen.»

«Die heiße Schokolade dürfte inzwischen lauwarm sein.» Ich verziehe das Gesicht. «Soll ich uns eine neue machen?»

Sie schüttelt den Kopf, nimmt sich eine Tasse, und wir stoßen an, sehen uns dabei in die Augen.

«Weißt du was?», fragt sie, nachdem jeder von uns einen Schluck getrunken hat. «Ich bin froh, dass du dir das Einhorn hast stechen lassen.»

Auf meinen Lippen breitet sich ein Grinsen aus. «Okay ... Wenn du damit sagen willst, dass du mich verdammt cool findest und keine Ahnung hast, wie du es die nächsten sechs Wochen ohne mich aushalten sollst, dann kann ich das unterschreiben.»

Schmunzelnd verdreht sie die Augen. «Selbst wenn dem so wäre, würde ich das nach diesem selbstverliebten Spruch nur über meine Leiche zugeben.»

«Na ja ... falls du Sehnsucht verspürst. Du hast ja meine Nummer und weißt jetzt auch, wo ich wohne. Zumindest für die nächsten zwei, drei Monate.»

«Da ist man einmal nett zu dir, und du bekommst direkt einen Höhenflug.» Sie verdreht die Augen. Äußerlich scheint sie wieder ganz die Alte zu sein. Nur weiß ich nach diesem Gespräch auch, dass das keine Sache ist, die mit ein paar Albereien wieder in Ordnung kommt. «Aber falls ich mich noch mal hier blicken lassen möchte, sollte ich mich auf jeden Fall bei deiner Familie entschuldigen», wechselt sie das Thema.

«Du weißt, dass du das nicht musst ...»

«Ja, schon ... aber ich möchte sie zumindest wissen lassen, dass es mir wieder gutgeht. Lass uns reingehen.»

«Okay», antworte ich so neutral wie möglich. Denn ich könnte locker den ganzen Abend mit ihr hier sitzen. Wer weiß, wann ich sie das nächste Mal wiedersehe. Die zweieinhalb Wochen zwischen den Tattoo-Terminen kamen mir schon wie eine Ewigkeit vor, obwohl wir uns regelmäßig geschrieben haben. Aber sechs Wochen?

Sechs Wochen sind definitiv zu lang.

27

Alissa

Als ich mich zwei Stunden später von Simons Familie verabschiede, ist es, als wäre nichts gewesen. Nachdem ich angedeutet habe, dass meine Mama nicht mehr lebt und mir das in gewissen Situationen noch sehr zu schaffen macht, waren sie betroffen, aber niemand hat nachgebohrt. Was vor allem Simons Verdienst ist.

Er ist nicht von meiner Seite gewichen. Nicht während wir mit seiner Familie sprachen, nicht während wir zu zweit das Abendessen beendeten, und auch nicht während wir mit allen zusammen *Mensch ärgere dich nicht* gespielt haben. Laut lachend und teils fluchend. Seltsamerweise machte es mir nichts mehr aus, von all der Liebe und Wärme seiner Familie umgeben zu sein. Mich Simon anvertraut zu haben, scheint zumindest vorübergehend eine schmerzlindernde Wirkung zu haben. Wie eine Art Druckverband auf einer klaffenden Wunde.

Zum Abschied nehmen mich Nora, Oma Lotte, Gregor und Marlene nacheinander in den Arm.

«Hast du ihr die Plätzchen mitgegeben?», erkundigt sich Oma Lotte, auf ihren Gehstock gestützt, bei Marlene. Sie hat sich meinetwegen extra aus dem Stuhl bemüht.

«Ja, hab ich, Mutti.»

«Danke», sage ich zum gefühlt tausendsten Mal. Als ich sehe, wie Marlene ihren Sohn an sich drückt, zieht sich mein Herz dann doch zusammen. Aber vor Rührung.

«Fahr vorsichtig und bring sie bis vor die Haustür», sagt sie mahnend und fürsorglich zugleich. Diesmal hat nämlich Simon darauf bestanden, mich zu fahren, und bekam auch noch Rückendeckung von seiner Familie. Jeder Gegenvorschlag wurde einstimmig abgelehnt.

«Und warte, bis sie im Haus ist», fügt Gregor an.

«Ich hatte eigentlich vor, Alissa irgendwo in der Pampa auszusetzen.» Simon klingt minimal genervt, ich hingegen unterdrücke ein Schmunzeln.

«Schickst du meinem Bruder noch ein Foto von der Haarfarbe, die du benutzt hast?», fragt Nora.

«Klar, mach ich.»

«Du willst dir die Haare färben?» Marlene sieht nicht gerade begeistert zu ihrer Tochter.

«Ja. Im gleichen Lila wie Alissa.»

«Von mir aus. Tu, was du nicht lassen kannst. Das Tattoo gibt es trotzdem erst mit achtzehn.»

Ich zwinkere Nora verschwörerisch zu. Mein Versprechen, ihr eins zu stechen, gilt. Dann – nach der dritten oder vierten Verabschiedung – schaffen Simon und ich es, das Haus seiner Eltern zu verlassen.

«Vorsicht mit den Stufen», sagt er kurze Zeit später auf dem Weg zur Blankeneser Hauptstraße, wo ich am Nachmittag den Wagen seines Vaters geparkt habe. Er holt sein Handy hervor, um uns mit der Taschenlampenfunktion den Weg zu leuchten. Oder besser gesagt mir. Während er die unebenen Stufen vermutlich im Schlaf nehmen könnte, komme ich schon bei der zweiten ins Stolpern. Simons Hand, die reflexartig hervorschnellt und meinen Arm umschließt, verhindert gerade noch, dass ich einen Sturz hinlege.

«O Gott!», stoße ich erschrocken hervor und spüre, wie das Adrenalin durch meine Adern flirrt.

«Alles gut. Ich hab dich. Bist du umgeknickt?»

Obwohl nichts weh tut, trete ich vorsichtig abwechselnd mit beiden Füßen auf. «Nein, ist nichts passiert.»

«Zum Glück. Halt dich lieber fest», sagt er, obwohl ich das längst tue.

Unbewusst habe ich nach seiner großen Hand gegriffen, und es fühlt sich gut an. So gut, dass ich nur widerwillig loslasse, als wir am Auto ankommen. Er entriegelt den Wagen und öffnet mir die Beifahrertür. Wie ein Gentleman.

Und es ist nicht nur eine Masche. Ich weiß inzwischen, dass das zu seiner Art gehört. Höflich, zuvorkommend und aufmerksam zu sein. Wie vorhin auf der Terrasse, als er für mich da war … ja sogar seine Arbeit abgesagt hat. Und obwohl ich deshalb noch immer ein schlechtes Gewissen habe, überwiegt die Dankbarkeit. Fürs Zuhören und diesen schönen Tag, der wie eine ungeplante Achterbahnfahrt verlief.

Als wir ins Auto steigen und losfahren, ahne ich jedoch nicht, dass die Achterbahn, in der ich sitze, noch längst nicht ihren höchsten Punkt erreicht hat.

«Hier kannst du mich rauslassen», sage ich.

«Hmm ... Parkplätze sind auf dieser Straße eher Mangelware.» Kurz hält er Ausschau und stellt dann einfach in der zweiten Reihe den Motor ab. Weil die Innenbeleuchtung an ist, sehe ich die Sorge in seinem Blick, als er mich von der Seite betrachtet.

«Wie fühlst du dich? Ich meine ... war es okay für dich, wie der restliche Abend verlaufen ist?»

«Ja, es war wirklich schön.» Ich grinse. «Und das sage ich nicht nur, weil ich dich bei *Mensch ärgere dich nicht* fertiggemacht habe.»

«Dir ist aber schon klar, dass ich dich hab gewinnen lassen», antwortet er leise lachend.

«Dreimal hintereinander?»

«Okay, erwischt. Bekomme ich eine Revanche?»

«Du kannst die Schmach wohl nicht auf dir sitzen lassen, hm?»

«Wer verliert schon gerne?»

Ich nicke. «Okay ...»

«Okay ... was?»

«Du bekommst eine Revanche. Ich ruf dich an und sag dir, wann und wo.» *Am liebsten schon morgen*, denke ich.

«Klingt gut.»

«Dann ... schlaf schön.» Ich schnalle mich ab, und er tut es mir gleich.

«Ich bring dich noch zur Tür.»

Mit dem Kinn deute ich auf das Wohnhaus, vor dem wir stehen. «Hast du schon. Für die fünf Meter brauchst du nicht extra auszusteigen.» Insgeheim hoffe ich, dass er es trotzdem tut.

«Okay. Dann gute Nacht, Alissa.»

Ich öffne die Wagentür, halte dann aber für die Dauer eines tiefen Atemzugs inne und schließe sie wieder. Ohne mich bedankt zu haben, kann ich nicht gehen.

«Hast du was vergessen?»

Statt zu antworten, rutsche ich über meinen Sitz so dicht an ihn heran, dass ich meine Arme um seinen Hals legen kann. «Danke, Simon.»

«Schon ... okay.» Offenbar habe ich ihn überrumpelt, denn es dauert zwei, drei Herzschläge, bis er meine Umarmung erwidert. Aber dann ...

Simon presst mich an sich, streicht mit sanftem Druck über meinen Rücken, lässt eine Hand an meinem Nacken hoch- und weiter zu meinem Hinterkopf wandern. Ich spüre seine Finger in meinem Haar und die von seinem Körper ausgehende Hitze. Wie ein Heizstrahler hüllt seine Wärme mich vollkommen ein.

Mein eigener Griff wird ebenfalls fester. Genau nach dem hier habe ich mich insgeheim schon seit der Terrasse gesehnt. Ich schmiege meine Nase in seine Halsbeuge, atme tief ein, dann wieder aus. Mein Gott, dieser Geruch. Mein Mund streift seinen Hals. Er erschauert, und ich spüre Gänsehaut unter meinen Fingerkuppen. Erst das macht mir bewusst, dass sich meine Hand wie von selbst unter seinen Pulli geschoben hat. Ich könnte sie wieder wegziehen, aber das tue ich nicht. Stattdessen lasse ich meine Finger über Simons unteren Rücken gleiten, was ihn tief und hörbar ausatmen lässt.

Gott, was tue ich hier? Das ist kein Abschied. Nein, das ist die wohl intensivste Umarmung, die ich jemals hatte, weshalb es mich alles an Selbstbeherrschung kostet, meine Arme zu lockern, und eine noch größere, sie von ihm zu nehmen.

Simon scheint es nicht anders zu gehen, so langsam, wie auch er mich loslässt. Zögerlich. Als könne er mich nicht gehen lassen.

«Alissa …» Seine Stimme klingt rauchig, tief und so unglaublich sexy.

Er lehnt seine Stirn gegen meine, und ich öffne die Augen – mir war gar nicht bewusst, dass ich sie überhaupt geschlossen habe. Die Umrisse seines Gesichts erkenne ich aufgrund der Dunkelheit bloß schemenhaft. Offenbar lagen wir uns so lange in den Armen, dass die Innenbeleuchtung des Autos ausgegangen ist. Auch das habe ich nicht bemerkt.

«Ja?», frage ich flüsternd.

Keine Antwort. Nur das Geräusch unserer schweren Atemzüge. Seine spüre ich überdeutlich auf meiner Wange.

«Ich will dich küssen.» Die geraunten Worte jagen heftige Schauer durch meinen Leib. Keine Sekunde später wirft ein vorbeifahrendes Auto einen hellen Lichtkegel auf uns, sodass ich Simons Gesicht erkenne. Kurz, aber lange genug, um die Entschlossenheit in seinen dunklen Augen zu sehen. Noch nie war sein Blick so glühend und eindringlich wie jetzt. «Aber nicht als ein Freund», fährt er fort.

«Okay», wispere ich.

«Okay … was?»

«Küss mich.»

28

Simon

Ich konnte sie nicht gehen lassen. Ich wollte es nicht.

Und Alissa offenbar auch nicht, so wie sie ihre Hände jetzt in meinen Locken vergräbt. Als ich mit meiner Zunge sanft gegen ihre Unterlippe stupse, öffnet sich ihr Mund und gewährt mir Einlass. Es gibt kein Herantasten, keine Vorsicht. Wir küssen uns tief, innig, leidenschaftlich; ich werde beinahe sofort hart.

Gott, ich will sie. Ich will mehr. Und als hätte sie meine Gedanken gelesen, krabbelt Alissa unvermittelt über die Mittelkonsole rittlings auf meinen Schoß. Ich presse sie an mich, und als sich meine Erektion gegen ihre Mitte drückt, gibt sie das heißeste Stöhnen von sich, das ich je gehört habe. Sie klammert sich an meinen Hals, während ich jeden Winkel ihres Mundes erkunde. Ich beiße sanft in ihre Unterlippe, sauge daran, bevor ich lauter kleine Küsse auf ihrem Kinn, ihren Wangen und ihrem Hals verteile und dann wieder zu ihrem Mund zurückkehre.

Alissa empfängt meine Zunge nun hungriger als zuvor, fast schon stürmisch, und ihre Atmung geht noch schneller. Langsam fängt sie an, sich an mir zu reiben, und ich kann nicht anders, als ihr entgegenzukommen. Ich hebe mein Becken, bewege es. Kreisend, an der vermutlich empfindlichsten Stelle ihres Körpers. Der Laut, den sie daraufhin ausstößt, gleicht einer Mischung aus Flehen, Stöhnen und Winseln, und er macht mich so verrückt. Ich musste mich noch nie so verflucht anstrengen, die Kontrolle zu behalten, und küsse sie härter, tiefer.

Fuck. So was habe ich noch nie empfunden. Bei keiner. Nicht nach so kurzer Zeit, nicht in dieser Intensität. Keine andere wollte ich je so dringend. Und es ist jetzt schon so viel mehr als nur körperliches Verlangen. Zumindest fühlt es sich für mich so an. Und für sie?

Nach einer Antwort suchend, unterbreche ich den Kuss, schaue in ihr Gesicht. Doch die Dunkelheit verbirgt sie. Während wir beide um Luft ringen, schmiege ich meine Nase gegen ihre, spüre ihren Atem an meinem Gesicht. Ich streiche ihr das Haar hinters Ohr. «Bist du okay?»

«M-hm. Sehr okay, und du?»

«Auch sehr okay.»

Sie gibt mir einen Kuss auf den Mundwinkel und drückt sich mit den Händen sanft von meiner Brust ab. Die Verabschiedung naht, und ich habe keinen blassen Schimmer, ob ich sie vor unserem Tattoo-Termin wiedersehen werde. Vor diesem Kuss war es seltsamerweise einfacher, sie nach einem Treffen zu fragen. Jetzt kommt es mir vor, als würde ich irgendwas erzwingen, sie auf Teufel komm raus zu mehr drängen. Das Gefühl will ich Alissa auf keinen Fall geben, aber sie erst in sechs Wochen oder so wiederzusehen, will ich auch nicht.

Sie steigt von meinem Schoß und greift nach dem Türöffner. *Denk nach, Mann.*

«Also … Ich geh dann mal.»

Wann sehen wir uns wieder? Fünf simple Worte, die einfach nicht über meine Lippen wollen. «Okay … Dann … schlaf später gut.»

«Danke, du auch.»

Als ob ich nach diesem Kuss auch nur ein Auge zubekommen würde. Schon gar nicht auf dem Sofa meiner Eltern.

Sie macht die Tür auf, und ich würde sie am liebsten aufhalten. Immerhin sehe ich jetzt ihr Gesicht, das Leuchten ihrer Augen, als die Innenbeleuchtung angeht und sie sich lächelnd noch mal zu mir umdreht. Dann steigt sie aus. Ich schaue ihr nach, warte, bis sie die Tür aufgeschlossen hat und im Haus verschwindet. Durch die Fenster sehe ich, wie das Licht im Treppenflur an- und wenig später wieder ausgeht. Dann erst fahre ich los.

Die Nacht war noch beschissener als erwartet. Zuerst habe ich eine Ewigkeit gebraucht, um einzupennen. Und dann, irgendwann um fünf Uhr morgens, wurde ich von Omas Gepolter in der Küche geweckt. Sie hat ein Glas fallen lassen, als sie sich was zu trinken machen wollte. Nachdem ich ihr geholfen habe, die Scherben zu beseitigen, war ich viel zu wach, um wieder einzuschlafen.

Ich bin also seit fünf Uhr auf und todmüde. Kein besonders guter Start in den Tag, und normalerweise wäre meine Laune im Keller. Aber der Gedanke an den Kuss mit Alissa sorgt dafür, dass ich trotzdem gut drauf bin – bis

Nora am Frühstückstisch verkündet, dass Alissa ihr jetzt bei Instagram folgt und ihr per *Direct Message* ihre Haarfarbe geschickt hat. Kann mir eigentlich egal sein. Aber als ich auf meinem Handy, das griffbereit neben meinem Teller liegt, nachsehe und weder bei WhatsApp noch auf Insta eine Nachricht von Alissa finde, legt meine Laune nun doch eine Talfahrt hin.

Von jetzt auf gleich vergeht mir der Appetit an dem Brot, in das ich gerade beißen wollte. Ich lege es zurück auf meinen Teller. Verdammt! Warum hat sie nicht wie abgemacht mir wegen dem verfluchten Färbemittel geschrieben? Das wäre der perfekte Aufhänger gewesen, um auf das Thema Treffen zu kommen. Bis vor fünf Minuten hätte ich darauf gewettet, dass mich Alissa mindestens genauso gern wiedersehen will wie ich sie. Aber jetzt? Jetzt bin ich mir nicht mehr sicher.

Okay, ganz ruhig. Eventuell steigere ich mich gerade zu sehr hinein. Einfach locker bleiben. Aber das ist leichter gesagt als getan, zumal sich ihr Geschmack, ihr Duft und die kleinen sexy Laute aus ihrem Mund in mein Hirn gebrannt haben.

«Alissa schreibt, ich soll euch grüßen.»

«Schöne Grüße zurück», kommt es von allen, außer mir.

Ich bin mit dem Versuch beschäftigt, dieses ekelhafte Gefühl, das sich wie Gift in mir ausbreitet, mit Koffein zu neutralisieren, und leere meinen Kaffeebecher mit großen Schlucken. Ich kann nicht fassen, dass ich wegen Alissa auf Nora eifersüchtig bin, die lächelnd auf ihrem Handy rumtippt.

«Ist alles in Ordnung, Simon? Du bist so still.» Über den Rand meiner Tasse begegne ich dem fragenden Blick meiner Mutter, zwinge meine Mundwinkel nach oben, damit sie sich keine Sorgen macht.

«Alles gut.» Ich muss hier raus, irgendwie den Kopf freikriegen. Normalerweise würde ich jetzt mein tägliches Work-out beginnen und danach laufen gehen. Stattdessen beschließe ich spontan, in die Unibibliothek zu fahren. Die nächste Prüfung findet in weniger als zehn Tagen statt. Anatomie im zweiten Versuch. Seit ich am Anfang meines Studiums beim ersten durchgefallen bin, schiebe ich die Klausur vor mir her. Vielleicht lenkt mich das stumpfsinnige Auswendiglernen des menschlichen Körperbaus von der Tatsache ab, dass Alissa lieber mit meiner Schwester als mit mir schreibt. «Kann ich das Auto haben?», frage ich meinen Vater. «Will zum Lernen in die Uni und hab keine Lust, mit der Bahn zu fahren.»

«Der Wagen gehört ganz dir.»

«Bist du zum Abendessen wieder da?», fragt Mama genau in dem Moment, als mein Handy klingelt und Alissas Name auf meinem Display aufleuchtet. Von jetzt auf gleich verdoppelt sich meine Herzfrequenz.

«Da muss ich drangehen», lautet meine Antwort. Rasch stehe ich auf und verziehe mich mit meinem Handy ins Bad. Hier kann ich ungestört telefonieren.

«Hey. Na?», melde ich mich und ziehe die Tür hinter mir zu.

«Hey. Ich hoffe, ich störe nicht.» *Du störst nie.* «Es ist ja noch ziemlich früh für einen Sonntag. Aber ich hab bis vor zwanzig Sekunden mit deiner Schwester geschrieben und dachte mir, wenn sie wach ist, bist du es vielleicht auch schon.»

«Ja, ich weiß ... ich saß mit ihr am Frühstückstisch, als sie uns allen Grüße von dir ausgerichtet hat.»

«Oh, dann störe ich euch beim Frühstück. Ich kann gerne später noch mal anrufen.»

«Nein, schon gut. Ich war sowieso grad fertig und quasi auf dem Sprung.»

«Ach so.» Sie klingt fast ein bisschen enttäuscht.

«Wieso? Wolltest du mich etwa fragen, ob ich vorbeikommen möchte?» Mein Ton ist locker und scherzhaft, dabei hoffe ich mehr als alles andere richtigzuliegen.

«So was Ähnliches», antwortet sie tatsächlich. «Ich wollte dich fragen, ob du Lust und Zeit hättest, was zu unternehmen. Einen Ausflug oder so.»

Meine Mundwinkel begegnen sich gleich an meinem Hinterkopf, so breit grinse ich. «Gerne.»

«Wie wäre es ...?», beginnen wir gleichzeitig und müssen lachen.

Ich nehme auf dem zugeklappten Klodeckel Platz. «Du zuerst.»

«Ich wollte die Bunthäuser Spitze vorschlagen.»

«Dito», antworte ich grinsend.

«Zwei Doofe, ein Gedanke.» Ich höre das Lächeln in ihrer Stimme. «Wann und wo sollen wir uns treffen?»

«Kommt drauf an. Willst du ein bisschen Wandern oder einfach nur auf den Leuchtturm?» Ich rechne mit Letzterem, doch Alissa überrascht mich.

«Beides.»

«Cool! Dann überlege ich mir eine Route und schreib

dir, wo wir uns am besten treffen. Es sei denn, du willst selbst eine aussuchen?»

«Nein, nein. Du hast mein volles Vertrauen.»

«Alles klar ... dann ...» Ich lehne mich zurück und betätige versehentlich die Spülung. *Verdammt. Hat sie das gehört?*

«Was war das?»

Ja, hat sie. «Ähm ...»

«Sitzt du gerade auf dem Klo? Während wir telefonieren?» Sie klingt genauso irritiert wie amüsiert.

«Ja, aber es ist nicht so, wie du denkst ... ehrlich.»

Sie lässt ein leises, kurzes Kichern hören. «Ich bin mir nicht sicher, ob die anderen Dinge, die mir durch den Kopf gehen, schmeichelhafter für dich sind ...»

«Ha, ha», brumme ich. «Ich bin bloß im Bad, weil ich hier ungestört telefonieren kann. Bin nur aus Versehen an die Spülung gekommen.»

«Ob ich dir glauben soll? Aber ich riskiere es mal und treffe mich trotzdem mit dir.»

Na, da hab ich ja noch mal Glück gehabt! Abserviert wegen einer schlecht getimten Klospülung ... ich glaube nicht, dass ich darauf klargekommen wäre.

29

Alissa

«Kann ich so gehen?», frage ich Leo.

Sie kniet auf dem Boden ihres Zimmers vor ihrem Trolley und einem kleinen Stapel Klamotten, die vermutlich mit nach München sollen. Morgen beginnt eine dreitägige Schulung zur Vorbereitung für ihr anstehendes Praktikum. Ihr Flug geht um drei. Leo unterbricht das Packen, um mit kritischer Miene mein Wander-Outfit zu inspizieren: grüner Parka, graues Pullover-Kleid, schwarze Leggings und flache Schnürstiefel. Sie macht eine Bewegung mit der Hand, die mir bedeutet, mich umzudrehen.

Stattdessen verschränke ich die Arme. «Ich gehe wandern, Leo. Nicht zu einer Fashion Show.»

«Du hast ein Date, Alissa», korrigiert sie mich. «Mit einem Typen, der – ich zitiere – dir den besten Kuss deines Lebens gegeben hat.»

Allerdings. Nachdem ich gestern auf Wolke-Simon in unsere Wohnung geschwebt bin, hatte ich natürlich Redebedarf. Leo hat extra ihr Date mit Alex abgesagt, damit wir es uns mit einer Schüssel Smarties auf unserem Sofa gemütlich machen konnten. Ich habe ihr alles über *den* Kuss erzählt. Allein bei dem Gedanken an ihn durchströmt mich Hitze.

Ich kann es kaum erwarten, Simon zu sehen, und frage ungeduldig: «Brauchst du noch lange? Ich muss gleich los.»

«Dann los! Du siehst toll aus. Und weißt du, was ich an deinem Outfit am liebsten mag? Dieses verräterische Funkeln in deinen Augen.» Sie lächelt wissend.

«Wieso? Was verrät es denn?»

«Dass du kurz davor bist, dich zu verknallen, Alissa Meyer.»

Ich will widersprechen. Doch das Blut, das mir in die Wangen schießt, würde meine Worte Lügen strafen. Außerdem kennt mich Leo viel zu gut. «Mal sehen. Aber ja … ich find ihn schon ziemlich gut», gestehe ich im Flüsterton. Als würde Simon lauschend hinter der Tür lauern.

«Dann genieß den Tag und tu nichts, was ich nicht auch tun würde. Bedient euch später gerne an meinen Kondomen», fügt sie mit einem anzüglichen Grinsen an, das ich mit einem Kopfschütteln erwidere.

«Nett von dir, aber falls nötig, hab ich meine eigenen.»

Wir verabschieden uns mit einer dicken Umarmung, und ich wünsche ihr einen guten Flug. Dann mache ich mich auf den Weg. Mit Herzklopfen und Vorfreude.

Um zwanzig vor elf steige ich am S-Bahnhof Wilhelmsburg aus der S3. Wie immer bin ich viel zu früh. Genau genommen sind es neunzehn Minuten. Umso überraschter bin ich, als hinter mir jemand meinen Namen ruft. Nein, nicht jemand. Simon. Das Timbre ist unverkennbar, allein schon daran, wie sich mein Puls beschleunigt. Mein Herz scheint darauf konditioniert zu sein, schneller zu klopfen, wenn er in der Nähe ist. Und dazu muss ich ihn offenbar nicht mal sehen.

Ich drehe mich zu ihm um und – Gott. Ich zwinge meine Beine, auf ihn zuzugehen, und hoffe, dabei nicht über meine Füße zu stolpern. Denn so, wie Simon mich ansieht, ist es fast unmöglich, sich auf so profane Dinge wie das Geradeauslaufen und Atmen zu konzentrieren.

Sein Blick ist durchdringender als jedes Röntgengerät. Aber auf eine gute Art, die mich sein schiefes Lächeln erwidern lässt. Und dieses Lächeln stellt etwas in mir an. Etwas, das wie Brause durch meinen Bauch prickelt. Und tiefer. Das Gefühl verstärkt sich, als wir voreinander stehen bleiben. Unsicher, wie wir einander begrüßen sollen – bis wir uns gleichzeitig für eine Umarmung entscheiden. Ich auf Zehenspitzen, das Gesicht an seinem Hals, während ich den Duft seiner Haut einatme. Wie gestern im Auto will ich am liebsten in ihn hineinkriechen.

Als wir uns voneinander lösen, unterdrücke ich ein Seufzen und bemerke ein kurzes, aber deutliches Zucken seines Kiefers. Als würde er die Zähne zusammenbeißen.

«Was machst du denn so früh schon hier?», sagt er und fährt sich durchs Haar. Wie ein Blitz jagt die Erinnerung an das Gefühl seiner Locken zwischen meinen Fingern durch meinen Kopf.

«Das wollte ich dich auch gerade fragen.»

«Ich hab eine Bahn früher genommen. Sonst hättest du

vier Minuten auf mich warten müssen.» Seine Antwort lockt ein Lächeln auf meine Lippen. «Und du?»

Mir macht zu spät zu kommen Angst. Weil ich dann das Gefühl habe, dass etwas Schlimmes passieren könnte. So wie damals bei Mama. «Lieber zu früh als zu spät. Außerdem nutze ich die Wartezeit gerne zum Zeichnen.» Wie zum Beweis hole ich mein kleines Skizzenbuch hervor, das sich griffbereit in meiner Jackentasche befindet.

«Und was malst du dann so? Dinge, die du im Kopf hast, oder eher Sachen, die du beim Warten siehst?» Interessiert betrachtet er mich von der Seite, während wir Richtung Ausgang gehen.

«Beides. Aber meistens Menschen, kurze Momentaufnahmen aus meiner Umgebung. Vor allem, wenn das Licht gut fällt. Schatten faszinieren mich total. Sie verleihen Bildern Tiefe und lassen alles – Gegenstände und Menschen – lebendiger erscheinen. Alles, was wir sehen, ergibt sich aus dem Zusammenspiel von Licht und Schatten. Schatten erzeugen nicht nur Formen, sondern auch Emotionen. Ohne Schattenspiele gäbe es keine Falten, kein echtes Lächeln, kein Lachen. Keine Trauer. Kein Entsetzen. Schatten sind ehrlich. Sie machen einem nichts vor. Ich schätze, dass ich sie deswegen so gerne zeichne.» Ich hole Luft, wodurch mir klar wird, dass ich wie ein Wasserfall geredet und dabei das Atmen vernachlässigt habe. Statt Simon einfach zu antworten, habe ich einen ganzen Aufsatz von mir gegeben. Oh Mann. Das mache ich eigentlich nur, wenn ich nervös oder aufgeregt bin. Zum Beispiel wegen eines Typen, der mir extrem gefällt. «Sorry, das sollte jetzt eigentlich kein Monolog über die skurrilen Gedankengänge einer Künstlerin werden.»

Simons Mundwinkel heben sich. «Ich höre dir gern zu. Und außerdem ...», sein Blick wandert zwischen meinen Augen hin und her, «... bist du verdammt schön, wenn du über Kunst redest. Das bist du auch so, aber ... man merkt einfach, wie sehr du dafür brennst. Das ist ziemlich ... heiß.»

«Heiß?» Ich lache. «Du bist der erste Typ, der mein Gerede über Kunst als heiß bezeichnet.»

«Was soll ich sagen? Du machst Kunst halt sexy.»

Das beschließe ich spontan zu testen und bleibe stehen. Simon folgt meinem Beispiel, sieht mich fragend an. Meine Mundwinkel zucken. Mit dem Zeigefinger locke ich ihn näher, bedeute ihm, sich etwas zu mir herunterzubeugen, und hauche in meiner erotischsten Telefonsexstimme: «Abstraktion ist eine Stilrichtung der Malerei, in der auf die gegenständliche Darstellung oder Abbildung eines Naturvorbildes verzichtet wird.»

Die letzten Worte meiner Definition gehen in Simons Gelächter unter.

«Ich wette, so einen Dirty Talk hast du noch nie bekommen», sage ich und stimme in sein ansteckendes Lachen ein.

Während wir uns danach über Unikram und anstehende Prüfungen unterhalten, achte ich kaum auf den Weg. Bis wir nach einem etwas längeren Fußmarsch das Hotel Wälderhaus mit seinem markanten Holzdesign und wenig später den Inselpark passieren. «In der Nordwandhalle gehen Alex und ich manchmal klettern. Und früher bin ich zum Skaten hergekommen.»

Ich folge seinem Finger, der jetzt auf einen Skatepark zeigt. «Ich war noch nie hier.»

«Im Sommer kann man im Inselpark super Sport machen. Das Beachvolleyballfeld, die Schwimmhalle und den Hochseilgarten kann ich echt empfehlen.»

«Gibt es eigentlich auch eine Sportart, die du noch nicht ausprobiert hast?»

«Golf zum Beispiel.»

«Nicht schweißtreibend genug?»

«Genau. Und wie sieht's bei dir mit Sport aus?»

«Ich bin eine Zeitlang regelmäßig gejoggt. Allerdings habe ich da noch in Lüneburg gelebt. Hier in Hamburg habe ich nie wieder richtig damit angefangen.» Ich zucke mit den Schultern. «Ich bin gelaufen, um den Kopf freizubekommen. Aber das Zeichnen hat bei mir den gleichen Effekt. Vielleicht habe ich deshalb aufgehört. Weil das Laufen eher Mittel zum Zweck war.»

«Ist bei mir teilweise immer noch so. Vor allem, wenn ich Stress habe.»

«Hast du Schwächen?»

«Na, das nenne ich mal einen Themenwechsel.»

Ich lache verlegen auf. Ich habe selbst keine Ahnung, wie ich plötzlich darauf komme. Vermutlich, weil es bis jetzt nichts an Simon gibt, das mir nicht gefällt. Er ist erschreckend perfekt und küsst auch noch perfekt. Wo ist der Haken? «Krasse Überleitung, oder? Damit könnte ich glatt Talkmasterin werden.»

«Auf jeden Fall!»

«Also?», frage ich lächelnd. «Hast du welche?»

«Natürlich nicht. Du etwa?» Seine Stimme ist der Inbegriff von Ironie. Dann wird er wieder ernst und gesteht: «Eine meiner größten Schwächen ist oder war meine Hilfsbereitschaft.»

«Ach komm schon. Das ist doch keine echte Schwäche.»

«Wenn man sich ausnutzen lässt, schon.»

«Inwiefern?»

«Zum Beispiel in Beziehungen.»

Ich zögere kurz. «Sprichst du von dieser Kiki?», hake ich dann vorsichtig nach und beobachte seine Mimik. Wenn ihm die Frage unangenehm ist, rudere ich sofort zurück. Doch das scheint nicht nötig zu sein.

«Ja. Das war meine letzte Beziehung. Ich hab mich von ihr ziemlich oft ausnutzen lassen und kann nicht mal behaupten, es nicht bemerkt zu haben. Sie ist ein sehr … komplizierter Mensch. Sie hat als Kind einen Elternteil verloren.»

Ich schlucke betroffen.

«Und irgendwie habe ich ihr deshalb ziemlich lange ziemlich viel durchgehen lassen. Lügen. Manipulationsversuche. Emotionale Erpressung. Die Liste ist lang.»

Entsetzen gesellt sich zu meiner Betroffenheit. «Wow. Das ist heftig.»

«Und dämlich. Weil ich ihr immer wieder verziehen habe. Ihr immer wieder helfen wollte. Liegt wahrscheinlich in meiner DNA.»

«Du meinst das Helfersyndrom?»

Er nickt. «Das mag jetzt vielleicht komisch oder esoterisch oder so klingen, aber das Helfersyndrom wurde mir mehr oder weniger in die Wiege gelegt. Ich wurde quasi geboren, um zu helfen.»

Unsicher, ob eine Art Aberglaube oder mehr hinter seinen Worten steckt, runzele ich die Stirn. Wie soll ich darauf reagieren? Aber er redet schon weiter.

«Meine Eltern haben mich bekommen, damit ich das Leben meines Bruders rette.» Simons Blick ist auf den Boden gerichtet, und da ist etwas in seiner Haltung, das mich augenblicklich bereuen lässt, unserem Gespräch so eine ernste Richtung gegeben zu haben.

«Du musst nicht darüber reden, wenn du nicht möchtest. Oder kannst», sage ich sanft. Weil ich genau weiß, wie es ist, wenn die Worte sich einem im Hals festsetzen. Zurückgehalten von Schmerz und Erinnerungen.

Doch er schüttelt den Kopf. «Mein Bruder war nicht mal ein Jahr alt, als er an Leukämie erkrankte. Er brauchte dringend eine Stammzellenspende, aber es gab keinen passenden Spender. Also entschieden unsere Eltern, noch ein Kind zu bekommen. Mein Nabelschnurblut sollte ihm das Leben retten. Es war ein Wettlauf mit der Zeit, den … den mein Bruder verloren hat. Ich … konnte ihn nicht retten.» Simons sonst so feste Stimme klingt fragil und erfüllt von einer Schuld, die mich an meine erinnert.

Daran, dass auch ich zu spät war. Daran, dass ich Mama nicht helfen, sie nicht retten konnte. Mein Herz krampft sich so fest zusammen, dass mir kurz die Luft wegbleibt. Aber ich zwinge mich weiterzuatmen, damit ich Simon sagen kann, was er hoffentlich schon weiß.

«Du kannst nichts dafür.» Eindringlich sehe ich ihn so lange von der Seite an, bis er meinen Blick erwidert. «Das ist dir klar, oder?»

«Inzwischen schon … Aber als ich es erfahren habe, hat

mich dieser Gedanke fast umgebracht. Im wahrsten Sinne des Wortes.»

Gänsehaut breitet sich auf meinem Körper aus, als ich mir der Bedeutung dieser Worte bewusst werde. Unwillkürlich greife ich nach seiner Hand, drücke sie und lasse nicht mehr los.

«Wie alt warst du, als du es erfahren hast?»

«Fünfzehn. Eindeutig zu jung, um damit klarzukommen, dass ich als Spender-Baby geboren wurde und es trotzdem nicht geschafft habe, meinen Bruder zu retten. Ich hatte das Gefühl, ihn und meine Eltern im Stich gelassen zu haben. Ich hatte das Gefühl, dass sie mich eigentlich gar nicht wollten. Jeden Streit bezog ich darauf, dass sie mir im Grunde ihres Herzens die Schuld für seinen Tod gaben. Ich redete mir ein, dass ich es gar nicht verdiente, auf der Welt zu sein. Ich war so voller Wut. Zuerst auf meine Eltern und dann auf mich selbst.»

Meine Finger schließen sich noch fester um seine, und ich wünschte, ich könnte mehr tun, als einfach nur seine Hand zu halten. Wir laufen jetzt unter einer viel befahrenen Brücke her. Der Lärm der Autos lässt ein fast surreales Gefühl in mir aufsteigen. Es ist so ein banales, alltägliches Geräusch, während wir über etwas sprechen, das beinahe Simons Leben zerstört hätte. «Wussten deine Eltern, womit du zu kämpfen hattest?», frage ich vorsichtig. Ich kann mir einfach nicht vorstellen, dass Gregor und Marlene nicht alles getan hätten, um ihm seine Schuldgefühle zu nehmen.

«Nein. Erst als ... ich anfing, mich zu betrinken, und ...» Er stockt. «Drogen zu nehmen, mich sinnlos zu prügeln, merkten sie, dass etwas nicht stimmt. Aber ich machte komplett dicht. Ich wollte nicht reden. Ich wollte nicht fühlen. Also trank ich noch öfter, nahm noch mehr Drogen und kam immer öfter mit Blutergüssen nach Hause. Das ging fast drei Jahre so – bis ich eines Tages eine Überdosis nahm und ins Koma fiel.»

«O mein Gott!» Schock und Entsetzen laufen mir eiskalt den Rücken runter.

«Auch wenn sich das jetzt zynisch anhört, glaube ich, dass mir diese Erfahrung das Leben gerettet hat. Als ich wieder aufwachte, machte ich eine Therapie. Erst allein, dann mit meinen Eltern. Das war das Härteste, was ich je erlebt habe. Weil mir dadurch erst bewusst wurde, was ich ihnen angetan habe. Welche Ängste sie meinetwegen durchgestanden haben, als sie glaubten, nach Max nun auch mich zu verlieren. Ich habe mich in meinem ganzen Leben noch nie so mies gefühlt. Denn sie haben mir ja nie das Gefühl gegeben, weniger wert oder an irgendwas schuld zu sein. Das hat sich alles in meinem pubertierenden Hirn abgespielt.»

Ich schlucke schwer und spüre, wie mir Tränen in die Augen steigen. Wenn Simon damals nicht aus dem Koma erwacht wäre … Gott, das Leben ist so verdammt zerbrechlich.

«Hey. Nicht weinen.» Er hat es natürlich bemerkt, aber vielleicht ist das ganz gut. Denn er bleibt stehen und zieht mich in seine Arme.

Ich presse mich so fest an ihn wie nur möglich. Als wollte ich ihn nie wieder loslassen. «Mit dir zu reden, zu lachen, hier langzulaufen … Das alles fühlt sich so … normal und selbstverständlich an, dabei ist es das gar nicht», murmele ich gegen seine Brust und spüre, wie in meiner etwas anschwillt. «Ich bin so froh, dass du bei mir bist.»

Simons Arme legen sich noch etwas fester um mich. Und als er sein Kinn auf meinen Kopf legt, habe ich das Gefühl, noch nie so perfekt in die Arme eines anderen Menschen gepasst zu haben.

30

Alissa

Wir gehen schweigend weiter. Aber es fühlt sich nicht unangenehm oder seltsam an. Sondern genau richtig. Als hätten wir die stille Übereinkunft getroffen, das schwere Thema erst mal sacken zu lassen.

«Bist du okay?», bricht Simon nach etwa einer halben Stunde das Schweigen.

«Ja. Und du?»

«Auch.» Er lächelt zu mir herunter, ich zu ihm hinauf. Dann richten wir unsere Blicke wieder auf den vor uns liegenden Wanderpfad. Fünf Minuten später erklimmen wir einen Damm und laufen plötzlich gegen eine Mauer aus Wind. Als dieser seine Richtung ändert, sind die Stöße so heftig, dass ich mich bei Simon einhake, um nicht ins Schilf gepustet zu werden.

«Komm her.» Er legt seinen Arm um meine Schultern und drückt mich an sich.

Die Böen lassen meinen Zopf wie eine lila Peitsche durch die Luft schwingen, und eine Baumallee, die holzstramm Spalier steht, neigt uns raschelnd ihre goldroten Kronen entgegen. Links und rechts erblicke ich Wasser. Wir sind schon eine ganze Weile am Fluss entlanggelaufen, aber nun sehe ich, wo er sich in Norder- und Süderelbe teilt. Häuserspitzen lugen an den gegenüberliegenden Flussufern hinter den Deichen hervor. Doch meine Aufmerksamkeit gilt einem rot-grünen Bauwerk in der Ferne. Das muss er sein.

«Ist das der Leuchtturm?»

«Jap. Darf ich vorstellen? Der kleinste Leuchtturm Hamburgs.»

«Wie süß.» Belustigt betrachte ich den Zwerg im rot-grünen Holzoutfit. «Darf man ihn besteigen?»

«Klar. Was glaubst du, warum wir hier sind. Komm! Noch sind wir die Einzigen.»

Wir laufen über die Wiese und umrunden den sechseckigen, vielleicht fünf Meter hohen Turm. An der steilen Holztreppe lässt Simon mir den Vortritt. Zwanzig Stufen später habe ich eine Betonplattform unter den Füßen und bin von einer weißen Brüstung umgeben. Als Simon auch oben ist, stellt er sich dicht hinter mich und stützt seine Hände links und rechts von mir an der Brüstung ab. Seine Arme umschließen mich nun genauso, wie die zwei Flussarme die Insel, auf der wir uns befinden. Er ist mir jetzt so nah, dass ich seinen warmen Atem spüre.

«Nicht ganz so beeindruckend wie die Aussicht auf dem Dockland … Gefällt es dir trotzdem?» Seine Stimme, so nah an meinem Ohr, sendet wohlige Schauer über meinen Rücken.

«Sehr sogar.»

«Hier war ich früher oft mit meinem Opa. Dieser Ort hat etwas Beruhigendes, wenn man sich drauf einlässt. Schließ mal die Augen.»

Ich tue es. «Okay.»

«Und jetzt hör einfach nur hin.»

Gar nicht so leicht, wenn der eigene Herzschlag alles übertönt.

«Sag mir, was du hörst.»

Ich versuche, mich auf die Umgebung zu konzentrieren. «Den Fluss. Am Ufer plätschert das Wasser.»

«Was noch?»

«Den Wind, das Rascheln der Bäume und ... Vogelzwitschern.»

«Ja. Es gibt hier unzählige Arten.»

Lächelnd lausche ich einer Weile dieser Symphonie, bei der die Natur das Orchester ist. Bis Simons Lippen kaum merklich an meiner Wange entlanggleiten und sich mein Fokus verschiebt. Auf seinen Atem, der mein Gesicht streift und es wärmt, als ich mich – mit noch immer geschlossenen Augen – langsam zu ihm umdrehe. Sein Atem kommt näher, immer näher.

«Das wollte ich schon am Bahnsteig tun», flüstert er. «Aber ich wollte dich nicht überfallen.»

«Zufällig mag ich Überfälle, die mit deinem Mund zu tun haben.»

«Wenn das so ist ...» Er nimmt mein Gesicht in seine Hände und küsst mich zärtlich. So zärtlich, dass meine Knie ganz weich werden und ich die Arme um seinen Nacken legen muss, um mich irgendwie auf den Beinen zu halten. Seufzend stelle ich mich auf die Zehenspitzen, erwarte, dass der Kuss drängender wird, aber Simon lässt sich Zeit. Er umfängt meine Taille, presst mich an sich, während das sanfte Streicheln unserer Zungen ein Kribbeln in meinem Bauch entstehen lässt. Mein Herzschlag gerät nun komplett außer Kontrolle, und ich will mehr. Mehr als diesen Kuss, der mich nach Luft ringen lässt, als er sich langsam von meinen Lippen löst.

«Verdammt ...», raunt Simon schwer atmend gegen meinen halb geöffneten Mund. «Das war's dann wohl mit der Ungestörtheit.»

Erst jetzt nehme ich die näher kommenden Stimmen und das Kinderlachen wahr. Seufzend öffne ich die Lider und treffe auf seinen glühend heißen Blick. Gott. Verlangen in dieser Intensität habe ich bislang nur einmal verspürt. Gestern Abend im Auto. Mit ihm.

«Lass uns von hier verschwinden», sage ich leise.

«Wohin?»

«Zu mir?»

«Okay.»

Wir sind da. Endlich. Die Treppen zur Wohnung nehmen wir so schnell, dass ich vollkommen außer Atmen bin, als wir die Tür hinter uns zufliegen lassen.

Die S-Bahn-Fahrt war die reinste Qual. Ein Streicheln außen an meinem Oberschenkel entlang. Ein Flüstern in mein Ohr, bei dem seine Lippen hauchzart die Muschel streifen. Seine Finger, die ein Muster auf die empfindliche Haut meines Unterarms malen. Ich wäre am liebsten über ihn hergefallen. Und jetzt endlich kann ich genau das tun.

Eigentlich wollte ich so schnell wie möglich unsere Klamotten loswerden, aber ich komme nicht weit, weil ich zu abgelenkt bin. Von seinen weichen Lippen auf meinen, dem seidigen Streicheln unserer Zungen, dem teuflischen Knabbern seiner Zähne. Meine graben sich hungrig in seine Unterlippe, während wir stöhnend durch den halbdunklen Korridor stolpern.

«Wo ist Leo?», fragt Simon heiser.

«In München.»

Seine Lippen verziehen sich zu einem Grinsen. «Und wo ist dein Zimmer?»

«Hinter dir.» Mit einem Blick, der mir die Knie weich werden lässt, hebt er mich in seine Arme. In meinem Zimmer legt er mich auf die Matratze, als wäre ich das zerbrechlichste Wesen der Welt. Dann beginnt er, sich auszuziehen. Und mich. Methodisch und langsam, ein Kleidungsstück von ihm, dann eines von mir. Und er lässt mich dabei keine Sekunde aus den Augen. Schließlich habe ich nur noch meine Unterwäsche an. Eigentlich ist das immer der Moment, in dem ich mich frage, ob ich schlank, schön oder straff genug bin. Ob ich zu viel Hüfte oder nicht genug Oberweite habe. Aber solche Gedanken kommen bei Simon erst gar nicht auf. Auch nicht, als er sich neben mich kniet, mit nur einem geschickten Handgriff meinen BH öffnet und ihn mir langsam von den Schultern und Brüsten streift. Denn sein Blick ist voller Bewunderung und streicht wie eine Berührung über meinen Körper.

«Du bist so unfassbar schön», sagt er leise.

Mein Blick gleitet über seine breiten Schultern, seine sich auf und ab hebende, definierte Brust. *Verdammt.* «Und du bist frisch tätowiert, Simon ... Wir sollten vielleicht lieber nicht ...»

«Keine Chance», unterbricht er mich. «Ich lass mir lieber tausend Einhörner stechen, als jetzt aufzuhören.»

«Okay», sage ich leise lachend und auch ein bisschen erleichtert.

«Okay», wiederholt er. Seine Stimme ist ein heiseres Flüstern, nur einen Atemzug entfernt von meinen Lippen.

Ich erwarte, dass er mich nun endlich wieder küsst. Doch stattdessen findet sein Mund meinen Hals, und er liebkost die weiche Kuhle über meinem Schlüsselbein. Erst mit den Lippen. Dann mit der Zunge. Bis sein Mund weiterwandert – zu Gesicht, Hals, Brüsten. Seine Zunge umkreist erst den einen Nippel, dann den anderen, ehe er sie abwechselnd in den Mund nimmt. Ich grabe meine Finger in seine Locken, bäume mich seinen Berührungen keuchend entgegen. Als er etwas fester saugt, jagen Blitze in alle Richtungen meines Körpers, und ich stöhne auf.

Atemlos begegne ich dem triumphierenden Funkeln in seinen Augen, als er zu mir hochsieht. Zärtliche Hände gleiten zu meinen Schenkeln und drücken sie sacht auseinander. Den Platz zwischen ihnen nimmt er kniend ein, wodurch mein Blick auf seine im Schritt ausgebeulten Boxershorts fällt.

«Du machst mich komplett verrückt», sagt er beinahe ungläubig. Als würde sich das hier für ihn genauso neu, anders und bedeutsam anfühlen wie für mich.

Seine Finger schieben sich unter das Gummi meiner Pantys, und ich hebe mein Becken an, damit er sie mir ausziehen kann. Als sein Blick über meine Beine und meine Mitte gleitet, erröte ich. Seine Finger folgen der Spur seines Blicks – meine Waden entlang, hinauf zu meinen Knien und den Rundungen meiner Schenkel. Hitze durchströmt mich, als Simons Hand knapp vor meiner empfindlichsten Stelle verharrt.

«Okay?», murmelt er.

«Wehe, wenn du aufhörst», drohe ich und schließe die Augen. Ich bin jetzt zu nichts anderem imstande, als zu fühlen. Zu fühlen, wie Simon mich küsst – diesmal inniger, fordernder, gieriger. Zu fühlen, wie sein Mund dann wieder tiefer gleitet, über meinen Hals, meinen Bauch und die Hüften – bis er erneut an dem Punkt ist, der sich so sehr nach ihm sehnt. Ich halte vor Erregung den Atem an, aber die erste Berührung seiner Zunge lässt mich heftig zusammenzucken. Lust und Verlangen überrollen mich. Ich keuche, als sich ein Finger in mich schiebt. Behutsam lässt er einen zweiten folgen, massiert mein Innerstes, während seine Zunge um meine Klitoris kreist. Ich hebe meine Hüften, dränge mich Simon entgegen, immer weiter, immer mehr. Als ich das Gefühl habe, es nicht mehr auszuhalten, presst sich sein Mund fester gegen meine Mitte, und ich zerspringe in eine Million Teilchen. Sterne tanzen hinter meinen Lidern, während ich zitternd versuche, wieder zu Atem zu kommen.

«Gott, Simon. Das war …»

«Noch nicht genug.» Mit diesen Worten macht er weiter, bis mich sein Mund und seine Finger ein zweites Mal kommen lassen. Völlig entkräftet und beinahe schmerzhaft empfindlich schwanke ich zwischen dem Impuls, ihn von mir zu schieben oder auf mich zu ziehen. Als sein Mund an meinem schweißfeuchten Körper nach oben gleitet, greifen meine Hände wie von selbst nach ihm, um mich mit einem Kuss, der nach mir schmeckt, willenlos machen zu lassen.

Simon reibt sich an mir. Durch den Stoff seiner Boxershorts spüre ich, wie hart er ist, und ich taste ungeduldig nach dem Bund. Er begreift und richtet sich auf, kniet wieder zwischen meinen Beinen. Ich richte mich ebenfalls auf. Ein wenig. Gerade genug, um ihm den enganliegenden Stoff von den Hüften zu schieben und seine Erektion zum Vorschein zu bringen. Während sich meine Finger mit ihr vertraut machen, streichelt mir Simon zärtlich über den Hals und die Wange. Bis meine sanften Berührungen ihn scharf die Luft einziehen lassen.

«Fuck ... Alissa. Du machst mich wahnsinnig.»

«Willkommen im Club.» Es sollte eigentlich ironisch klingen, aber meine Stimme ist einen Hauch zu atemlos dafür.

Simon lässt ein raues, leises Lachen hören, das in ein Stöhnen übergeht, als ich meine Berührung fester werden lasse. Langsam gleite ich an ihm auf und ab, beobachte dabei, wie sich seine Bauchmuskeln anspannen. Sein Adamsapfel tritt deutlich hervor, als er den Kopf in den Nacken fallen lässt. Ich spüre das Zucken in meiner Hand, entdecke den feuchten Schimmer auf seiner Spitze und streiche mit dem Daumen darüber. Lasse ihn dort kreisen.

Ein Keuchen bricht aus ihm heraus, und er blickt mich wieder an. «Ich will dich.» Er lässt seinen Daumen über meinen halb geöffneten Mund und dann von meiner Unterlippe gleiten. In seinen Augen steht eine Frage.

Auf mein Nicken hin steigt er aus dem Bett, zieht sich die Boxershorts ganz von den Beinen und langt nach seiner Jeans. Mit einem Kondompäckchen kehrt er zu mir zurück, reißt es auf und zieht sich das Gummi über. Seine Lippen gleiten an meinem Körper empor, als er sich über mich schiebt. Und dann dringt er in mich ein. Langsam, behutsam, Zentimeter für Zentimeter. Sein Blick tastet mein Gesicht ab. Augen, Nase, Mund. Kurz hält er inne, gibt mir Gelegenheit, mich an ihn zu gewöhnen, und fragt: «Okay?»

«Sehr okay.»

Er lächelt, als würde ihn meine Antwort beruhigen, als wäre sie alles, was jetzt für ihn zählt. Dann gleitet er weiter, tiefer. «Gott ... Alissa», murmelt er, ehe er mich komplett ausfüllt und anfängt, sich zu bewegen.

Ich presse meine Finger in seinen festen Rücken und komme seinen Stößen mit meinem Becken entgegen, kreisend, bis wir einen Rhythmus gefunden haben, der unseren Atem mehr und mehr beschleunigt. Ich lege meine Beine um seine Hüften und umfasse sein Gesicht, sehe die Schweißperlen auf seiner Stirn.

Gott, fühlt es sich gut an. So unglaublich gut, sein Gewicht auf mir zu haben, sein Herz gegen meins schlagen zu spüren, über die Muskeln seines Rückens, seiner Schultern und Arme zu streichen. Er greift nach meinen Fingern, verschränkt sie über meinem Kopf mit seinen, sieht mir bei jedem Stoß in die Augen. Mit einem Ausdruck, der genügt, um diese unerträglich schöne Spannung in mir wieder aufzubauen.

Simon scheint zu spüren, wie sich meine Muskeln um ihn zusammenziehen, denn er bewegt sich schneller, bis ich unter ihm zu zittern beginne. Wellen der Lust schwappen über mich hinweg, und ich grabe die Zähne in meine Unterlippe, während ich in einer weichen Explosion Erlösung finde. Simons Höhepunkt folgt unmittelbar, als sich seine Muskeln anspannen und sein glasiger Blick den Fokus verliert.

«Gott, Alissa.»

···◆···

Ich liege mit dem Kopf auf Simons Brust, lausche seinem pochenden Herzschlag. Wir haben gerade zum vierten Mal miteinander geschlafen – so oft hatte ich an einem Tag noch nie Sex –, und mittlerweile ist es dunkel draußen. Es dürfte irgendwas zwischen acht Uhr und Mitternacht sein. Genau weiß ich es nicht, und es mir auch egal.

In der Blase, die uns umgibt, existieren keine Uhren, keine Handys, keine Termine, keine Hektik. Nur Simons zärtliche Finger, die Kreise auf meinen Rücken zeichnen und mich immer wieder erschauern lassen, während wir beide langsam wieder zu Atem kommen.

«Worüber denkst du nach?», fragt er mich mit gesenkter Stimme und drückt mir einen Kuss aufs Haar.

Darüber, dass er mich vermutlich für Sex mit anderen Männern ruiniert hat. Aber das sage ich bestimmt nicht laut, deshalb überlege ich mir rasch etwas anderes und antworte: «Ich denke, dass ich die verantwortungsloseste Tätowiererin des Planeten bin.»

«Weil du nackt und verschwitzt neben einem Kunden liegst.» Ich höre die Belustigung in Simons Stimme.

«Über die Sache mit dem Kunden bin ich hinweg. Das

entscheidende Wort hier lautet: verschwitzt. Erst verbiete ich dir, Sport zu treiben, und dann treibe ich es mit dir.»

«Interessantes Wortspiel. Aber du erwartest doch nicht etwa, dass ich jetzt empört über so viel Egoismus bin?»

«Bitte was?» Ich richte mich auf, sehe ihm ins Gesicht. «Egoismus?»

«Statt sechs Wochen zu warten, wolltest du eben schon heute auf deine Kosten kommen», zieht er mich auf und fängt sich einen Boxhieb gegen die Schulter ein.

«Ey! Dazu gehören immerhin zwei.»

Ich spüre das Rumpeln in seiner Brust, als er lacht. «Genau. Also entspann dich. Es gibt keinen Grund, ein schlechtes Gewissen zu haben. Es sei denn, du bereust die vergangenen Stunden.»

«Nein. Wenn dem so wäre, hätte ich dich nach dem ersten Mal rausgeschmissen.»

«Du hättest mich nicht hier schlafen lassen?»

«Wer sagt denn, dass ich dich *jetzt* hier schlafen lasse?»

«Das Funkeln in deinen Augen», entlarvt er meinen Bluff und beißt mir spielerisch in die Schulter.

Ich kichere. «Aber mal im Ernst ... Wir müssen dein Tattoo säubern und eincremen.»

«Später. Vorher will ich wissen, was es mit deinen Tattoos auf sich hat. Vor allem mit diesem hier.» Sein Zeigefinger folgt einer Linie, die zwischen meinen Schlüsselbeinen beginnend senkrecht nach untern verläuft und knapp unter meinen Brüsten in einem Dreieck endet. Simons Berührung ist so wundervoll zart, dass sich nicht nur sämtliche Härchen an meinem Körper, sondern auch meine Brustspitzen aufstellen.

«Eins meiner Lieblingstattoos», sagt Simon. «Und das nicht nur wegen der besonders schönen Stelle.»

Ich lächele. «Tatsächlich ist es auch eines meiner Lieblinge. Gleich nach dem Porträt meiner Mama.» Ich richte mich etwas auf, damit er das ganze Tattoo sehen kann. Sein Blick folgt meinen Fingern, die über die Linien des Tattoos fahren. «Das Dreieck symbolisiert die Freundschaft zwischen Leo, Calla und mir. Die Gleichseitigkeit des Dreiecks steht für das Gleichgewicht und die Harmonie unserer Freundschaft. Obwohl wir so unterschiedlich sind – was durch die verschiedenen Richtungen, in die die Spitzen zeigen, angedeutet wird –, bilden wir eine Einheit von starken Frauen. Denn die nach unten gerichtete Spitze steht für Weiblichkeit. Dieses Tattoo ist eins meiner ersten gewesen. Calla und Leo haben das gleiche. Nur minimal anders. Von mir persönlich gestochen.»

«Und was hat es mit den Wolken in dem Dreieck auf sich?», fragt Simon interessiert, fast schon gebannt.

«An dem Tag, als ich es stechen ließ, hat es wie aus Eimern geschüttet, und weil ich den Regen so mag und ihn auch ganz klischeehaft mit Hamburg verbinde, habe ich einen wolkenverhangenen Himmel gewählt.»

«Du magst Regen?»

Ich nicke.

«Warum?»

Kurz denke ich darüber nach, ob ich seiner Frage ausweichen oder sie ehrlich beantworten soll ... und will. Und ja, ich will. «Regen und der Glanz, den er auf Straßen und Oberflächen hinterlässt, erinnern mich immer ein bisschen an früher, als ... alles noch normal war. An mich und meine Schwester, als wir noch klein waren und … unsere Mama noch gelebt habt. Leider habe ich kein besonders gutes Verhältnis mehr zu meiner Schwester.»

Simon rückt näher, gibt mir einen sanften Kuss auf die Stirn, streichelt meine Wange, mein Haar.

«Ich bin okay», wispere ich.

«Es ist in Ordnung, falls du das nicht bist. Wenn wir zusammen sind – in welcher Form auch immer –, kannst du sein, wer, was und wie du willst. Du brauchst dich niemals zu verstellen, okay?»

Ich antworte mit einem Kuss auf seine Lippen, weil ich gerade keine Worte finde.

31

Alissa

Als ich aufwache, ist die andere Bettseite leer. Aber noch warm. Lange kann Simon also noch nicht auf sein. Sein Handy, das auf der Kommode liegt, verrät, dass er noch da ist. Ich seufze erleichtert. Es hätte mich schon ziemlich enttäuscht, wenn er sich ohne ein Wort aus dem Staub gemacht hätte. Nicht, weil wir Sex hatten, sondern wegen dem, was davor und dazwischen war.

«Guten Morgen.» Simon kommt wieder ins Zimmer. Seine Stimme klingt kratzig, rau und extrem sexy. Apropos sexy … Er trägt nichts als Boxershorts, und seine Locken stehen in alle Richtungen ab. Definitiv der Out-of-Bed-Look-Deluxe. Ich weiß echt nicht, was verführerischer ist. Er oder die Tasse Kaffee, die er in der Hand hat. Da mir der Schweiß von gestern Nacht noch am Körper klebt, entscheide ich mich für Letzteres.

«Hast du gut geschlafen?», fragt Simon und nimmt neben mir auf der Bettkante Platz.

Ich setze mich auf, lehne mich an das Rückenteil des Bettes und strecke die Hand nach dem Kaffee aus. «Ja. Und du?»

«Sehr gut sogar», antwortet er und reicht mir den Becher. «Ich hab schon seit einer Woche nicht mehr so lang geschlafen.»

«Wieso? Wie spät ist es denn?»

«Kurz nach eins.»

Überrascht reiße ich die Augen auf. «Okay, das ist wirklich spät. Dann ist der halbe Tag ja schon vorbei.»

«Zumindest ein Drittel davon.»

Ich will gerade von dem Kaffee trinken, als mir auffällt, dass er keinen hat. «Magst du keinen Kaffee? Wir haben auch Tee da.»

«Doch, ich trinke Kaffee. Aber es war nur noch eine Kapsel da. Ich wollte dir nichts wegtrinken.»

«Dann lass uns teilen.»

«Nein, schon okay. Trink ihn ruhig alleine und stell dir dazu noch einen Teller Rührei oder Pfannkuchen vor. Denn eigentlich wollte ich dir Frühstück machen, als Dankeschön. Aber euer Kühlschrank ist erschreckend leer.»

«Als Dankeschön wofür?» Fragend sehe ich ihn über den Rand der Kaffeetasse an und puste hinein, weil der Kaffee noch zu heiß ist, um getrunken zu werden. Er wird ja wohl kaum den Sex meinen.

«Dank dir konnte ich endlich mal wieder richtig ausschlafen. Das habe ich echt gebraucht. Dein Bett ist viel bequemer als das Sofa meiner Eltern. Und außerdem gibt es hier niemanden, der um fünf Uhr morgens lautstark in der Küche herumwerkelt. Also danke, dass du mich nicht nach Hause geschickt hast», sagt er mit einem Lächeln auf den Lippen.

«Gern geschehen. Aber wer in eurer Familie steht denn bitte so früh auf?»

«Meine Oma. Aber wenn ich schon um neun Uhr schlafen gehen würde, wäre ich um fünf auch fit.»

«Hast du so einen leichten Schlaf, dass du wach wirst, wenn sie in die Küche geht?»

«Na ja … Die Räume sind ziemlich offen, wie du ja weißt. Und im Schleichen ist meine Oma nicht besonders gut. Allein schon wegen ihres Stocks. Außerdem macht sie natürlich überall das Licht an, um was zu sehen. Und das ist auch gut so, ich will ja nicht, dass sie sich stößt oder irgendwo gegenrennt. Mal abgesehen davon, dass mich das auch wach machen würde.»

«Warum schläfst du denn auf dem Sofa?»

«Letztes Jahr hat Oma mein altes Zimmer bekommen. Nach ihrem Oberschenkelhalsbruch brauchte sie Hilfe, und da sie ohnehin nicht mehr die Jüngste ist und ich nicht vorhatte, wieder zu meinen Eltern zu ziehen, war das für mich vollkommen in Ordnung. Tja, und dann kam der verdammte Wasserrohrbruch.»

«Oh Mann, das ist ja echt ätzend.»

«Du sagst es. Keine Ahnung, was schlimmer ist. Auf dem Sofa meiner Eltern pennen zu müssen, um fünf Uhr morgens geweckt zu werden oder null Privatsphäre zu haben. Aber ich will mich nicht beschweren. Bin froh, dass ich überhaupt irgendwo unterkommen konnte.» Simon lächelt, bevor er das Thema wechselt. «Und was steht bei dir heute noch so an?»

«Auf Bewerbungen antworten.» Ich seufze, weil ich von dem Gedanken daran genervt bin.

«Bewerbungen?»

«Ja, Leo fängt in gut zwei Wochen ein Praktikum in

München an. Sie ist drei Monate weg. In der Zeit wollen wir ihr Zimmer zwischenvermieten. Ergo Bewerbungen.» Ich stöhne. Weil ich weder Zeit noch Lust habe, mich darum zu kümmern. Aber Leo wusste nichts von diesem Vorbereitungstermin, als sie zugesagt hat, das zu übernehmen, und selbst das Vorsortieren der Bewerbungen hat schon ewig gedauert. Deswegen ist das Antworten jetzt doch an mir hängengeblieben. «Nur wollten wir keine offenen Besichtigungstermine machen. Deshalb muss ich die in Frage kommenden Bewerber einzeln anschreiben und einladen.»

«Oder du gibst mir das Zimmer. Ich könnte dein Mitbewohner mit gewissen Vorzügen sein», sagt er mit einem anzüglichen Grinsen. «Nur würdest du dann deutlich weniger Schlaf bekommen.»

«Solange du mir morgens beziehungsweise mittags immer den Kaffee ans Bett bringst ... und einkaufst, kochst, Wäsche machst, aufräumst, putzt ...»

Lachend schüttelt Simon den Kopf. «Sorry, hab schon einen Job. So verlockend es auch wäre, dich dadurch öfter zu sehen ...» Seine Hand verschwindet unter der Decke. Er findet mein Schienbein und streichelt es. «Aber vielleicht kriegen wir das ja auch so hin ... Uns öfter zu sehen.»

Ich nippe an meinem Kaffee, während mir seine Berührungen mal wieder eine Gänsehaut bescheren. Warum eigentlich nicht? Warum gebe ich Leos Zimmer nicht einfach ihm? Ihn kenne ich. Länger und besser als eine wildfremde Person, die ich während eines einzigen Treffens einschätzen müsste. Ihn mag ich. Mit Simon kann ich lachen, reden und ja – auch Sex haben. Tollen Sex. Bei ihm weiß ich, woran ich bin. Ich muss keine Angst haben, dass er sich tagelang nicht wäscht oder total penetrant riechendes Parfüm benutzt. Klar, man müsste hier und da ein paar Regeln aufstellen. Aber das müsste ich auch bei jedem anderen. Nur dass sich ein anderer vielleicht als totaler Freak entpuppt.

«War das eben eigentlich ernst gemeint? Könntest du dir wirklich vorstellen, Leos Zimmer zu übernehmen?», frage ich und bin überrascht, relativ beiläufig zu klingen. Als wäre es keine große Sache.

«Ähm …» Simon hat aufgehört, mein Bein zu streicheln. «Du willst wirklich, dass ich hier einziehe?» Ungläubig hebt er eine Augenbraue.

Ich zucke mit den Schultern. «Warum nicht?»

«Weil das schon ein bisschen … seltsam ist. Ich meine … klar würde ich am liebsten sofort nach Hause fahren und meine Klamotten zusammenpacken. Allein schon, weil ich es eigentlich keinen weiteren Tag mehr auf dem Sofa aushalte. Aber … wir lernen uns gerade kennen. Und wir hatten gestern Nacht verdammt guten Sex, den ich ungern irgendwelchen WG-Regeln opfern würde.» Er wackelt übertrieben mit den Augenbrauen.

Woraufhin ich schmunzelnd mit den Augen rolle. «Ich fände es viel seltsamer, einer wildfremden Person Leos Zimmer zu geben. Wir kennen und mögen uns und haben – ich zitiere – verdammt guten Sex, an dem WG-Regeln nichts ändern würden.»

Simon lacht.

«Eine der wichtigsten, die wir aufstellen müssten, wäre allerdings, dass wir uns Freiraum lassen», fahre ich fort.

Skeptisch verschränkt er die Arme. «Definiere Freiraum.»

«Das bedeutet nur, dass ich auch mal Zeit für mich brauche. Dass ich nicht einfach in dein beziehungsweise Leos Zimmer platze oder du in meins, bloß weil wir Sex haben. Dass ich trotzdem weiterhin in meinem Bett schlafe. Allein, wenn mir danach ist. Solche Dinge eben.»

«Das wäre mir auch wichtig. Allerdings – und da bin ich ganz ehrlich – hätte ich ein Problem damit mitzubekommen, wie du andere Typen datest, falls das für dich auch unter den Begriff Freiraum fällt. Ich weiß, wir lernen uns gerade erst kennen und ich will dir nicht vorschreiben, mit wem du dich triffst oder so. Dazu hab ich gar kein Recht. Aber ich glaube nicht, dass ich damit klarkommen würde, dich mit einem anderen rummachen zu sehen», gesteht er und entwaffnet mich mit der Ehrlichkeit seiner Worte. «Wir können uns gerne weiterhin sehen, aber hier einziehen würde ich dann auf keinen Fall.»

Ich stelle meine Tasse auf dem Nachttisch ab, damit ich beide Hände freihabe und auf seinen Schoß klettern kann. Nackt, weil ich so geschlafen habe und aufgewacht bin. «Dann werden wir ins Regelwerk aufnehmen, dass weder du noch ich Dates mit anderen haben, solange», rittlings schlinge ich meine Beine um seine Hüften, «sich das hier … gut anfühlt.» Ich spüre, wie er zwischen meinen Beinen hart wird. Mein Unterleib reagiert mit einem Ziehen darauf. «Hättest du dann Lust, mein neuer Mitbewohner mit gewissen Vorzügen zu sein?»

«Aber nur», warme große Hände fahren meinen Rücken rauf und wieder runter, «wenn du das wirklich möchtest.»

«Kommst du mit unter die Dusche? Dann zeig ich dir, wie sehr ...»

Mit einem Kuss fällt mir Simon ins Wort. Er richtet sich auf und geht, ohne sich von meinen Lippen zu lösen, mit mir im Arm ins Badezimmer.

32

Alissa

Ich habe was absolut Verrücktes getan.

Bist du nackt durch die Elbe geschwommen?, fragt Calla.

Ich sagte verrückt, nicht lebensmüde.

Du hast dir die Haare grün gefärbt, mutmaßt sie weiter.

Was wäre denn daran verrückt? Nur, weil Grün die einzige Haarfarbe ist, die Alissa noch nicht hatte? Ich wette ja, dass du gestern bei deinem Wander-Date Freiluft-Sex mit Simon hattest, schreibt Leo.

Oh, stimmt. Dein Date. Wie ist es gelaufen? Hat Leo recht? 😉

Nicht ganz. Wir haben es noch zu uns nach Hause geschafft, und er hat bei mir geschlafen.

Uhh, das klingt, als hättet ihr einen echt schönen Tag gehabt.

Ich kann mir lebhaft vorstellen, wie Calla gerade mit den Augenbrauen wackelt.

Und eine noch bessere Nacht …, ergänzt Leo.

🔥🔥🔥

Okay, und was ist daran so verrückt? Oder sitzt du gerade neben ihm im Flieger nach Vegas?, fragt Calla allen Ernstes.

Als ob ich ohne meine besten Freundinnen heiraten würde.

Gute Antwort, schreibt Calla.

Jetzt rück schon raus mit der Sprache.

Okay. Ich habe Simon dein Zimmer angeboten, Leo, und er hat ja gesagt.

In Erwartung, dass mich zumindest Leo für geisteskrank erklären wird, verziehe ich das Gesicht. Mit einem Auge blinzle aufs Display und bekomme von Calla Lachsmileys als Reaktion.

> 😂😂😂

> Hast du ihm das Zimmer angeboten, während ihr Sex hattet oder danach?, fragt Leo beinahe sachlich.

> Am Morgen danach. Wieso?

> Weil du dann immerhin eine Nacht drüber geschlafen hast. 😂

> Ha ha. Es war trotzdem total spontan. Und solche Entscheidungen sollte man nicht zwischen Tür und Angel treffen.

Oder wie in deinem Fall zwischen Mann und Matratze!, witzelt Leo, woraufhin Calla und ich Lach-Emojis verschicken.

> Nun sagt schon, was ihr davon haltet. Ganz ehrlich. Ist das vollkommen bekloppt? Nach den letzten beiden Tagen mit Simon bin ich eventuell nicht mehr ganz zurechnungsfähig.

Ja! Es ist definitiv verrückt. Aber das heißt ja nicht auch automatisch, dass es falsch ist. Ihr kennt euch. Ihr mögt euch. Ihr habt Sex miteinander. Er wäre doch vermutlich eh jeden zweiten Tag vorbeigekommen und über Nacht geblieben. Und bevor du irgendeiner wildfremden Person Leos Zimmer gibst, ist es doch viel besser und irgendwie auch logischer, dass Simon einzieht. Und wenn du nach einem Monat feststellst, dass es doch nicht so passt, so what? Im schlimmsten Fall geht ihr euch aus dem Weg.

Es ist beinahe unheimlich, dass Calla meine Gedanken fast exakt wiederholt.

Ich sehe es wie Calla. Nur dass ich ihm nicht aus dem Weg gehen, sondern ihn rausschmeißen würde, wenn du keine Lust mehr auf ihn hast. Wir stellen das Zimmer einfach über Airbnb zur Verfügung, damit die Miete reinkommt. Aber ich glaube, das wird gut. Ich kann jetzt ruhigen Gewissens mein Praktikum antreten, weil ich weiß, dass da jemand ist, der dich in den Arm nimmt, falls nötig. ♥

Awwww! Ihr seid echt die Süßesten!

«Guten Tag. Mein Name ist Alissa Meyer. Ich habe um elf einen Termin mit Gerda Ahrends, um meine Ausstellung zu besprechen.» *Meine Ausstellung.* Das klingt so unwirklich, aber auch schön.

Eine Blondine mit raspelkurzem Haar und goldenen Statement-Ohrringen, die aussehen, als würden sie zwei Kilo wiegen, lächelt mich hinter ihrem Empfangstresen freundlich an. «Ich weiß Bescheid …» Sie sieht über ihre Schulter zu einem Büro. «Frau Ahrends scheint noch in einer Besprechung zu sein.»

«Ja, ich bin etwas zu früh», erkläre ich.

«Sie dürfen sich solange gerne in der Galerie umschauen. Einige Werke von Ihnen und Ihrer Mutter hängen bereits.»

Ein Angebot, das ich gerne annehme. Etwas zu trinken schlage ich jedoch höflich aus. Ich hab vor lauter Aufregung schon zum Frühstück kaum was runterbekommen. Obwohl ich seit Montag versuche, mich mental darauf vorzubereiten, gleich mir noch unbekannte Bilder von Mama anzusehen, klopft mir das Herz bis zum Hals. Meine Hände sind feucht – egal wie oft ich sie an meiner Jeans abwische. Und in meiner Kehle herrscht eine Trockenheit, vergleichbar mit der Saharawüste.

Schluckend gehe ich durch eine Glastür und betrete den offenen, hell beleuchteten Raum. Meine Augen weiten sich beim Anblick der ersten Kunstwerke, die an den Wänden hängen. Stimmungsvolle Stadtansichten von Lüneburg sowie Landschaftsbilder der blühenden Heide im Stil des Impressionismus – eine pastellige, locker aufgetragene Farbpalette mit sichtbaren Pinselstrichen.

Erinnerungen an unsere Familienausflüge in die Heide erwachen in meinem Kopf zum Leben. Ich sehe Becka und mich über Wiesen rennen, höre Papas mahnende Stimme, die uns verbietet, quer durch die Heidefelder zu laufen und alles niederzutrampeln. *Meine kleinen Trampeltiere.* So hat er uns dann immer genannt. Ich hole ganz tief Luft, dann atme ich aus, lasse den bittersüßen Schmerz aus meiner Brust entweichen.

Ich gehe weiter, nähere mich verschiedenen Porträts. Auch zwei von mir. Striche versus Punkte. Stilistisch so unterschiedlich und doch ähnlich. Mama und ich in der Kunst wieder vereint. Mich überkommt Stolz und Wehmut, weil ich wünschte, sie könnte das sehen. Sehen, was ich von ihr gelernt habe. *Es kommt nicht darauf an, was du siehst, Alissa, sondern darauf, was du fühlst, wenn du etwas zeichnest oder es betrachtest.* Damals war ich noch zu klein, um wirklich zu verstehen, was sie gemeint hat. Heute weiß ich, dass ihre Worte nicht nur auf die Kunst anwendbar sind. Deshalb fühlt es sich auch zwei Tage später noch richtig an, Simon Leos Zimmer angeboten zu haben. Das war weniger eine Bauch-, sondern vielmehr eine Herz-über-Kopf-Entscheidung.

Ich bin inzwischen in der Mitte des Raumes angekommen und stehe nun vor einem Gemälde, das doppelt so groß ist wie alle, die ich bisher gesehen habe. Und es ist atemberaubend schön. Das Gesicht eines Kindes, strahlend vor Gelächter. Die kleine Hand des Mädchens hält zwei Finger einer großen, männlichen Hand. Allein in dieser Geste steckt so viel. So viel Vertrauen. So viel Zuneigung.

«Wow», entkommt es mir erstickt.

«Ja, so stand ich beim ersten Mal auch davor.»

Ich drehe mich in Richtung der Stimme und entdecke Gerda, die lächelnd auf mich zukommt. In einem schwarzen Strickpulli, zu dem sie einen weinroten Plisseerock trägt, der um den Schaft ihrer Lederstiefel schwingt. Ihr glattes Haar umrahmt ihr Gesicht wie ein schwarzer Vorhang, der ihr bis zu den Hüften reicht.

«Es ist wundervoll», sage ich, den Blick wieder auf die Leinwand gerichtet.

«Erkennst du das Mädchen wieder?»

«Sollte ich?» Fragend blicke ich wieder zu Gerda, und als sich die Antwort in ihren dunklen Augen spiegelt, stockt mir der Atem. «Das ... das bin ich?»

«Ja, und die Hand ist die deines Vaters.»

Mein Herz zieht sich zusammen, und die Umrisse des Bildes verschwimmen wie zu stark verdünnte Wasserfarbe auf einem Blatt Papier. Ich presse die Lippen aufeinander, um sie am Beben zu hindern.

«Deine Mama hat dich und Becka über alles geliebt. Ihr wart ihre größte Inspiration. Das hat sie immer wieder gesagt.»

Ich hole Luft, atme stockend gegen Emotionen an, die kurz davor sind, aus mir herauszubrechen.

Gerda, die mich von der Seite mustert, scheint meine Verfassung zu bemerken und macht den Vorschlag, in ihrem Büro einen Kaffee zu trinken. Sie lässt mir den Vortritt in ihr modern eingerichtetes Arbeitszimmer und kocht uns Kaffee. Das gibt mir Gelegenheit, meine Emotionen wieder in den Griff zu kriegen. Ich habe Angst, dass sie gleich wieder über Mama spricht. Gleichzeitig wünsche ich es mir. Weil Gerda mir bestimmt Dinge erzählen könnte, die ich noch nicht weiß. *Wenn man nicht an die Toten denkt oder über sie spricht, geraten sie in Vergessenheit und sterben zweimal*, hallen Simons Worte in mir nach.

«Milch oder Zucker?», fragt Gerda, als sie mit einem Tablett zurück in den Raum kommt.

«Milch bitte.»

Sie stellt eine Tasse und ein silbernes Kännchen vor mir ab und setzt sich dann neben mich auf das Sofa. Ich spüre ihren Blick auf mir, während ich Milch in meinen Kaffee gieße und ihn umrühre.

«Du siehst deiner Mutter immer ähnlicher, Alissa. Trotz deiner Tattoos und der lila Haare. Deine Gesichtszüge, dein Lächeln. Selbst dein Gang», sagt sie und macht mir damit das wohl schönste, aber auch traurigste Kompliment. Denn mein Aussehen, die Ähnlichkeit zu Mama, ist, glaube ich, einer der Gründe, warum Papa es kaum erträgt, mich um sich zu haben. *«Unsere Alissa wird dir von Tag zu Tag ähnlicher, Ellen. Wie soll ich jemals darüber hinwegkommen, dass du uns verlassen hast, wenn mich alles an ihr an dich erinnert?»*

Ich war sechzehn, als ich diese Worte durch Zufall mitbekam. Am nächsten Tag fing ich an, mein Aussehen zu verändern. Zuerst mit Haarfarbe, dann mit Make-up und schließlich dauerhaft mit Tattoos.

Meine Verbitterung darüber, dass nichts geholfen hat, kaschiere ich nun mit einem Lächeln. «Ist der Raum unten schon fertig? Oder sollen noch weitere Werke dazukommen?», wechsele ich das Thema.

«Es fehlen noch drei Gemälde von dir. Aber da die Jahresausstellung deiner Hochschule noch bis Anfang November läuft, werden diese erst kurz vorher geliefert. Ich habe diesbezüglich noch einen kleinen Anschlag auf dich vor.» So wie Gerda das Gesicht verzieht, bekomme ich tatsächlich ein wenig Angst. «Eventuell ist es ein etwas größerer Anschlag. Oder sagen wir ein mittelgroßer.»

«Okay … Du machst es spannend.»

«Mir ist heute Nacht eine Idee gekommen, wie man das Mutter-Tochter-Thema der Ausstellung noch besser hervorheben könnte.»

«Und wie?»

«Was würdest du davon halten, zwei oder drei Bilder auf Grundlage ihrer Skizzen zu malen?»

Meine Augen werden groß, und ich bekomme Herzrasen. «Du … du meinst … Ich … ich soll…» Allein die Vorstellung ist so überwältigend, dass ich vor Aufregung keinen vollständigen Satz über die Lippen bekomme.

Gerda versteht mein Gestotter jedoch völlig falsch, macht Anstalten zurückzurudern. «Aber wenn dir das zu viel ist oder du die Idee doof findest, dann …»

«Nein. Ich finde sie wunderbar», falle ich ihr rasch ins Wort. «Und ich würde sehr gerne versuchen, sie umzusetzen.»

Begeistert klatscht Gerda in beide Hände. «Ach, wie schön.»

«Hast du bestimmte Skizzen im Kopf?»

«Nein, die Wahl überlasse ich dir. Ich dachte mir, dass du sie hier im Atelier malst. Das ist logistisch am unkompliziertesten. Ich bin jetzt schon gespannt und freue mich auf das Ergebnis.»

«Ich mich auch.» In meinem Kopf explodieren bereits Ideen, Farben, Kompositionen, Linien, Punkte. Weil ich am liebsten sofort loslegen würde, beginnt es, in meinen Fingern zu kribbeln. Gleichzeitig ist mir klar, dass ich mich nicht kopflos ans Werk machen sollte. Ich will ... ich will meiner Mama gerecht werden.

Deshalb knipse ich mit meinem Handy Fotos von allen Skizzen, die Gerda von meiner Mutter hat, bevor ich gehe. Damit ich mir zu Hause direkt ein paar Gedanken und Pläne machen kann.

Bei der Verabschiedung nehmen Gerda und ich uns lange in den Arm. «Ach Alissa, ich bin so froh, dass wir das hier gemeinsam auf die Beine stellen. Dass ich Ellen diesen Wunsch erfüllen kann.»

Wir lösen uns voneinander, und ich frage: «Hat sie das gesagt? Dass sie sich so eine Ausstellung gewünscht hat?»

«Das musste sie nicht. Ich kannte Ellen gut genug, um zu wissen, wie viel es ihr bedeuten würde. Sie wäre so stolz darauf zu sehen, dass aus dir eine so talentierte Künstlerin geworden ist.»

Schuld wühlt sich durch meine Eingeweide. Verdiene ich das hier überhaupt? Und verdient Gerda es nicht, den wahren Grund für Mamas Tod zu erfahren?

«Du siehst aus, als würdest du daran zweifeln, Alissa. Dafür gibt es überhaupt keinen Grund, Liebes.»

Doch, den gibt es. Aber ich bin zu feige, ihn dir zu nennen. «Es ist nur so, dass ich es einfach immer noch nicht glauben kann. Eine Ausstellung mit Mamas Werken.»

Gerda nickt, in den Augen ein Verständnis, das ich kein bisschen verdiene. «Umso näher die Ausstellung rückt, desto realer wird das Ganze für dich, glaub mir. Bis zum einundzwanzigsten November sind es nur noch knapp vier Wochen. Wenn du Fragen hast oder Rat brauchst, ich bin jederzeit für dich da. Ich gebe dir beim nächsten Mal einen Schlüssel für das Atelier, dann kannst du jederzeit an den Bildern arbeiten. Du bist immer willkommen, okay?»

«Das ist lieb, danke.» Ich lange nach dem Türgriff des Ausgangs.

«Ach, bevor du gehst ...»

«Ja?»

«Könnte ich dich um einen Gefallen bitten?»

«Klar, worum geht es denn?»

«Um ein altes Foto von Ellen und mir. Auf dem Bild tragen wir Nikolausmützen. Ich musste letztens daran denken und würde gern für mich einen Abzug anfertigen. Könntest du mal zu Hause nachsehen, ob du das Foto findest? Ich hoffe sehr, dass dein Vater es aufgehoben hat. Vielleicht in einem Fotoalbum. Oder in Ellens Atelier auf dem Dachgeschoss.» Hoffnungsvoll sieht Gerda mich an.

«Ich werde versuchen, es für dich zu finden», verspreche ich. Obwohl allein der Gedanke daran, Mamas Atelier zu betreten, in meinem Hals einen Kloß entstehen lässt.

Weil in diesem Raum so viele Erinnerungen lauern. Und dann sind da noch Papa und Becka. Papa, der mich wieder ansehen wird, als würde mein Anblick ihm körperliche Schmerzen zufügen. Und Becka hat, seit ich ihr das Geld überwiesen habe, nichts mehr von sich hören lassen. Nicht mal ein Dankeschön.

Trotzdem sitze ich eine Stunde später im Zug nach Lüneburg. Weil ich es hinter mich bringen will und nicht weiß, ob ich es schaffe, wenn ich erst einmal anfange, den Besuch vor mir herzuschieben.

···◆···

Ich wappne mich mit einem tiefen Atemzug, bevor ich die Tür zu meinem Elternhaus aufschließe. Als würde ich verbotenen Boden betreten, setze ich vorsichtig einen Fuß vor den anderen. Auf den nussbraunen Holzboden mit breiten Dielen, die bei jedem Schritt ein vertraut klingendes Knarren von sich geben.

«Papa?» Ich gehe ins Wohnzimmer. «Becka?»

Keine Antwort, aber Erinnerungen. Daran, wie uns Mama vor dem Kamin vorgelesen hat. Aus einem der Bücher aus dem Einbauschrank, der sich über die ganze Wand erstreckt. An der gegenüberliegenden Seite steht das rote Sofa – zwischen den beiden Fenstern. Aus dem rechten hat Papa uns jeden Morgen, wenn wir zur Schule gegangen sind, gewunken, bis wir um die Ecke verschwunden waren. Einmal habe ich das mit dem Vorwärtsgehen und Rückwärtswinken nicht koordiniert bekommen und bin gegen einen Laternenpfahl gerannt. Ich durfte wegen meiner aufgeplatzten Lippe zu Hause bleiben, aß den ganzen Tag Eis und habe es mit Becka geteilt. Mein Mund verzieht sich zu einem Lächeln, obwohl ich auf der Stelle losheulen könnte. Ich blinzele die Tränen fort und beginne, die Schränke nach dem Foto abzusuchen. Nichts. Auch nicht in den beiden Fotoalben, die ich in zwei Schubladen finde.

Mit wild klopfendem Herzen nehme ich nun die Treppe zum Dachgeschoss. Ich kämpfe die Furcht, in einen Strudel aus Schuld und Schmerz gesogen zu werden, nieder und nähere mich der Tür des Ateliers. Langsam drücke ich die Klinke herunter, und ein leises, langgezogenes Quietschen zerreißt die drückende Stille. Ich trete ein, zwinge mich, einen Fuß vor den anderen zu setzen. Mamas Aura ist überall. Schluckend lasse ich meinen Blick durch den Raum schweifen. Über die Staffeleien, den Tisch mit den Farben und die bunt gefleckten Pinsel, die nur darauf zu warten scheinen, von Mama benutzt zu werden. Als käme sie jeden Moment durch die Tür, um die verstaubten Leinwände mit Farbe und Liebe zu füllen.

Ich schließe die Augen, atme tief ein und wieder aus. Dann gehe ich zum Tisch, unter dem die Holztruhe steht. Vorsichtig ziehe ich sie etwas hervor. Staubkörner rieseln vom Deckel und tanzen im Licht, als ich ihn aufklappe und – auf eine blaue Mappe starre. Eine mir bekannte blaue Mappe, die hier nichts verloren hat. Stirnrunzelnd nehme ich sie aus der Kiste, schlage sie auf und stelle fest, dass es sich tatsächlich um meine Bewerbungsmappe handelt. Jene, mit der ich mich vor zweieinhalb Jahren bei der Kunstakademie vorstellen wollte. Jene, die kurz vor dem Abgabetermin nicht mehr auffindbar war.

Unter Tränen habe ich damals mein ganzes Zimmer auf den Kopf gestellt. Becka hat mir geholfen, sie zu suchen. Jedoch vergeblich. *Vielleicht ist es ja ein Zeichen. Dafür, dass dieses Studium nichts für dich ist. Vielleicht hätten sie dich eh nicht genommen, und so bleibt dir eine Enttäuschung erspart,* hat sie versucht, mich zu trösten. Wenn Gerda nicht gewesen wäre, hätte ich Becka geglaubt und meinen Traum an den Nagel gehängt. Ohne sie hätte ich es niemals geschafft, in nur einer Woche eine komplett neue Mappe zu erstellen. Dank ihres Kontakts zum Auswahlkomitee bekam ich damals eine zweitägige Fristverlängerung und konnte sechs Monate später mein Studium antreten.

Wie ist diese Mappe in Mamas Truhe gekommen? Warum hätte ich sie dort reinlegen und vergessen sollen?

Mir drängt sich eine schreckliche Vermutung auf. Ich schüttele den Kopf, als ließe sich mein Verdacht auf diese Weise vertreiben. Aber der Gedanke hat sich bereits so tief in mein Gehirn gefressen, dass ich nicht anders kann, als mein Handy aus der Tasche zu holen und Beckas Nummer zu wählen.

«Hi, Alissa. Was ist los?»

«Ich habe meine Bewerbungsmappe wiedergefunden», komme ich ohne Umschweife zur Sache.

«Ähm ... W-welche Bewerbungsmappe?»

Ihr kurzes Zögern und der kleine Stotterer sind mir nicht entgangen. «Die, die, eine Woche bevor ich mich bei der Kunsthochschule bewerben wollte, plötzlich weg war, Becka. Hast ... hast du was damit zu tun?»

«Was? Nein! Wie kommst du denn darauf? Warum sollte ich?»

«Vielleicht aus dem gleichen Grund, aus dem du dich immer über meine Arbeiten lustig gemacht hast?»

«Mir haben sie einfach nicht gefallen. Hätte ich etwa lügen sollen? Aber deshalb würde ich doch nicht deine Bewerbungsmappe in Mamas Truhe verschwinden lassen. Ich wusste, wie gern du auf die Kunstschule wolltest und wie viel Arbeit du in die Mappe gesteckt hast. Deshalb habe ich dir damals doch auch beim Suchen geholfen und hab dich getröstet.»

Ich schlucke, schließe schmerzerfüllt die Augen, weil Becka sich, ohne es zu bemerken, verraten und meinen Verdacht bestätigt hat. «Woher weißt du, dass ich sie in der Truhe gefunden habe?»

Ich höre sie schlucken. «Weil du es gesagt hast.»

«Nein», widerspreche ich mit bebender Stimme. «Nein, das habe ich nicht. Und das weißt du ganz genau.» Die Mappe entgleitet meinen Fingern. Ich merke, wie mir heiß wird. So heiß, dass mein Kopf pocht, als würde er jeden Moment bersten. Ich hätte nach dem Besuch bei Gerda einfach heimfahren sollen. Das hier … ist einfach zu viel. «Warum? Warum hast du das gemacht, Becka?» Meine Stimme ist nur ein Flüstern.

«Weil … weil ich nicht wollte, dass du enttäuscht wirst, Lissi.»

Bitte was? Ich reiße die Augen auf.

«Ich wollte dich beschützen. Du wärst am Boden zerstört gewesen, wenn sie dich nicht aufgenommen hätten.»

«Aber ich wurde aufgenommen.»

Spöttisch lacht sie auf. «Aber doch nur, weil Gerda ihre

Kontakte spielen ließ. Allein hättest du es niemals geschafft. Das weißt du genauso gut wie ich.»

«Nein! Das weiß ich nicht, weil es nicht stimmt!», platzt es aus mir heraus, laut und wütend. «Ich bin gut! Ich habe Talent! Und nur weil du das anders siehst, gibt es dir noch lange nicht das Recht, mich und meine Arbeit zu sabotieren!» Tränen trüben meine Sicht und laufen heiß über meine Wangen.

«Okay … vielleicht habe ich es mit meiner Fürsorge übertrieben, aber ich wollte dich wirklich nur beschützen», spult sie allen Ernstes dieselbe verdammte Leier von eben ab. «Ich hab es wirklich gut gemeint!»

«Sorry, aber das fällt mir gerade schwer zu glauben.»

Damit lege ich auf, nehme die Mappe wieder an mich und schließe die Kiste. Ohne weiter nach dem Foto von Gerda und Mama zu suchen, eile ich aus dem Haus. Ich will nur noch hier weg.

33

Simon

Hey, wärst du mir sehr böse, wenn wir unser Treffen auf einen anderen Tag verschieben? Mir geht's heute nicht so gut. Alissa.

Ich verlasse gerade das Unigelände und wollte mich eigentlich direkt auf den Weg zu ihr machen. Seit Montag freue ich mich auf unser Wiedersehen. Die Enttäuschung ist so intensiv, dass es fast weh tut. Das Schreiben und Telefonieren können das Gefühl, sie zu küssen und zu berühren, nicht ersetzen.

Ich gehe langsamer, spüre, wie die Enttäuschung von Sorge ersetzt wird. Warum geht es ihr nicht gut? Ist das eine der Gelegenheiten, wo sie Freiraum braucht? Oder kann ich für sie da sein? Ich spiele mit dem Gedanken, sie anzurufen. Aber dann könnte sie mir die Unsicherheit anhören und ein schlechtes Gewissen bekommen, weshalb ich ihr auf WhatsApp eine Antwort tippe: Klar, kein Problem. Hoffe, es ist nichts Ernstes. Wenn ich was für dich tun kann, wenn du reden willst oder es dir anders überlegst und ich doch vorbeikommen soll, dann melde dich. Egal zu welcher Uhrzeit. Ich komme auch mitten in der Nacht vorbei.

Stirnrunzelnd sehe ich auf mein Handy. Ist das nicht vielleicht doch etwas drüber? Ich lese den Text noch mal, dann lösche ich alles hinter *nichts Ernstes* und schicke ihn ab.

Hmm …

Ich runzele schon wieder die Stirn.

Hmm … was?

Es scheint dir ganz gelegen zu kommen, dass wir uns nicht sehen. Bist du im Stress?

Abrupt bleibe ich stehen, weil exakt das, was ich vermeiden wollte – nämlich, dass sie sich meinetwegen Gedanken macht –, gerade eingetreten ist. Ich hätte den ganzen Text, so wie er war, abschicken sollen und tippe:

Ich habe mich heute auf nichts mehr gefreut als darauf, dich endlich wieder zu treffen. Aber ich wollte dir kein schlechtes Gewissen machen, indem ich dir schreibe, dass deine Absage mir gerade echt den Tag vermiest hat. 🙁

Awww. Ich hatte mich auch gefreut. Aber ich hatte vorhin Streit mit meiner Schwester und bin entsprechend schlecht drauf. Glaub nicht, dass dir die mies gelaunte Alissa so gefallen wird.

Also, ich hätte schon Lust, die mies gelaunte Alissa kennenzulernen. Und wenn sie mich heute sehen will, komm ich gerne vorbei. Dann können wir uns zusammen über deine Schwester aufregen oder ich höre einfach nur zu, wie du dich aufregst und werfe hier und da ein paar Schimpfwörter ein. Da bin ich echt krass gut drin!

Hahaha. 😂 Und wenn ich einfach nur ein bisschen Netflix gucken, nicht viel reden und in den Arm genommen werden will?

Dann bestell ich uns Pizza, guck mit dir deine Lieblingsserie und bete zu Gott, dass dein Seriengeschmack so gut ist wie meiner. 😁

Lass dich überraschen. 😉 Und Pizza klingt toll. 😍

Eine Stunde später öffnet Alissa mir in einem übergroßen lilafarbenen Plüsch-Hoodie mit Katzenohren die Tür. Sie stellt sich auf die Zehenspitzen, um mir einen Kuss auf den Mund zu geben, und ich lege die Arme um sie. An der Art, wie Alissa sich an mich drückt, spüre ich, wie sehr sie diese Umarmung braucht.

Nachdem sie mir beim Essen vor dem Fernseher von der Sache mit der Mappe und ihrer Schwester erzählt, hätte ich allerdings einen Punchingball für die bessere Alternative gehalten. Ich an ihrer Stelle wäre komplett ausgetickt, Alissa hingegen wirkt erstaunlich gefasst. Als ich frage, was sie jetzt wegen ihrer Schwester tun wird, wechselt sie rasch das Thema, und ich bohre nicht nach.

Der restliche Abend verläuft schweigsamer, begleitet von *Dear White People*. Einer Serie, von der ich noch nichts gehört hatte, die aber ziemlich gut ist. Wir sitzen auf dem Sofa. Mein Arm liegt um ihre Schulter, ihr Kopf an meine Brust geschmiegt. Ich streichle ihren Oberarm, sie meinen Bauch. Als sie drei Folgen später damit aufhört und ich zu ihr hinuntersehe, sind ihre Augen geschlossen.

«Alissa?», flüstere ich.

Keine Reaktion. Nur ihr gleichmäßiger Atem, dessen Wärme durch mein T-Shirt dringt. Sie sieht so verdammt schön aus, und jetzt im Schlaf hat sie etwas Unschuldiges an sich. Ich widerstehe dem Drang, ihr das Haar hinters Ohr zu streichen, um etwas mehr von ihrem Gesicht zu sehen. Stattdessen mache ich den Fernseher aus, hebe sie vorsichtig auf meine Arme. Ihre lege ich um meinen Nacken, den sie daraufhin seufzend umklammert.

Ist sie aufgewacht? Ich halte in der Bewegung inne. «Alissa?»

Sie gibt leise, undefinierbare Geräusche irgendwo zwischen Schnurren, Schnauben und Schmatzen von sich. «Ich bring dich ins Bett, okay?», flüstere ich amüsiert.

Sie scheint nicht wirklich wach zu sein, und damit das auch so bleibt, trage ich sie so vorsichtig wie möglich in ihr Zimmer. Es ist dunkel, doch durch das Licht im Flur erkenne ich grob die Umrisse ihrer Möbel und erreiche unfallfrei das Bett. Als ich sie behutsam hineinlege und ihre Arme von meinem Hals lösen will, spüre ich ihren Widerstand.

«Nicht weggehen», seufzt sie. «Bleib hier.»

Nichts lieber als das. Denn eigentlich wäre ich jetzt gefahren, weil wir nicht ausgemacht hatten, dass ich heute hier schlafe. Doch sie im Arm zu halten, ist tausendmal besser.

Ein Wimmern zerreißt die Stille der Nacht. Gefolgt von einem Schluchzen. «Tut mir leid, Mama ... so leid.»

Blinzelnd öffne ich die Augen, nicht sicher, ob ich nur geträumt habe, doch dann ...

«Bitte. Bitte warte, Mama», schluchzt Alissa neben mir und windet sich. Von jetzt auf gleich hellwach, ertaste ich im Dunkeln ihren Körper. Sie ist schweißgebadet.

«Was ist los?»

Keine Antwort, und sie zittert am ganzen Leib, gibt immer wieder dieses leise gequälte Schluchzen von sich. Ist sie überhaupt wach?

«Alissa?»

Nichts – vermutlich, weil sie träumt, und zwar etwas Schlimmes.

Ich greife über sie hinweg, mache das kleine Licht auf ihrer Kommode an – und es zerreißt mir fast das Herz. Ihr Gesicht ist tränenüberströmt. Sie weint im Schlaf und ruft dabei immer wieder: «Ich bin da, Mama! Mama! Bitte nicht! Ich bin doch da! Bitte stirb nicht!»

In meiner Brust ist es plötzlich so eng, dass ich einige tiefe Atemzüge brauche, um wieder Luft zu bekommen. Ich ahne, wovon sie gerade träumt, welchen Schmerz sie gerade ein weiteres Mal durchlebt. Alissas Kopf bewegt sich hin und her, während Tränen über ihre Schläfen laufen.

Fuck!

Ich muss sie wecken, oder? Das soll man doch nur bei Schlafwandlern nicht. Betend, dass es richtig ist, sie aus diesem Albtraum zu befreien, rüttle ich leicht an ihrer Schulter. «Alissa. Wach auf. Es ist nur ein Traum.»

«Tut mir leid, Mama. So … leid. Mamaaaa …»

Ich rüttle fester.

«Verzeih mir … Ich konnte nicht … Konnte nicht schneller. Mamaaaa!»

Ich beuge mich über sie, nehme ihr nasses Gesicht in meine Hände. «Alissa! Alissa! Wach auf, Alissa!»

Sie öffnet endlich die Lider.

«Du bist in Sicherheit. Alles ist gut. Schau mich an», befehle ich sanft und – Fuck. Nichts und niemand auf der Welt hätte mich je auf den Ausdruck in Alissas feuchten, blauen Augen vorbereiten können. Eine unendlich große Traurigkeit schwimmt in ihrem Blick. Der Impuls durchzuckt mich, davor zu fliehen, mich abzuwenden; es scheint unmöglich, das zu ertragen. Doch noch unmöglicher ist es, sie allein zu lassen. Also halte ich ihren Blick fest und streiche zärtlich über ihre feuchte Wange, damit sie nicht nur sieht, sondern auch fühlt, dass sie wieder in der Realität ist. «Du bist hier, in deinem Bett. Alles ist gut.»

«Nein, nein … nein. Mama ist tot. Sie ist gestorben, weil … ich zu spät war … Ich … war zu spät u-und konnte sie nicht retten.»

«Shhh, shhh …» *Es war nur ein Traum*, will ich sagen, doch mir wird im selben Moment klar, dass das nicht stimmt. Das ist nicht nur ein Albtraum. Das ist eine Erinnerung. Deshalb sage ich nichts, sondern ziehe sie einfach an meine Brust und halte sie fest.

«S-sie … hat gesagt, i-ich soll … Hilfe holen.»

«Wer?», flüstere ich in der Hoffnung, dass es ihr vielleicht hilft, darüber zu reden.

«M-meine Mama. Sie hat gesagt, ich soll Hilfe holen. W-weil sie u-und meine Schwester eingeklemmt waren … im A-Auto. I-ich bin aus dem Fenster gekrabbelt … u-und losgerannt. So schnell ich konnte, bis da diese Frau war. A-aber … i-ch war zu spät. War n-nicht schnell genug. Zu l-langsam. M-mama war schon tot. E-es ist … m-meine Schuld. I-ich … ich war zu spät. Ich konnte … s-sie nicht retten. Es ist … es ist m-meine Schuld.»

Sie schluchzt jetzt so heftig, dass man sie kaum versteht, aber ich habe jedes Wort gehört und vor allem gespürt. Ich will etwas sagen, irgendwas tun. Am liebsten die Zeit zurückdrehen und diesen Tag ungeschehen machen – doch es gibt nichts, was ich tun kann.

Ich hasse dieses verfickte Gefühl der Hilflosigkeit. So sehr. Inzwischen selbst zitternd, drücke ich sie an mich, küsse ihr Haar, streichle es. Murmele: «Es ist nicht deine Schuld.» Wieder und wieder. Bis ihr Schluchzen irgendwann leiser, das Beben ihres Körpers weniger wird und ihre Atmung wieder halbwegs normal klingt.

«Geht's wieder?»

«Ja», antwortet sie mit heiserer Stimme.

Ich brauche nicht in ihr Gesicht zu sehen, um zu wissen, dass sie lügt. Doch ich tue es trotzdem. «Scheiße, Alissa ... Was kann ich tun, damit du aufhörst, dir die Schuld zu geben?», flüstere ich, und meine Stimme klingt ebenso rau wie ihre. Das hier bringt bei mir Gefühle hoch, die ich glaubte, verbannt zu haben. Aber ich ignoriere sie, richte all meine Konzentration auf Alissa, rede sanft auf sie ein. «Das war ein Unfall. Du kannst nichts dafür.»

«Ich weiß ... Ich weiß, dass es ein Unfall war ... Ich weiß, dass ich nicht schneller hätte rennen können. Das weiß ich alles, aber ... es ändert nichts daran, dass ich zu spät war. Dass meine Mama vielleicht noch am Leben wäre, wenn ich eher Hilfe gefunden hätte.»

Ich schüttele den Kopf. «Tu dir das nicht an. Damit machst du dich kaputt.»

«Weißt du, was mich wirklich kaputtmacht?» Ihre Augen füllen sich erneut mit Tränen. «Die Vorstellung, dass meine Mama vergeblich gewartet hat. Dass sie sich gefragt hat, wo ich bleibe, warum ich nicht zurückkomme. Warum niemand kommt, der sie rettet. Sie ist gestorben, ohne zu wissen, dass ich es versucht habe. Und meine kleine Schwester saß weinend hinten im Auto und musste miterleben, wie unsere Mutter vor ihren Augen gestorben ist. Wie … wie soll ich … wie soll sie mir das jemals verzeihen? Ich habe Becka das Leben zerstört.»

Ihre Worte sind wie ein hart platzierter Schlag mitten in meine Brust. Mir bleibt die Luft weg. Schlimmer als vorhin. Nicht nur, weil ihre Worte schrecklich sind.

Sondern weil ich sie kenne.

Ich habe diese tragische Geschichte schon einmal gehört. Meine Ex hat sie mir erzählt. Nur aus einer anderen Perspektive. Hat sie gesagt, wie ihre ältere Schwester hieß? Ich versuche, mich zu erinnern, während eine Million Fragen gleichzeitig mein Gehirn stürmen. Ich stelle lediglich eine: «Wie alt war deine Schwester?»

«Erst neun.»

Ich war neun, als ich meiner Mama beim Sterben zusehen musste. Auch das Alter deckt sich mit Kikis Erzählungen.

Scheiße.

Scheiße, scheiße, scheiße.

Ich kann Alissa unmöglich fragen, ob Kiki ihre Schwester ist. Nicht jetzt. Nicht in ihrer Verfassung. Vielleicht ist es auch einfach nur ein Zufall.

Gott, bitte lass es ein Zufall sein.

Ich fange meine wirbelnden Gedanken ein und konzentriere mich auf Alissa. Sie braucht mich jetzt. «Das tut mir so verdammt leid. Und ich verstehe deine Schuldgefühle, vielleicht besser als irgendjemand sonst. Aber … du musst einen Weg finden, dich von dieser Schuld zu befreien.»

«Wie?», fragt Alissa.

«Indem du – so hart das auch klingt – akzeptierst, dass es ein Unfall war. Ein Ereignis, auf das du keinen Einfluss hattest. Weder du noch deine Schwester können etwas dafür, dass das Auto von der Straße abkam und gegen einen Baum geprallt ist.»

«Gegen einen Baum?» Mit gerunzelter Stirn sieht mich Alissa an, und mein Herz setzt einen Schlag aus. Ich verdammter Idiot. «Wie ... Woher weißt du das?»

«Ich ...» Fuck! Wie konnte ich so dämlich sein? Derselbe Fehler, den Kiki mit der Mappe gemacht hat. Derselbe beschissene Fehler.

Ich will Alissa nicht anlügen. Ihr zu verschweigen, dass ihre Schwester eventuell meine Ex ist, fühlt sich so verdammt falsch an. Selbst in dieser Situation. Denn wenn ich eines hasse, dann ist es, angelogen zu werden. Nur ist die Vorstellung, Alissa könnte alles, was zwischen uns war und ist, in Frage stellen, genauso beschissen.

«Simon?»

Verfickte Scheiße! Ich muss es ihr sagen.

34
Alissa

Obwohl ich immer noch benommen von dem Traum bin, weiß ich, dass etwas nicht stimmt. Das spüre ich an der Art, wie sich Simon verkrampft hat, ich sehe es an dem panischen Ausdruck in seinen Augen. Panik, die augenblicklich auf mich überspringt. Plötzlich bin ich mir nicht mehr sicher, ob ich die Antwort auf meine Frage noch hören will.

Simon seufzt und richtet sich mit mir im Arm etwas auf. Seine Umarmung fühlt sich plötzlich seltsam steif an. Ich kann förmlich spüren, wie er sich innerlich windet, als wolle er dieser Situation am liebsten entkommen. Tief Luft holend, macht er den Mund auf, macht ihn wieder zu, schnappt noch einmal nach Luft, bevor er endlich zu reden beginnt.

«Kiki ... Meine Ex ...»

Was hat denn die damit zu tun?

«Sie hat, wie du, ihre Mutter verloren», fährt er fort. «Auch bei einem Unfall. Einem Autounfall, bei dem der Wagen von der Straße abgekommen und gegen einen Baum geprallt ist. Und ...»

Mein Herz rast. «Und was?»

«Sie saß eingeklemmt auf dem Rücksitz, als … ihre Mutter ihren Verletzungen erlag.»

Mir stockt der Atem, während ich den Kopf schüttle.

«Sie war neun, als das passierte. Im gleichen Alter wie deine Schwester. Alissa, ich glaube, dass meine Ex deine Schwester ist.»

«A-aber … meine Schwester heißt nicht Kiki.»

«Kiki ist ein Spitzname. Ihr richtiger Name ist …» Ich halte den Atem an und beinahe auch meinen Herzschlag. «Rebecka Meyer. Weil meine Tante den gleichen Vornamen hat, nannte ich sie vom ersten Tag an Kiki, abgeleitet von Becki.»

Ich …

Das …

Wie …

Ungläubig starre ich ins Nichts, während die Bedeutung seiner Worte, Satz für Satz, Wort für Wort und Silbe für Silbe, in mein Bewusstsein dringt. Dennoch begreife ich es nicht. Solche Zufälle gibt es nur in Filmen, in unrealistischen Seifenopern. Aber doch nicht in meinem Leben.

Becka und … Simon? Es erscheint mir unvorstellbar. Seit meinem Auszug von zu Hause weiß ich kaum noch etwas über das Leben meiner Schwester. Erst recht nicht über ihr Liebesleben. Wobei das eigentlich noch nie der Fall war. Im Gegensatz zu mir hat Becka nie einen Typen mit nach Hause gebracht. Damit sie vor Papa das graue unschuldige Mäuschen geben konnte, obwohl sie viel erfahrener ist als ich.

«Wann? Wann genau wart ihr zusammen und wie lange?», frage ich tonlos.

«Über fünf Monate. Seit sechs sind wir getrennt. Kennengelernt haben wir uns vor einem Jahr ... in Lüneburg. Alex und ich waren da in einem Parkour-Park und danach noch in einer Bar.»

In Lüneburg. Vor einem Jahr. Seit sechs Monaten getrennt, wiederhole ich im Geiste. War ich in der Zeit, in der sie zusammen waren, überhaupt einmal zu Hause? Selbst wenn sie damals offen mit der Beziehung zu Simon umgegangen wäre, hätte ich vielleicht nichts davon mitbekommen. Kann es wirklich sein, dass sie vor Simon nie meinen Namen erwähnt hat? Wobei ich vor Leuten, die Becka nicht kennen, meist auch immer nur von *meiner Schwester* rede.

O Gott!

Sie waren zusammen. Becka und Simon.

Sie waren wirklich zusammen.

«Hey.» Wie aus weiter Ferne dringt Simons Stimme an mein Ohr, obwohl er mir so nah ist. «Sag doch was, Alissa.»

Was? Was soll ich dazu sagen? Ratlos blicke ich in sein Gesicht und sehe ihn noch immer mit den gleichen Augen, fühle mich noch immer zu ihm hingezogen. Aber ... aber wenn ich daran denke, dass er meine Schwester auf die gleiche Weise angesehen, geküsst und berührt hat wie mich ... O Gott, ich will nicht daran denken, ich kann es nicht.

Hat er sie geliebt? Hat sie ihn geliebt? Wer hat Schluss gemacht und warum?

Ich hab mich von ihr ziemlich oft ausnutzen lassen und kann nicht mal behaupten, es nicht bemerkt zu haben. Sie ist ein sehr ... komplizierter Mensch. Sie hat als Kind einen El-

ternteil verloren. Und irgendwie habe ich ihr deshalb ziemlich lange ziemlich viel durchgehen lassen. Lügen. Manipulationsversuche. Emotionale Erpressung. Die Liste ist lang.

Wenn er bei diesem Gespräch den Namen seiner Exfreundin – ihren richtigen Namen – genannt hätte, wäre ich sofort auf Becka gekommen. Dann wären wir danach nicht zu mir gefahren und hätten nicht die Nacht zusammen verbracht.

«Sag mir, was du denkst, Alissa.»

Angestrengt versuche ich, aus all den Splittern, Stücken und Fragmenten in meinem Kopf einen zusammenhängenden Gedanken zu formen. Vergeblich. «Ich ... ich ... weiß es nicht.»

«Dann sag mir, was du fühlst.»

Ich spüre seine Hand an meiner Wange, Finger, die mich streicheln, und seinen Atem auf meiner Stirn, weil wir uns noch immer nah sind. Zu nah. Verboten nah.

«Sie ist meine Schwester», flüstere ich. «Ich ... ich kann ihr das nicht antun, Simon.»

«Alissa ...»

«Tut mir leid, aber ich ... glaube, es ist besser, wenn ... wenn du jetzt gehst», bringe ich stockend hervor. Ich rücke von ihm ab und schlinge verzweifelt fest die Arme um meine Knie.

Simon nickt, als hätte sein Kopf das Gewicht eines Medizinballs. Langsam steht er auf und sieht auf mich herab. Mit einem Blick, von dem ich mir einrede, dass er mich kein bisschen berührt. Ich sehe die Anspannung in seinem Kiefer, die Furche zwischen seinen Augenbrauen. Sein Adamsapfel bewegt sich auf und wieder ab, als er hörbar schluckt. «Dann war's das also? Ich gehe jetzt, und wir sehen uns vielleicht nie wieder?»

Nie wieder. Es sind diese beiden Worte, die etwas in mir auslösen, einen Hebel umlegen, der die Verbindung zwischen Herz und Kopf kappt. Ihn nie wieder küssen? Ihn nie wieder berühren? Ihn nie wiedersehen? Letzteres lässt nicht nur Übelkeit, sondern auch Panik in mir hochsteigen. «Nein!» Das Wort hallt zu laut durch das schummrige Zimmer.

Hoffnung und Verwirrung blitzen in Simons Augen auf. «Nein?»

«Du ... du wirst doch in zwei Wochen hier einziehen.»

«Willst du das denn noch?»

Ich weiß es nicht. Aber der Gedanke, Simon ganz zu verlieren, frisst sich immer noch durch meine Eingeweide. «Ja ... aber als Freunde», bringe ich leise hervor.

«Als Freunde», wiederholt er beinahe höhnisch. Sein Brustkorb dehnt sich zu einem tiefen Atemzug. «Dann bekommst du jetzt ja doch, was du von Anfang an wolltest: einen neuen Kumpel.» Das Lächeln auf seinen Lippen ist verbittert.

Ich weiß nicht, wie ich darauf reagieren soll, also nicke ich nur wortlos.

«Okay ... Dann geh ich jetzt», sagt er, und das Messer in meinen Eingeweiden dreht sich um.

Als Simon sich zu einem Kuss auf meine Stirn runterbeugt, schließe ich die Augen. Meine Finger krallen sich in die Decke. Denn ich würde ihn am liebsten an seinem T-Shirt zurück zu mir ins Bett ziehen und ihn richtig küssen. Ein letztes Mal. Zum Abschied. Denn genau danach fühlt sich das hier an. Als würden wir uns nie wieder so nahekommen wie jetzt. Ich öffne meine Augen erst wieder, als ich die Wohnungstür ins Schloss fallen höre. Dann sinke ich schluchzend zurück auf die Matratze, halte mir die Hände vors Gesicht und weine. Die halbe Nacht lang.

Als Leo am nächsten Morgen nach Hause kommt, an meine Zimmertür klopft und mich mit verquollenen Augen in meinem Bett vorfindet, sieht sie mich besorgt an und fragt: «Smarties?»

Ich nicke, und wir frühstücken keine Minute später Smarties in meinem Bett, während ich ihr erzähle, was ich gestern erfahren habe. Und wie.

«Was für ein bescheuerter Zufall ist das denn? Das tut mir so leid, Lissa.» Sie legt ihre Hand auf mein Knie, drückt es und sieht mich ernst an. «Ich hab gar nicht mitbekommen, dass du wieder diese Träume hast.»

«Der letzte ist auch lange her. Schätze, der Termin in der Galerie, die Gemälde meiner Mutter zu sehen ... dann auch noch mein Spontanbesuch zu Hause inklusive heftigem Streit mit Becka ... Das war einfach zu viel.»

«Und ich war nicht da.» Leos Gesichtsausdruck wechselt von zerknirscht zu entschlossen. «Aber ich werde Himmel und Hölle in Bewegung setzen, um zu der Ausstellung zu kommen.»

Ich lächle sie wacklig an und stecke mir noch ein paar blaue Smarties in den Mund.

«Aber weißt du, was mich wundert?», fragt Leo. «Bei euch zu Hause hängen doch einige Fotos von dir. Auf denen hätte Simon dich doch erkennen müssen.»

«Ich weiß nicht, ob er je bei uns zu Hause war. Außerdem sah ich früher komplett anders aus als jetzt. Und neuere Fotos wollte Papa nicht bei uns aufgehängt haben, weil ...» Ich ziehe die Knie an meinen Körper und umfasse meine Beine. «Weil ich ihn zu sehr an Mama erinnere.»

Leo, die zwar von dem schwierigen Verhältnis zu meinem Vater weiß, aber nicht alle Gründe dafür kennt, starrt mich schockiert an. «Wie kommst du denn darauf?»

«Weil er es gesagt hat.» Ich zucke mit den Schultern, gebe mich gleichgültig, obwohl die Erinnerung an seine Worte schon wieder wie ein Messer durch mein Herz schneidet.

Betroffen streicht mir Leo übers Haar. «Das hast du nie erzählt.»

«Ich weiß ... Gibt ja auch angenehmere Themen.»

«Wie zum Beispiel die verbotene Liebe zwischen Simon und dir?» Leos Worte triefen vor Sarkasmus.

Mir entkommt ein gequältes Stöhnen, obwohl ich für den Themenwechsel dankbar bin.

«Weißt du, das heißt nicht automatisch, dass du ihn aufgeben musst. Rede mit Becka und erklär ihr alles. Du wusstest schließlich nichts von ihrer Vergangenheit mit Simon, als du ihn kennengelernt hast.»

«Klar, weil Becka und ich ja auch eine so offene und ehrliche Kommunikation pflegen. Außerdem will ich grad echt nichts von ihr wissen.»

«Wegen des Streits gestern? Worum ging es denn?»

Ich erzähle Leo von der Aktion mit meiner Mappe, was Wut in ihren Augen aufglimmen lässt. Ihre sonst so weichen Gesichtszüge werden hart und unnachgiebig. «Es tut mir leid, aber diese Frau ist wirklich das Hinterletzte. Und ganz ehrlich, Lissa, ich frage mich, ob sie es wert ist, dass du Simon und dir ihretwegen keine Chance gibst.»

«Sie ist meine Schwester, Leo!»

«Sie ist ein manipulatives, berechnendes, gemeines Miststück, das dich immer und immer und immer wieder verletzt», platzt es aus Leo heraus. «Sie hat versucht, dir deinen Traum wegzunehmen.»

«Und deshalb soll ich ihr jetzt den Freund wegnehmen?»

«Den Exfreund», korrigiert sie mich.

«Sie würde nie wieder ein Wort mit mir sprechen. Das kann ich ihr nicht antun, Leo.»

Sie schüttelt unzufrieden den Kopf. «Lass dich nicht von falschen Schuldgefühlen geißeln. Unabhängig davon, was jetzt aus dir und Simon wird.»

Leichter gesagt als getan.

«Apropos ... Was wird jetzt aus meinem Zimmer?»

«Das bekommt er trotzdem.»

Leos Augenbrauen wandern Richtung Haaransatz.

«Wir haben beschlossen ... Freunde zu bleiben.»

«Freunde oder ...« Sie zeichnet Gänsefüße in die Luft und fragt bedeutungsschwer: *«Freunde?»*

Ich verdrehe die Augen. «Ich habe nicht vor, noch mal mit ihm zu schlafen, Leo.»

«Hm. Wäre es nicht vernünftiger gewesen, erst mal auf Abstand zu gehen?»

«Wahrscheinlich schon, aber ... als er kurz davor war zu gehen, hatte ich plötzlich Angst, ihn nie wiederzusehen.» Meine Stimme bebt schon wieder.

Leo nickt verständnisvoll. «Das verstehe ich. Pass nur auf, dass du am Ende nicht noch mehr verletzt wirst.»

«Ich muss es einfach irgendwie schaffen, über ihn hinwegzukommen.»

«Mit einem anderen Typen?»

«Nein, das ist *dein* Mittel der Wahl.»

«Und wie lautet deins?»

«Zeichnen, malen, arbeiten, lernen!»

«Das nennt sich Verdrängen, Lissa.»

«Das nennt sich Ablenkung», widerspreche ich.

Und hoffe, dass meine Taktik aufgeht.

35

Simon

Alex kommt heraus auf den Balkon und reicht mir eine weitere Flasche Bier aus Maltes und Nils' Kühlschrank. Wir haben uns hier nach draußen verzogen, um ungestört reden zu können. Und weil der Rest der Wohnung so penetrant nach Gras riecht, dass man schon vom Atmen high wird. Eigentlich wollte ich nie wieder einen Fuß in diese Bude setzen. Ich bin nur wegen Alex hier gelandet. Während der Renovierungsarbeiten in unserer Wohnung pennt er bei den Jungs auf dem Sofa, und ich hatte nach der gestrigen Nacht echt Redebedarf.

Er nimmt mir gegenüber auf einem Klappstuhl Platz; ich sitze auf zwei umgedrehten Bierkisten.

«Warum erzählst du ihr nicht einfach, was Kiki mit dir abgezogen hat?», fragt Alex. «Ich wette, dann entscheidet sie sich für dich.»

«Sie ist ihre Schwester. Ich käme mir vor wie das letzte Arschloch, wenn ich Alissa gegen Kiki aufhetzen würde.»

«Wieso aufhetzen? Du würdest ihr nur die Wahrheit erzählen.»

«Wenn sie mich fragt, werde ich kein Blatt vor den Mund nehmen, aber es muss ihre Entscheidung sein.»

«Und wenn sie es nicht tut?»

Ich zucke mit den Schultern, lege meinen Kopf in den Nacken und verdünne meinen Frust mit einem großen Schluck Bier, lasse einen weiteren folgen.

«Hast du schon daran gedacht, dass du wieder Kontakt zu Kiki hättest, falls aus Alissa und dir was werden sollte?», fragt Alex.

Ich schüttele den Kopf. «Sie und Alissa haben kein besonders gutes Verhältnis. Das ist einer der Gründe, warum sie nichts von mir und Kiki wusste.»

«Und warum hat sie kein gutes Verhältnis zu Kiki?» Alex' Stimme ist anzuhören, dass er die Antwort ahnt.

Ich hebe eine Augenbraue. «Dreimal darfst du raten.»

«Und trotzdem serviert sie dich eiskalt ab? Check ich nicht.»

Ich schon. Von der Loyalität der eigenen Schwester gegenüber mal abgesehen, egal ob man sich versteht oder nicht, sind bei Alissa auch jede Menge Schuldgefühle im Spiel. Und solange Alissa diese nicht loswird, habe ich praktisch keine Chance bei ihr.

Aber ich will sie nicht aufgeben. Und ich glaube auch nicht, dass Alissa mich wirklich nur als Freund will. Ich denke, dass sie mich in ihrer Nähe behalten möchte und dass sie mich deswegen immer noch bei sich einziehen lässt. Vielleicht spinnt sich mein Hirn aber auch einfach nur was zusammen. Wunschdenken und so.

«Und du willst trotzdem Leos Zimmer übernehmen?», fragt Alex skeptisch und trinkt von seinem Bier.

«Jap. Es sei denn, sie entscheidet sich noch mal um.»

«Verdammt», zischt Alex. Er hatte sich selbst Chancen

auf das Zimmer ausgerechnet, auch wenn Leo wohl nicht so positiv auf den Vorschlag reagiert hat.

«Kann ich dann wenigstens zum Zocken vorbeikommen?», fragt er in der Tonlage eines Jungen, dem das Spielzeug weggenommen wurde.

«Wenn du die Playstation aus unserer Wohnung holst.»

«Kein Problem. Wollt die Tage eh mal bei unserem Vermieter fragen, wie es aussieht.»

«Dann halt mich auf dem Laufenden, ja?»

Er nickt, und wir stoßen an. Auf den letzten Schluck oder die ruinierte Wohnung oder was auch immer.

Als wir wenig später wieder reingehen und Nils uns den Rest eines Joints anbietet, während Malte neben ihm auf dem Sofa bereits den nächsten dreht, weiß ich, dass es Zeit für mich ist zu gehen.

Während des Abendessens bei meinen Eltern tue ich so, als wäre alles in bester Ordnung. Dass ich in zehn Tagen wieder ausziehen will, weiß noch niemand. Ich weiß nicht, warum ich es nicht direkt erzählt habe, nachdem Alissa mich gefragt hat. Womöglich, weil ein Teil von mir geahnt hat, dass etwas – in diesem Fall jemand – dazwischenkommen könnte. Und nun warte ich nur darauf, dass sie mir schreibt, dass aus dem Zimmer nichts wird. Dass sie richtigen Abstand braucht, nicht nur ein paar Tage, um den Schock zu überwinden.

Ich gebe mein Bestes, mir all diese Gedanken nicht anmerken zu lassen, und verhalte mich wie immer. Oma bekommt ihr Getränk, ich nehme an den Unterhaltungen teil, räume nach dem Essen mit Nora den Tisch ab. Als ich die Spülmaschine anstelle, erwische ich mich bei dem absurden Gedanken, dass ich auch gern eine Art Reinigungsprogramm hätte. Für meinen Kopf und mein verdammtes Herz, in dem sich Alissa so verflucht schnell ausgebreitet hat, dass es schon zur Hälfte ihr gehört.

Dieser plötzliche Kontaktabbruch fühlt sich auch eine Woche später noch wie ein kalter Entzug an. Ich schleppe mich durch meine täglichen Routinen, bis es Freitag ist. Endlich. Heute werde ich Alissa auf Leos Abschiedsparty wiedersehen. Das hätte die perfekte Belohnung für die Anatomieklausur sein können, die ich gerade Mal vor zehn Minuten hinter mich gebracht habe. Doch anstatt Vorfreude überwiegt Nervosität, weil ich keinen Plan habe, wie ich mich verhalten soll. Bei der Begrüßung fängt es schon an. Hände schütteln? Uns aus der Ferne zuwinken? Oder ist eine Umarmung drin?

«Und? Wie ist es gelaufen?», fragt Alex, der draußen vor dem Gebäude auf mich gewartet hat. Im Gegensatz zu mir hat er kurzfristig beschlossen, Anatomie bis ins letzte Semester zu schieben.

«Konnte zumindest alle Fragen irgendwie beantworten. Hoffe, es hat gereicht», sage ich und hole mein Handy aus der Bauchtasche meines Hoodies. Tracy, meine Chefin, hatte versucht, mich anzurufen, was mir während der Klausur genervte Blicke eingebracht hat, weil mein Handy nicht lautlos gestellt war. Ich schaue auf den Bildschirm, stelle fest, dass sie mir eine Nachricht geschrieben hat, lese sie – und könnte kotzen.

«Fuck!», stoße ich aus.

«Was denn? Schlechte Neuigkeiten?» Alex deutet auf mein Handy.

«Die Party wird wohl ohne mich stattfinden. Muss in der *Pocket Bar* für jemanden einspringen.»

«Sag ab.»

«Geht leider nicht. Ich schulde ihr einen Gefallen. Was für eine verdammte Scheiße», fluche ich. Ausgerechnet heute. Und ich kann wirklich nicht nein sagen, weil ich meine kurzfristige Absage vom letzten Mal wiedergutmachen muss.

Dementsprechend angepisst erscheine ich abends auf der Arbeit. Außer, wenn ich direkten Kontakt zu Gästen habe, gebe ich mir keine Mühe, meine Laune zu verbergen. Auch nicht vor Tracy, die irgendwann hinterm Tresen auftaucht, um sich was zu trinken zu machen. Ich spüre ihren Blick auf mir, während ich ein Bier zapfe.

«Ich hab von der Überschwemmung in eurer Wohnung gehört und dass du von jetzt auf gleich ausziehen musstest. Mara hat mir davon erzählt.»

Keine Ahnung, warum sie dieses Thema anschneidet, aber ich versuche, nicht allzu gereizt zu antworten. «Ja, penne derzeit bei meinen Eltern auf dem Sofa.» *Noch* schiebe ich gedanklich hinterher und stelle das Bier zu den anderen Getränken aufs Tablett.

«Das erklärt es», kommt es von Tracy.

Fragend sehe ich sie an. «Was?»

«Diesen Ausdruck in deinem Gesicht, als würdest du am liebsten irgendwo reinschlagen wollen.» Wissend hebt sie eine Augenbraue. «Und bevor du deine schlechte Laune an unserem Inventar oder den Gästen auslässt, machst du in einer halben Stunde Feierabend. Ich übernehme.»

Mein Blick huscht zur Digitaluhr am Kaffeeautomaten.

Wenn ich um elf hier wegkomme, wäre ich noch vor Mitternacht auf der Party. Mich streift ein schlechtes Gewissen, weil der Grund für meine Laune ja eigentlich ein anderer ist. Aber im Ergebnis bleibt es das Gleiche: Ich wäre jetzt definitiv lieber woanders als hinterm Tresen. Also nehme ich Tracys Angebot dankend an.

Meyer.

Als ich vor Alissas und Leos Wohnhaus stehe, nehme ich zum ersten Mal bewusst den Nachnamen *Meyer* auf der dritten Klingel von oben wahr. *Meyer.* Ein Name, der in Deutschland genauso verbreitet ist wie Heuschnupfen. Ich wäre nicht im Traum darauf gekommen, dass Kiki und Alissa verwandt, geschweige denn Schwestern sein könnten. Optisch ähneln sie sich kaum. Und auch menschlich haben sie null gemeinsam.

Ich drücke auf die Klingel, und der Türöffner summt. Während ich die Treppe nach oben nehme, pumpt mein Herz, als wäre ich den Weg von der Arbeit hierher gesprintet. Ich brauche gleich definitiv irgendwas Hochprozentiges, um runterzukommen. Sonst könnte Alissa die erste Frau sein, vor der ich nur gestammelten Müll über die Lippen bekomme.

Oben angekommen, öffnet mir Calla die Tür und überrumpelt mich mit einer Umarmung. Als wären wir Freunde, die sich seit Ewigkeiten nicht gesehen hätten.

«Wie schön, dass du es doch noch geschafft hast!» Alissa muss ihr von meiner Absage erzählt haben. Dass ich doch noch komme, hatte ich ihr nicht geschrieben, nur Alex, der hier auch irgendwo sein muss.

Ich frage mich, was Alissa ihren Freundinnen noch so erzählt hat. «Wurde ich schon vermisst?», frage ich so beiläufig wie möglich.

Calla lässt mich grinsend eintreten. Sie scheint meinen erbärmlichen Versuch, ihr Infos über Alissa zu entlocken, durchschaut zu haben.

«Essen und Getränke findest du in der Küche. Deine Jacke kannst du an die … Garderobe hängen.» Die letzten Worte klingen zweifelnd, als sie sieht, wie überfüllt die Haken bereits sind. Sie dreht sich wieder zu mir und bietet mir an, meine Lederjacke in einem der Schlafzimmer zu bunkern, womit ich einverstanden bin.

Während sie mit meiner Jacke in Leos beziehungsweise meinem zukünftigen Zimmer verschwindet, folge ich Musik, Stimmenwirrwarr und Gelächter ins Wohnzimmer, das leicht verändert aussieht. Das Sofa und der Beistelltisch wurden komplett an die Wand gerückt. Dadurch wirkt der Raum größer und bietet mehr Platz, der von einigen zum Tanzen genutzt wird. Auch von Alex und Leo. Als sie mich bemerkt, hebt sie lächelnd ihr Glas in die Höhe und ich meine Hand.

Alex kommt auf mich zu und hält mir die Faust hin. «Alles klar, Mann?»

«Ja. Und …» Das *Bei dir?* bleibt mir im Hals stecken. Mein Blick klebt an langen lilafarbenen Haaren, die sich über einen tätowierten, entblößten Rücken ergießen. Alissa, die sich nur wenige Meter vor mir befindet, trägt ein Kleid, das hinten komplett offen ist. Fuck. Diese Party ist jetzt schon mein gottverdammter Untergang. Sie hingegen scheint den Spaß ihres Lebens zu haben, so ausgelassen wie sie ihre Hüften schwingt. Sie wirft die Arme nach oben und lässt sich von der Musik mitreißen.

«Geh doch einfach zu ihr, statt sie wie ein Stalker anzustarren», kommt es von Alex, der meinem Blick gefolgt sein muss.

«Brauch erst mal was zu trinken», presse ich hervor. Was Hartes, um dieses dumpfe Gefühl in meiner Brust zu betäuben.

Ich will mich gerade Richtung Küche abwenden, als …

«Simon?!» Selbst über die laute Musik hinweg höre ich Alissas Stimme. Als hätte sie eine eigene Tonspur, die über allen anderen liegt.

Ihre Wangen sind leicht gerötet, und sie strahlt übers ganze Gesicht, während sie um die anderen Leute herummanövriert, um zu mir zu kommen. Auf etwas wackeligen Beinen. Ohne Vorwarnung legt sie ihre Arme um mich und murmelt etwas gegen meinen Hals. Das Gefühl ihrer Lippen auf meiner Haut, diese plötzliche Nähe, ihr Duft … All das jagt wie ein Blitz durch meinen Körper. Mich durchströmt Hitze. Und Erregung. *Nicht hart werden!*, befehle ich mir und erwidere ihre Umarmung zögerlich. Dabei möchte ich sie packen und küssen. Verdammt, ich will sie noch immer. Nicht, dass ich je versucht hätte, sie nicht mehr zu wollen.

Wir lösen uns voneinander. Sie lächelt gelöst. «Du bist hier!» Meine Anwesenheit scheint sie wirklich zu freuen.

«Ja, das bin ich.»

Ihre funkelnden Augen scannen mich. Und das auf eine

Weise, die nicht auf freundschaftliches Interesse hindeutet. Hat sie es sich anders überlegt? Hat sie mit Kiki gesprochen und sich ein Okay geholt? Oder scheißt sie einfach auf die Gefühle ihrer Schwester?

Ihr Blick wandert wieder zu meinem Gesicht.

«Können wir reden?»

Ich schlucke. «Klar.»

Wortlos ergreift sie meine Hand, zieht mich hinter sich her in den Flur, wo sie die Tür zu ihrem Zimmer öffnet. Mein Herzschlag verdoppelt sich; in diesem Raum haben wir miteinander geschlafen. In diesem Raum habe ich mich ihr näher gefühlt als jemals einer Frau zuvor. Aber es ist auch der Raum, in dem wir herausfanden, dass meine Ex ihre Schwester ist.

Alissa zieht die Tür hinter sich zu und hüllt uns in Dunkelheit.

«Wo war noch mal der Lichtschalter?», frage ich, als sie nichts sagt.

«Wir brauchen kein Licht.» Ihre Stimmlage ist anders als vorhin. Ganz. Anders. Sie tastet nach mir, meinem Bauch, meinen Schultern, kommt dabei immer näher.

«Wolltest du nicht reden?» Auch meine Stimme klingt jetzt anders.

«Das hier will ich mehr», haucht sie so dicht vor meinem Gesicht, dass ihr Mund mein Kinn streift. «Ich hab dich vermisst.»

Bevor ich etwas erwidern kann, liegen ihre Lippen auf meinen. Ein Laut, ähnlich einem Knurren, steigt in meiner Brust auf. Ich kann nicht anders, presse sie an mich, und als unsere Zungen aufeinandertreffen, stöhne ich auf. Aus

Frust. Denn ich schmecke eindeutig den Alkohol. Vermutlich Wodka. Das erklärt, warum ich nichts gerochen habe. Fuck.

Ich unterbreche den Kuss, bringe ein bisschen Luft zwischen uns. «Du hast getrunken, oder?»

«Ist das verboten?» Ihre Hände umfassen meinen Nacken bei dem Versuch, mich wieder näher an ihr Gesicht und ihre Lippen zu ziehen.

«Nein, ist es nicht.» Ich weiche ihrem Mund aus; keine Ahnung, wie ich das schaffe. «Du kannst trinken, so viel du möchtest, Alissa. Aber … vielleicht wäre es besser, wenn wir zum Ursprungsplan zurückkehren und reden. Ich mache das Licht an, okay?»

«Nein, lass es aus. Und küss mich einfach.» Ihr Körper schmiegt sich an meinen, der sie mit jeder verfluchten Faser will.

«Alissa …»

«Ich … brauche das. Bitte.»

«Das ist keine gute Idee», antworte ich, meine Hände zu Fäusten geballt, um mich davon abzuhalten, sie wieder an mich zu pressen.

«Warum sagst du das?» Ich spüre, wie sie sich versteift, höre die Verunsicherung in ihrer Stimme.

«Weil ich glaube, dass wir nicht hier stehen würden, wenn du nüchtern wärst.»

«Bist du nur hier, um Lebewohl zu sagen? Du hattest abgesagt. Ich war darauf eingestellt, dass es das jetzt endgültig war. Aber … dann habe ich dich plötzlich gesehen. Ich war so erleichtert. Und jetzt bin ich es nicht mehr. Weil du doch nicht da bist. Du willst wieder weg.»

Ich schüttele den Kopf. «Du redest total wirres Zeug, Alissa.»

«Weil ich nicht weiß, was du willst.»

«Okay ... ich sag's dir, aber dazu brauchen wir Licht. Ob es dir passt oder nicht.» Ich ertaste einen Schalter neben der Tür und knipse die Deckenlampe an.

Alissa kneift blinzelnd die Augen zusammen. Sie jetzt auch zu sehen, macht es nicht gerade leichter, mich zusammenzureißen.

«Du möchtest wissen, was ich will?» Ich nehme ihr Gesicht in meine Hände und versichere mit festem Blick: «Ich will dich, Alissa. Ich will dich so sehr berühren, küssen und mit dir schlafen, dass es mich verrückt macht.»

Ein Flackern in ihren Augen verrät, dass meine Worte sie nicht kaltlassen. «Warum tust du es dann nicht?»

«Weil ich nicht weiß, ob du das nüchtern auch wollen würdest. Wenn du morgen oder in drei Tagen oder in zwei Wochen noch immer so denkst wie jetzt, dann sag Bescheid. Ich lasse alles stehen und liegen, und ...»

«Und was?», flüstert sie.

Ich kann nicht widerstehen, neige mich etwas vor und komme der Tabu-Linie gefährlich nahe. «Und stelle alles mit dir an, worum du mich bittest. So oft und so lange du es brauchst. Okay?»

Sie schluckt, während sie den Kopf beinahe wie in Trance auf und ab bewegt. «Okay?»

36

Alissa

«Du wirst mir fehlen!» Ich drücke Leo so fest an mich, dass sie ein erstickt klingendes Japsen von sich gibt.

«Mach sie nicht kaputt», scherzt Calla. «Ich will mich auch noch verabschieden.»

Leo und ich müssen lachen, obwohl mir eigentlich zum Weinen zumute ist. Wir stehen draußen vor unserem Wohnhaus, und sie wird gleich losfahren.

«Du wirst mir auch fehlen, Lissa», sagt sie, und wir lösen uns voneinander. «Zum Glück gibt es ja FaceTime und Zoom.»

Nickend trete ich zur Seite, damit Calla sie in die Arme schließen kann. «Fahr vorsichtig und schreib, wenn du da bist.»

«Das mach ich. Hoffentlich komme ich nicht in den Stau.» Missmutig verzieht Leo das Gesicht und wendet sich dem Transporter zu. Da sie bis auf den Kleiderschrank ihr komplettes Zimmer mit nach München nimmt, hat sie sich den für den Umzug gemietet. Alex und Simon haben uns gestern beim Tragen geholfen. Und morgen zieht er ein, den Schlüssel hat er bereits.

Die Stimmung zwischen uns ist … vorsichtig wäre

wohl das richtige Wort. Ich bin unendlich froh, dass Simon mich am Freitag davon abgehalten hat, ihn zu küssen. Und mehr zu tun. Ich glaube, wir haben immer noch eine Chance, einfach nur Freunde zu sein. Ohne Extras. Auch wenn ich gestern schon wieder gemerkt habe, dass mich seine Nähe auch nüchtern alles andere als kaltlässt. Die nächsten Wochen mit ihm unter einem Dach werden eine echte Herausforderung.

Leo wirft Calla und mir Luftküsse zu, bevor sie in den Wagen steigt. Als sie davonfährt, winken wir so lange, bis sie am Ende der Straße rechts abgebogen ist.

Ich hake mich bei Calla ein, lege seufzend meinen Kopf auf ihre Schulter. «Ich hasse Abschiede!»

«Ich auch.» Entschuldigend sieht sie mich an. «Leider muss auch ich gleich los.»

«Aber einen Kaffee trinken wir oben noch zusammen, oder?»

«Klar!»

Ich fahr jetzt los. Bis gleich. Simon. 😁

Zehn Minuten ist es her, dass mir Simon diese Nachricht geschickt hat. Seitdem bin ich ein jämmerliches Nervenbündel. Mir wäre es lieber gewesen, er hätte sich einfach auf den Weg gemacht und mich mit seiner Ankunft überrascht. Zumal er ja schon einen Schlüssel hat. Laut Google Maps braucht man an Sonntagen fast vierzig Minuten vom Treppenviertel bis nach Ottensen. Wenn man mit der Bahn fährt. Dass er das Auto nehmen könnte, habe ich natürlich nicht bedacht, als ich mich entschlossen habe, noch eben schnell unter die Dusche zu springen. Natürlich kommt Simon genau in dem Moment zur Wohnungstür herein, als ich das Bad verlasse. Eingewickelt in ein Handtuch, kollidiere ich fast mit der Umzugskiste, die er vor sich herträgt.

«Huch», stoße ich erschrocken aus und mache einen Satz zur Seite.

«Whoooww, Alissa!»

Ich lache, während Simon seinen Blick amüsiert an mir runter- und etwas ernster wieder hochgleiten lässt. Von meinen nackten schwarz lackierten Fußnägeln bis zu meinem feuchten Haar. Als er mir wieder in die Augen sieht, bringt der Ausdruck in seinen nicht nur mein Herz zum Flattern.

«Netter Empfang», sagt er schief grinsend. «Aber ein Herzlich-willkommen-Schild und Luftschlangen hätten es auch getan.»

Schmunzelnd verdrehe ich die Augen. «Tut mir leid, dich enttäuschen zu müssen, aber das hier», ich deute auf meinen Handtuch-Look, «hat nichts mit dir zu tun. Ich dachte, du würdest etwas länger brauchen, und war noch schnell duschen.»

«Ach, deshalb hast du uns nicht klingeln gehört.»

«Uns?»

«Ja, mein Vater hat mich gebracht.» Simon macht eine Kopfbewegung zur noch offen stehenden Tür. «Er kommt übrigens gerade die Treppe hoch. Also, falls du dir was anderes anziehen möchtest ...»

Ich flitze in mein Zimmer, verstecke mich hinter der Tür und zische: «Hättest du mir das nicht eher sagen können?»

«Hab's dir geschrieben. Aber da warst du wahrscheinlich unter der Dusche.»

Weil ich höre, wie die Schritte seines Vaters immer näher kommen, beende ich unser Gespräch mit einem knappen: «Bis gleich.»

Wenig später ist hinter meiner geschlossenen Zimmertür Gregors tiefe, warme Stimme zu hören. «Ist Alissa gar nicht da?»

«Doch ... sie kommt gleich», antwortet Simon.

Rasch schlüpfe ich in Jeans und Pulli. Mein feuchtes Haar binde ich zu einem unordentlichen Knoten zusammen, dann wage ich mich wieder nach draußen.

«Hallo, Gregor.»

«Moin, Alissa! Schön, dich wiederzusehen», sagt er lächelnd. Ein Kranz aus kleinen und etwas tieferen Falten um seine Augen bringt sein Gesicht zum Strahlen. Wie letztens bei der Verabschiedung nimmt er mich auch diesmal zur Begrüßung in den Arm. Ich kann nicht anders, als mir zu wünschen, dass Papa das Gleiche täte, wenn wir uns sehen. Und der Gedanke daran, schon Ewigkeiten nicht mehr von ihm gehalten worden zu sein, versetzt meinem Herzen einen Stich. Ich unterdrücke den Schmerz, kaschiere ihn mit einem Lächeln, als wir uns voneinander lösen. Mein Blick fällt auf eine Holzplatte, die an der Wand des Korridors lehnt.

«Die gehört zu meinem Bett, wir mussten es für den Transport auseinandernehmen», erklärt Simon. «Der Rest ist noch im Wagen.»

«Ich helfe tragen», sage ich.

«Ach Quatsch! Wir machen das schon», widerspricht Gregor.

«Ist echt nicht nötig», kommt es von Simon.

«Aber zu dritt geht es schneller. Außerdem käme ich mir doof vor, hier oben zu faulenzen, während ihr arbeitet.» Weitere Einwände warte ich gar nicht erst ab und gehe voraus. Als ich jedoch statt Gregors SUV einen Sprinter mit Warnblinklicht vor dem Haus stehen sehe, entkommt mir ein Schnauben. Die Arme in die Hüften gestemmt betrachte ich einen Stapel Holzbretter und -latten, lose Schubladen, Gewichtscheiben, Hanteln in verschiedenen Größen, eine Art Trainings- oder Drückbank und Kisten. Viele Kisten. Wie sich herausstellt, hat Simon nicht nur das Nötigste mitgenommen, sondern muss auch einige Sachen umlagern. Dinge, die er zum Schutz vor der Feuchtigkeit im Keller seiner Nachbarn zwischengebunkert hatte, die den Platz wohl wieder für sich brauchen. Der Aufschrift nach sind in den Kisten vor allem Bücher. Diese überlasse ich den Männern und mache mich erst mal an die etwas leichteren Gegenstände, wie zum Beispiel die Holzlatten, Schubladen und Hanteln. Eines nach dem anderen trage ich nach oben, während Gregor und Simon die Kisten und größeren Möbelteile raufschleppen. Nach dem fünften Mal Treppe hoch und wieder runter fühlen sich meine Beine so schwer an, dass ich sie nur noch mit Mühe die Stufen hochbekomme. Die Schlepperei von vorgestern steckt mir noch immer in den Knochen und vor allem in den Muskeln. Nachdem der Sprinter endlich leergeräumt ist, bin ich so verschwitzt, dass ich direkt wieder unter die

Dusche springe. Halbwegs wiederhergestellt, komme ich diesmal angezogen aus dem Bad und höre, wie Simon und Gregor darüber diskutieren, wie irgendwas zusammengeschraubt gehört.

«Das ist die falsche Seite, Papa.»

«Anders hält es aber nicht.»

«Echt jetzt? Ich habe zwei Jahre lang auf diesem Bett geschlafen, ohne dass es zusammengekracht ist.»

«Dann hattest du aber mehr Glück als Verstand.»

Simon schnaubt. Ich gehe lachend in die Küche und bringe den beiden eine Flasche Wasser mit zwei Gläsern.

«Hier. Falls ihr Durst bekommt.»

Dankend nimmt Simon mir alles ab, während Gregor hochkonzentriert am Bettgestell herumschraubt und mich gar nicht zu bemerken scheint. «Hättest du vielleicht auch 'nen Kurzen?», fragt Simon nur für mich hörbar. «Dieses Ich-der-Handwerkergott-Gehabe geht mir echt auf den Zeiger.»

«Es ist noch Tequila von der Party da», flüstere ich belustigt zurück.

«Vielleicht komme ich später drauf zurück. Apropos später ...» Er lehnt sich seitlich an den Türrahmen und verschränkt die Arme auf eine Weise vor seiner Brust, dass seine Muskeln deutlich hervortreten. «Essen wir heute Abend zusammen? Ich lad dich auf Pizza oder Sushi ein. Zum Einstand. Kein Date!», schiebt er erklärend hinterher, obwohl ich seinen Vorschlag gar nicht so aufgefasst habe.

Ich reiße den Blick von seinen Oberarmen los. «Klingt gut. Ich wäre für Sushi.»

«Super. Wenn du einen Lieblingsladen hast, schick mir die Adresse, dann reservier ich uns einen Tisch.»

«Mach ich.» Mist. So wie mein Herz nun pocht, fühlt sich das hier doch wie die Verabredung zu einem Date an.

«Simon!? Ich brauch dich mal eben zum Festhalten!»

Mit dem Daumen deutet er hinter sich. «Mein Typ wird verlangt.»

Ich lasse die beiden allein und ziehe mich in mein Zimmer zurück. Nachdem ich Simon den Namen meines Lieblingsrestaurants geschickt habe, lasse ich mich erschöpft ins Bett fallen. Es kommt mir vor, als hätte ich mehrere Stunden im Fitnessstudio hinter mir. Vielleicht sollte ich mich vor dem Nicht-Date mit Simon noch etwas ausruhen. Nur kurz, sage ich mir und schließe seufzend die Augen. Als ich sie blinzelnd wieder öffne, umgibt mich Dunkelheit. Ich taste mein Bett nach meinem Handy ab und finde es neben meinem Kissen. Das weiße Licht des Displays blendet mich, trotzdem erkenne ich aus zusammengekniffenen Augen, dass ich nicht nur ein kleines Nickerchen gemacht habe. Es ist kurz vor zweiundzwanzig Uhr. Als ich mich vorhin hingelegt habe, war es siebzehn Uhr irgendwas.

Verdammt, wir wollten doch essen gehen. So hat sich Simon seinen Einstand bestimmt nicht vorgestellt. Ich mir ehrlich gesagt auch nicht. Damit er nicht denkt, ich hätte ihn absichtlich versetzt, will ich ihm eine Nachricht schreiben. Ich könnte natürlich auch einfach nach draußen gehen und nachgucken, ob er da ist, aber das hier erscheint mir irgendwie einfacher. Als ich das Handy entsperre, entdecke ich eine Nachricht von ihm:

Da du nicht auf mein Klopfen reagierst, schätze ich mal, du schläfst. Wenn du das hier liest, mach dir keinen Stress und schlaf weiter. Hab unseren Tisch storniert und leg mich jetzt auch hin. Wir holen das nach. 😉

Als ich am nächsten Morgen aufwache, bin ich mir ziemlich sicher, von einem Lastwagen überrollt worden zu sein. Mein Körper – allen voran die Beine sowie der Schulter- und Nackenbereich – schmerzt bei jeder noch so kleinen Bewegung. Stöhnend humpele ich ins Badezimmer, um mich fertig zu machen. Ruckartige Kopfbewegungen versuche ich zu vermeiden und suche mir ganz bewusst Klamotten aus, die nicht über den Kopf gezogen werden müssen. Ein schwarzes Jeanskleid mit einer lilafarbenen Strumpfhose.

Ich will nach dem Frühstück direkt in die Galerie und Gerdas Idee in die Tat umsetzen. Dazu müsste ich es allerdings aus dem Haus beziehungsweise die Treppen herunterschaffen. Schon der Weg in die Küche fühlt sich an, als würden sich bei jedem Schritt lauter kleine Messer in meine Waden bohren. Okay. Vielleicht nicht Messer. Aber Nadeln. Unzählige, spitze Nadeln.

Simon sitzt – ebenfalls fertig angezogen – am Küchentisch. Als er mich bemerkt, legt er sein Handy beiseite und den Kopf leicht schief. «Guten Morgen. Ist alles okay?»

«Guten Morgen», grummele ich, obwohl ich eigentlich

kein Morgenmuffel bin. Aber ich kann Muskelkater nicht ausstehen, was vermutlich einer der Gründe ist, warum ich nicht mehr jogge. «Mir tut vom vielen Treppensteigen und Kistenschleppen alles weh. Und mein Nacken fühlt sich an, als hätte ich auf einem Backstein geschlafen.»

Als ich das Zucken in Simons Mundwinkeln bemerke und er zu einer Antwort ansetzen will, komme ich ihm zuvor. «Komm mir jetzt ja nicht mit: *Selbst schuld, du wolltest ja unbedingt helfen.*»

«Ich wollte dir ein warmes Bad vorschlagen. Ist das Beste bei Muskelkater oder Verspannungen.»

«Toller Vorschlag. Jetzt bräuchten wir nur noch eine Badewanne.» Ich schlurfe zur Kaffeemaschine.

«Soll ich mal gucken?»

«Ob wir eine Badewanne haben?», frage ich irritiert und bestücke den Automaten mit einem Kaffeepad. «Meinst du, die versteckt sich unterm Waschbecken?»

Leise lachend schüttelt Simon den Kopf. «Nein, ich meine gucken, ob ich deine Verspannung vielleicht wegmassieren kann. Ich hab mal ein Praktikum bei einem Sportmediziner gemacht und ein paar Handgriffe gelernt.»

Ich sollte ablehnen, weil Massage gleich Berührung und Berührung gleich Nähe bedeutet. Aber sein Angebot klingt einfach zu verlockend, und wir reden schließlich nicht von einer Tantra-Massage.

«Okay, aber ich muss in zwanzig Minuten los.»

«Ich brauche nur fünf», erwidert er.

Ich schnaube. «Ganz schön überzeugt von dir, was?»

«Unter Druck arbeite ich am besten.»

Ungeduldig lasse ich den letzten Schluck Kaffee einlaufen und nehme ihn mit zum Tisch. «Im Sitzen oder Stehen?», frage ich.

«Du sitzt. Ich stehe.»

Während er sich erhebt, nehme ich Platz und öffne die obersten drei Druckknöpfe meines Kleides, damit er besser an meinen Nacken kommt.

Simon tritt hinter mich, streicht mir das Haar über die Schulter, und mein Puls reagiert prompt, als ich seine warme Hand auf meiner Haut spüre. Ich schließe die Augen, versuche, mich zu beruhigen. Mich einfach nur auf die Berührung zu konzentrieren. Auf seine Hände. Auf den Druck. Auf die Wärme. Ich spüre den Trommel- und Klopfbewegungen seiner Finger nach, die Vibrationen durch meine verhärtete Muskulatur schicken. Ich seufze. Es funktioniert. Mit jedem Atemzug entspanne ich mich mehr.

«So ... Das war's. Ich muss jetzt leider los.» Simons gesenkte Stimme reißt mich aus einem tranceähnlichen Zustand.

«Sind die fünf Minuten schon rum?», frage ich träge.

«Das waren sogar zehn.»

«Aber es fing doch gerade an, richtig gut zu werden.»

«Man soll ja bekanntlich aufhören, wenn es am schönsten ist.» Ich höre Schadenfreude in seiner Stimme, drehe mich in gespielter Entrüstung zu ihm um – und stelle fest, dass diese ruckartige Bewegung fast nicht weh getan hat. Vor zehn Minuten hätte sie mich noch umgebracht. «Wow. Hast du magische Hände, oder was?»

«Man nennt mich auch den Gandalf unter den Masseuren.»

Lachend neige ich meinen Kopf vorsichtig von rechts nach links und oben nach unten. «Das ist so viel besser als vorher. Kriegst du das auch mit meinem Rücken und meinen Waden hin?»

«Klar. Vielleicht nicht unbedingt in zehn Minuten ...»

«Dann heute Abend?»

Und was als einmalige Spontanmassage begonnen hat, endet darin, dass wir abends um acht ein Massagedate haben.

37
Alissa

Der Tag in der Galerie war produktiv, aber auch ziemlich anstrengend. Ich bin froh, endlich zu Hause zu sein. In meinem Bett und darauf wartend, dass Simon zurück ins Zimmer kommt. Er wollte grad mit der Massage anfangen, und da mich der Muskelkater immer noch geißelt, kann ich das wirklich gebrauchen. Nur ist ihm eben eingefallen, dass er was vergessen hat. Ich habe die Augen geschlossen, als ich höre, wie er wieder mein Zimmer betritt.

«Ich wäre fast eingeschlafen», murmele ich. Auch wenn das nicht ganz stimmt, aber es vermittelt die richtige Stimmung.

«Wirst du wahrscheinlich eh gleich.»

Dann trifft es sich gut, dass ich mein Nachthemd trage. Zumindest halb, da ich mir die Träger von den Schultern gestreift und den Stoff so weit nach unten geschoben habe, dass er sich um meine Taille bauscht, damit mein ganzer Rücken frei ist. Meine Beine befinden sich unter der Decke.

Erst war ich nervös. Mein Zimmer, mein Bett und ich halbnackt. Aber die Massage heute Morgen hatte rein gar nichts Sexuelles an sich, und sie hat mir wirklich gutgetan. Und dass sich am Anfang mein Puls beschleunigt hat, muss Simon ja nicht wissen. Ich schätze, so eine Art Desensibilisierung könnte sogar hilfreich sein. Also ziehen wir das jetzt durch.

«Ich setz mich auf dich, okay?»

«Okay.»

Simon nimmt rittlings auf mir Platz und verlagert sein Gewicht so, dass er nicht zu schwer für mich ist. «Entspannungsmusik gefällig?» Er klingt amüsiert. «Ich hab vorhin extra welche für dich runtergeladen.»

«Extra für mich?» Halb erwarte ich Hip-Hop-Beats oder so was zu hören. Ich kann mir nicht vorstellen, dass Simon das ernst meint.

Als aber das leise Prasseln von Regentropfen gegen eine Scheibe zu hören ist, lächele ich gerührt ins Kissen. Regen. Er hat sich gemerkt, dass ich Regen mag. «Perfekt. Danke.»

«Gerne. Wobei ich ja nicht viel gemacht hab.»

Du hast mir zugehört, will ich sagen. Stattdessen lausche ich den beruhigenden Klängen aus seinem Handy, während er mir das Haar aus dem Nacken streicht.

«Soll ich mir einen Zopf machen?»

«Nein, geht schon. Du hast übrigens Farbe im Nacken. Wie kommt die denn dahin?»

«Frag nicht. Ich hab vermutlich auch welche zwischen den Zehen. So ist das immer, wenn ich male», erkläre ich und höre im nächsten Moment ein Klicken. Als sich der vertraute Duft von Kokos ausbreitet, weiß ich, dass er eben ins Bad verschwunden ist, um meine Bodylotion zu holen. Er verreibt sie zwischen seinen Händen, die ich einen Atemzug später warm auf meinem Rücken spüre.

Langsam lässt er seine Finger über meine Haut gleiten. Fest, aber nicht zu fest. Sanft, aber nicht zu sanft. Genau richtig.

«Okay so?», vergewissert sich Simon.

«Sehr okay», antworte ich und kann ein Seufzen nicht zurückhalten.

Mit kreisenden Bewegungen bearbeitet er meinen Nacken sowie den Schulter- und oberen Rückenbereich. Genauso gekonnt wie heute Morgen. Er weiß genau, wie und wo er seine Finger ansetzen muss, um die kleinen Knoten und Verhärtungen zu ertasten und zu lösen. Ich atme tief und entspannt, als sich Simon schließlich meinen Armen widmet. Von den Schultern bis zu meinen Händen streicht er, um sich dort jeden Finger einzeln vorzunehmen.

«Mhhhhmmm …», entkommt es mir, weil sich das so unglaublich gut anfühlt. Alles. Aber vor allem die Art, wie er als Nächstes wieder die Muskeln in meinem Rücken knetet und dabei seine Handballen zum Einsatz bringt. Zentimeter für Zentimeter, meinen Rücken rauf und wieder runter. Er verringert mit jedem Mal den Druck, bis sein Kneten beinahe einem Streicheln gleicht. Und das … das ändert die Stimmung.

Als sanfte Fingerkuppen meine Wirbelsäule entlanggleiten, rieseln prickelnde Schauer über meinen Rücken und hinterlassen eine Gänsehaut. Ein Kribbeln, das sanft auf meiner Kopfhaut beginnt, bahnt sich immer intensiver seinen Weg durch meinen Körper. In meinen Bauch und tiefer. Mein Herz pocht heftig, und in mir zieht sich alles zusammen. *Es ist nur eine Massage, nur eine Massage,* will ich mir einreden, aber das stimmt nicht. Ich bin weit davon entfernt einzuschlafen. Stattdessen bin ich kurz davor, aus Verlangen ins Kissen zu beißen.

Als wollte er genau das verhindern, unterbricht Simon – warum auch immer – die Massage. Seine Hände ruhen nun knapp über der Stelle, wo sich mein Nachthemd zusammenbauscht und die Decke beginnt. Darauf wartend, was er als Nächstes tut, halte ich den Atem an. Er räuspert sich. «Soll ich mit den Beinen weitermachen, oder hast du genug?», fragt er heiser.

«Weiter.» Meine Stimme ist ein Flüstern.

«Bist du sicher?»

Ich weiß, warum er das fragt. Ich weiß, dass wir dabei sind, eine Grenze zu überschreiten; es vermutlich längst getan haben. Mein Kopf weiß all das, nur kann er sich gerade nicht durchsetzen.

«Ja», hauche ich. Als wäre meine Antwort weniger verwerflich, wenn man sie kaum hört.

Die Matratze unter mir schaukelt leicht, als Simon seine Position verändert und meine Beine von der Decke befreit. Sie bedeckt jetzt nur noch meinen Hintern. Ich höre, wie er schluckt, und schlucke auch. Dann fährt Simon mit seinen Händen meine Beine entlang. Gemächlich hinauf. Gemächlich wieder hinunter. Es folgt eine gleichmäßige, sanfte Massage meiner Oberschenkel und Waden, bevor er sich meinen Füßen widmet und sich um jeden meiner Zehen kümmert. Ohne dass es kitzelt. Ein wohliger Laut entkommt mir, während er seine Hände nun wieder meine Beine hochgleiten lässt. Zärtlicher und langsamer diesmal. Beinahe quälend langsam. Seine Hände fahren mit jedem Mal höher und höher, beschleunigen meinen Puls sowie meine Atmung.

«Wenn ich aufhören soll, Alissa, dann ...»

Ich spreize meine Beine, signalisiere ihm stumm, dass er weitermachen soll. Ich kann nicht reden. Ich kann kaum atmen. Ich kralle meine Finger ins Laken und unterdrücke ein Stöhnen, als seine Hände noch ein Stück weiter hinaufstreichen. Mit jeder Berührung ein bisschen höher, bis ... das Brummen seines vibrierenden Handys ihn innehalten lässt.

«Willst du drangehen?», frage ich.

«Das ist dein Handy», antwortet er, und ich höre die Veränderung in seiner Stimme. «Deine Schwester ruft an.»

Mein ganzer Körper versteift sich. Als hätte jemand einen Eimer Eiswasser über mich geschüttet. Ich fühle mich ertappt, schuldig – und mein Handy brummt noch immer.

«Willst du drangehen?», fragt diesmal er.

«Ich ... ich rufe sie zurück.» Ich kann ihn nicht ansehen, als ich das sage.

Simon nimmt wortlos seine Hände von meinen Beinen und breitet die Decke darüber aus. Dann steigt er vom Bett. Ich drehe mich um, halte das Nachthemd vor meine Brust und richte meinen Oberkörper ein wenig auf. Dabei fällt mein Blick auf seine im Schritt ausgebeulte Trainingshose, und meine Schuldgefühle werden noch intensiver.

Was zum Teufel mache ich hier?

Simons Brustkorb hebt und senkt sich schwer, während er mich betrachtet. In seinem Blick lodern winzige Überreste eines Feuers, mit dem wir beinahe gespielt hätten, wenn Beckas Anruf nicht gewesen wäre. Als hätte sie etwas geahnt.

«Dann geh ich mal. Oder …?»

Ich nicke.

Simon fährt sich durchs Haar, schüttelt den Kopf.

«Danke für … die Massage», sage ich. Die Worte klingen wie ein lahmer Trostpreis, den niemand haben will. Die anderen, die, die in meiner Kehle feststecken, schlucke ich herunter. Dass ich ihn vermisse. Dass ich ein schlechtes Gewissen habe. Dass ich nicht weiß, was ich tun soll.

«Spar's dir, Alissa. Ich weiß, dass du die letzte halbe Stunde am liebsten ungeschehen machen würdest.»

Mein Mund öffnet sich, will widersprechen, aber kein Laut kommt über meine zitternden Lippen.

«Versteh schon …» Simons Stimme klingt gepresst, und an seinem Kiefer zuckt ein Muskel. Ich sehe die Enttäuschung in seinem Blick, sehe, wie sie an ihm zerrt, bevor sie sich in etwas verwandelt, das ich bei ihm zuvor noch nie gesehen habe. Verbitterung. Oder ist es gar Wut? «Eine Frage Alissa: Hast du es ihr gesagt?»

«Ihr was gesagt?», frage ich stirnrunzelnd.

«Hast du deiner Schwester gesagt, dass ich hier wohne? Hast du ihr erzählt, was zwischen uns war … ist … was auch immer?»

Beschämt senke ich den Blick, fühle mich wie eine entlarvte Lügnerin. Weil ich einfach noch nicht den Mut dazu gefunden habe, mit Becka zu reden. Aus Angst vor ihrer Reaktion und den Konsequenzen, die sie ziehen könnte. Die Arbeit an Mamas Bildern verlangt mir emotional so viel ab, dass ich gerade einfach nicht die Kraft für eine weitere Auseinandersetzung mit Becka habe. Zumal mir die Sache mit der Mappe immer noch zusetzt.

Ich wünschte, Simon könnte in meinen Kopf schauen, weil ich absolut keine Ahnung habe, wie ich das Chaos darin in Worte fassen soll. Also schüttele ich einfach nur den Kopf.

Er gibt keinen Ton von sich, starrt mich bloß an. Fast kann ich beobachten, wie sich seine Züge mit jeder Sekunde, die verstreicht, verhärten.

Und das macht mir plötzlich Angst.

«Ich weiß, dass ich das längst hätte tun sollen, Simon … aber …»

«Aber dann dachtest du dir: *Ach komm. Scheiß drauf*», fällt er mir zynisch ins Wort. *«Warum alles verkomplizieren, wenn ich Simon eh jederzeit haben kann. Ob als Kumpel, Mitbewohner oder mehr … Er macht ja alles mit.»*

Ich zucke zurück, als hätte er mich geschlagen. «Das ist nicht wahr. Wie-wieso sagst du so was?»

«Weil ich mich langsam echt frage, was du eigentlich willst. Ich hätte erwartet, dass du mit deiner Schwester redest. Nicht sofort, nachdem die Bombe geplatzt ist – was übrigens nicht nur für dich ein heftiger Schock war –, aber zumindest, bevor ich hier einziehe. Damit ich weiß, woran ich bin, wie ich mich dir gegenüber verhalten soll. Ich hab dir schon mal gesagt, dass ich Spielchen hasse … Erst recht, wenn ich es bin, mit dem man spielt. So was brauche ich echt kein zweites Mal, Alissa. Das lasse ich nicht mehr mit mir machen. Nie wieder.»

Mir klappt der Mund auf, und ich starre ihn fassungslos an. Er hat recht. Ja, ich hätte mit Becka reden müssen, bevor er hier einzieht. Aber dass Simon mich mit ihr vergleicht, mir damit indirekt Dinge unterstellt, die er ihr vorwirft … Meint er das ernst? «Was willst du damit sagen? Denkst du wirklich, dass ich dich ausnutze?»

«Sag du es mir», antwortet er bitter und hebt herausfordernd eine Augenbraue.

«Nein, das tue ich nicht!», herrsche ich ihn an.

«Du schiebst das Gespräch mit deiner Schwester also nicht vor dir her – falls du überhaupt vorhast, es jemals zu führen – in dem Wissen, dass du mich jederzeit zu dir locken und wieder wegstoßen kannst, wenn sich dein schlechtes Gewissen meldet? Denn so kommt es mir allmählich vor.»

«Allmählich?! Du hörst dich an, als würde ich dich seit Monaten hinhalten, Simon.»

«Exakt darauf wird es doch hinauslaufen, oder nicht? Und bevor das passiert …»

«Was? Was willst du tun?», flüstere ich, als er nicht weiterspricht.

Ich kann förmlich sehen, wie etwas in ihm hochfährt, wie er um sich herum eine Mauer errichtet. Und die Angst – so wie bei Papa –, dann nicht mehr zu ihm durchzudringen zu können, wühlt sich durch meine Eingeweide. Ich ziehe die Decke wie einen Schutzschild vor mich. Meine Faust drücke ich gegen den Magen, als ließe sich die aufkommende Übelkeit dadurch niederkämpfen, während ich auf Simons Antwort warte.

Doch er lässt sich Zeit, sieht mich an. Suchend. Abwägend. Zerrissen. Mich immer mehr auf die Folter spannend.

«Was willst du tun?», wiederhole ich zitternd.

«Bevor …» Er schluckt. «Bevor das passiert, gehe ich.» Damit wendet er sich ab.

Ich will ihn aufhalten, ihn darum bitten, mir Zeit zu geben, ihm versprechen, dass ich mit Becka reden werde, ihm sagen, dass ich ihn nicht verlieren will. Aber ich kann nicht. Ich kann mich nicht zwischen Simon und Becka entscheiden. Ich kann einfach nicht.

38
Alissa

Die Nacht war schlimm. Ich habe kaum geschlafen und bin bei jedem Geräusch hochgeschreckt, weil ich Angst hatte, dass Simon in einer Nacht- und Nebelaktion all sein Zeug zusammenpackt und auszieht. Einmal bin ich sogar aus meinem Zimmer geschlichen, nur um nachzusehen, ob seine Schuhe noch im Flur neben meinen stehen.

Als ich morgens aufwache, ist Simon bereits weg. Am Abend kommt er so spät nach Hause, dass er lediglich mit einem neutralen «gute Nacht» in seinem Zimmer verschwindet. Die darauffolgenden Tage verlaufen nach exakt demselben Muster. Ich verbringe sie in der Galerie, aber ich bekomme keinen einzigen Pinselstrich hin. Weil Angst meine Kreativität in Ketten legt. Angst, mein Verhältnis zu Becka endgültig zu zerstören, wenn sie von der Sache mit Simon erfährt. Angst, dass das Eis zwischen Simon und mir immer dicker und die Luft zwischen uns immer kälter wird. So eisig, dass wir am Ende vielleicht nicht mal mehr miteinander befreundet sein können. Egal, ob ich mit Becka rede oder nicht.

«Vielleicht machst du mal ein oder zwei Tage Pause, Alissa. Hm? Und gönnst dir eine kleine kreative Auszeit?», schlägt Gerda schließlich vor. Sanft legt sie mir eine Hand auf die Schulter.

«Aber die Ausstellung ist in weniger als drei Wochen.»

«Es bleibt immer noch genug Zeit. Ein Bild hast du schon fertig. Und wenn du noch ein oder zwei weitere hinbekommst, ist das wunderbar, es ist aber auch kein Drama, wenn nicht.» Sie nimmt mir den Pinsel aus der Hand. «Geh nach Hause, Liebes! Mach Yoga oder koch dir was. Triff dich mit Freundinnen. Oder einem netten jungen Mann», schlägt sie augenzwinkernd vor, doch dann wird ihr Gesichtsausdruck plötzlich ernst.

Vermutlich, weil ich meine Reaktion nicht ganz unterdrücken konnte. Gerda ahnt nicht, dass sie mit diesen Worten Salz in eine Wunde gestreut hat. *Meine Freundinnen.* Ich vermisse Leo so sehr. Ich könnte zu Calla fahren, aber sie ist mitten im Prüfungsstress. Das will ich ihr nicht antun. Außerdem habe ich unsere Chatgruppe in den letzten drei Tagen mit so vielen Heul-Nachrichten über Simon zugespamt, dass die beiden schon genug leiden mussten.

Und der *nette junge Mann*? Der geht mir aus dem Weg, wann immer er die Möglichkeit dazu hat.

Bevor Gerda nachhakt, gebe ich ihr recht, dass eine Pause eine gute Idee ist, und verabschiede mich. Und vielleicht ist das nicht mal eine Lüge. Denn ich weiß, dass Simon heute zu Hause ist. Er hat gestern Abend angekündigt, dass er mit Alex an einem Uni-Projekt arbeiten will und dafür das Wohnzimmer braucht. Er wollte sichergehen, dass ich nicht da bin. Tja, das werde ich dann wohl doch sein. Und vielleicht haben wir ja dann Gelegenheit, mehr als eine Handvoll Sätze zu wechseln. Damit ich ihm sagen kann, dass ich noch diese Woche mit Becka reden werde.

Diesen Entschluss treffe ich auf der Bahnfahrt nach Hause und bitte Becka direkt per SMS um ein persönliches Treffen. Als ich zu Hause ankomme, hat sie jedoch noch nicht geantwortet. Während ich mir im Flur die Chucks und meinen Mantel abstreife, höre ich bereits Simons Lachen. Obwohl ich es liebe, versetzt es mir gleichzeitig einen Stich, weil es ihm ohne mich hundert Mal besser zu gehen scheint. Ich atme den Schmerz weg. Und dann höre ich ein weiteres Lachen. Das einer Frau.

Ein Messer bohrt sich durch meine Brust.

Ich gehe weiter, bis ich ins Wohnzimmer hineinsehen kann. Sie sitzt neben Simon auf dem Sofa. Ein hübsches Gesicht, lange braune Haare. Von Alex fehlt jede verdammte Spur.

Eifersucht trifft mich mit einer Wucht, die mich innerlich taumeln und gleichzeitig zur Salzsäule erstarren lässt. Denn ich bin unfähig, auch nur einen weiteren Schritt auf die beiden zuzugehen. Von wegen er arbeitet mit Alex an einem Projekt. *Sie* ist sein Projekt. Eins, das er ganz offensichtlich vor mir geheim halten wollte.

Denn als er sich umdreht und mich entdeckt, liegt verdammt viel Überraschung in seinem Blick.

«Oh, hi», begrüßt er mich tonlos.

«Hi, ich bin Pia», stellt sich das Uni-Projekt lächelnd vor.

Irgendwie gelingt es mir, meine Mundwinkel nach oben zu bewegen. Wie ein Roboter, der auf Knopfdruck reagiert, stelle ich mich ihr ebenfalls vor. Die Alternative wäre gewesen, Simon zu fragen, was der Scheiß soll. Warum er mir unbedingt eins reinwürgen will. Ist sie der Grund, warum er in den letzten Tagen nie vor zehn Uhr zu Hause war?

Immer noch lächelnd, schlucke ich sämtliche Fragen hinunter und will mich gerade zum Gehen wenden, als diese Pia aufsteht.

«Wo war noch mal die Toilette? Erste oder zweite Tür im Flur?»

Da ist sie. Eine Gelegenheit, Simon zur Rede zu stellen. Und die lasse ich mir nicht entgehen. Auch wenn es vermutlich klüger wäre, erst mal in mein Zimmer zu gehen und zum Abreagieren in meine Kissen zu schreien.

«Die erste», antwortet Simon, den Blick auf sie gerichtet.

Ich warte, bis sie weg ist. Dann trete ich näher. «Du bist mir zwar keine Rechenschaft schuldig, aber findest du es nicht ein bisschen lächerlich, Alex als Alibi vorzuschieben, als wolltest du eine schmutzige Affäre verstecken?» Meine Stimme ist leise und so ungerührt, wie es mir angesichts des Sturms, der gerade in mir tobt, möglich ist. Ich muss jeden Rest an Stolz zusammenkratzen, um gleichmütig die Schultern zu zucken. «Du kannst dich treffen, mit wem du willst. Es macht mir nichts aus, wenn du Frauen hier anschleppst, aber sag vielleicht einfach Bescheid, anstatt mich anzulügen.»

Simons Blick verfinstert sich, und er beißt sichtlich die Zähne zusammen. «Okay» ist alles, was er hervorpresst. Keine Erklärung. Keine Rechtfertigung. Bloß dieses nichtssagende Wort.

Ich weiß nicht, was ich erwartet habe. Aber ganz sicher nicht, so abgespeist zu werden. Was zur Hölle ist in den letzten drei Tagen passiert, dass er mir gegenüber so … kalt ist? Wann ist aus Simon dieser Eisklotz geworden? Bevor ich noch etwas sage, was ich bereue – oder was zu viel über den Sturm in mir verrät –, verschwinde ich lieber. Ich fahre genau in dem Moment herum, als es an der Tür klingelt.

Da ich eine Klamottenlieferung erwarte, gehe ich zur Tür und betätige den Öffner. Doch anstelle eines Paketboten steht kurz darauf Alex vor mir. In der Hand eine weiße Plastiktüte mit der mir vertrauten Aufschrift des Imbisses um die Ecke. Der würzig-deftige Geruch von Döner oder türkischer Pizza steigt mir in die Nase.

«Hi, Alissa.» Alex drängt sich an mir vorbei und läuft in die Küche.

Scheiße.

Simon hat mich nicht angelogen. Er hat nur nicht erwähnt, dass auch diese Pia dabei sein würde. Wenn Alex fünf Minuten früher zurückgekommen wäre, hätte ich niemals angenommen, dass … *O Gott.* Mein Gesicht geht gerade gefühlt in Flammen auf. Ich bin so eine Idiotin.

Ich stehe immer noch wie erstarrt in der Tür, während hinter mir die Badezimmertür geöffnet wird und Alex mit Tellern wieder aus der Küche kommt.

«O Gott sei Dank. Wir sterben vor Hunger», trällert Pia und nimmt Alex die Tüte ab.

Als die beiden ins Wohnzimmer spazieren, schließe ich endlich die Eingangstür und presse lautlos fluchend meine Stirn dagegen. Ich habe mich so unglaublich lächerlich gemacht. So unfassbar lächerlich.

«Hey, Alissa.» Rasch nehme ich wieder Haltung an, als Alex um die Ecke lugt. «Willst du mitessen? Kannst die Hälfte meines Lahmacuns haben.»

«Danke. Das ist echt nett von dir, aber ich hab keinen Hunger.» *Und ich bin mir sicher, dass Simon nicht wirklich Lust auf meine Gesellschaft hat.* Abgesehen davon liegt mir mein megapeinlicher Auftritt so schwer im Magen, dass mir fast übel ist. «Guten Appetit und viel Erfolg bei eurem Projekt», sage ich so neutral wie möglich und begebe mich in mein Zimmer, das ich am liebsten nie wieder verlassen möchte.

···◆···

Es ist kurz vor sieben, als ich am Abend höre, wie Alex und Pia von Simon verabschiedet werden. Sobald die Wohnungstür ins Schloss fällt, trete ich aus meinem Zimmer. Simon ist gerade im Begriff, in seins zu gehen.

«Können wir reden?», frage ich vorsichtig.

Mit dem Rücken zu mir bleibt er auf der Türschwelle stehen. Sein Brustkorb dehnt sich, als er hörbar Luft holt.

Da er aber offenbar nicht vorhat, sich zu mir umzudrehen, fahre ich einfach fort. «Das vorhin tut mir leid.»

Keine Antwort.

«Es tut mir leid, dass ich dir unterstellt habe, du hättest mich belogen. Ich … hätte nicht so schnell urteilen sollen. Das war scheiße. Sorry.»

«Okay», antwortet er genauso nüchtern und gleichgültig wie vorhin.

Aber diesmal hake ich nach. «Ist das jetzt deine Standardantwort auf alles? Bin ich dir echt so egal?»

Jetzt dreht er sich doch zu mir um. Mit einem Ausdruck in den Augen, der das exakte Gegenteil von dem widerspiegelt, was ich erwartet habe. «Schön wär's, Alissa. Ich wünschte echt, die letzten drei Tage hätten ausgereicht, um zu vergessen, was war. Weil es dann nicht so verfickt weh tun würde zu hören, dass es dich kein bisschen stört, wenn ich mich mit anderen Frauen treffe.»

Ich beiße mir auf die Lippe. Einerseits bin ich froh, dass ich meine Emotionen offensichtlich so gut verbergen kann. Andererseits ... Gott, ich wollte ihm doch nicht weh tun. Ich wollte nur mich selbst beschützen. «So habe ich das nicht gemeint, Simon. Ich ... ich dachte, diese Pia wäre ...»

Simons Augenbrauen ziehen sich zusammen. «Was?»

«Ein ... Date», gestehe ich leise und komme mir schon wieder total bescheuert vor.

«Das hast du deutlich gemacht. Genau wie die Tatsache, dass ich deinetwegen so viele Frauen daten kann, wie ich will.»

«Es tut mir leid. Ich dachte, dass du sie vielleicht mitgebracht hast, um ... um mir zu zeigen, dass du mit mir abgeschlossen hast ...» Simons Augenbrauen schieben sich noch etwas dichter zusammen, während ich mit glühenden Wangen fortfahre. «Du meidest mich, redest kaum mit mir. Und als ich anstatt Alex sie dasitzen sah und du mich auch noch so überrascht angesehen hast ... hat das in meinem Kopf total Sinn gemacht. Und das hat weh getan. Aber ich wollte dir nicht zeigen, wie sehr ... Deshalb hab ich so getan, als ob es mir egal wäre.»

«Du hältst mich echt für ein komplettes Arschloch, oder?» Kopfschüttelnd lehnt sich Simon mit dem Rücken an den schmalen Streifen Wand zwischen unseren Zimmertüren und gleitet an ihr hinunter.

Nach einem kurzen Moment des Zögerns lass ich mich auch auf den Holzdielen nieder, genau da, wo ich stehe. Zwischen uns liegen zwei Meter, aber es fühlt sich wie mehr an, als ich Simons verständnislosem Blick begegne.

«Ich kapier's nicht. Wie kannst du so was von mir denken, Alissa? Für dich zum Mitschreiben: Die einzige Frau, mit der ich aktuell Dates möchte, sitzt gerade vor mir und gibt totalen Schwachsinn von sich.»

Der nächste Atemzug füllt meine Lungen mit Erleichterung. «Aber warum bist du dann so abweisend?»

«Ich bin nicht abweisend. Nicht mit Absicht», ergänzt er ein wenig entschuldigend. «Ich versuche einfach nur, auf Distanz zu gehen, weil ... weil es so verdammt hart ist, dich zu sehen, nur ein paar Schritte oder eine Armlänge von dir entfernt zu sein und dich nicht berühren zu dürfen. Ich kann nicht mal um dich kämpfen, weil ich das Gefühl hätte, einen Keil zwischen dich und Kiki zu treiben. Und dass du anscheinend immer noch nicht mit ihr gesprochen hast oder mir – falls doch – nichts davon erzählst und mich komplett im Dunklen lässt, fühlt sich auch nicht unbedingt gut an. Ich hab keine Ahnung, woran ich bei dir bin oder was ich machen soll. Wieder ausziehen? Bleiben? Um dich kämpfen? Die Füße stillhalten? So wie jetzt auf Abstand gehen?» Er atmet leise aus und sieht mich für einen Moment schweigend an. «Ich weiß nur, dass ich dich irgendwie in meinem Leben haben will», gesteht er dann mit einer Aufrichtigkeit, die ich nicht erwartet habe. Nicht nach den vergangenen drei Tagen. Und anstatt wegzuschauen, sieht er mir weiterhin direkt in die Augen. Mit einem Blick so offen, klar und voller Wahrheit, dass ich das Gefühl habe, bis auf den Grund seines Herzens sehen zu können. Weil er mich lässt. Weil er nicht mal versucht zu verschleiern, was er fühlt.

Seine Ehrlichkeit führt dazu, dass sich der Knoten aus Wörtern, der seit Montag in meinem Hals feststeckt, löst. «Bitte bleib», flüstere ich. «Ich will dich auch in meinem Leben. Bitte ... hab noch ein bisschen Geduld mit mir. Ich habe Becka vorhin geschrieben und sie gebeten, dass wir uns treffen. Dass ich das erst jetzt getan habe, hat nichts damit zu tun, dass ich mir dich warmhalten möchte. Ich habe einfach Angst vor Beckas Reaktion. Davor, dass unser Verhältnis – oder das, was davon übrig ist – dann endgültig zerbricht. Als ich damals von zu Hause ausgezogen bin, weil ich die ewigen Streitereien mit ihr nicht mehr aushielt, tat ich das vor allem in der Hoffnung, dass wir mit ein bisschen Abstand vielleicht wieder zueinanderfinden. Dass sie mir mit der Zeit – egal, wie lange es dauert – irgendwann verzeihen kann ...»

«Was soll sie dir verzeihen?»

«Dass ich damals nicht rechtzeitig Hilfe holen konnte.»

«Gibt sie dir etwa die Schuld daran?»

«Sie hat es mir nie ins Gesicht gesagt ... aber ich sehe es manchmal in ihrem Blick», erkläre ich und spüre, wie Schuld an mir zu nagen beginnt. Wie sie mit jedem Atemzug meine Lungen füllt. Ich atme flacher, während Simon den Kopf schüttelt.

«Das ist so typisch ...», murmelt er.

«In ihren Augen bin ich der einzige Mensch, der den Tod unserer Mama hätte verhindern können ... Dieser Unfall ... Mama beim Sterben zusehen zu müssen, hat sie schwer traumatisiert.» Wieder einmal verteidige ich Becka. Weil ich nicht anders kann. Weil ich auch vor mir selbst rechtfertigen muss, warum sie nun mal so ist, wie sie ist. «Du musst das nicht verstehen, Simon. Das ist okay.»

«Nein, ist es nicht. Ich verstehe, wenn du dir die Schuld gibst, obwohl du nichts dafür kannst. Ich hab selbst in so einer Spirale gesteckt und weiß, wie verdammt schwer es ist, da wieder rauszufinden. Aber dass du dir von deiner Schwester einreden lässt, du wärst für ihren Tod verantwortlich ...»

«Das braucht sie mir nicht einzureden», unterbreche ich ihn. «Und um ehrlich zu sein, würde ich jetzt gerne das Thema wechseln.»

«Vielleicht liegt genau da das Problem. Dass du dich nicht lange genug mit dem Thema auseinandersetzt. Dass du abblockst, wenn es um sie geht – wie neulich, als du mir von der Sache mit der Bewerbungsmappe erzählt hast. Die Alissa, die mir bei unserem ersten Treffen wegen meiner vermeintlichen Vorurteile die Hölle heißgemacht hat oder die 'nem rassistischen Arschloch Bier ins Gesicht schüttet, hätte sich so eine Aktion nicht gefallen lassen.»

Ich ziehe meine Knie an die Brust, mache mich klein. Als ob seine Worte dadurch weniger Angriffsfläche hätten. Dabei sagt er mir nichts, was ich insgeheim nicht längst weiß. Auch durch Andeutungen von Calla und Leo: Ich bin, wenn es um Becka geht, oftmals nicht ich selbst.

«Ich hab keine Ahnung, was noch alles zwischen dir und deiner Schwester vorgefallen ist», fährt Simon fort, «und es geht mich auch nichts an. Aber einfach weiterzumachen wie bisher, wird das Problem nicht lösen. Und damit meine ich auch das Problem, das Kiki mit sich selbst hat.»

«Du hast recht. Es geht dich nichts an. Du kennst sie nämlich nicht.»

«Sie war fast ein halbes Jahr meine Freundin, während du kaum Kontakt zu ihr hattest.»

Mein Herz krampft sich zusammen. Das saß. In zweierlei Hinsicht. Und mir drängt sich nicht zum ersten Mal die Frage auf, was genau zur Trennung geführt hat. Stattdessen verlässt jedoch eine ganz andere Frage meine Lippen. «Hast ... du sie geliebt?»

«Keine Ahnung. Im Nachhinein vermutlich nicht. Aber ich war verknallt und fühlte mich für sie verantwortlich.»

«Und hat sie dich geliebt?»

Simons Mund verzieht sich zu einem gequälten Lächeln. «Das hat sie zumindest behauptet, aber sie hatte eine ziemlich kranke Vorstellung davon, was Liebe ist.»

Ich schlucke, verdränge die Frage, ob Becka mich überhaupt wirklich liebt? Ob sie es kann, nach dem, was mit Mama war? Oder nachdem sie von mir und Simon erfährt. Zumal nicht sie, sondern er Schluss gemacht zu haben scheint. «Darf ich fragen, warum ihr ...?» Das Geräusch der Klingel unterbricht mich und lässt uns beide zur Wohnungstür sehen.

«Erwartest du noch Besuch?», fragt Simon und steht auf.

«Ja, vom Paketboten.»

«Um die Uhrzeit?»

«Hab per Express bestellt.» Ich komme ebenfalls auf die Füße, gehe zur Tür und betätige den Öffner. Simon ist mir gefolgt.

«Warum benutzt du nicht die Gegensprechanlage? Du könntest sonst wen ins Haus gelassen haben.»

Ich verdrehe die Augen. «Es ist nur der Paketbote.» Wie zum Beweis öffne ich die Tür und rufe die Treppen hinunter. «Hallo?!»

«Lissi?!»

Oh nein! Das ist definitiv nicht der Paketbote. Mein panischer Blick schießt zu Simon, der mich ebenso erschrocken ansieht.

«Fuck. Ist das etwa Kiki?»

Ich nicke.

Meine Schwester ist hier.

O Gott.

39

Alissa

Scheiße, scheiße, scheiße.

Beckas Schritte kommen immer näher.

«O Gott!», keuche ich. In meiner Panik will ich die Tür einfach wieder schließen, doch Simon hält mich davon ab.

«Damit machst du alles nur noch schlimmer. Sie weiß, dass du da bist. Rede mit ihr.»

«Sie dreht durch, wenn sie dich sieht.»

«Ich verzieh mich und komme erst wieder raus, wenn du mir ein Zeichen gibst, dass es okay ist», schlägt er vor und eilt in Leos Zimmer. «Du packst das.» Mit diesen Worten zieht Simon die Tür hinter sich zu.

Tief Luft holend, zwinge ich mich, Ruhe zu bewahren. Ich weiß nicht, was mich gerade mehr zerfrisst. Die Angst davor, völlig unvorbereitet mit Becka reden zu müssen, oder das schlechte Gewissen. Weil ich Simon vor ihr verstecke, als wäre er ein verbotener Liebhaber. Das hier fühlt sich so verdammt falsch an. Noch mehr als vorher. Ich hätte das Gespräch niemals vor mir herschieben dürfen. Ich hätte, spätestens zwei oder drei Tage, nachdem Simon und ich es wussten, nach Lüneburg fahren sollen. Mit einer zurechtgelegten Rede, die ich hundert Mal vor dem Spiegel geprobt hätte.

Aber ich habe nichts vorbereitet. Ich habe keine Ahnung, wie und wo ich anfangen soll.

«Hey … Mit dir habe ich ja gar nicht gerechnet», stoße ich etwas atemlos hervor, als Becka oben angekommen vor der Tür stehen bleibt. «Ist was passiert?»

Sie schüttelt den Kopf und streicht sich eine feuchte Strähne aus dem Gesicht. Draußen scheint es inzwischen zu regnen. Ihre Wangen sind leicht gerötet, und in ihren braunen Augen liegt ein Ausdruck, den ich nicht von ihr gewohnt bin. Reue, aber auch Sorge, die offenbar mir gilt. «Nein. Ich bin hier, weil ich mich wegen der Sache mit der Mappe echt mies fühle. Ich hatte versucht, dich anzurufen, aber du bist nicht drangegangen und hast auch nicht zurückgerufen.»

«Weil ich immer noch sauer auf dich war», antworte ich und hasse mich dafür. Denn das ist nur die halbe Wahrheit.

«War?», fragt sie, noch immer in der Tür stehend. «Das heißt, du bist mir nicht mehr böse?»

Ich ringe mir ein Lächeln ab. Ich glaube nicht, dass ich gerade das Recht habe, wütend auf sie zu sein.

«Dann hast du Papa also nichts davon erzählt?», hakt sie nach.

Ist sie deshalb hier? Um sicherzugehen, dass ich sie nicht verpfiffen habe? «Nein.»

Plötzlich springt sie über die Türschwelle und fällt mir um den Hals. Überrascht stoße ich den Atem aus. Ich brauche einen Moment, um zu realisieren, was hier gerade passiert. Becka hat sich bei mir entschuldigt und drückt mich an sich. Ich erwidere ihre Umarmung. Zunächst zögerlich, dann etwas fester. In dem Wissen, dass sie mich schon gleich wieder von sich stoßen könnte.

«Deine Nachricht klang so ernst, dass ich richtig Angst bekommen habe, Lissi. Du hast dich so lange nicht gemeldet, und ich hab es nicht mehr ausgehalten. Also hab ich mein letztes Geld zusammengekratzt, um zu dir zu fahren.» Ihre Arme schlingen sich noch fester um mich. Als wollte sie die Wahrheit aus mir herauspressen, obwohl sie noch vollkommen ahnungslos ist. «Du müsstest mir für die Rückfahrt Geld leihen. Und kann ich hier schlafen? Vielleicht gehen wir morgen zusammen in die Galerie. Ich hab Mamas Bilder ja noch gar nicht gesehen.»

Mein Körper versteift sich. Der Moment, es ihr zu sagen, ist da. Ich kann nicht länger warten, und einen besseren wird es nicht geben. Falls es den überhaupt gibt. Sanft drücke ich sie von mir, blicke in ihre Augen. Nicht mehr lächelnd. «Becka … ich … ich muss dir was sagen.»

«Ich weiß, dass du noch Geld von mir bekommst. Nächsten Monat kriegst du alles, was du mir geliehen hast zurück. Versprochen.»

«Darum geht es nicht. Das ist nicht der Grund, aus dem ich dich sehen wollte.»

«Ist es wegen der Mappe? Ich dachte, das hätte sich geklärt.»

«Nein. Also, ja. Hat es. Es geht um … etwas ganz anderes».

«Okay …»

Braune Augen sehen beunruhigt, fast schon ängstlich, in meine.

«Sollen wir uns vielleicht setzen?», schlage ich mit wackeliger Stimme vor. Weil wir noch immer im Flur stehen. Vor der offenen Tür. Und weil mir dann noch fünf oder sechs Sekunden bleiben, um die richtigen Worte zu finden. Dabei ist es eigentlich egal, wie ich es ihr sage. Es gibt keine nette Formulierung für: *Ich habe mit deinem Ex geschlafen, und ich würde es gern wieder tun. Und er wohnt übrigens für ein paar Wochen hier, aber wir versuchen gerade, nur Freunde zu sein.*

Obwohl ich ihr bedeute, ins Wohnzimmer zu gehen, verharrt sie an Ort und Stelle. «Ist es so schlimm?»

«Ich ... habe jemanden kennengelernt», antworte ich zögernd und trete neben sie, um die Tür zu schließen.

Dann begegne ich wieder Beckas Blick, der mich auffordert fortzufahren.

«Er war vor ein paar Wochen im Studio, um sich tätowieren zu lassen. Wir ... haben angefangen, uns auch privat zu treffen, und uns so gut verstanden, dass ... dass ich ihm Leos Zimmer angeboten habe.»

«Ist sie ausgezogen?», fragt Becka überrascht, wodurch mir erst klar wird, dass sie nichts davon weiß. Wir wissen wirklich so gut wie gar nichts mehr vom Leben der anderen.

Also erzähle ich ihr von dem Praktikum und der Suche nach einem passenden Zwischenmieter, auch wenn es vermutlich unsinnig ist, so weit auszuholen.

Das scheint auch Becka zu denken, denn sie kommt sofort auf den Punkt. «Und das hat etwas mit mir zu tun, weil?»

Mir rutscht das Herz in die Hose und klopft mir trotzdem bis zum Hals. «Weil du ihn kennst.»

«Wen?»

Tief durchatmend, setze ich zu einer Antwort an, während Becka an mir vorbeisieht, als könnte die geschlossene Tür zu Leos Zimmer ihr irgendwas verraten. Ihr Blick streift durch den Flur. Und dann … Ihre Augen verengen sich, fixieren einen Punkt hinter mir. Scheiße. Ich folge ihrem Blick, drehe den Kopf. Zur Garderobe, an der eine Lederjacke hängt. Simons Lederjacke.

«O Gott», höre ich Becka flüstern. Sie stürmt an mir vorbei, reißt die Jacke vom Haken und begutachtet sie von allen Seiten, riecht an ihr. «Das ist Simons.»

Seinen Namen aus ihrem Mund zu hören, lässt mich zusammenzucken.

Beckas Blick sucht den Boden ab und bleibt bei den Boots, die neben meinen Chucks stehen, kleben. «Und das … das sind seine Schuhe.» Ungläubig blickt sie zwischen ihnen und der Jacke hin und her. Dann starrt sie in mein Gesicht, das sich glühend heiß anfühlt. Ihres hingegen ist kreidebleich. «Sag mir bitte, dass das nicht wahr ist. Bitte …», fleht sie mit bebender Stimme.

Ich schlucke. Sie reagiert verletzter, als ich es für möglich gehalten hätte. Und dabei weiß sie noch nicht einmal das Schlimmste.

«Becka, ich wusste nicht, dass … dass du und er …»

«Nein! Nein!», unterbricht sie mich. Energisch schüttelt sie den Kopf und wirft mir Simons Jacke vor die Füße. «Wenn ich nicht hier aufgetaucht wäre, hätte ich es nie erfahren!»

«Doch! Deshalb wollte ich doch mit dir reden!»

«Um mir zu sagen, dass er hier wohnt oder dass er auszieht?» Herausfordernd hebt sie eine Augenbraue.

«Er zieht wieder aus», antworte ich ausweichend, bevor ich leise hinterherschiebe: «In spätestens drei Monaten.»

«Wenn du das machst, Alissa, wenn du ihn weiterhin hier wohnen lässt, obwohl du weißt, dass er mein Ex ist, bin ich fertig mit dir. Endgültig!» Stumpf und kalt schneiden ihre Worte durch mein Herz.

«Becka, bitte ...» Tränen brennen hinter meinen Augen. Ich mache einen Schritt auf sie zu, doch sie weicht zurück, Richtung Tür.

«Fickst du ihn?»

Ich möchte lügen, ihr die Antwort geben, die sie hören will. Ihr sagen, dass es nicht so ist, wie es aussieht. Aber das stimmt nicht. Es ist genau so, wie es scheint.

«Fickst du ihn!?», wiederholt sie plötzlich so laut und derart hysterisch, dass ich unwillkürlich zurückweiche.

Neben uns fliegt die Tür auf. Simon kommt herausgestürzt, stellt sich zwischen uns und macht damit alles nur schlimmer.

Beckas Augen füllen sich mit Tränen. «O mein Gott!», stößt sie hervor, eine Hand vor dem ungläubig aufgerissenen Mund. «Dann stimmt es also. Ihr ... ihr treibt es miteinander.»

«Hör zu, Kiki ...»

«Simon, bitte halt dich da raus», fahre ich ihn an und schiebe mich an ihm vorbei. «Das ist eine Sache zwischen mir und meiner Schwester!»

«Schwester?», faucht Becka höhnisch. Wut und Verachtung schwimmen in ihren Augen. Ihr Kinn bebt. «Wenn du ihn nicht sofort hier und jetzt rauswirfst, hast du keine Schwester mehr!»

Die Worte detonieren wie eine Bombe in meiner Brust und reißen alles darin in Stücke. Benommen starre ich in Beckas Gesicht, während sich Stille über uns senkt, als hätte es tatsächlich einen ohrenbetäubenden Knall gegeben. Denn auch Simon sagt kein Wort. Ich spüre seinen Blick wie ein Brennglas auf mir. Und auch Becka starrt mich voller Erwartung an.

Ich …

Ich kann das nicht.

Ich will das nicht.

Wie soll ich mich entscheiden zwischen meiner Schwester, die mir immer und immer wieder weh tut, und einem Mann, der sich vermutlich schon jetzt auf eine Granate für mich werfen würde.

Ich schüttele verzweifelt den Kopf, sehe meine Schwester an.

Becka … sie tut mir weh. Genau jetzt. Indem sie mich zwingt, mich zu entscheiden. Und genau das macht es mir schließlich möglich, diese Entscheidung zu treffen.

«Ich … ich lasse mich nicht von dir erpressen», flüstere ich unter Tränen, die mir heiß über die Wangen laufen.

Becka blinzelt ungläubig. «Du entscheidest dich für ihn?»

«Ich entscheide mich dafür, mir nicht die Pistole auf die Brust setzen zu lassen, Becka. Ich verstehe, dass du wütend und verletzt bist. Das wäre ich auch. Aber …»

«Weißt du eigentlich, was er mir angetan hat?!», fällt sie mir kreischend ins Wort.

«Ich dir?», platzt es aus Simon heraus.

«Du hast mich zerstört!»

Simon gibt einen spöttischen Laut von sich.

«Hat er dir erzählt, dass ich von ihm schwanger war, Alissa? Und dass er mich gezwungen hat, das Baby abzutreiben?!»

Ich erstarre. Die Worte hallen in meinem Kopf nach. Klar und deutlich. Dennoch kann ich sie nicht verstehen.

«Was zur Hölle erzählst du da für einen Scheiß, Kiki?!»

«Und dann hast du mich verlassen! Du hast mich mit meinem Schmerz alleingelassen. Mich überall blockiert und aus deinem Leben radiert, als hätte ich nie existiert!», brüllt Becka und zittert am ganzen Körper.

«Weil du alles gefakt hast. Weil einfach alles, was aus deinem Mund kommt, eine verfickte Lüge ist. So wie jetzt auch! Du bist niemals schwanger gewesen!»

«Wie kannst du so was sagen?», fragt Becka schluchzend und sieht mich aus verheulten Augen an. «Bitte glaub ihm nicht. Ich weiß, ich bin nicht perfekt, Lissi … aber traust du mir so was wirklich zu?»

«Ich …» … *habe keine Ahnung*. Keine Ahnung, was ich denken, sagen – aber vor allem glauben soll.

Als ihr klar wird, dass ich nicht mehr als dieses eine Wort hervorbringe, schluchzt Becka auf. «Du bist für mich gestorben!», zischt sie, wendet sich ab und reißt die Tür auf. Ihre Schritte poltern durchs Treppenhaus, und mich durchzuckt Panik. Ohne nachzudenken, eile ich ihr hinterher. Auf Socken die Stufen runter und bis nach draußen vors Haus. «Warte, Becka!»

Sie reagiert nicht, rennt einfach weiter. Blind über die Straße und …

«Becka! Pass auf! BECKAAAAAAAA!»

Das Hupen, gefolgt von dem Geräusch quietschender Reifen, übertönt meinen Schrei.

Es geht so schnell.

Es geht so furchtbar schnell.

In der einen Sekunde läuft sie noch, in der nächsten erfasst sie das Auto. Hilflos muss ich dabei zusehen, wie sie von der Motorhaube auf den Boden prallt, über den Asphalt rollt und liegen bleibt. Auf dem Rücken. Reglos.

Ich renne los und habe keine Ahnung, wie meine Beine das überhaupt anstellen. Denn ich spüre sie kaum, fühle nichts – bis auf mein rasendes Herz, das pure, reine Angst durch meine Adern pumpt. Ich stürze neben ihr zu Boden. «Becka?»

Keine Antwort.

Mein von Tränen getrübter Blick scannt ihren Körper, auf der Suche nach Verletzungen, aber ich sehe nur Schürfwunden. Auf ihrer Wange und der Stirn.

«Becka? Hörst du mich? Sag doch was. Bitte.»

Ich taste nach ihrem Puls.

Nichts.

Ich beuge mich vor, horche, ob sie atmet.

Wieder nichts.

Erinnerungsfetzen von Mamas Unfall blitzen auf, und ich kann nicht mehr atmen.

«O Gott … Bitte tu mir das nicht an», wispere ich. Meine zitternden Hände wandern über den Körper meiner Schwester, ihren Mantel, ihre Jeans, ihr bleiches Gesicht, ihr Haar. Letzteres fühlt sich feucht und warm an. Ich betrachte meine Finger, sehe das Blut, und mir wird kurz schwarz vor Augen. «Hilfe.» Ich flüstere, reiße dann den Kopf hoch und schreie: «Hilfe! Ich brauche Hilfe!»

Wo ist der Fahrer? Er muss einen Krankenwag… Ich keuche auf, als ich feststelle, dass von dem Auto, das sie angefahren hat, nur noch die Rücklichter zu erkennen sind.

«Bitte», flüstere ich gebrochen. Mein Kopf fährt herum, als Simon mit großen Schritten angerannt kommt.

«O Gott!», stößt er entsetzt aus.

«Sie … sie wurde angefahren. Der Fahrer ist weg», bringe ich weinend hervor. «Sie braucht einen Krankenwagen!»

«Atmet sie?», will er wissen, inzwischen kreidebleich.

Ich schüttle den Kopf, während Tränen mein Gesicht fluten. Sie atmet nicht. Wiederbelebung. Ich muss …

«Fuck!» Simon geht in die Hocke, legt Zeige- und Mittelfinger erst an ihren Hals, hält sie dann unter ihre Nase. «Sie hat Puls und atmet. Gott sei Dank.»

Ich hole erleichtert Luft. Sie atmet. Sie atmet. Gott sei Dank. Aber sie blutet. Sie braucht Hilfe. Ich starre auf das Blut auf meinen Händen, das Blut, das auf den Asphalt sickert und sich mit dem Regen vermischt.

Ein Knall.

Glassplitter.

Blut an Mamas Schläfe.

Mir wird schlecht.

«Ich geh einen Krankenwagen rufen, Alissa! Ich bin gleich wieder da.»

Hol Hilfe, Lissi! Beeil dich! Becky und ich brauchen Hilfe!

Ich zittere, kann mich nicht bewegen.

Wenn sie stirbt …

Wenn sie …

Wenn …

40

Simon

Ich muss nicht hoch bis in die Wohnung, um mein Handy zu holen. Schon nach ein paar Schritten kommen mir Leute aus dem Imbiss neben dem Haus entgegen. Sie haben schon einen Krankenwagen gerufen.

Ich mache auf dem Absatz kehrt und sinke wieder neben Kiki zu Boden. Alissa macht mir Sorgen, sie steht ganz offensichtlich unter Schock. Ich habe Angst, dass sie gleich zusammenbricht. Man muss kein Psychologe sein, um darauf zu kommen, dass dieser Unfall sie heftig getriggert hat. Es würde Alissa umbringen, wenn … Aber daran darf ich jetzt nicht denken. Ich muss mich erst mal um Kiki kümmern. Ich ziehe mir das T-Shirt aus und presse es gegen die Platzwunde an ihrem Kopf. «Komm schon, Kiki! Mach keinen Scheiß», rede ich auf sie ein. «Tu deiner Schwester das nicht an, Kiki. Bitte. Komm schon. Öffne die Augen.»

«Simon …»

Erleichterung durchflutet mich, als Kiki blinzelnd die Augen öffnet. Es zumindest versucht.

«Oh, Becka! Gott sei Dank!» Alissa Stimme ist beinahe erstickt von Tränen, sie streichelt die Wange ihrer

Schwester. «Becka? Alles wird gut. Hilfe kommt gleich. Hörst du mich?»

Kiki verzieht stöhnend das Gesicht.

«Alles wird gut», wiederholt Alissa zitternd.

«Geh ... weg», stößt Kiki mit dünner Stimme hervor, und Alissas fährt zusammen, als wäre sie geschlagen worden.

Ich lege ihr meine Hand auf die Schulter – automatisch, um sie zu trösten. Doch Alissa zuckt wieder zusammen. Also lasse ich sie sofort los, während Kiki ächzend versucht, sich aufzurichten. Vergeblich, weil weder Alissa noch ich es zulassen und sie selbst viel zu schwach dafür ist. Dennoch hindert sie das nicht daran, verbal auf Alissa einzuprügeln.

«Ich ... hasse dich. Du ... bist für mich ... gestorben. Geh weg!»

Ich beiße mir fast die Zunge ab, um sie nicht anzubrüllen. Ich atme zwei Mal tief durch und spreche erst dann: «Hey ... jetzt beruhige dich mal, okay?»

«Dich ... hasse ich auch.»

«Von mir aus. Aber tu das bitte im Liegen. Du wurdest angefahren und bist verletzt.» Ich presse immer noch mein T-Shirt auf ihre Platzwunde, mit der anderen Hand greife ich widerwillig nach ihren Fingern, um sie tröstend zu drücken – was sie merkwürdigerweise zulässt.

«Wie ... lange?», will sie stöhnend wissen.

«Der Krankenwagen ist gleich da. Bleib einfach liegen und beweg dich nicht», antwortet Alissa und breitet eine Wolldecke, die uns jemand gereicht hat, über ihr aus. Es hat sich inzwischen eine kleine Menschenmenge um uns versammelt. Die meisten wollen vermutlich nur helfen, aber ein paar Idioten sehen ziemlich sensationsgeil aus. Sollte irgendwer auf die Idee kommen, die Handykamera draufzuhalten, ticke ich aus.

«W-wie ... lange fickst du sie schon?», lenkt Becka nicht nur meine Aufmerksamkeit, sondern auch Wut wieder auf sich. Wie kann man nur so verbissen sein? Hat sie grad keine anderen Sorgen? «Hast du mich ihretwegen verlassen?»

Das Geräusch von Sirenen ertönt, und dann geht alles ganz schnell. Keine Minute später ist der Rettungswagen da, und kaum fünf Minuten später liegt Becka mit Sauerstoffmaske, bandagiertem Kopf und Nackenstütze auf einer Trage und wird in den Wagen befördert.

«Ich komme mit», sagt Alissa, ohne mich auch nur anzusehen.

«Sind Sie ein Familienmitglied?»

«Ja, ich bin ihre Schwester», antwortet sie mit rauer Stimme dem Rettungssanitäter, der gerade damit beschäftigt ist, Becka transportfähig zu machen.

«In Ordnung. Steigen Sie vorne ein.»

«Nein. Geh ... weg», widerspricht Kiki, die es offenbar geschafft hat, sich die Sauerstoffmaske vom Gesicht zu ziehen. Wo zur Hölle nimmt sie nur diese Energie her? Ist es das Adrenalin? Der Schock? Ihre Boshaftigkeit?

«Setzen Sie die bitte wieder auf.»

«Ich ... ich will nicht, dass ...» Kiki atmet schwerfällig. «... sie ... mitkommt.»

«Aber Becka, ich ...»

«Okay», unterbricht sie der Rettungssanitäter. «Tut mir

leid, aber unter diesen Umständen können wir Sie nicht mitnehmen.»

Dumpf starrt Alissa den Mann an.

«Wir bringen Ihre Schwester ins Marienkrankenhaus. Sie können nachkommen.»

Alissas Nicken wirkt abgehakt. Sie ist vollkommen am Ende. Und immer noch steht sie nur in Socken hier draußen. Socken, die inzwischen schmutzig und blutig sind.

«Lass uns nach oben und ein Taxi rufen», schlage ich vor, nachdem der Sanitäter die Türen zugeschlagen hat. Ich würde gern irgendetwas tun, um sie zu trösten, aber ich habe keine Ahnung, was. Sie will ganz offensichtlich nicht von mir angefasst, geschweige denn im Arm gehalten werden.

«Ja. Ich ... ich muss Papa anrufen», sagt sie eher zu sich selbst.

«Dann komm.»

Meinem Blick weicht sie aus, als wir die Straße überqueren. In der Tür dreht sie sich noch einmal um, um dem Krankenwagen hinterherzusehen, und betritt erst das Haus, als er um die Ecke verschwindet. Oben geht sie wortlos in ihr Zimmer und kommt kurz darauf in sauberen Klamotten wieder raus. Sie zieht sich ihre Schuhe an.

«Das Taxi ist in fünf Minuten da», sage ich, unsicher, was ich tun soll. Ich will für Alissa da sein, aber sie geht grad eindeutig auf Distanz. Weil sie unter Schock steht? Weil sie mir den Unfall ihrer Schwester übelnimmt? Oder weil sie Kiki die Lüge mit der Abtreibung geglaubt hat?

«Danke.» Alissa wendet sich zur Tür. «Ich geh schon mal runter.»

«Hey …» Ich stelle mich ihr in den Weg. «Jetzt warte doch mal kurz und atme durch.»

Aus rot unterlaufenen Augen sieht sie wütend zu mir auf. «Ich kann durchatmen, wenn ich weiß, dass es meiner Schwester gutgeht. Becka liegt im Krankenhaus. Und das nur, weil du …»

«Weil ich was?», knurre ich, als sie stockt.

Alissa schluckt, presst ihre vollen Lippen zu einem festen Strich zusammen, als wollte sie den Rest ihres Satzes mit aller Macht zurückhalten. Aber ich will ihn hören. Ich will verflucht noch mal wissen, ob sie mir gerade tatsächlich die Schuld an Kikis Unfall geben wollte.

«Weil ich was, Alissa?»

«Weil …» Sie schließt die Augen, wendet sich für einen Moment ab, bevor sie mir wieder ins Gesicht sieht. «Weil du nicht im Zimmer geblieben bist. Weil du dich nicht rausgehalten hast, obwohl ich dich darum gebeten habe, Simon. Weil du sie unbedingt fertigmachen musstest, obwohl es ihr eh schon scheiße ging. Du … du hättest einfach nur in Leos verdammtem Zimmer bleiben müssen.»

Mir klappt der Mund auf, während ihre Worte wie ein verdammter Steinhagel auf mich einprasseln. Ich starre Alissa an. Fassungslos, sprachlos und einfach nur enttäuscht. «Vielleicht hätte ich gar nicht erst einziehen sollen.»

Ihren verletzten Blick lasse ich an mir abprallen, fahre herum und gehe.

Mein Herz schlägt wie wild, während ich die Stufen nach unten eile. Ohne jeden Plan, wo ich überhaupt hinwill, reiße ich die Haustür auf und laufe los. Ziellos, einfach nur weg. Vor allem will ich der Stimme in meinem Kopf entkommen. Die mir sagt, dass ich Alissa jetzt nicht allein lassen kann. Dass sie bloß unter Schock steht. Dass sie mich braucht. Und dass sie vielleicht recht hat.

Ich laufe schneller. Biege in die Bahrenfelder Straße ein. Vorbei an dem Optiker, dem Penny-Markt, den Menschen. Der Wind bläst mir um die Ohren, und ich ziehe die Kapuze meines Hoodies hoch. Noch schneller, so schnell ich kann. Zum ersten Mal seit Wochen renne ich, was mich meine Lungen schon nach wenigen Metern spüren lassen. Doch es fühlt sich gut an. So verdammt gut, weil der Schmerz das harte Ziehen in meiner Brust überlagert. Weil der Sauerstoff irgendwann nicht mehr ausreicht, um der Stimme in meinem Kopf zuzuhören.

Ich bin jetzt nur noch auf meine Atmung konzentriert. Auf meinen rasenden Puls, der sich garantiert irgendwo im dunkelroten Bereich befindet. Denn mir wird übel. Aber auch das fühlt sich auf eine ziemlich kranke Weise gut an. Dennoch drossele ich das Tempo und sehe mich schwer atmend um. Im Licht der Straßenlaternen versuche ich zu erkennen, wo ich überhaupt bin. Ein Stück vor mir entdecke ich das S-Bahn-Schild Bahrenfeld. Ich zücke mein Handy, wähle Alex' Nummer, während ich auf der Stelle jogge.

Es klingelt ein paar Mal, dann hebt er ab. «Was geht?»

«Wo bist du?»

«Noch im Gym, fahr aber jetzt zu Nils. Und du? Warum atmest du so schwer?»

«Bin joggen.»

«Ohne mich?», fragt er vorwurfsvoll. «Dachte, Sport ist tabu.»

Tabu. Das Wort allein genügt, um mich wieder an Alissa und Becka denken zu lassen, weshalb ich schnell das Thema wechsele. «Sag Nils, dass ich vorbeikomme.»

«Mach ich.»

Wir legen auf, und ich öffne Google Maps. Bis zu Nils' Wohnung in Altona-Nord sind es achtzehn Minuten mit der Bahn und dreißig zu Fuß. Weil ich jogge, brauche ich zwanzig Minuten. Meine Jeans und den Pulli könnte ich vermutlich auswringen, als mir Nils, gefolgt von einer Graswolke, die Tür öffnet. Schon zum zweiten Mal in diesem Monat setze ich mich diesem Scheiß aus. Und wieder ist sie der Grund.

«Regnet es?», lautet seine Begrüßung, als er den Schweiß auf meinem Gesicht sieht. Während er sich über seinen Spruch beömmelt, gehe ich ins Wohnzimmer. Alex sitzt auf der Couch und schaufelt sich Reis mit irgendeinem Grünzeug in den Mund.

Kauend hält er mir die Faust hin.

«Kannst du mir was zum Anziehen leihen?»

Er schluckt den Bissen runter und hebt eine Augenbraue. «Bist du etwa in Jeans hierher gejoggt?»

«Jap.»

«Warum?»

Schon bei der Frage verdoppelt sich mein ohnehin noch hoher Puls. «Weil ich Stress mit Alissa hatte. Kiki ist aufgekreuzt, hat behauptet, ich hätte sie zur Abtreibung gezwungen, Alissa ein Ultimatum gestellt, und dann ist sie weggerannt und wurde von einem Auto angefahren. Sie war ansprechbar, aber wurde ins Krankenhaus gebracht. Ach, und für den Unfall gibt mir Alissa die Schuld.»

Alex starrt mich für einen Moment sprachlos an. Dann schluckt er. «Und jetzt?»

«Jetzt brauche ich eine Dusche und frische Klamotten», sage ich, was übersetzt so viel bedeutet, dass ich Ablenkung brauche.

«Klar, nimm dir einfach, was du brauchst. Meine Tasche steht im Schlafzimmer.»

Ich bedanke mich mit einem Nicken und wende mich zum Gehen. Doch Alex' Stimme hält mich noch einmal auf.

«Aber zieh dich besser warm an. Ich werde beim Zocken kein Mitleid haben.»

41

Alissa

Ich fühle mich taub. Mein Kopf ist leer. Irgendwo schwirrt die Frage durch mein Hirn, ob ich Simon vielleicht unrecht getan habe, aber sie kann den Mantel aus Sorge und schlechtem Gewissen nicht durchdringen.

Ich sitze im Taxi. Papa ist ebenfalls auf dem Weg ins Krankenhaus. Ihn anzurufen, war das Erste, was ich vorhin gemacht habe, noch vor dem Umziehen. Und auch mit das Schlimmste. Weil seine Stimme, als er sagte, dass er sofort losfährt, so voller Angst war, dass ich sie kaum wiedererkannte.

Ich reibe die Hände an meiner Jeans. Es ist immer noch Blut daran. Ich habe vergessen, sie zu waschen.

«So, da wären wir.» Der Taxifahrer reißt mich aus meinen Gedanken. Er hat unmittelbar vor dem Eingang des Krankenhauses gehalten. Mit zittrigen Fingern gebe ich ihm vierzig Euro, der Rest ist Trinkgeld.

Meine Beine fühlen sich wie Zementblöcke an, als ich aus dem Wagen steige und das Krankenhaus betrete. Bei der brünetten Empfangsdame frage ich mit heiserer Stimme nach Rebecka Meyer. «Sind Sie eine Angehörige?»

Wenn du ihn nicht hier und jetzt rauswirfst, hast du

keine Schwester mehr! «Ja. Sie ist meine Schwester», antworte ich mit bebendem Kinn. Zwei Polizisten gehen an mir vorbei.

«Moment, ich schaue im System nach.»

Nachdem sie mir mitgeteilt hat, dass Becka in der unfallchirurgischen Abteilung liegt und wo ich diese finde, eile ich zu den Fahrstühlen. Auf dem Weg nach oben schreibe ich Papa, wo er uns findet. Als ich in der vierten Etage aussteige, ist alles gespenstisch leer. Bis auf das Piepen irgendwelcher Apparate ist nichts zu hören. Ich folge einem Pfeil, der mich in die richtige Abteilung leitet, und zähle dort die Zimmernummern ab. Als ich am Ende des Ganges eine Ärztin aus dem Zimmer kommen sehe, in dem Becka liegen müsste, setzt mein Herz zwei Takte aus. Die Frau im weißen Kittel kommt mir entgegen; ich halte sie auf.

«Entschuldigen Sie.»

Müde, fast schwarze Augen blicken von einer Akte hoch. «Ja?»

«Meine Schwester, Rebecka Meyer. Können Sie mir sagen, wie es ihr geht? Das ist doch ihr Zimmer, oder?» Ich nicke in Richtung der Tür.

«Sie sind die Schwester, sagten Sie?»

Nickend würge ich den Kloß in meinem trockenen Hals hinunter.

«Ich bin Doktor Yousef. Fachärztin für Unfall- und Neurochirurgie.»

Ich halte den Atem an.

«Ihre Schwester hat eine Gehirnerschütterung und ein paar Blessuren, aber nichts Ernstes. Sie muss eine Horde Schutzengel gehabt haben.»

«Aber sie … sie hat sehr stark geblutet», hake ich ungläubig nach. Ich habe ihr Blut noch an den Händen, es ließ sich nicht alles wegreiben.

«Das ist bei Platzwunden ganz normal. Wir haben sie mit drei Stichen genäht. Es wird höchstens eine kleine Narbe zurückbleiben, die unter den Haaren ohnehin nicht zu sehen sein wird. Laut der CT- und Röntgenbilder liegen weder innere Verletzungen noch Frakturen vor. Es ist alles in Ordnung.»

«Dann … Dann darf sie heute nach Hause?»

Sie lächelt kopfschüttelnd. «Nein. Wir behalten sie für ein, maximal zwei Nächte noch hier.»

Ich spüre, wie Sorgenfalten meine Stirn zerfurchen.

«Dabei handelt es sich um eine reine Vorsichtsmaßnahme», gibt sie sofort Entwarnung. «Da ihr Kopf bei dem Unfall ganz schön was abgekommen hat, gehen wir lieber auf Nummer sicher.»

«A-aber sie sagten doch …»

«… dass sie enormes Glück hatte. Und daran soll sich nichts ändern. Ihre Schwester ist hier sehr gut aufgehoben.» Nickend versucht die Ärztin, mir Mut zu machen, doch die Sorge um Becka bleibt.

«Kann ich zu ihr?»

«Aber nicht zu lange. Sie braucht Ruhe. Die Polizei hat sie gerade eben noch befragt. Schlimm, das mit der Fahrerflucht. Ich hoffe, sie kriegen die verantwortliche Person.»

«Das hoffe ich auch.»

Ich bedanke mich bei Dr. Yousef und nähere mich mit zaghaften Schritten der Tür. Hoffentlich schickt Becka mich nicht sofort wieder weg, sobald sie mich sieht. Ich atme tief durch, dann klopfe ich an. Leise. Ebenfalls leise ist Beckas gedämpftes «Ja?» zu hören.

Langsam öffne ich die Tür. Becka liegt zugedeckt im Bett. Das neben ihr ist leer. An der Wand hängt ein Gerät, von dem mehrere Schläuche abgehen. Mit einem davon ist sie, durch eine Manschette um ihren Oberarm, verbunden. Mir fällt außerdem eine Kanüle auf, die in ihrer Armbeuge steckt. Trotz des Verbands um ihren Kopf, der Kratzer und Blutergüsse im Gesicht ist es ihr verachtender Blick, der mich hart schlucken lässt. Blanker Hass schlägt mir entgegen, bevor sie sich abwendet und an die Decke starrt. Immerhin geht es ihr, den Umständen entsprechend, gut. Das ist alles, was jetzt zählt, versuche ich mir die Situation irgendwie schönzureden.

Ich trete näher. «Becka?»

Keine Antwort.

Ich gehe weiter. «Wie fühlst du dich?»

«Ist das dein fucking Ernst?», antwortet sie tonlos.

Vor dem Fußende des Betts bleibe ich stehen. «Ja. Natürlich.»

Nun sieht sie mich wieder an. «Ich habe gerade erfahren, dass du meinen Exfreund fickst. Danke! Mir geht's super, Schwester!» Das Wort *Schwester* spuckt sie mir regelrecht vor die Füße.

Ich will Becka nicht noch mehr aufregen. Deshalb widerstehe ich dem Drang, noch einmal zu beteuern, dass weder Simon noch ich von unserer gemeinsamen Verbindung zu ihr wussten. Oder dass wir, seitdem wir es wissen, kein einziges Mal miteinander geschlafen haben. «Ich … bin froh, dass du so glimpflich davongekommen bist.»

«Und ich bin froh, wenn du wieder verschwindest. Solange du den Kontakt zu ihm nicht komplett abbrichst, bist du für mich tot.» Demonstrativ dreht sie sich auf die Seite und kehrt mir den Rücken zu.

«Becka ...» Ich will ihr sagen, dass ich Simon rauswerfe und ihn nie wiedersehe. Aber ich kann es nicht. Weil ich mir nicht sicher bin, ob ich das wirklich will. Und das muss ich herausfinden. Also nehme ich all meinen Mut zusammen und frage vorsichtig: «Ist es wahr, Becka? Hat ... hat er dich wirklich zur Abtreibung gezwungen?» Ich bekommen die Worte kaum über die Lippen, weil sie sich so absurd anhören. Wie ein riesengroßer Logikfehler. Wie ein falsch gesetzter Pinselstrich.

«Es ist wahr. Aber wenn du mir nicht glaubst ... Geh einfach.»

Ich weiß nicht, was ich darauf erwidern soll. *Natürlich glaube ich dir. Ich liebe dich. Ich sehe ihn nie wieder.* Das würde eine normale Schwester sagen. Aber solche Worte sind in unserem Verhältnis nicht normal. *Cracknutte. Allein hättest du es niemals geschafft. Du bist für mich gestorben.* Das ist für uns normal.

Also nicke ich bloß. Dann verlasse ich das Zimmer und lasse mich im Wartebereich nieder. Becka ist nicht ernsthaft verletzt. Ich sollte mich eigentlich entspannen. Aber das kann ich nicht. Weil Papa jeden Moment um die Ecke kommen könnte. Es ist viel zu lange her, dass wir uns gesehen haben. Und ich wünschte, die Umstände wären andere. Ich lasse ihn per Nachricht wissen, was die Ärztin vorhin gesagt hat.

Und dann überlege ich, ob ich den gleichen Text auch

an Simon schicken soll. Bevor ich eine bewusste Entscheidung getroffen habe, drücke ich auf *Senden*.

Und in diesem Moment wird mir klar, dass ich ihm glaube. Er würde nie jemanden gegen seinen Willen zu etwas zwingen, erst recht nicht zu einer Abtreibung. Er macht sich Sorgen um andere Menschen, versucht, ihnen zu helfen. So sehr, dass er sich ausnutzen lässt. Deshalb habe ich ihm diese Nachricht geschickt. Weil ich weiß, dass er sich selbst jetzt um Becka Sorgen macht. Er hat ihr nach dem Unfall geholfen. Während ich vor Panik fast handlungsunfähig war.

Tränen trüben meine Sicht, als mir bewusst wird, wie verdammt unfair ich vorhin zu ihm war. Und dass nicht er, sondern ich schuld bin. Weil ich das Gespräch mit Becka viel zu lange hinausgezögert habe. Wenn ich früher mit ihr gesprochen hätte, wäre sie nie unangekündigt zu mir gefahren, sondern ich zu ihr. Sie hätte in ihrem Zimmer, einem Ort, der ihr Halt gibt, davon erfahren. Ohne Simons Anwesenheit. Sie hätte nicht davonrennen, sondern mich einfach rausschmeißen können. Und dieser Unfall wäre nie passiert. Meinetwegen hätte sie schwer verletzt sein können.

Meinetwegen.

Schuldgefühle und Reue schnüren mir beinahe die Luft ab. Gegen die Schuld kann ich nichts tun, ich weiß nur zu gut, dass man einfach damit leben muss. Aber die Reue ist nicht unauslöschbar.

Ich muss mit Simon reden, mich entschuldigen. Sobald ich wieder zu Hause bin.

Als ich meinen Blick wieder hebe, sehe ich jemanden

aus Richtung der Fahrstühle kommen. Die Größe, der Gang erinnern mich an Papa. Ich wische mir die Tränen aus den Augen und erkenne ihn drei wummernde Herzschläge später. Obwohl mir sein Gesicht total verändert vorkommt. Irgendwie eingefallen, als wäre er innerhalb weniger Monate um mindestens zehn Jahre gealtert. An den Schläfen war sein dunkles Haar vor einem halben Jahr noch nicht so grau, und die Falten um seine Augen sind eindeutig tiefer geworden.

Seine Schritte sind schnell. Meine langsamer, als ich ihm entgegengehe – weil ich nicht weiß, wie ich ihn begrüßen soll. Mein Herz schreit nach einer Umarmung, die ich heute mehr denn je brauche. Doch als ich vor ihm stehen bleibe, rauscht er, ohne mich auch nur anzusehen, einfach an mir vorbei. «In welchem Zimmer liegt sie?»

Ein Messerstich ins Herz hätte nicht schmerzhafter sein können. Ich schließe die Augen und antworte, ohne mich zu ihm umzudrehen, mit bebender Stimme: «Die letzte Tür am Ende des Flurs.»

Irgendwie schaffe ich es, die Enttäuschung hinunterzuwürgen, und begleite ihn zu Beckas Zimmer. Ich werde draußen warten. In der Hoffnung, dass er sich auch ein bisschen Zeit für mich nimmt, bevor er wieder aufbricht. Als ich aber durch die Tür sehe, die Papa einen Spaltbreit offen gelassen hat, kann ich beobachten, wie Papa Becka in den Arm nimmt. Sie an sich drückt. Ihr Haar küsst und es streichelt. In diesem Moment ist der Schmerz, der mich durchfährt, einfach zu viel für mich. Zu viel Neid. Zu viel Eifersucht. Ich will all das nicht fühlen, aber mein Herz fragt nicht nach Erlaubnis, als es reißt.

Ich muss hier weg.

Ich rufe ein ersticktes «Gute Besserung. Ich fahre jetzt» in den Raum, weil ich nicht wortlos verschwinden will. Und vielleicht auch, weil ich hoffe, dass Papa herauskommt und sich erkundigt, was los ist, wenn er hört, dass es mir nicht gutgeht.

«Komm gut nach Hause», ist jedoch alles, was Papa antwortet. Und von Becka ist kein einziges Wort zu hören. Das war zu erwarten, und dennoch trifft es mich.

Als ich draußen vor dem Krankenhaus in ein Taxi steige, kommt es mir vor, als wäre ich drei Tage unterwegs gewesen. Weil ich das Gefühl habe, seit Beckas Auftauchen kein einziges Mal durchgeatmet zu haben.

Jetzt warte doch mal kurz und atme durch.

Ich hätte auf Simon hören sollen. Und ich hätte ihm vor allem nicht die Schuld an Beckas Unfall geben sollen. Und genau das werde ich ihm sagen. Heute noch. Ich will, nein, ich muss diesen Tag mit etwas Positivem enden lassen. Ich weiß nicht, ob ich meine kaputte Familie irgendwie reparieren kann. Aber ich hoffe, dass ich das mit Simon in Ordnung bringen kann.

Während der zwanzigminütigen Taxifahrt lege ich mir zurecht, was ich zu Simon sagen will. Doch als ich zu Hause bin, stelle ich fest, dass er noch nicht zurück ist. Ich hole mein Handy aus der Tasche meines Teddy-Mantels hervor, um nachzusehen, ob er inzwischen auf meine Nachricht geantwortet hat. Doch das eine Häkchen unter meinem Text zeigt mir, dass er sie nicht mal empfangen hat. Hat er sein Handy ausgemacht, weil er in Ruhe gelassen werden will? Weil er seine Ruhe von mir haben will?

Ich atme gegen das ungute Gefühl an, das sich in meinem Bauch ausbreitet. Das ist noch kein Grund für Panik. Ich ziehe mir den Mantel und die Schuhe aus, mache den Fernseher an und warte. Sicher wird er jeden Moment zur Tür hereinkommen. Es ist inzwischen ganz schön spät geworden, schon nach zehn.

Aber mit jeder Minute, die ich wahllos durch das nächtliche Fernsehprogramm zappe, vermehrt sich meine Angst, ihn vielleicht endgültig vergrault zu haben. Welcher Typ hat schon Lust auf so ein Drama? Was, wenn er genau in dieser Sekunde – wo auch immer er gerade sein mag – die Entscheidung fällt, den Kontakt komplett abzubrechen? Ohne dass ich überhaupt die Gelegenheit bekomme, mich zu entschuldigen.

Bevor ich darüber nachdenken kann, nehme ich mein Handy von der Sofalehne und wähle Leos Nummer. Vermutlich schläft sie schon, sie muss immer früh anfangen. Aber Calla, Leo und ich haben uns irgendwann gegenseitig die Erlaubnis gegeben, einander zu jeder Tages- und Nachtzeit anrufen zu dürfen, wenn es wichtig ist. Männerprobleme wurden ausdrücklich eingeschlossen.

Ich stelle den Fernseher auf lautlos und halte mir das Handy ans Ohr. Die Leitung knackt, als Leo abhebt.

«Hey … Was ist … passiert?» Leo klingt so verschlafen, dass ich mich augenblicklich furchtbar egoistisch fühle, sie wegen einer Sache geweckt zu haben, die ich – hoffentlich – auch noch morgen klären kann.

«Tut mir leid, Leo … ich … ich bin versehentlich auf die Anruftaste gekommen», sage ich schnell. «Schlaf weiter.»

Sie murmelt etwas Unverständliches, das sich vage

nach *Du Schussel* anhört. Aber ihre nächsten Worte sind klarer. «Ist wirklich alles okay? Du klingst irgendwie komisch.» Damit stellt sie mal wieder eine ihrer Superkräfte unter Beweis: einfach immer zu merken, wann es mir schlechtgeht. Selbst im Halbschlaf.

«M-hm. Alles gut.»

Sie seufzt, und ich kann hören, wie ihr Bettzeug raschelt. «Okay, was ist los? Jetzt bin ich sowieso wach. Erzähl.»

«Ich ... habe ziemlichen Mist gebaut, Leo. Was, wie und warum erzähle ich ein anderes Mal, ja? Ich bin ziemlich fertig, aber ich komme zurecht.»

«Bist du sicher?»

«Ja, bin ich. Es war schön, deine Stimme zu hören. Wir telefonieren morgen, okay? Ich ...» Ich stocke, als mir plötzlich etwas einfällt. «Oh, warte. Könntest du mir Alex' Nummer geben? Ich muss dringend mit Simon sprechen.»

«Dann ist Simon also nicht da? Weil der Mist, den du gebaut hast, etwas mit ihm zu tun hat?», schlussfolgert Leo.

Mit einem Brummen bestätige ich ihren Verdacht. Keine Sekunde später spüre ich die Vibration meines Handys an meinem Ohr.

«Ich hab sie dir grad geschickt. Alex' Nummer.»

«Danke, Leo.»

«Viel Glück, Süße. Und ruf an, wenn irgendwas ist, hörst du? Egal, wann.»

Ich lächele. «Versprochen.»

Ich verliere keine Zeit und schreibe Alex sofort eine Nachricht. Ihn anzurufen, erscheint mir etwas zu aufdringlich. Zu verzweifelt. Wobei er sich ohnehin seinen Teil denken wird, wenn er meine Nachricht liest:

> Hi Alex, hier ist Alissa. Weißt du zufällig, wie ich Simon erreiche? Sein Handy ist aus, und ich muss dringend mit ihm sprechen.

Mit einer Hand vor dem Mund starre ich gebannt auf mein Display. Ich hypnotisiere es so lange, bis außer der beiden Häkchen auch die Wörtchen *online* und *schreibt* zu lesen sind.

> Hi Alissa. Er sitzt neben mir. Bin mir nur nicht sicher, ob ihm so nach Reden ist.

Alex weiß also Bescheid und hat vielleicht sogar die Anweisung bekommen, mich abzuwimmeln. Aber dann hätte er meine Nachricht auch einfach ignorieren können. Ich schiebe meinen Stolz beiseite und tippe:

> Könnest du ihm dann bitte ausrichten, dass es mir leidtut und dass ich ihm das am liebsten von Angesicht zu Angesicht sagen würde?
>
> Okay. Moment.

Ich beiße mir auf die Unterlippe, kaue vor lauter Anspannung auf ihr herum. Wenn ich noch länger warten muss, werde ich noch zum Kannibalen. Mein Display wird zum vierten Mal schwarz – bis es endlich von einer weiteren Nachricht erhellt wird.

Von Simon.

Bin gleich da.

42

Simon

Dass ich mir nachts um eins Nils Karre leihe und mich auf den Weg zu Alissa mache, war nicht geplant. Mit den Jungs zu zocken, bis mir die Augen zufallen. Das hatte ich eigentlich vor. Mit dem Alissa-Kiki-Thema wollte ich mich frühestens morgen wieder befassen. Ich hatte extra mein Handy ausgemacht, um nicht in Versuchung zu kommen, ihr zu schreiben. Da wäre nämlich nichts Nettes bei rumgekommen. Aber mit ihrer Nachricht an Alex hat sie mich überrascht und mir den Wind aus den Segeln genommen.

Ich finde einen Parkplatz direkt vor dem Haus und bin mental auf alles und nichts gefasst. Will sie sich wirklich nur entschuldigen? Oder mich bitten auszuziehen? Oder genauso weitermachen wie bisher – falls das nach dem heutigen Tag überhaupt möglich ist?

Aber ganz egal, was gleich passiert. Ich werde auf jeden Fall klarstellen, dass Kiki gelogen hat. Und sollte Alissa mir das nicht glauben, hat sich die Sache – Beziehung, Freundschaft, Zusammenwohnen, einfach alles – sowieso erledigt. Vielleicht sollte ich mehr Verständnis haben, schließlich ist Kiki ihre Schwester. Aber wenn sie mir so eine Nummer ernsthaft zutrauen würde ... Ich kann mir das nicht selbst antun.

Oben angekommen, ist mein Puls nicht nur wegen des kurzen Treppensteigens beschleunigt. Alissa steht in einem ihrer viel zu großen T-Shirts in der Tür. Sie muss vom Fenster aus meine Ankunft beobachtet haben. Ihre Augen sind vom Weinen noch immer leicht geschwollenen, und ich hasse es, dass mein erster Impuls ist, sie trösten zu wollen.

«Hey.»

«Hi, Simon.»

«Wie geht es Kiki?», frage ich.

Sie schließt die Tür hinter uns. «Ich hatte dir ja aus dem Krankenhaus geschrieben, dass es ihr den Umständen entsprechend gutgeht. Sie hatte wohl unheimliches Glück und hat keine Brüche oder inneren Verletzungen.»

«Das ist gut. Freut mich zu hören.» Das tut es wirklich. Ich wünsche niemandem was Schlechtes, auch Kiki nicht.

Alissa fummelt am Saum ihres Nirvana-Shirts rum. Sie wirkt unsicher und angespannt. Mit einem halben Lächeln scheint sie das kaschieren zu wollen. «Sofa?»

«Okay.»

Sie geht voraus, ich folge ihr. Einander zugewandt, nehmen wir fast zeitgleich am jeweils anderen Ende des Sofas Platz. Es würden locker noch drei Personen zwischen uns passen. Was mich betrifft, ist das eher Zufall. Bei ihr bin ich mir jedoch nicht sicher.

«Es tut mir leid», beginnt sie ohne Umschweife. Ihr Blick ist reumütig und aufrichtig – und geht mir sofort unter die Haut. Verdammt. «Es war nicht fair von mir, dir die Schuld an Beckas Unfall zu geben. Ich weiß, dass du versucht hast, die Situation zu entschärfen. Und dich verteidigen musstest, als Becka all diese Dinge über dich behauptet hat.»

Behauptet hat. Alissa glaubt mir also. Mir und nicht ihrer Schwester. Von sich aus. Ohne dass ich sie von der Wahrheit überzeugen muss. Und das sagt sie mir nebenbei, als hätte sie keinen blassen Schimmer, wie unfassbar viel mir das bedeutet.

«Wenn jemand was dafür kann, dann ich ... weil ... ich das Gespräch mit ihr aufgeschoben habe», erklärt sie und schlägt damit nun eine Richtung ein, die mir gar nicht gefällt.

Ich setze zu einem Widerspruch an, doch sie kommt mir zuvor. «Sie wäre niemals hier aufgetaucht, wenn ich es ihr eher gesagt hätte, anstatt mich von meiner Angst leiten zu lassen.»

«Nicht, Alissa. Hör auf, dir schon wieder die Schuld zu geben. Du kannst nichts dafür, dass sie wie eine Furie davongerannt und völlig blind auf die Straße gelaufen ist.»

Alissa schüttelt den Kopf. «Ich kenne sie. Ich weiß, wie impulsiv sie sein kann, und hätte sie zurückhalten müssen. Ich hätte ... Ich hätte sie einholen müssen ... aber ich ... ich war zu spät.» Alissas Unterlippe fängt an zu beben, und ihre Augen schimmern feucht.

Ich war zu spät. Gott verdammt. Wie kann ich ihr nur begreiflich machen, dass sie sich mit diesen Schuldgefühlen selbst kaputtmacht? «Alissa ...»

Sie schüttelt den Kopf. «Wenn Becka schwer verletzt worden wäre oder Schlimmeres, hätte ich eine Mitschuld gehabt.» Sie verstummt und hält sich die Hände vors Gesicht.

Dass sie weint, checke ich erst, als ich das Zittern ihrer Schultern bemerke, denn sie gibt keinen einzigen Laut von sich. Ohne zu zögern, rutsche ich über das Sofa zu ihr und lege eine Hand auf ihre Schulter. Die andere lasse ich über ihr Haar streichen.

«O Gott, Simon … t-tut mir leid … Bitte, denk jetzt nicht … dass … dass du nur hier bist … weil ich j-jemanden zum Trösten brauche», schluchzt sie.

«Das denke ich nicht, versprochen.»

«I-ich nutze dich nicht a-aus.»

«Das weiß ich. Ich bin froh, dass du dich bei Alex gemeldet hast. Dass ich für dich da sein kann. Ich bin gern für dich da», versichere ich, um sie zu beruhigen, doch meine Worte scheinen exakt das Gegenteil zu bewirken. Denn ihr Körper bebt jetzt noch heftiger als zuvor, und ihr Weinen wird von rauen Schluchzern begleitet.

«I-ich war … so scheiße zu dir. I-ch verdiene das ü-überhaupt nicht.»

«Du verdienst alles, Alissa», flüstere ich, weil der Kloß in meinem Hals auf die Stimmbänder drückt. Ich will ihr sagen, dass ich noch so viel mehr zu geben habe. Und dass ich sie will. Jede verdammte Version von ihr. Doch die Worte bleiben irgendwo auf dem halben Weg zwischen Herz und Mund stecken. Aufgehalten von der Angst, dass sie nicht das Gleiche will. Dass ich damit eine Entscheidung erzwinge, für die wir beide noch nicht bereit sind. Deshalb bleibt mir nur, sie festzuhalten.

«Es ist okay …», flüstere ich und küsse ihr Haar. «Alles wird gut.» Ich küsse ihre Schläfe, erwische dabei ihre Hand, küsse ihre Knöchel. Jeden einzelnen, bis sich Alissas Hände langsam von ihrem Gesicht lösen und all ihr Schmerz offenbart wird. Sie leckt sich die Tränen von den Lippen, streift dabei fast meinen Mund, weil ich mich so schnell nicht zurückziehen konnte. Es ehrlicherweise aber auch nicht möchte und ... Ihre Lippen stoppen meine Gedanken, als sie mich küsst. Mit zittrigen Händen greift sie sich eine Handvoll meines Pullis, oder besser gesagt Alex', und wartet, dass ich ihren Kuss erwidere. Und verdammt, das will ich, aber nicht so. Nicht, wenn Alissa so fertig ist. Aufgelöst in Tränen und Schuldgefühlen.

Sanft löse ich mich von ihren Lippen. So schwer es mir auch fällt. Ich glaube, dass Alissa in Wirklichkeit was anderes braucht, und flüstere: «Komm her.» Ihren zitternden Körper ziehe ich seitlich auf meinen Schoß und halte sie. Ich lasse sie weinen. Lasse sie zerbrechen, während ihre Arme meinen Hals umklammern, und presse sie noch fester an mich. Als könnte ich sie dadurch wieder zusammensetzen. Irgendwann – keine Ahnung, wie viel Zeit vergangen ist – sind nur noch Alissas gleichmäßige Atemzüge zu hören. Sie hat aufgehört zu weinen. Ihre Arme liegen noch immer um meinen Hals, als wollte sie mich nicht loslassen. Mir geht es nicht anders. Ich gebe ihr einen sanften Kuss halb aufs Haar, halb auf die Schläfe.

«Geht's wieder?» Meine Stimme ist ein Flüstern, weil ich nicht sicher bin, ob sie schläft. Es würde mich nicht wundern, wenn sie von den heutigen Ereignissen total erledigt wäre.

Aber ihr Nicken verrät, dass sie noch wach ist. «Kannst … kannst du bleiben?», fragt sie heiser.

«Ich geh nirgendwohin, Alissa. Ich bin für dich da. Solange du das möchtest.» Es ist dieser letzte Satz, der mir schmerzlich bewusst macht, dass sie mich morgen schon wegschicken könnte. Dass ihr über Nacht klar werden könnte, dass aus uns niemals etwas werden wird. Werden kann. Dass nicht mal eine Freundschaft drin ist, da Kiki immer zwischen uns stehen würde. Weil sie nun mal ihre Schwester ist.

Diese Gedanken versuche ich zu verdrängen, als ich später in Alissas Bett liege. Hinter ihr, den Arm um ihren Bauch geschlungen. Unsere Finger sind miteinander verschränkt. Ich drücke sie an meine Brust, in der mein Herz wie verrückt für sie schlägt.

Was mache ich, wenn das hier die letzte Nacht ist, die wir zusammen verbringen?

Allein die Vorstellung frisst sich wie Säure durch meine Eingeweide.

43

Alissa

Ich schrecke aus dem Schlaf. Überreste eines Traums bringen mein Herz zum Rasen. Ein Albtraum, in dem Simon plötzlich nicht mehr da und auch nicht auffindbar oder zu erreichen war. Wie vom Erdboden verschluckt. Meine Lungen fühlen sich wie zugeschnürt an. Ich ringe nach Luft, taste mit der Hand die andere Bettseite ab. «Simon?»

Ich fühle seine warme, weiche Haut unter meinen Fingern. Gott sei Dank! Er ist noch hier.

«Ja?» Seine Stimme klingt rau wie Schmirgelpapier. «Was ist los? Ist alles okay?»

«Ich … ich hab schlecht geträumt», flüstere ich und drehe mich zu ihm, sodass ich ihn sehen könnte – wenn es nicht stockdunkel wäre.

«Das tut mir leid. Wieder von deiner Mutter?»

«Nein.» Ich rutsche über die Matratze noch etwas dichter an seinen warmen Körper. «Ich hab geträumt, dass … dass wir uns nie wiedersehen.» Mich das sagen zu hören, es laut auszusprechen, tut weh. Weil dieser Albtraum vielleicht Realität werden könnte. Weil ich nicht weiß, was ich machen soll. Weil ich mich entscheiden muss. Ich kann nicht beides haben. Ein gutes oder zumindest besseres Verhältnis zu Becka *und* Simon.

«Noch bin ich hier», flüstert er, aber das kleine Wörtchen *Noch* dröhnt in meinen Ohren, als hätte er es geschrien.

«Ich … ich will das nicht, Simon.»

Er schluckt schwer. «Was willst du nicht?»

«Dich verlieren.»

«Ich will dich auch nicht verlieren.»

Mein sprödes Herz schwillt an und bekommt einen Riss. «Aber … ich kann dir nichts versprechen. Ich … ich weiß nicht, was morgen sein wird. Ich weiß nur, dass … dass …» Ich ertaste sein Gesicht, seine Wangen, seine halb geöffneten Lippen. Mein Atem geht schwerer. Seiner ebenso.

«Jetzt gerade ist mir egal, was morgen ist, Alissa.»

Ich nähere mich seinem heißen Atem und senke meine Lippen auf seine. Mein Herz zieht sich beinahe schmerzhaft zusammen, als es endlich das bekommt, wonach es sich die letzten drei Wochen gesehnt hat. Ihn. Simon, der meinen Kuss erwidert. Zuerst zärtlich und sanft. Dann inniger und tiefer. Keuchend presse ich mich an ihn und präge mir seinen Geschmack ein. Für immer, weil ich nicht weiß, wann und ob ich noch mal die Gelegenheit bekommen werde, ihm so nah zu sein.

Und mit einem Mal kippt der intensive Kuss in pure Verzweiflung. Ich ziehe Simon auf mich, hebe die Beine und verschränke die Knöchel hinter seinem Rücken. Seine Hände finden meine Schenkel und packen zu. Wir küssen uns nicht mehr, sondern verschlingen einander. Als würde uns die Zeit davonrennen, als wäre es das letzte Mal. Ich klammere mich an ihn, so fest ich kann. Dieser Kuss schmeckt wie ein bittersüßer Cocktail aus Leidenschaft, Verzweiflung, Schuld und Reue. Aber auch tiefster Zuneigung. Eine verhängnisvolle Mischung. Und so berauschend, dass ich alles vergesse. Papas Kälte, Beckas Ultimatum, ihren Unfall, dass sie im Krankenhaus liegt und mich hasst. Hier und jetzt gibt es nur Simon und mich. Lippen, die sich treffen. Atem, der sich vermischt. Hände, die sich gegenseitig ertasten, streicheln und ausziehen. Ohne ein Wort. Nur Stille und das Rascheln unserer Klamotten, bis wir beide nackt sind. Es ist, als wollte keiner von uns riskieren, etwas zu sagen, das diesen Moment ruinieren könnte. Mein Herz hämmert wild gegen seine Brust, und ich spüre, wie hart er ist, wie sehr auch er mich will.

Ich strecke den Arm aus, ertaste die Kommode und die Schublade, in der sich die Kondome befinden.

«Bist du sicher?», fragt er.

Ich nehme sein Gesicht in meine Hände und antworte mit einem Kuss, in den ich alles hineinlege, was ich mich jetzt nicht zu sagen traue. Weil ich ihm ... uns noch keine Versprechen geben kann. Aber das scheint ihm nicht zu reichen, denn er unterbricht den Kuss und knipst das Bettlicht an. Als ich in seine Augen sehe, begreife ich, warum er das getan hat. Was es für einen Unterschied macht, wenn sich die eigenen Gefühle im Blick des anderen spiegeln. Dann braucht es keine Worte. Keine Fragen. Keine Erklärungen.

Als er mit den Lippen an meinem Körper hinabgleitet,

halte ich ihn auf. Ich will nicht warten, ich will ihn jetzt sofort spüren. Ungeduldig reiße ich die Verpackung des Kondoms auf. Er zieht es über, dann ist er wieder auf mir. Meine Finger finden seinen Schaft und zittern, als ich seine Erektion an meine Mitte führe. Behutsam dringt er in mich ein, lässt mich dabei keine Sekunde aus den Augen. Er fängt an, sich zu bewegen, und ich stöhne auf. Ihm auf diese Weise nah zu sein, ist so überwältigend schön, dass ich meine Augen am liebsten schließen und einfach nur fühlen will. Gleichzeitig möchte ich aber auch alles, was *er* fühlt, in seinen Augen und seinem schönen Gesicht ablesen können. Und so lassen unsere Blicke einander kein einziges Mal los, während wir mit jedem seiner gefühlvollen Stöße mehr und mehr miteinander verschmelzen.

Simon kommt einige Minuten nach mir zum Höhepunkt, obwohl er mehrmals kurz davor war. So wie sein Körper jetzt über mir zittert, muss ihn das einiges an Kraft und Willensstärke gekostet haben.

«Fuck», keucht er und zieht sich langsam aus mir zurück. Dass er dabei unzufrieden den Kopf schüttelt, irritiert mich.

«Was ist?», frage ich besorgt.

Er rollt sich auf die Seite und antwortet, sein gerötetes Gesicht mir zu gewandt: «Ich … wollte nicht kommen.»

«Warum nicht?»

«Weil … ich nicht wollte, dass … es endet», gesteht er schwer atmend und sieht mir tief in die Augen. Mit einem Ausdruck, der mein Herz genauso berührt wie seine Worte.

Ich erwidere seinen Blick mit der gleichen Intensität.

Der gleichen Sehnsucht. Und dem gleichen Wunsch, die Zeit einfach anhalten oder zurückspulen zu können.

«Das will ich auch nicht», flüstere ich und strecke die Hand nach ihm aus, streiche durch seine schweißfeuchten Locken.

Simon wirkt überrascht. «Dann bereust du es nicht?»

«Nein und du?»

Sein Brustkorb dehnt sich zu einem tiefen Atemzug. «Keine Sekunde.»

Er dreht sich auf den Rücken, hebt seinen Arm und legt ihn um meine Schulter. Als ich mich an seinen warmen, großen Körper schmiege, drückt er mich an sich. Und es fühlt sich noch immer so gut an. Alles. Sein rascher Herzschlag an meinem Ohr. Seine zärtlichen Finger, die kleine Kreise auf meinen Oberarm malen. Mein Bein über seinem Oberschenkel. Seinen Bauch zu umschlingen, während es in meinem kribbelt, als würde sich Brausepulver in meinem Magen auflösen. Das hier – Simon und ich – kann nicht falsch sein. Nicht, wenn sich seine Arme wie ein Ort anfühlen, den ich nie wieder verlassen will. Aber zu welchem Preis? Ist Becka es wirklich wert, auf Simon und alles, was er in mir auslöst, zu verzichten. Würde sich an dem Verhältnis zu Becka etwas ändern, wenn ich mich gegen Simon entscheide? Könnte ich dadurch Wiedergutmachung leisten?

«Simon?»

«Ja?»

«Darf ich dich was fragen? Es ... geht um Becka und dich.» Nach dem Sex gibt es sicherlich bessere Themen, als über die Ex zu sprechen. Aber ich muss für mich einfach ein paar Dinge in Erfahrung bringen, um hoffentlich eine Idee zu bekommen, was ich tun soll. Ich spüre, wie sich Simons Körper anspannt. «Oder ist das heute zu viel? Das verstehe ich.» Denn das Letzte, was ich möchte, ist, ihn jetzt zu belasten.

«Nein. Schon okay. Aber ...» Mit mir im Arm dreht er sich auf die Seite und bringt gerade genug Abstand zwischen uns, dass wir einander anschauen können. «Das ist keine schöne Geschichte, Alissa.»

«Ich weiß.» Fest und entschlossen sehe ich in seine Augen.

«Warum jetzt?»

«Weil ... weil es mir vielleicht bei der Entscheidung hilft, was Becka betrifft. Und uns.»

In seinen Augen blitzt etwas auf. «Ein Uns wäre ... sehr schön.»

Ich tupfe einen Kuss auf seinen Mund.

«Was genau willst du denn wissen?»

«Erzähl mir, was alles vorgefallen ist.»

«Du meinst, abgesehen von der gefakten Schwangerschaft?»

Ich schlucke. «Warum hat sie das getan? Was hat sie sich denn davon versprochen? Ich meine ... so was kommt doch auf jeden Fall irgendwann raus.»

«Nicht, wenn du planst, auch eine Fehlgeburt zu faken. Und das alles nur, damit ich bei ihr bleibe.»

«Das heißt, du wolltest zu dem Zeitpunkt gar nicht mehr mit ihr zusammen sein?»

«Nein. Ich wollte Schluss machen. Aber als sie mir erzählt hat, dass sie schwanger ist, konnte ich es nicht mehr.

Das war der totale Schock für mich, aber nachdem ich erst mal darüber hinweggekommen war, habe ich mich gefreut. Und es hat mir auch irgendwie Hoffnung gegeben. Dass Kiki sich vielleicht ändern würde. Dass sich unsere Beziehung verbessern würde, wenn es nicht mehr so sehr um uns ginge, sondern darum, das Beste für diesen kleinen Menschen zu tun. Ich habe gehofft, dass sie sich mir etwas öffnen würde. Sie hat mir nie viel von sich erzählt, mich nie mit zu sich nach Hause genommen. Vom Unfalltod eurer Mutter hat sie mir nur erzählt, um ihren – Zitat – schwierigen Charakter zu rechtfertigen.» Er seufzt leise. «Sie hatte extreme Verlustangst. Ständig hat sie sich Sorgen gemacht, ich könnte wegen einer anderen Schluss machen oder sie betrügen. Das artete in extreme Eifersucht aus. Sie checkte meine Nachrichten, wollte nicht, dass ich mit den Jungs feiern gehe, weil ich da angeblich nur mit anderen Frauen flirten würde. Jedes Mal, wenn ich verabredet war, hat sie einen Streit provoziert oder behauptet, dass es ihr schlechtginge. Damit ich dann entweder so angepisst war, dass ich überhaupt keinen Bock mehr hatte auszugehen, oder ein schlechtes Gewissen hatte, sie allein zu lassen. Als Alex und ich mal für ein Wochenende in die Berge zum Klettern fahren wollten, rief sie mich total verheult an und meinte, sie hätte Angst zu sterben.»

Meine Augen werden groß.

«Weil sie aus Versehen zu viele von ihren Schlaftabletten geschluckt hätte.»

Sie nimmt Tabletten? Nach Mamas Tod hatten wir beide mit Schlafstörungen zu tun. Ich weiß, dass sie ähnlich wie ich auch heute noch unter Albträumen leidet. Aber ich wusste nicht, dass sie deswegen Medikamente nimmt. O Gott.

«Ich saß schon mit Alex im Auto und hab ihn sofort gebeten umzudrehen. Obwohl ich mir beinahe sicher war, dass sie nur wieder eine Show abzog. Ich gab ihr am Telefon Anweisungen, sich den Finger in den Hals zu stecken und einen Krankenwagen zu rufen. Weil ich trotzdem Angst um sie hatte. Ich wollte auf keinen Fall schuld sein, falls ihr was passiert.»

Ich nicke.

«Das war der Tag, an dem ich beschloss, Schluss zu machen. Weil diese Beziehung mich auf Dauer kaputtmachen würde. Und weil es nicht meine Aufgabe ist, *sie* zu retten, sondern mich selbst.»

«Wie ... meinst du das?», frage ich.

«Ich bin wegen der Sache mit meinem Bruder, trotz der Therapie, ziemlich anfällig dafür, Menschen, die mir wichtig sind, immer alles recht machen zu wollen oder mir schnell die Schuld geben zu lassen. Und bei Kiki verfiel ich wieder in dieses Muster. Kiki hat das erkannt und ausgenutzt. Sie hat mir ständig die Schuld für alles Mögliche gegeben. Deshalb war ich auch so geschockt und enttäuscht, als ...»

«Als ich dir die Schuld an ihrem Unfall gegeben habe», vervollständige ich seinen Satz. «O Gott!» Ich hebe eine Hand an meinen Mund. Ich verdammte Idiotin. «Das tut mir so leid, Simon. Das ... das hätte ich wissen müssen. In dem Moment habe ich überhaupt nicht nachgedacht. Ich bin nicht wie sie, Simon. Wirklich nicht.»

«Das weiß ich.» Zärtlich streicht er mir eine Strähne

hinters Ohr. «Allein schon, weil du dich dafür entschuldigt hast. Das hat Kiki nie getan. Bei ihr hieß es immer nur: *Das hast du falsch verstanden. So war das nicht gemeint.* Oder *Ich hab es doch nur gut gemeint.*»

Genau wie bei meiner Mappe. Oder einer der tausend anderen Gelegenheiten, bei denen sie meine Bilder kritisiert oder mich bloßzustellen versucht hat.

«Als sie dann», er zeichnet Gänsefüße in die Luft, «‹die Fehlgeburt› hatte, gab sie natürlich mir die Schuld. Die Angst davor, von mir verlassen zu werden, hätte sie emotional so gestresst, dass sie unser Kind verloren hat.»

Fassungslos schüttele ich den Kopf. «Und wie hast du herausgefunden, dass sie gelogen hat?»

«Durch meine Mutter. Sie bekam natürlich mit, wie fertig ich war, und hat irgendwann gesehen, wie ich auf der Terrasse ein Ultraschallbild auf dem Handy anstarrte.»

«Wusste sie nichts von der Schwangerschaft?»

«Nein. Kiki und ich wollten damit warten bis nach den kritischen Wochen.»

Ich nicke.

«Aber an dem Tag erzählte ich meiner Mutter alles und zeigte ihr das Bild. Ihr fiel sofort auf, dass damit etwas nicht stimmte. Denn der Embryo war für die 9. Schwangerschaftswoche viel zu groß. Sie war sich ziemlich sicher, dass das Bild auf meinem Handy ein Ultraschall aus der 12. oder 13. Woche sein musste. Also sprach ich Kiki darauf an. Sie verhaspelte sich in ihrer Lüge, das Ganze flog auf, und ich machte noch am selben Tag endgültig Schluss mit ihr.» Simon stößt den Atem aus, als wäre das auch heute noch ein Befreiungsschlag für ihn. «So hart und schmerzhaft das auch war, ich bin froh, dass sie mich so verarscht hat. Es hat mir unmissverständlich klargemacht, wie toxisch diese Frau ist.»

Toxisch. Ich schlucke, spüre, wie mein Herz rast, weil dieses Wort etwas in mir in Gang setzt. Ein dumpfes Gefühl – zu schwach, um es richtig zu fassen. Aber zu stark, um es zu ignorieren. «Du glaubst, dass sie auch für mich toxisch ist, oder?»

«Es ist nicht wichtig, was ich glaube. Was denkst du?», gibt er die Frage an mich zurück.

«Ich denke, dass Menschen sich ändern können, wenn sie es wollen.» *Und ich denke, dass deine Situation eine andere ist als meine.* «Sie ist meine Schwester. Ich kann sie nicht komplett aus meinem Leben verbannen, ohne ihr eine Chance zu geben, sich zu ändern. Verstehst du?»

Simon versteift sich. Ich ahne, warum, richte mich auf und sage: «Das heißt aber nicht, dass ich ihr nachgebe. Ich will das hier zwischen uns.»

Seine Züge werden wieder weicher und zugänglicher, als Hoffnung in seinen Augen aufflackert. Aber auch Zweifel. «Ich will kein Geheimnis sein, das du vor Kiki bewahrst, Alissa.»

«Ich weiß. Und ich weiß auch, dass es so nicht weitergehen kann. Ich versuche noch mal, mit ihr zu reden», verspreche ich. «Nach der Ausstellung. In aller Ruhe. Wenn sie sich beruhigt hat und ich … ich wieder Kraft habe. Okay?»

«Okay.» Er richtet sich ebenfalls auf, zieht mich auf seinen Schoß und raunt dicht an meinen Lippen. «Ich will das hier übrigens auch.»

44

Alissa

Am Morgen, beziehungsweise Vormittag, danach wache ich mit Schuldgefühlen auf. Oder wie nennt man das, wenn man Schuldgefühle hat, weil man eben keine Schuldgefühle hat, obwohl man es sollte? Es ist, als hätte mein Herz meinen Kopf nun endgültig davon überzeugt, dass etwas, das sich so gut anfühlt, unmöglich falsch sein kann. Zu wissen, was Becka Simon angetan hat, verstärkt dieses Gefühl.

Ich drehe den Kopf und betrachte Simon, der schlafend neben mir liegt.

Aber sie ist immer noch meine Schwester. Meine Familie. Der einzige Mensch, mit dem ich Erinnerungen aus frühester Kindheit teilen kann. Ich bete, dass sie nach der Ausstellung, wenn sich ihre blinde Wut hoffentlich gelegt hat, zu einem Gespräch bereit ist. In der Zwischenzeit werde ich all meine Energie in die Vollendung der Bilder für die Ausstellung fließen lassen. Mamas Bild von Papa und mir will ich als Karte drucken lassen und ihm schicken. Als Erinnerung an die Ausstellung, aber auch daran, dass ich ebenfalls seine Tochter bin.

Vorsichtig klettere ich über Simon hinweg aus dem Bett

und schlüpfe so leise wie möglich in das erstbeste Kleidungsstück, das ich vom Boden auflese. In diesem Fall Simons Pulli, der seltsamerweise kaum nach ihm riecht. Na ja. Er ist trotzdem gemütlich.

Ich gehe in die Küche, wo ich den Kaffeeautomaten anstelle. Während ich darauf warte, dass das Wasser im Tankbehälter aufheizt, schreibe ich Calla und Leo in möglichst knappen Worten, was gestern passiert ist. Und auch, dass zwischen Simon und mir wieder alles okay ist. Wie okay, behalte ich vorerst für mich.

Und wie geht es Becka?, fragt Calla.

Kann sie heute entlassen werden? Ich habe nämlich einiges zu ihrem Verhalten zu sagen, und das fiele mir wesentlich leichter, wenn sie offiziell keine Patientin mehr wäre, schreibt Leo. PS. Du hättest bei unserm Telefonat ruhig was sagen können, Lissa. Dann wäre ich nicht seelenruhig wieder ins Bett gegangen.

Ob Becka heute entlassen wird? Ich beiße mir auf die Lippe und setze mich an den Küchentisch. Jetzt, da ich die Blase, in der ich heute Morgen aufgewacht bin, verlassen habe, bekomme ich doch ein schlechtes Gewissen. Eine gute Schwester würde das wissen. Eine gute Schwester würde zu ihr ins Krankenhaus fahren. Aber nach dieser Nacht mit Simon kann und will ich Becka nicht unter die Augen treten. Nicht bevor wir beide bereit sind zu reden. Deshalb schreibe ich ihr nur eine Nachricht.

Das war zumindest der Plan – bis ich feststelle, dass ihr WhatsApp-Profilbild leer ist. Ungläubig blinzele ich. Hat sie mich blockiert? Ich starre aufs Display, mein Herz rast, während ich Calla und Leo frage:

Woran erkennt man, dass man hier blockiert wurde?

Das Profilbild ist weg. Warum?

Leos rasche Antwort trifft mich wie ein Tritt in die Magengrube. Denn Becka hat mich zwar manchmal wochen- oder sogar monatelang ignoriert oder meine Anrufe weggedrückt, wenn wir Streit hatten, aber blockiert hat sie mich noch nie.

Hat Becka dich etwa blockiert?, fragt Calla, als hätte sie den siebten Sinn.

Leicht benommen tippe ich:

Ja.

Dir ist schon klar, was sie damit erreichen will, oder? Dass sie das nur macht, um dich emotional noch mehr unter Druck zu setzen?

Leo hat recht, Lissa. Lass dich nicht erpressen.

Genau! Und sorry, wenn das jetzt vielleicht hart klingt, aber sooooo schlecht kann es ihr nicht gehen, wenn das Erste, woran sie denkt, während sie im Krankenhaus liegt, ist, dich zu blockieren.

Ich nicke. Calla und Leo haben recht. Ich weiß das, aber trotzdem tut es weh. Trotzdem brennt der Schmerz in meinen Augen, sodass ich ihre Nachrichten immer verschwommener erkenne. Ich blinzele die Tränen fort und tippe:

> Ja, ich weiß. Und nein, ich lass mich nicht erpressen. Ich hoffe einfach, dass sie sich wieder beruhigt. Simon und ich haben gestern Nacht lange über Becka geredet. Mir sind so einige Dinge klar geworden. Ich weiß nur noch nicht, welche Konsequenzen ich daraus ziehen soll. Glaube, ich muss das jetzt erst mal alles sacken lassen. Nächste Woche ist schon die Ausstellung, und ich will versuchen, sie zu genießen, so gut es geht. Wenn ihr hier seid, reden wir ausführlicher, ja?

Mit anderen Worten: Ich brauche jetzt erst mal eine Pause von diesem Thema. Auch wenn sich in meinem Kopf gerade ohnehin alles darum dreht, wie ich das zwischen Becka und mir wieder in Ordnung bringen kann.

> Wir – ich spreche jetzt auch mal für Leo – sind da, falls was ist. Mach dir keinen Druck. Wir reden, wenn du dich danach fühlst. Wenn das nach der Ausstellung noch nicht der Fall ist,

auch okay. Dann stoßen wir einfach nur an und feiern unsere talentierte Freundin. Oder, Leo?

Ich lächele gerührt.

Dem hab ich nichts hinzuzufügen, außer dass ich stolz auf dich bin. Weil du dich von Becka nicht erpressen lässt. PS: Ich hoffe, du und Simon habt gestern Nacht noch mehr gemacht, als nur zu reden. Enttäusch mich nicht. 😉

Mir entkommt ein Lachen, obwohl mir vor wenigen Minuten noch zum Weinen zumute war.

Ja, haben wir. 😉 Bin froh, euch zu haben. ❤️

Ich lege mein Handy auf den Tisch und beschließe, es dort zu lassen, bis ich mich für meine Schicht im INKnovation fertig machen muss. Solange möchte ich zurück in meine Blase. Zurück zu Simon.

Der Kaffee kann warten.

45

Simon

«Möchtest du lieber Kartoffeln oder Nudeln zum Braten, Simon?»

Bitte was? «Hast du mich etwa deswegen geweckt, Mama?», knurre ich müde ins Handy. «Um mich nach meiner Wunschbeilage zu fragen?»

«Du hast noch geschlafen?», fragt sie erstaunt, fast schon vorwurfsvoll.

«Ja, weil ich – wie jeden Samstag – bis drei Uhr nachts arbeiten war.»

«Ach stimmt. Das hatte ich ganz vergessen. Tut mir leid. Dann rufe ich in einer Stunde, so gegen elf noch mal an. Schlaf ruhig weiter.»

«Nein, schon gut. Bin jetzt eh wach.» Halbwegs zumindest. Ich richte mich auf und unterdrücke ein Gähnen. «Mir ist egal, was es zum Braten gibt. Frag Nora oder Papa.»

«Willst du Alissa mitbringen? Dann könntest du sie fragen.»

Ich runzele die Stirn. Es braucht zwei Atemzüge, bis meine müden Gehirnzellen checken, was es mit diesem komplett unnötigen Anruf auf sich hat. Sie versucht herauszufinden, was zwischen mir und Alissa läuft. Ob sie die

Art von Freundin ist, die ich zu unserem Sonntagsessen einlade. Eine Frage, die ich aktuell leider noch mit einem Nein beantworten muss. Denn bevor sie nicht mit Kiki gesprochen hat, werde ich nichts unternehmen, wodurch sie sich unter Druck gesetzt fühlen könnte. Das habe ich mir fest vorgenommen.

«Nein, ich komme allein», antworte ich.

«Oh, wie schade.» Sie macht sich nicht mal die Mühe, ihre Enttäuschung zu verbergen. «Hat sie schon was anderes vor?»

Ein Schmunzeln zupft an meinen Mundwinkeln. «Versprich mir bitte, dass du niemals Geheimagentin wirst. Du würdest sofort auffliegen und wegen Spionage verhaftet werden.»

«Wieso? Was meinst du?», fragt sie ertappt und schafft es nicht einmal, sich vernünftig dumm zu stellen.

«Frag doch einfach direkt, ob Alissa und ich ein Paar sind. Das ist es doch, was du versuchst herauszufinden, oder nicht? Abgesehen davon hättest du mich auch in zwei Stunden am Esstisch nach ihr ausfragen können.»

«Ich wollte dich gar nicht ausfragen. Ich ... ich ... dachte nur, weil ihr ja jetzt zusammenwohnt, wäre es doch schön, wenn ... wenn sie auch kommt. Und, na ja ...», druckst sie rum und fragt dann doch: «Seid ihr denn ein Paar?»

«Nein, sind wir nicht.» Ich kann förmlich hören, wie es in ihrem Kopf arbeitet. Wie sie versucht zu verstehen, was für eine Art von Beziehung wir haben. Herzlich willkommen in meiner Welt.

«Na gut, aber sie ist trotzdem jederzeit willkommen. Richte ihr das gerne aus.»

«Das mache ich, aber heute und die nächsten beiden Sonntage hat sie definitiv keine Zeit. Sie steckt mitten in den Vorbereitungen für ihre Vernissage», erzähle ich und kann nicht verhindern, ein bisschen stolz zu klingen. Als hätte ich irgendeinen Anteil daran.

«Was denn für eine Vernissage?»

Während ich die Frage beantworte, merke ich, wie wenig mir Alissa von der Ausstellung erzählt hat. Ich weiß nur, dass es um die Werke ihrer Mutter geht und wann die Eröffnung stattfindet. Das war's. Mehr hat Alissa mir nicht erzählt, obwohl ihr diese Ausstellung so viel bedeutet.

«Das ist ja großartig. Sie ist so ein Talent. Dann plane ich dich für den Sonntag, an dem die Ausstellung ist, also nicht zum Essen ein.»

«Doch, doch ... ich komme.»

«Ach so ... Ich hätte gedacht, dass du hingehen willst.» Damit bohrt sie, ohne sich dessen bewusst zu sein, ihren Finger genau dort hinein, wo es weh tut. Denn Alissa hat nicht mal angedeutet, ob sie mich gerne dabeihätte. Was vermutlich heißt, dass sie es nicht will. Das ist okay. Kiki kommt vielleicht, und das muss ich mir echt nicht geben. Aber dass es okay für mich ist, heißt nicht, dass es sich nicht scheiße anfühlt.

«Ich wollte mir die Ausstellung später ansehen. In Ruhe ohne den ganzen Trubel», rede ich mir ein und würge Mama, unter dem Vorwand dringend aufs Klo zu müssen, ab.

«Dann bis nachher, und bring Hunger mit.»

In den nächsten Tagen versuche ich, mich abzulenken. Von der Tatsache, dass die Ausstellung am Wochenende beginnt und sich danach entscheiden wird, wie es mit mir und Alissa weitergeht. Anstehende Prüfungen und das Projekt mit Alex und Pia bringen mich auf andere Gedanken. Außerdem darf ich nun auch endlich offiziell wieder Sport machen, was ich jeden Tag auskoste.

Alissa und ich sehen uns kaum. Wenn ich nicht wüsste, dass sie wegen der Vernissage bis zum Hals in Arbeit steckt, würde ich vermuten, dass sie mir aus dem Weg geht oder so. Aber wir texten uns mehrmals täglich und schicken uns Voicemails. Bevor sie morgens die Wohnung verlässt, stellt sie mir einen Kaffee ans Bett. Der ist dann zwar meist schon kalt, wenn ich ihn trinke, weil sie so leise ist, dass ich nicht aufwache – aber die Geste weiß ich dennoch zu schätzen.

Ich revanchiere mich im Gegenzug mit Abendessen. Entweder Selbstgekochtes oder was vom Lieferservice. Wenn sie nach dem Essen nicht direkt todmüde ins Bett fällt, ziehen wir uns zusammen noch eine Folge *Dear White People* oder *Ginny & Georgia* rein und gehen dann schlafen. In getrennten Betten. Eine Abmachung, die wir gemeinsam getroffen haben, um etwas Tempo rauszunehmen. Es fühlt sich ein bisschen wie ein Rückschritt an, ist aber vermutlich die richtige Entscheidung.

Am Freitag auf dem Weg zur letzten Vorlesung bekomme ich einen Anruf von Alissa. Verwundert bleibe ich mitten auf der Treppe zum Hörsaal stehen und hebe ab. «Hey, Alissa. Bist du okay?» Na gut, eventuell klinge ich eher besorgt als verwundert. Weil Alissa normalerweise Nachrichten oder Voicemails schickt. Dass sie anruft, kommt so gut wie nie vor.

«Ich bin fertig.» Das unüberhörbare Lächeln in ihrer Stimme lässt mich erleichtert ausatmen.

«Fertig womit?», frage ich und gehe weiter, schließe mich dem Strom der anderen Studenten an.

«Mit dem letzten Gemälde!»

«Herzlichen Glückwunsch! Darauf stoßen wir heute Abend an. Oder heute Nacht. Egal, wann du nach Hause kommst. Ich lasse dich auf keinen Fall ohne Sekt im Bauch ins Bett.»

Alissas Lachen klingt wie Musik. Wie ein Lieblingssong, den man seit langem nicht mehr abgespielt hat. Denn es ist eine Weile her, dass ich Alissa so habe lachen hören. Unbeschwert und glücklich. «Danke, Simon, für alles. Ohne dich hätte ich es nicht geschafft. Deshalb bist du auch der Erste, dem ich davon erzähle.»

Ein Grinsen breitet sich auf meinem Gesicht aus. «Das ist nicht wahr, Alissa. Du warst das alles ganz allein.»

«Wenn du nicht jeden Abend für was zu essen gesorgt hättest, wäre ich mit ziemlich hoher Wahrscheinlichkeit im Schlaf verhungert. Ich habe den Haushalt komplett schleifen lassen. War nicht einkaufen, obwohl ich an der Reihe gewesen wäre, und hab mich nicht mal richtig dafür bedankt. Also, lass mich dir zumindest die Hälfte meiner Lorbeeren abgeben.»

«Na gut. Wenn du darauf bestehst.»

«Ja. Und das ist nicht das Einzige, worauf ich bestehe.»

«Du bist ganz schön fordernd», erwidere ich lachend. «Was denn noch?»

«Es gibt da etwas, das ich dir unbedingt zeigen muss. Kannst du kommen?»

«Ähm ... jetzt?»

«Ja. In die Galerie.»

Ich bin soeben vor dem Hörsaal angekommen, in dem meine Vorlesung gleich beginnt. Keine Ahnung, welche. Und es ist mir auch egal.

«Bin auf dem Weg. Wo genau muss ich hin?»

··· ◆ ···

Knapp vierzig Minuten später. Ich steige in Harvestehude an der Hallerstraße aus der U1 und laufe durch leichten Nieselregen zum Mittelweg. Alissa empfängt mich vor der Galerie *MalKUNST* mit einem Regenschirm und einer festen Umarmung.

«Hier treibst du dich also die ganze Zeit rum.»

«Das klingt ja, als hätte ich mich vor dir verstecken wollen.» Ich höre das Lächeln in ihrer Stimme. Sie streicht mir über den Rücken, dann drückt sie mich sanft von sich.

Wir grinsen einander an, und ich entdecke mal wieder bunte Farbkleckse. In ihren Wimpern. Auf der Wange und in ihrem Haar, das zu einem chaotischen Knoten hochgebunden ist. Keine Ahnung, wie sie es geschafft hat, ihre Latzhose halbwegs sauber zu halten.

«Schön, dass du da bist, Simon.» Alissa überrascht mich, indem sie meine Hand nimmt, und noch mehr, als sie unsere Finger ineinander verschränkt.

Das muss nichts heißen, versuche ich mir einzureden. Und trotzdem entfacht diese kleine, vertraute Geste nicht nur einen Funken Hoffnung, sondern gleich ein ganzes verdammtes Feuer.

«Wie lange willst du mich denn noch auf die Folter spannen?», frage ich grinsend.

«Gar nicht. Komm!» Sie zieht mich hinter sich her durch den Eingang. Vorbei an einem Tresen, hinter dem eine Frau mit kurzen Haaren im Foyer sitzt.

«Das ist Simon. Er gehört zu mir!», ruft Alissa dieser zu, stellt den Regenschirm ab und zieht mich weiter, bevor ich hallo sagen kann.

Wir gelangen in einen großen, hellen L-förmigen Raum. «Hier findet die Ausstellung statt. Die meisten Gemälde hängen bereits an den Wänden», sagt Alissa. Ich folge ihrem Fingerzeig zu einer Art Baugerüst, auf dem zwei Typen in mindestens drei Metern Höhe mit einer großen Leinwand hantieren. «Manche werden neu angebracht, sodass sie von der Decke hängen. Als würden sie im Raum schweben.»

«Wow. Das klingt ziemlich spektakulär.» Ich bleibe stehen, um mich genauer umzusehen. Wenn mir Alissa schon Einblicke hinter die Kulissen gewährt, will ich die Chance auch nutzen. Doch Alissa drängt darauf weiterzugehen.

«Ich führe dich später ein bisschen rum. Aber jetzt muss ich dir erst mal zeigen, was ich dir unbedingt zeigen wollte.»

«Ich dachte, das hättest du bereits.»

Sie schüttelt den Kopf, und ihre Augen funkeln. «Dazu müssen wir in Gerdas Atelier. Hier entlang.» Meine Spannung steigt wieder, als ich mich weiterziehen lasse. Am

Ende des Ausstellungsbereichs befindet sich eine Tür, durch die wir in einen anderen Raum geraten. Tageslicht dringt durch eine breite Fensterfront, vor der Staffeleien mit Leinwänden stehen. Teils bemalt, teils nackt. Auf kleinen Tischen, vielleicht sind es auch Hocker, liegen Holzpaletten mit Farben, Pinseln, Spachteln und anderem Zeichenkram.

«Hier habe ich die letzten sechs Tage meines Lebens verbracht. Mach die Augen zu», befiehlt sie, noch immer meine Hand haltend.

Ich verziehe das Gesicht. «Auf so was stehe ich ja mal gar nicht.»

«Auf Kommandos?», fragt sie und zieht eine Augenbraue hoch.

«Darauf, nicht zu sehen, wo ich hingehe.»

«Ich lasse dich schon nicht in einen Farbeimer treten. Versprochen.»

Widerstrebend komme ich ihrem Wunsch nach und lasse mich von ihr führen. Mit geschlossenen Augen konzentriere ich mich auf meine anderen Sinne. Die Wärme von Alissas Fingern. Die Gerüche. Der leicht chemische Duft von Farbe und ein Hauch von Alissas Kokosduft.

Wir halten nach fünf oder sechs Schritten schon an, und ihre Hände drehen mich nach rechts. «So. Jetzt öffne deine Augen.»

Ich hebe meine Augenlider und – stehe vor einer Leinwand mit unzähligen Punkten. Schwarze, weiße, graue, silberne, blaue, rote, violette, gelbe, goldene, orangene und tausend Nuancen irgendwo dazwischen. Zusammen ergeben sie nicht nur ein Bild, sondern eine Erinnerung, die mich zurück aufs Dockland katapultiert. Zu jenem perfekten Morgen, als ich mit Alissa die Aussicht genossen habe und sie mich geküsst hat.

«Bin ich das etwa?» Ich deute auf die Mitte des Gemäldes.

«Ja.»

Ich schlucke und spüre, wie sich ein warmes Gefühl in meiner Brust ausbreitet. «Und …» Ich räuspere mich, meine Stimme klingt mit einem Mal seltsam belegt. «Wer ist die Frau daneben?» Natürlich kenne ich die Antwort, aber mir ist gerade nichts anderes eingefallen, um zu kaschieren, dass sie mich mit diesem Gemälde eiskalt erwischt hat.

Alissa lacht leise. «Gefällt es dir ein bisschen?»

«Nein …» Ich schüttle den Kopf. «Es gefällt mir mehr als nur ein bisschen. Ich bräuchte einen Thesaurus, um einen passenden Begriff nachzuschlagen, oder am besten eine Wortneuschöpfung, die beschreibt, wie atemberaubend ich es finde, Alissa.»

«Es hat noch keinen Titel. Aber ich dachte an *Dockland Memories*.»

Ich reiße den Blick von dem Gemälde los, sehe Alissa von der Seite an. «Perfekt.» Und damit meine ich nicht nur den Namen fürs Bild. «Du hast damals schon gesagt, dass du den Ausblick malen wolltest.»

«Es ist mehr als der Ausblick. Es ist eine Erinnerung. Ein Moment von Glück und Freiheit. Diese Nacht mit dir … quasi unser erstes Date, das bedeutet mir viel, Simon. Und ich würde dir das Bild gern schenken. Wenn … wenn du es willst», schiebt sie etwas leiser hinterher. «Ich hab es für dich gemalt. Und ich würde mich freuen, wenn du zur Vernissage kommst.»

«Ich … was ist mit Kiki?» Ich will dabei sein. Unbedingt. Aber wenn Kiki auch kommt, endet das bestimmt in einer Szene.

«Becka hat nicht auf meine Einladung oder überhaupt auf eine meiner Nachrichten reagiert und mich sogar blockiert. Vermutlich liest sie die SMS gar nicht.»

«Okay. Dann … Natürlich komme ich, wenn du das möchtest.»

«Ja, das möchte ich.»

«Alissa … ich …» Sprachlos schüttle ich den Kopf und deute auf das Bild. Eines der schönsten Geschenke, die mir je gemacht wurden. «Keine Ahnung, was ich sagen soll. Ich …»

«Dann sei still und … küss mich», flüstert sie.

Das lasse ich mir nicht zweimal sagen. Dicht baue ich mich vor ihr auf, ziehe sie näher zu mir. Meine Hand findet ihre Wange, über die ich meinen Daumen gleiten lasse. «Du hättest mir aber nicht extra ein Bild malen müssen, um einen Kuss zu bekommen», raune ich an ihren leicht geöffneten Lippen.

«Da hat wohl jemand seine Sprache wiedergefunden …» Ihre gehauchten Worte verhallen an meinem Mund, als ich sie küsse.

46

Alissa

In siebzehn Minuten ist es so weit. Dann öffnet sich die Eingangstür der Galerie, und meine erste Ausstellung wird eröffnet. Wenn ich nicht hautnah miterleben würde, wie das Catering-Personal alles für den Sektempfang der geladenen Gäste vorbereitet oder Gerda zum gefühlt zehnten Mal einen allerletzten Rundgang macht, würde ich es vermutlich immer noch nicht glauben.

«Hier, Liebes.» Gerda hält mir eines von zwei Sektgläsern hin. «Das beruhigt die Nerven.»

«Sieht man mir an, dass ich nervös bin?»

«Ein wenig, aber das ist vollkommen normal. Ich bin mindestens genauso aufgeregt wie du. Erfahrungsgemäß hilft da immer ein bisschen Alkohol. Also, auf dich, Alissa.»

Sie erhebt ihr Glas, und wir stoßen an.

«Danke für ... einfach alles, Gerda.» Meine Hände zittern, als ich das Glas an meine Lippen führe. Während ich an dem Sekt nippe, leert Gerda ihr Glas auf ex. Sie hinterlässt einen Abdruck ihres roten Lippenstiftes. Schulterzuckend folge ich ihrem Beispiel, lege den Kopf in den Nacken und kippe die prickelnd kalte Flüssigkeit in mich hinein.

«So! Jetzt kann es losgehen, oder?» Gerda nimmt mir das Glas ab.

Ich nicke, kann jedoch nicht behaupten, mich jetzt entspannter zu fühlen.

«Du siehst übrigens hinreißend aus, Alissa.» Mit einem anerkennenden Blick begutachtet sie mein neues Kleid. Das, das mir Calla geschenkt hat, nachdem ich es verunsichert im Laden gelassen hatte. Ich bin ihr so dankbar, weil ich das Kleid immer noch liebe. Was eventuell auch ein bisschen an Simons Reaktion liegt, als ich vorhin aus meinem Zimmer gekommen bin. Er zog die Augenbrauen hoch und sagte: «Dir ist aber schon klar, dass du in diesem Kleid deinen eigenen Kunstwerken die Show stehlen wirst, oder?» Damit hat er mir das letzte bisschen an Selbstzweifel genommen.

«Danke, Gerda. Du siehst selber sehr gut aus», gebe ich das Kompliment zurück. Nicht bloß aus Höflichkeit, denn der weiße Overall mit dem breiten schwarzen Taillengürtel ist ein absoluter Hingucker.

«Da haben wir wohl beide die richtige Kleiderwahl getroffen, was?» Sie wirft einen Blick auf ihre Armbanduhr. «Okay, in zehn Minuten geht es los. Wenn du noch mal auf die Toilette willst, wäre jetzt ein guter Zeitpunkt.»

Ich befolge ihren Rat. Jedoch nicht, weil ich aufs Klo muss, sondern um Papa ungestört eine Nachricht zu schreiben. Das wollte ich eigentlich erst nach der Ausstellung machen. Gestern hat er endgültig per SMS abgesagt. Dass er es nicht für nötig gehalten hat anzurufen, war wie ein Schlag in die Magengrube. Nachdem ich ihm Mamas Gemälde von uns beiden als Postkarte gedruckt geschickt habe … Ich habe gehofft. Und diese Hoffnung hat er wieder einmal zerstört.

Das will ich ihm sagen. Jetzt. Acht Minuten vor der Ausstellung. Das ist bescheuert, aber vielleicht auch die einzige Möglichkeit, die nächsten Stunden irgendwie zu genießen. Ich muss das loszuwerden. Um mit dieser Ausstellung einen Neuanfang einzuläuten. Dazu müssen all die ungesagten Dinge aus meinem Herzen, meiner Seele und meinen Gedanken. Nur so kann ich wieder Platz schaffen. Für Dinge, die mir guttun. Fürs Glücklichsein. Fürs Einfach-ich-Sein. Und, ja … vielleicht auch für Simon.

Ich wappne mich mit einem tiefen Atemzug. Dann setze ich mich mit dem Handy in der Hand auf den zugeklappten Klodeckel und spreche Papa eine Voicemail drauf. Kein zurechtgelegter Text. Kein Grübeln. Kein Abwägen. «Hallo, Papa. Ich will dich nur wissen lassen, dass es mir leidtut. Es tut mir leid, dass du mich nicht lieben kannst, weil ich dich an Mama erinnere. Es tut mir leid, dass dir mein Anblick Schmerz und Kummer bereitet, dass du meine Nähe nicht erträgst und wir deshalb kaum Kontakt haben. Ich habe so gehofft, dich heute vielleicht ein bisschen stolz machen zu können. Dass du in mir mehr siehst als eine schmerzhafte Erinnerung. Dass du *mich* siehst. Deine Tochter. Dein Kind. Dass du mich einfach nur einmal anlächelst. Aber anscheinend kannst du das nicht. Und ich kann nicht mehr darauf hoffen, Papa. Ich kann es nicht immer und immer wieder versuchen, nur um verletzt zu werden. Ich … hab dich lieb.»

Die letzten drei Sätze bekomme ich nur mit einem heiseren Flüstern über meine bebenden Lippen. Das Display verschwimmt, als mein Daumen das Mikrophonzeichen loslässt und die Sprachnachricht abschickt. Jetzt ist es raus. Nicht alles, aber genug, um mich etwas befreiter zu fühlen. Das rede ich mir zumindest ein und kämpfe mit aller Macht dagegen an zu weinen. Später vielleicht. Oder Morgen. Aber nicht jetzt. Auch wegen des Make-ups, das ich drei Minuten vor der Vernissage auf keinen Fall ruinieren will.

Drei Minuten.

O Gott!

Ich springe vom Klodeckel auf, stopfe mein Handy zurück in die Clutch und reiße die Tür auf. Ohne noch mal einen Blick in den Spiegel zu werfen, haste ich aus dem Damen-WC und fächere mir auf dem Weg zurück zum Ausstellungsraum Luft zu.

«Alissa!» Gerda steht startklar im Eingangsbereich und macht mit wedelnden Armen auf sich aufmerksam. Als hätte sie Angst, von mir übersehen zu werden. «Da bist du ja. Es geht jetzt los. Bist du bereit?»

Leicht außer Atem, bleibe ich neben ihr stehen und knipse mein Lächeln an. «Ja, bereit.»

Oder auch nicht. Denn auf den darauffolgenden Trubel war ich nicht wirklich gefasst.

Ich dachte, die Gäste würden einzeln reinkommen, in kleinen Gruppen und über den Abend verteilt. Stattdessen strömen sie gefühlt alle gleichzeitig herein. Ich dachte, mich mit jedem etwas länger austauschen zu können. Aber ich habe nicht mal Zeit, um Leo, Calla und Simon richtig zu begrüßen. Weil ich nonstop damit beschäftigt bin, Hände von Menschen zu schütteln, denen mich Gerda mit den Worten «Das ist meine Neuentdeckung Alissa Meyer, die Tochter von Ellen Meyer» vorstellt. Es sind Künstlerinnen und Künstler, Sammlerinnen und Sammler, Kritikerinnen und Kritiker dabei. Allesamt Bekannte von Gerda, aber auch Mama, die mir sagen, wie sehr sie sich darüber freuen, mich und meine Werke kennenzulernen. Mir fliegen Namen zu, die ich nach drei Sekunden schon wieder vergessen habe. Weil es einfach zu viele sind. In zu kurzer Zeit. Ich habe noch nie so viele Gratulationen und Umarmungen von fremden Menschen bekommen.

«Halt durch, gleich hast du es geschafft. Du machst das toll», flüstert mir Gerda zu, die mir bis jetzt keine Sekunde von der Seite gewichen ist. Lächelnd drückt sie meine Hand, die wenig später von einer Person geschüttelt wird, die ich zur Abwechslung sogar kenne. Vor mir steht eine meiner Professorinnen und gratuliert mir zur Ausstellung.

«Vielen Dank. Und danke auch fürs Kommen», antworte ich ihr mit dem gleichen Satz wie allen anderen. Inzwischen hört er sich wie eine Floskel an, obwohl er jedes Mal von Herzen kommt. Denn ich freue mich wirklich über jeden, der hier ist. Vor allem über Basti und Kwon, die beide ihre Partnerinnen mitgebracht haben.

Eine Stunde später – vielleicht sind es auch zwei oder drei, ich habe völlig das Zeitgefühl verloren – wird es endlich ruhiger. Ruhig genug, dass ich Ausschau nach meinen Freundinnen und Simon halten kann. Ihn entdecke ich als Erstes in der Menge, weil er so ziemlich jeden um sich herum überragt. Er steht genau zwischen zwei Werken von

Mama. Als ich seinen Blick einfange, hält er sein Sektglas grüßend in die Höhe. Trotz des Trubels ist mir bei seiner Ankunft nicht entgangen, dass er sich in Schale geschmissen hat. Er trägt ein weißes Hemd, dazu schwarze Jeans – beides eng geschnitten. Seine Locken sind nach hinten gestylt, sodass sie ihm nicht wie üblich in die Stirn fallen. Ungewohnt, aber sexy. Besonders, weil so sein schönes Gesicht noch besser zur Geltung kommt.

Aber wir sehen alle wirklich gut aus. Leo trägt wie ich ein kurzes schwarzes Kleid und Calla ein langes blaues. Dass sie hier sind, gibt mir so unendlich viel Kraft. Obwohl sie nichts machen, außer, na ja … einfach da zu sein. Leider müssen beiden sich jetzt schon verabschieden. Leo, weil sie morgen früh wieder in München sein muss, und Calla wegen ihrer Regelschmerzen. Dass sie, obwohl es ihr nicht gutgeht, überhaupt gekommen ist, finde ich so unglaublich süß von ihr. Und Leo hat heute eine siebenstündige Bahnfahrt auf sich genommen, auf die jetzt ein Flug zurück nach München folgt. Und das für eine Stunde Vernissage. Sie konnte nicht mal das ganze Wochenende hier verbringen, weil sie gestern Abend noch ein Networking-Event hatte, das sie nicht absagen konnte.

«Danke, danke, danke, dass ihr gekommen seid.» Ich schließe erst Calla und dann Leo in meine Arme. «Und es tut mir so leid, dass ich überhaupt keine Zeit für euch hatte.» Entschuldigend verziehe ich das Gesicht.

«Aber genau *das* wollten wir doch sehen. Wie unsere talentierte Freundin von Menschen belagert wird und total gestresst ist, weil alle was von ihr wollen», sagt Leo voller Stolz.

«Genau. Das hätte ich um nichts auf der Welt verpassen wollen.» Callas Lächeln wirkt gequält. Ihrem Gesicht ist anzusehen, dass es ihr nicht gutgeht. Ich wünschte, sie hätte auf mich gehört und wäre zu Hause geblieben.

«Ihr seid echt die Besten. Und die Süßesten!»

«Und die Klügsten und Schönsten!», wirft Leo ein.

«Ist in Besten inkludiert. Bitte meldet euch, wenn ihr zu Hause seid, ja? Und dir, Calla», ich streiche ihr über den Rücken, «gute Besserung.»

Nachdem sie durch die Tür verschwunden sind, nutze ich die Gelegenheit, dass gerade niemand etwas von mir will, schnappe mir ein Sektglas und gehe zu Simon. Ich hoffe, er fühlt sich nicht unwohl, jetzt, da er quasi allein hier ist.

Aber so, wie er mich angrinst, scheint meine Sorge vollkommen unbegründet. «Hey, Superstar.»

«Ich bin kein Superstar», widerspreche ich leise lachend.

«Doch. Du bist *mein* Superstar.»

Mein. Vier Buchstaben, die genügen, um ein warmes Kribbeln durch meinen Körper zu schicken, obwohl sich Simon vermutlich nichts dabei gedacht hat.

«Und wie fühlt sich das hier an?», fragt er und lässt seinen Blick durch den Raum schweifen.

«Einfach nur verrückt. In meinem Kopf macht das alles noch nicht so richtig Sinn.»

«Für mich schon», widerspricht Simon und sieht mir nun wieder in die Augen. «Das hier ist das Ergebnis von Talent und harter Arbeit. Du kannst stolz auf dich sein, Alissa.»

Gott, ich würde ihn am liebsten küssen. Ihn an mich

pressen, den glatten Stoff seines Hemdes in meiner Faust zerknittern. Und ich will seine gebändigten Locken durcheinanderbringen, während sein Mund meinen roten Lippenstift ruiniert. «Danke, das bin ich.» Meine Stimme klingt etwas gepresst. Ich will gerade weitersprechen, ihm sagen, wie viel es mir bedeutet, dass er hier ist, als eine laute Mikrophonstimme durch den Raum dringt.

«Ich heiße Sie alle ganz herzlich willkommen», lenkt Gerda nicht nur meine Aufmerksamkeit auf sich. Sie steht vor meiner persönlichen Lieblingswand, an der ein Landschaftsgemälde von Mama neben meinen *Dockland Memories* hängt. «Es freut mich sehr, dass Sie meiner Einladung so zahlreich gefolgt sind. Wie Sie vielleicht wissen, war ursprünglich eine ganz andere Ausstellung geplant, die leider ausfallen musste. Inzwischen kann ich nur sagen: zum Glück. Denn sonst würde Ihnen allen eine unglaublich talentierte Künstlerin entgehen. Alissa Meyer.»

Ich halte den Atem an und bete zu Gott, dass sie mich jetzt nicht auffordert, eine Rede zu halten. Ich habe nichts vorbereitet, ich weiß nicht, was ich sagen soll, ich blamiere mich ... Doch als Gerda weiterspricht, beruhigt sich mein Puls wieder.

«Ihre Werke haben mich zu dieser Ausstellung, die den schlichten, aber doch so passenden Namen *Mutter und Tochter* trägt, inspiriert. Sie werden anhand der Exponate feststellen, dass dieser Titel Programm ist. Deshalb fasse ich mich heute kurz und lasse die Werke für sich sprechen. Auf einen schönen inspirierenden Abend.» Sie erhebt ihr Sektglas. «Auf Alissa und Ellen Meyer.»

Zum ersten Mal an diesem Abend wird es in meiner

Brust ganz eng. Aber nicht, wie ich befürchtet habe, vor Schmerz. Sondern vor Stolz und Dankbarkeit, die mein Herz beinahe überquellen lassen. Tränen brennen mir in den Augen. Freudentränen.

Simon bemerkt sie und streicht mir lächelnd über den Rücken. Als wollte er sagen, dass es okay ist, meinen Emotionen freien Lauf zu lassen. Nun ja, er hat halt auch keine Ahnung, was das mit Make-up anrichtet. Deshalb lächele ich bloß, blinzele die Tränen zurück und hebe mir sämtliche Gefühlsausbrüche für später auf. Ich fächere mir Luft zu, atme tief durch, straffe die Schultern – und erstarre.

Mein Herz setzt mindestens zwei Schläge aus, nur um in der nächsten Sekunde wie ein Presslufthammer gegen meine Rippen zu donnern. Ich blinzele. Traue meinen Augen nicht, als ich Becka auf Gerda zugehen sehe. Seit wann ist meine Schwester hier? Und warum? Ich war mir so sicher, dass sie nicht kommt.

«Ist alles okay?», fragt mich Simon. «Was ist ...?»

Dass er nicht weiterspricht, liegt daran, dass er meinem Blick gefolgt ist und sich seine Frage nun selbst beantworten kann. «Kiki. Was zur Hölle will die denn hier?»

«Ich ... ich weiß es nicht.» Aber ihren legeren Klamotten nach zu urteilen, hatte sie entweder nicht geplant zu kommen, oder aber ihr ist der Dresscode egal. Was ich jedoch viel beunruhigender als ihr spontanes Auftauchen finde, ist ihr torkelnder Gang. Und dass Gerda ihr nach einem kurzen Gespräch freiwillig das Mikrophon aushändigt. Was zum Teufel hat Becka vor?

«Hallo, alle miteinander. Ich bin Rebecka. Tochter Nummer zwei von Ellen und Alissas Schwester», lallt Becka ins Mikrophon. Nervös suche ich Gerdas Blick, doch Hinterköpfe versperren mir die Sicht.

«Ich möchte einen Toast auf meine begabte Schwester aussprechen.» Ihre Stimme trieft vor Spott. «Auf Alissa, die größte Heuchlerin dieses Planeten, die hinter meinem Rücken meinen Exfreund fickt und sich hier feiern lässt, obwohl sie es ohne Vitamin B nicht mal auf die Kunsthochschule geschafft hätte.»

Nein! Nein, nein, nein. Das hat sie jetzt nicht gesagt. Nicht hier, nicht vor all diesen Menschen. Ich schüttele den Kopf. Doch das entsetzte Raunen der Gäste beweist, dass das tatsächlich gerade passiert. Dass Becka bloß hier ist, um mich bloßzustellen, um mir diesen Abend, meinen Traum zu ruinieren. Mich fertigzumachen, ist ihr einziges Ziel. Ich drücke Simon mein Glas in die Hand und zwänge mich durch die Menschen. Ich muss zumindest versuchen, das zu beenden.

«Alissa, warte.» Simon macht Anstalten, mir zu folgen.

Mit einem Blick über meine Schulter – halb mahnend, halb flehend – bringe ich ihn jedoch davon ab. «Bitte, lass mich allein mit ihr reden.»

Nickend – auch wenn es ihm sichtlich schwerfällt – respektiert er meinen Wunsch.

Becka spricht weiter, und ihre nächsten Worte drohen, diesen Abend endgültig in einen Albtraum zu verwandeln: «Aber die größte Lüge ist diese Ausstellung. Denn unsere Mutter könnte noch leben, wenn ...«

«Hör sofort auf!», platzt es aus mir heraus, und es wird schlagartig still. So still, als hätte jeder in diesem Raum die Luft angehalten. Köpfe drehen sich in meine Richtung.

Ich spüre Blicke überall auf mir wie eine Million Nadelstiche.

«Warum?!», brüllt Becka so laut ins Mikro, dass ein Zucken durch die Menge geht.

Es ist wie ein Weckruf, der offenbar auch bei Gerda ankommt. Mit hochrotem Kopf nimmt sie Becka das Mikrophon ab. «Ich denke, du solltest jetzt gehen, Rebecka. Du kannst die Ausstellung ein anderes Mal besuchen.»

Niemals. Becka wird sich nicht einfach so wegschicken lassen. Nicht bevor sie genau das gesagt hat, was sie wollte. Das erkenne ich in ihren glasigen Augen. Ihrem gehässigen Grinsen. Aber die nächste Verbalattacke kann sie gefälligst ohne Zuschauer loslassen. Also lange ich nach ihrem Unterarm und packe zu.

«Lass mich los! Lass sofort los!» Ich ignoriere ihren Protest und zerre sie mit mir. Weg von den fragenden Blicken. Weg von dem Getuschel. Weg von der Ausstellung. Hinaus in den Regen, den Wind und die Kälte.

Ich lasse Becka los und balle die Fäuste. «Was zur Hölle soll der Scheiß? Warum machst du das?»

«Das fragst du noch?!» Sie schnaubt verächtlich.

Meine Nägel graben sich in meine Handflächen, aber meine Stimme ist erstaunlich ruhig. «Du bist immer noch wütend. Und verletzt. Und das verstehe ich sogar. Aber dann lass deine Wut an mir aus. Mach diese Ausstellung von mir aus für mich kaputt, aber nicht für Gerda, nicht für alle anderen. Das hier», ich deute Richtung Eingangstür, «ist ein Teil von Mamas Vermächtnis. Ein Teil von uns beiden. Mir *und* dir.»

Becka schüttelt heftig den Kopf und lacht. Es ist ein

verstörendes, beinahe manisches Lachen, das mir ein bisschen Angst macht. Torkelnd kommt sie auf mich zu, bleibt so dicht vor mir stehen, dass mir ihre Alkoholfahne entgegenschlägt. «Nein, ist es nicht, Alissa! Das ist nicht *mein* Vermächtnis, sondern ganz allein deins. Mama hat *dir* alles vermacht.»

«Das ist nicht wahr, Becka. Die Bilder gehören uns beiden.»

«Aber du hast alles andere von ihr geerbt! Ihr Talent! Ihr Aussehen! Sogar ihre Stimme! Du gehst wie Mama! Manchmal guckst du wie sie!»

Worte, die auf mich niederprasseln wie der Regen, während ich sie mit weit aufgerissenen Augen anstarre. Ungläubig. Verwirrt.

«Du … du hast alles von ihr, Alissa! Einfach alles!», speit sie mir vorwurfsvoll entgegen. «Und jetzt … jetzt hast du auch noch ihren Erfolg! Und du hast Simon. Und ich?»

«Du hast mich», sage ich leise und schiebe meine Wut beiseite. Ich kann sie nicht länger aufrechterhalten. Nicht, wenn meine kleine Schwester so vor mir steht. Aufgelöst in Tränen und Regen, der nun von allen Seiten kommt. Bibbernd und jetzt auch noch schluchzend. Ich fühle ihre Verzweiflung, als wäre es meine eigene.

«Nein, hab ich nicht. Ich habe niemanden! Niemanden, der weiß, wie es ist, wenn man sich so sehr hasst, dass man es nicht erträgt, man selbst zu sein. Wenn man sich die Haut vom Leib reißen möchte. Wenn man nur vergessen will!» Beckas Finger krallen sich in ihre Haare, zerren und ziehen an ihnen.

Ich greife nach ihren Händen. «Hör auf, Becka, du machst mir Angst.»

«Ich wünschte, das Auto hätte mich totgefahren.»

«Becka!», stoße ich erschrocken aus. Angst und Sorge entladen sich nun auch bei mir in heißen Tränen, die sich mit dem Regen auf meinem Gesicht vermischen. «Warum sagst du so was?»

«Weil ich es nicht ertrage. Ich ertrage es nicht länger, schuld an Mamas Tod zu sein!»

«Aber das bist du nicht!»

«Doch!»

«Nein. Ich bin losgelaufen, um Hilfe zu holen, aber es war zu spät, Becka. *Ich* war zu spät.»

Sie entzieht sich meinen Händen, schüttelt verzweifelt den Kopf. «Ohne mich wäre der Unfall nie passiert. Ich habe gequengelt. Ich habe gegen ihren Sitz getreten, weil sie mir nicht erlaubt hat, die Schokolade zu essen. Wegen verdammter Schokolade habe ich sie so lange genervt, bis sie sich umgedreht hat und ... Dann ist es passiert.»

Ich blinzele irritiert, versuche, mir das, was sie da beschreibt, ins Gedächtnis zu rufen. An den Unfall selbst kann ich mich kaum erinnern, auch nicht, wie es dazu gekommen ist. Aber ich kann mich an ein Dutzend ähnlicher Szenen erinnern, manchmal mit mir in der Hauptrolle. Deswegen ist sie doch nicht schuld. «Aber ... Warum ... warum hast du nie etwas gesagt?» Denn das hat sie nicht. Weder dazu, wie der Unfall passiert ist, noch über ihre Schuldgefühle.

«Weil ... Weil ich nicht schuld sein wollte. Ich hatte

Angst, dass du und Papa mich dann genauso hassen könntet, wie ich mich selbst hasse.»

«Gott, Becka, du bist nicht schuld an dem Unfall. Aber du hast mir das Leben zur Hölle gemacht. Du hast dafür gesorgt, dass ich mich klein und unfähig und hässlich gefühlt habe. Ungeliebt, sogar gehasst. Und warum?» Verständnislos sehe ich sie an. Mein Magen zieht sich zusammen. Mir wird schlecht. «Weil du deine eigenen Schuldgefühle verstecken wolltest? Weil du wolltest, dass ich mich schuldig fühle? Obwohl du weißt, wie es einen zerfrisst. Wir hätten uns die Last teilen können. Vielleicht hätten wir sie uns sogar gegenseitig ausreden und nehmen können.»

Becka antwortet nicht, steht einfach nur vor mir und weint. Keine Ahnung, ob das echte Tränen sind. Oder nur ein weiterer Versuch, mich zu manipulieren. Wer zur Hölle ist sie? Hab ich sie überhaupt je gekannt?

«Alissa ... es ... es tut mir leid.» Becka streckt den Arm nach mir aus, doch ich weiche zurück. Einen Schritt. Zwei. Drei. Dann drehe ich mich um und laufe mitten durch eine Pfütze davon.

47

Simon

Seit fünfzehn Minuten beobachte ich den Eingang und werde von Sekunde zu Sekunde nervöser. Denn dass Alissa mit Kiki allein da draußen ist, gefällt mir überhaupt nicht. Wer weiß, was Kiki ihr alles an den Kopf wirft oder welche Lügen sie erzählt. Ich tigere vor dem Eingangsbereich auf und ab. Wenn Alissa nicht gleich durch diese verdammte Tür kommt, werde ich nach ihr sehen. In spätestens fünf Minuten. Ich hole mein Handy hervor, um die Uhrzeit zu checken, da fängt es an zu vibrieren. Alissa. Ich hebe sofort ab.

«Was ist passiert?»

«I-ich … ich kann n-nicht zurück zur Ausstellung. Ich will n-nach … H-hause», schluchzt sie, und mein Magen verkrampft sich. Vor Sorge um sie und Wut auf Kiki, die mal wieder Schuld daran hat, dass es Alissa mies geht. Und zwar so richtig.

Sofort eile ich zu Tür. «Ich komme zu dir. Wo bist du?»

«Ka-kannst du m-mir meine Jacke mitbringen?»

Ich drehe wieder um. «Wo finde ich die?»

«Ge-Gerda hat sie irgendwo verstaut. Und … und würdest du ihr bitte ausrichten, dass … dass es mir …» Ihre

Stimme bricht, und ich kann hören, wie sie mit abgehackten Atemzügen um Fassung ringt.

«Ja, ich sag es ihr. Sie wird es verstehen, Alissa.»

«S-sie … sie muss so enttäuscht sein.»

«Unsinn. Sie macht sich bestimmt Sorgen», widerspreche ich und halte hektisch Ausschau nach Gerda. Am anderen Ende des Raumes entdecke ich sie vertieft in ein Gespräch, das ich leider werde unterbrechen müssen. Denn ich will Alissa nicht länger als nötig alleine lassen. «Hab Gerda gefunden. Ich geh jetzt zu ihr, okay?»

«Ich schicke dir meinen Standort.»

Standort? «Wo bist du denn?»

«Keine Ahnung. Ich … ich musste einfach weg. Weg von … Becka.»

Was verdammt hat sie wieder getan?

Fünf Minuten später trete ich aus der Galerie nach draußen und stelle fest, dass es regnet. Und zwar heftig. Alissa muss ohne Jacke und Regenschirm halb erfroren sein. Bevor ich komplett durchnässt bin, mache ich kehrt, um einen Schirm aus dem Ständer im Foyer der Galerie mitgehen zu lassen. Sorry, wem auch immer der gehört. Morgen bringe ich ihn wieder zurück.

Wieder draußen renne ich los. In einer Hand den aufgespannten Schirm. In der anderen mein Handy, das mir den Weg weist. Alissas Jacke habe ich unter den Arm geklemmt. Als ich nur noch geradeaus laufen muss, stecke ich das Telefon zurück in die Tasche meiner Jeans und ziehe das Tempo an, bis ich Alissa sehe. Auf einer Bordsteinkante kauernd. Die Knie an ihren Körper gezogen, umschlingt sie ihre Beine. Ich bin in nur wenigen Schritten bei ihr. Schwer atmend halte ich den Regenschirm über sie, gehe vor ihr in die Hocke.

«Alissa, hey ...»

«Si-Simon.» Ihre Lippen beben genauso wie ihre Stimme. Aus rot unterlaufenen Augen sieht sie in meine. Mit einem Ausdruck von Schmerz, Wut oder Trauer – womöglich von allem etwas –, der meinen Körper bis auf die Knochen durchdringt. Ich fühle mich für eine kurzen Moment lang gelähmt. Unfähig, etwas zu sagen, mich zu rühren oder den Kloß in meinem Hals hinunterzuschlucken. Natürlich liegt es mir auf der Zunge, sie zu fragen, was passiert ist. Was sie hier draußen macht. In der Kälte, dem Regen. Aber die Fragen können warten, und so wie Alissas Zähne klappern, wäre sie vermutlich eh nicht zu einer Antwort imstande.

«Komm, lass uns nach Hause.» Ich lege ihr ihre Jacke über die Schultern. Sie ist zwar nicht mehr ganz trocken, aber immerhin besser als gar nichts. Ihre Hände fühlen sich eiskalt an, als ich ihr hochhelfe. Ein Schauer nach dem nächsten durchzuckt ihren Körper, so heftig, dass ich nicht sicher bin, ob sie überhaupt laufen kann. Sie muss so schnell wie möglich aus der Kälte.

«Ich werde dich tragen, okay?»

Sie nickt.

Ich gebe ihr den Schirm, um sie mit beiden Händen hochzuheben. Seitlich in meine Arme, woraufhin ihre zitternd meinen Hals umklammern. Sie vergräbt ihr Gesicht unter meinem Kinn, als wollte sie sich verstecken. Oder Wärme suchen. Ich hoffe, dass meine Körperwärme etwas hilft, sie ist völlig unterkühlt. Doch dann bläst der

Wind Alissa den Schirm aus der Hand, und wir sind dem Regen wieder komplett ausgeliefert.

Sie murmelt eine Entschuldigung.

«Schon gut. War eh nicht meiner.» Ich halte Ausschau nach irgendwas Überdachtem, wo wir auf ein Taxi warten können, und werde auf der anderen Straßenseite fündig. Unter einer Bushaltestelle entlasse ich sie langsam in einen etwas wackeligen Stand. Ich rufe das Taxi, ziehe den Reißverschluss meiner Jacke hinunter und knöpfe, einer spontanen Idee folgend, mein Hemd auf. «Komm her. Dann wird dir vielleicht ein bisschen wärmer.»

Fast bekomme ich einen Kälteschock, als Alissa sich, ohne zu zögern, an meinen nackten Oberkörper schmiegt. Ihre Finger fühlen sich wie Eiszapfen an meinem Rücken an, der sofort von einer Gänsehaut überzogen wird.

«Besser?», frage ich.

«Ein bisschen», murmelt sie noch immer zitternd und umklammert mich etwas fester.

Zu Hause angekommen, drehe ich die Heizung in ihrem Zimmer auf die höchste Stufe und koche Tee, während sie heiß duscht. Ihren Lieblingspulli – das Zelt mit den Ohren – habe ich auf die Heizung gelegt, damit er warm ist, wenn sie gleich hineinschlüpft. Ich habe sie während der Fahrt hierher nicht gefragt, was zwischen ihr und Kiki passiert ist.

Der Tee ist dreißig Minuten später kalt, weil Alissa noch immer unter der Dusche steht. Als ich nach weiteren fünf Minuten noch immer Wasser durch die geschlossene Tür plätschern höre, fange ich an, mir Gedanken zu machen. Vielleicht ist sie ausgerutscht, hat sich den Kopf angeschlagen und ist ohnmächtig.

Ich klopfe an die Tür. «Ist alles okay da drin?»

Keine Antwort

«Alissa?», rufe ich jetzt etwas lauter.

Nichts.

Fuck.

Das Badezimmer hat keinen Schlüssel. Bisher fand ich das unangenehm und nervig, jetzt bin ich ziemlich dankbar dafür. Ich öffne langsam die Tür. Einen Spaltbreit. «Alissa?»

Noch immer ist nur das Plätschern zu hören. Ich schiebe die Tür noch etwas weiter auf – bis ich Alissa in der Dusche sehe. In Kleid und Strumpfhose. Zusammengekauert – wie vorhin auf dem Bordstein. Nur dass diesmal kein Regen-, sondern Duschwasser auf sie niederprasselt. Alissa zittert schon wieder, aber diesmal auf eine andere Weise. Und als sie den Kopf hebt, blicke ich in unendlich schmerzerfüllte Augen.

In meiner Brust wird es so eng, dass ich drei Atemzüge lang das Gefühl habe, schlechter Luft zu bekommen. Trotzdem denke ich keine Sekunde darüber nach, wieder zu gehen und sie allein zu lassen. Stattdessen setze ich mich wie auf Autopilot zu ihr unter die Dusche. Ebenfalls in Klamotten. Wortlos ziehe ich sie auf meinen Schoß, streiche über ihr nasses Haar und die Wange. Über ihre Schultern. Lege meine Arme um ihren bebenden Körper und halte sie.

Ich halte sie einfach.

48

Alissa

Ich sitze im Zug.

Nach Lüneburg. Um mit Becka zu sprechen.

Drei Tage ist es nun her, dass sie meine Welt durcheinandergebracht hat. Die Welt, in der ich mich damit abgefunden hatte, schuld an Mamas Tod zu sein.

Es könnte komisch sein, wenn es nicht so grässlich wäre, wie ähnlich meine Schwester und ich uns sind. Wir haben uns beide die Schuld an dem Unfall gegeben. Wir haben uns beide davon kaputtmachen lassen. Aber wo ich diese Schuld in mich eingeschlossen und alles getan habe, um meine Schwester und meinen Vater glücklich zu machen, hat Becka sie nach außen projiziert. Auf mich. Sie hat alles getan, um mich zu bestrafen. Bis ich fast an meinem schlechten Gewissen erstickt wäre.

Wie konnte sie mir das nur antun? Wie kann ein Mensch nur so sein? Jemand anderen … die eigene Schwester durch die Hölle schicken, nur um sich besser zu fühlen? All ihre Seitenhiebe, die ich einstecken musste. All die Selbstzweifel, die sie in mir hervorgerufen hat, indem sie alles an mir kritisiert und schlechtgemacht hat. Meine Klamotten und Tattoos. Meine Kunst. Meine Träume. Mich. Und das nur aus Eifersucht. Aus Hass auf sich selbst.

In den letzten drei Tagen habe ich auf gewisse Art mein ganzes Leben neu bewertet. Es kommt mir vor, als würde ich es erst jetzt verstehen, als wäre ich vorher ein Zuschauer gewesen, der ohne Ton einen Film sieht.

Bei Gerda habe ich mich entschuldigt, aber sie hat abgewinkt und sich nur besorgt nach Becka erkundigt. Ich konnte ihr darauf nicht antworten und habe nur gesagt, dass ich Zeit brauche, um ein paar Dinge zu verarbeiten. Sie hat mir versprochen, sich nur zu melden, falls es irgendeine superwichtige Presseanfrage gibt, und sich ansonsten erst mal um alles zu kümmern.

Auch Simon hat mir den Raum gegeben, den ich brauchte. Er war nicht unbedingt glücklich darüber, dass ich das alles erst mal für mich selbst ordnen musste, aber er hat es akzeptiert. Wir haben viel Zeit zu Hause, auf dem Sofa kuschelnd, mit Seriengucken zugebracht. Als ich ihm gestern sagte, dass ich heute mit Becka verabredet bin, hat er mich nur verständnisvoll angesehen, aber nicht nachgefragt. Ich werde danach mit ihm reden. Wenn ich es durchgezogen habe.

Calla war diejenige, die mir den Anstoß dazu gegeben hat. In dem Telefongespräch mit ihr ist mir einiges klargeworden. Als ich ihr erzählt hatte, was passiert war, reagierte sie mit einem kleinen Vortrag. Na ja, so klein war er gar nicht:

«Jetzt macht alles Sinn. Die Art, wie sie dich behandelt. Becka projiziert ihre Schuldgefühle auf dich. Es kann sogar sein, dass sie das unbewusst macht. Wir alle tun das ab und zu. Es ist eine Art Selbstschutz, ein natürlicher Reflex, mit dem wir Menschen Emotionen, Wünsche und Ängste abwehren, die wir nicht haben wollen oder aushalten können. Wir projizieren sie auf andere und bekämpfen sie dort. All die Gemeinheiten dir gegenüber galten in Wirklichkeit ihr selber. Noch bin ich zwar keine Psychologin, aber ich weiß genug, um dir zu sagen, dass Becka ein echtes Problem hat. Keins, das mal eben verschwindet, wenn du ein ernstes Wörtchen mit ihr redest. Und erst recht nicht, indem du nach deinem Modus Operandi verfährst und ihr eine Woche später alles verzeihst. Ich weiß, sie ist deine Schwester, und ich weiß, du liebst sie. Aber es hat einen Grund, warum du damals ausgezogen bist. Und es hat auch einen Grund, warum das nichts gebracht hat. Becka ist toxisch. Sie wird ihr Gift versprühen, wann immer sie kann, auch wenn ihr euch nur alle zwei, drei oder vier Monate seht. Du kannst ihr nicht helfen, Lissa. Nicht, wenn sie das nicht will. Du kannst nur verhindern, dass sie dich zerstört.»

Eine plötzliche Berührung an meiner Schulter lässt mich aus meinen Gedanken hochschrecken. Ich drehe den Kopf zur Seite und erblicke eine dunkelhaarige Frau. Ihre Uniform deutet darauf hin, dass sie Zugschaffnerin ist und vermutlich mein Ticket kontrollieren will. Sofort schiebe ich die Kopfhörer von meinen Ohren und entschuldige mich. Weil sie vermutlich schon etwas länger versucht, auf sich aufmerksam zu machen.

«Könnte ich bitte Ihr Bahnticket sehen?» In ihrer Frage schwingt unüberhörbar ein ungeduldiges *Endlich* mit.

Ich hole mein Semesterticket aus dem Portemonnaie

und lasse es von ihr abnicken. Dann setze ich meine Kopfhörer wieder auf und lausche erneut den melancholischen Klängen von *Berlin*.

Mein Herz klopft schneller, als der Zug langsamer wird und den Lüneburger Hauptbahnhof anfährt. Hinter dem Fenster taucht der Bahnsteig auf – und für einen winzigen Moment sehe ich Becka. Sofort verwandelt sich das Klopfen in meiner Brust in ein Rasen.

Ich hatte ihr geschrieben, dass ich mich mit ihr im Kurpark vor dem Gradierwerk, einer alten Anlage zur Salzgewinnung, treffen will. Nach Hause wollte ich nicht. Papa hat auf meine Nachricht nicht reagiert. Vermutlich heißt das, dass es okay für ihn ist, keinen Kontakt mehr zu haben. Und in ein Café wollte ich definitiv nicht. Daher also der Kurpark. Ihre Antwort war nur ein kurzes *Wenn es sein muss*.

Und doch steht sie jetzt hier. Obwohl sie nicht mal wusste, wann ich komme. Zugegebenermaßen ist diese Verbindung die einzig logische, aber es hätte ja auch sein können, dass ich früher komme, um noch einen Kaffee zu trinken oder was weiß ich.

Ich erhebe mich aus dem Sitz, knöpfe rasch meinen Mantel zu, wickele meinen Schal ein paar Mal um den Hals und gehe die paar Schritte zur nächstgelegenen Tür. Ein Ruck geht durch meinen Körper und mein Herz, als der Zug zum Stehen kommt. Ich wappne mich mit einem tiefen Atemzug und steige als Letzte aus.

Becka kommt mir winkend entgegen, als wäre nichts gewesen. Ich winke nicht zurück, erwidere auch ihr Lächeln nicht. All das hindert sie aber nicht daran, mir um den Hals zu fallen. Ich bleibe steif stehen, die Arme an den Seiten. Sie soll wissen, dass etwas nicht stimmt.

«Was ist denn?», fragt sie und schiebt mich von sich weg. «Bist du etwa immer noch sauer?»

Etwa? Verständnislos schüttele ich den Kopf, kann einfach nicht fassen, dass sie selbst jetzt nicht checkt, was los ist. Es vermutlich nicht checken will. Stattdessen versucht sie mal wieder, den Spieß umzudrehen und mich als diejenige hinzustellen, die aus einer Mücke einen Elefanten macht.

«Ist die Frage *etwa* dein Ernst?» Das *Etwa* betone ich ganz bewusst. Mein Gott, Becka muss doch merken, wie daneben sie sich mir gegenüber mal wieder verhält.

«Ach, komm schon, ich war betrunken. Ich meine ... du fickst meinen Ex und scheißt auf meine Gefühle. Das ist nicht so leicht zu verdauen. Also, bitte entschuldige, dass ich ein bisschen die Fassung verloren habe.»

Ich schnappe nach Luft, spüre, wie sich mein Körper anspannt und sich meine Nägel in die Innenflächen meiner Hände bohren. Mein Brustkorb hebt und senkt sich rasch, während Becka weiterspricht. «Und das über Mamas Unfall habe ich nur erzählt, weil ich sauer war», behauptet sie allen Ernstes und ergreift lächelnd meine Hände. «Das war doch nur erfunden, Lissa. Meinst du wirklich, ich hätte so was all die Jahre für mich behalten können? Wenn ich schuld an Mamas Tod wäre, hätte ich mir längst die Kugel gegeben.»

Es ist dieser letzte Satz, der mir endgültig klarmacht, dass ich eine Grenze ziehen muss. Hier und jetzt. Auf diesem Bahnsteig. Ich entziehe ihr meine Finger und schüttele den Kopf.

Becka verschränkt die Arme. «Du glaubst mir nicht, dass ich das nur erfunden habe, oder? Hätte ich mir denken können. Dann müsstest du dich ja selbst wieder schuldig fühlen.»

«Es tut mir leid. Es tut mir leid, dass du dir die Schuld an Mamas Tod gibst und mich brauchst, um dich selbst dafür zu bestrafen.»

Becka lässt ein freudloses Lachen hören. «Was erzählst du denn da für einen Scheiß? Ich muss mich nicht bestrafen. Für gar nichts, weil ich nichts getan habe.»

«Das hast du auch nicht, Becka. Egal, was du damals im Auto gemacht oder zu Mama gesagt hast, es war ein Unfall. Du bist nicht schuld.»

«Ich weiß.»

«Du bist nicht schuld, Becka.»

«Ja. Warum sagst du das ständig?»

Eindringlich sehe ich sie an. «Weil du nicht schuld bist.»

Tränen treten in ihre Augen. «Hör auf, Alissa.»

«Du bist nicht schuld, Becka.»

«Hör auf.»

«Du. Bist. Nicht. Schuld.»

«Hör endlich auf», flüstert sie. «Bitte.»

«Solange du dir das nicht eingestehen kannst oder einen anderen Weg findest, damit umzugehen, als all deine negativen Gefühle an mir auszulassen, brauche ich Abstand.»

Braune Augen starren groß in meine. «Was … was meinst du damit? Sagst du das, um freie Bahn bei Simon zu haben?»

«Mit Simon hat das hier nichts zu tun. Es geht um dich.

Darum, dass du alles, was ich tue, kritisierst. Dass du Dinge, die mich glücklich machen, schlechtredest. Dass du mir das Gefühl gibst, nicht gut genug zu sein. Dass du mich verunsicherst und emotional erpresst, mich mit Nicht-Achtung bestrafst, wenn ich etwas mache oder sage, das dir nicht gefällt. Dass du mich verletzt. Immer und immer und immer wieder. Mit Worten, die jedes Mal wie ein Messer durch meine Seele schneiden. Das habe ich all die Jahre ausgehalten, weil ich dachte, dass du mir irgendwann verzeihen würdest, dass ich dir nicht ersparen konnte, Mama beim Sterben zusehen zu müssen. Ich habe all das akzeptiert, weil ich teilweise sogar glaubte, es verdient zu haben. Aber das habe ich nicht. Ich verdiene es, glücklich zu sein, Becka.» Kurz schließe ich die Augen, sammle mich, schlucke den Kloß in meinem Hals hinunter und fahre dann heiser fort. «Ich liebe dich. Ich liebe dich schon dein ganzes Leben. Und daran wird sich auch nie etwas ändern. Weil du meine kleine Schwester bist, Becka. Aber von heute an liebe ich mich selbst genauso. Und deshalb ...»

«Deshalb was?» Ihre Stimme bebt, und zwischen ihren zusammengezogenen Augenbrauen hat sich eine tiefe Furche gegraben.

Stockend hole ich Luft, verspüre ein langes hartes Ziehen in der Brust. Ein Reißen. Sie ist meine Schwester. Der einzige Mensch, mit dem ich Erinnerungen teile, die niemand außer uns kennt. Das schweißt zusammen. Uns hat es jedoch entzweit. So sehr, dass ich jetzt in dem Scherbenhaufen unserer Beziehung hocke und mir eingestehen muss, uns nicht reparieren zu können. «Deshalb ... deshalb kann ich so nicht weitermachen, Becka. Ich will keinen Kontakt mehr.»

Panik schwimmt in ihren weit aufgerissenen Augen. Sie scheint die Bedeutung meiner Worte zu realisieren und schüttelt den Kopf. «Tu das nicht», flüstert sie.

«Ich muss. Das hier … das macht mich kaputt.»

«Aber … aber …» Tränen laufen über ihre Wangen. Echte aufrichtige Tränen. «Du bist meine Schwester, Lissi. Ich … ich hab doch nur dich. I-ich brauche dich.»

«Was du brauchst, ist Hilfe, Becka.»

Ihr Mund springt auf, und ich rechne fest mit einem verbalen Gegenschlag. Dass sie mir wieder Dinge an den Kopf wirft, die mich verletzen. Stattdessen bricht ein rauer undefinierbarer Laut aus ihr heraus. Sie hält sich die Hände vors Gesicht und fängt an zu weinen. Schluchzend und zitternd. Mitten auf dem Bahnsteig. Zwischen vorbeigehenden Menschen, neugierigen Blicken und einfahrenden Zügen.

Mir brennen Tränen in den Augen, während ich dagegen ankämpfe, Becka in den Arm zu nehmen, und den Kampf schließlich verliere. Weinend lege ich die Arme um den bebenden Körper meiner Schwester, und als sie mich anfleht, sie nicht zu verlassen, bricht mir das Herz.

49

Simon

Hey, wie ist euer Gespräch gelaufen?
Bist du okay?

Vor über einer Stunde habe ich Alissa diese Nachricht geschrieben und warte noch immer auf Antwort. Keine Ahnung, ob das ein gutes oder schlechtes Zeichen ist. Ich weiß nicht mal, welchen Ausgang sich Alissa für das Gespräch gewünscht hat, als sie vor dreieinhalb Stunden in den Zug gestiegen ist. Ich vermute allerdings, dass es ihr danach ziemlich dreckig gehen wird.

Aus diesem Grund hatte ich angeboten, sie zu begleiten und mich in irgendein Café zu setzen, bis ihr Treffen mit Kiki beendet ist. Aber diesen Vorschlag hat sie genauso ausgeschlagen wie den, sie danach abzuholen. Mir bleibt also nichts anderes übrig, als zu warten und zu hoffen, dass Kiki nicht wieder irgendeinen Scheiß abzieht oder Dinge sagt, die Alissa verletzen.

Ich lege die Kurzhantel zurück auf die Drückbank, die am Fußende meines Bettes steht, und wische mir mit einem Handtuch den Schweiß von der Stirn. Mein Workout für heute ist schon mal geschafft. Wieder werfe ich einen Blick aufs Handy und bekomme endlich eine Nachricht angezeigt. Allerdings nicht von Alissa, sondern meinem Vermieter.

Guten Tag Herr Roth,
ich habe gute Nachrichten. So, wie es aussieht, können Sie eher als geplant wieder in Ihre Wohnung. Vermutlich schon in zwei Wochen. Ab wann genau, teile ich Ihnen zeitnah mit. Aber dann wissen Sie schon mal Bescheid.
Beste Grüße
Stefan Dorn

Eigentlich eine positive Nachricht. Aber ich spüre weder Freude noch Erleichterung. Eher im Gegenteil. Weil das bedeutet, dass ich Alissa nicht mehr jeden Tag sehen würde.

Prinzipiell hätte ich damit kein Problem. Wir müssen nicht 24/7 aufeinanderhocken. Besonders nach dem Desaster mit Kiki wünsche ich mir eine Freundin, die mich nicht zum alleinigen Mittelpunkt ihres Daseins macht. Ich will eine Freundin, die ihr eigenes Leben hat und Bock hat, mich daran teilhaben zu lassen. Eine Frau, die Ziele hat, für diese brennt und sie auch verfolgt. Ich will eine Freundin, die sich ihren Freiraum nimmt und mir meinen lässt. Ich will Ehrlichkeit. Echtheit. Ich will *sie*. Alissa, die genau in dem Moment zur Tür hereinkommt, als ich das Zimmer verlasse, um duschen zu gehen.

Abrupt bleibe ich im Korridor stehen. Ich muss sie nur ansehen, um zu wissen, wie beschissen es ihr geht. Sie zieht die Tür hinter sich zu, bleibt vor mir stehen und sieht aus traurigen Augen zu mir auf. «Ich habe Becka verlassen, Simon. Ich habe meine kleine Schwester verlassen, obwohl sie mich angefleht hat, es nicht zu tun.»

Ich komme mir vor wie ein Arschloch, weil mich ein Gefühl von Triumph durchzuckt. An dieser ganzen Sache ist nichts gut. Ja, ich will mit Alissa zusammen sein, ohne dass Kiki ständig Stress macht. Aber noch mehr will ich, dass Alissa glücklich wird.

Ich hoffe, dass der Kontaktabbruch mit ihrer Schwester für sie der richtige Schritt ist. Dass sie mit dieser Entscheidung leben, zu ihr stehen kann. Und damit auch zu uns.

«Bereust du es?», frage ich.

Als sie den Kopf schüttelt, atme ich aus, als hätte ich die Luft angehalten.

«Ich weiß, dass es notwendig war. Aber ... es tut trotzdem weh. Es ... es fühlt sich an, als hätte ich nicht nur meine Schwester verloren, sondern auch einen Teil von mir selbst. Ich hoffe so sehr, dass sie sich Hilfe sucht und wir uns irgendwann vielleicht wieder annähern können.»

«Das hoffe ich auch, Alissa. Aber das liegt jetzt an ihr.» Sanft streiche ich ihr übers Haar. «Was kann ich tun, damit du dich besser fühlst? Abgesehen von Duschen, weil ich gerade Sport gemacht habe und ziemlich nach Schweiß stinke», schiebe ich hinterher. Meinen verzweifelten Versuch, ihr wenigstens die Andeutung eines Lächelns zu entlocken, belohnt sie mit einem leisen Lachen, das an meiner Brust verklingt, als sie die Arme um mich schlingt.

«Ich mag deinen Stinke-Schweiß», murmelt sie an meiner verschwitzten Haut.

«Okay. Dann gehe ich heute also nicht duschen.»

Wieder lacht sie. Diesmal geht ihr Lachen jedoch in ein Schluchzen über. Ich spüre Nässe auf meiner Haut, als sie zu weinen beginnt.

Sofort friert mein Lächeln ein, und ich drücke sie an mich, küsse ihr Haar, streiche ihr über den Rücken. Wieder und wieder, bis sie mich irgendwann sanft von sich schiebt und aus feucht schimmernden Augen zu mir aufblickt. Schniefend wischt sie sich Überreste ihrer Tränen von den Wangen. «Tut mir leid, dass du mich in letzter Zeit nur weinend oder schlecht gelaunt erlebst. Und dass ich dich in dieses ganze Drama hineingezogen habe, Simon. Ich bin momentan so gar nicht die Alissa, die du kennengelernt hast, und ich hoffe, das schreckt dich nicht ab. Weil ich das mit uns wirklich will und einfach nur etwas Zeit brauche, um wieder okay zu werden.»

«Alissa ...» Ich schüttele den Kopf. «Das Einzige, was mich bis dato an dir stört, ist, dass du mir offensichtlich nicht richtig zuhörst.»

Verwirrung huscht über ihr Gesicht, das ich nun in meine Hände nehme. «Es ist okay, wenn du mal nicht okay bist. Dafür musst du dich niemals entschuldigen. Denn auch das bist du, und ich mag jede Version von dir. Jede einzelne Seite. Wenn du ein Buch wärst, würde ich keine einzige überblättern. Ich würde jedes verdammte Kapitel verschlingen. Weil ich dich genauso will, wie du bist. Mit all deinen Gegensätzen. Lachend *und* weinend. Stark und verletzlich. Laut und leise. Verspielt und ernst. Sexy und süß. Wobei du ziemlich oft beides gleichzeitig bist.»

Ein verlegenes Lächeln zupft an Alissas Mundwinkeln, und ihre rosa Wangen färben sich zwei Nuancen dunkler.

Ich gebe ihr einen Kuss auf die Stirn, gleite mit den Lippen über eine kleine Sorgenfalte und flüstere: «Ist das jetzt hier oben angekommen?»

Sie nickt.

«Gut.» Ich sehe ihr wieder ins Gesicht und frage: «Tee oder Kaffee?»

«Ähm ...» Sie runzelt die Stirn – vermutlich wegen des plötzlichen Themenwechsels. «Tee.»

«Im Bett oder auf dem Sofa?»

«Im ... Bett. Oder nein, auf dem Sofa. Was hast du denn vor?»

Ich trete hinter sie und helfe ihr aus dem Mantel. «Dir einen Tee kochen. Und dich im Arm halten, während du mir erzählst, wie euer Gespräch abgelaufen ist und was ich tun kann, damit du dich besser fühlst.»

Wenig später liegen wir auf dem Sofa unter der Decke. Ich halte Alissa im Arm, während sie ausführlich von dem Treffen mit Kiki berichtet. Teils unter Tränen. Jedes Mal, wenn sie wieder anfängt zu weinen, spanne ich meine Arme noch etwas fester um ihren zitternden Körper.

«Über eine Stunde hat es gebraucht, bis Becka zu weinen aufgehört hat. Ich konnte nicht losfahren und sie so aufgelöst zurücklassen. Sie war so fertig, so traurig, so ... So habe ich sie noch nie erlebt. Noch nie. Ich hätte niemals damit gerechnet, dass es sie so mitnehmen würde, wenn ich den Kontakt zu ihr abbreche.» Ich höre den Schmerz in Alissas Stimme. «Ich dachte immer … ich wäre ihr egal. Okay, vielleicht nicht egal … aber … Gott, sie ist richtig zusammengebrochen, Simon. Sie stand so neben sich, dass ich ein Taxi gerufen, mit eingestiegen und sie nach Hause gebracht habe. Und während der Fahrt hierher war ich hundertmal kurz davor, umzukehren und alles, was ich zu ihr gesagt habe, zurückzunehmen. Einfach damit … sie sich besser fühlt.»

Ich muss mir auf die Zunge beißen, um nichts zu sagen. Um nicht zu sagen, dass es das absolut Falsche gewesen wäre. Dass es richtig ist, ihr Wohlbefinden über Kikis zustellen. «Dann bereust du es also doch?», frage ich stattdessen vorsichtig.

«Nein. Ich habe die letzten drei Tage intensiv darüber nachgedacht und weiß, dass es die richtige Entscheidung war. Für mich, aber auch für meine Schwester. Ich hätte diese Situation nicht mehr lange ausgehalten, und Becka … Sie ist so zerfressen von Schuld, dass sie damit nicht nur sich selbst, sondern auch andere kaputtmacht.»

Ein erleichtertes Ausatmen kann ich nicht zurückhalten. Weil ich echt froh darüber bin, dass Alissa zu dieser Erkenntnis gelangt ist. So schmerzhaft sie auch sein mag.

«Ich hab nur solche Angst, dass …» Alissa stockt, beginnt dann einen neuen Satz. «Becka ist psychisch so labil, Simon. Viel labiler, als ich dachte, und ich … ich mache mir ernsthaft Sorgen, dass sie …»

Auch diesmal lässt Alissa den Satz unbeendet, aber ich ahne, was sie sagen wollte. Ich hatte damals exakt den gleichen Gedanken. Nur dass ich ihn im Gegensatz zu Alissa verdrängt habe. Weil ich alles, was Kiki und unsere Beziehung betraf, einfach nur vergessen wollte. Aber Alissa ist in einer anderen Situation. Sie und Kiki sind Schwestern, werden es immer bleiben. Alissas Leben, ihr Wohlergehen, wird immer mit dem von Kiki verknüpft sein.

«Wenn du willst, suche ich die Kontaktdaten des Therapeuten heraus, bei dem ich damals war», schlage ich vor. «Mir hat er sehr mit meinen Schuldgefühlen geholfen.»

Sie windet sich aus meinen Armen, um sich aufzurichten. Auf den Lippen ein kleines Lächeln. «Das wäre großartig, Simon. Danke.»

Mich streift ein schlechtes Gewissen, und ich schaffe es nicht, es abzuschütteln. «Dieses Angebot hätte ich Kiki auch machen sollen. Ich wusste ja, dass sie nicht okay ist und Hilfe braucht. Richtige, psychologische Hilfe. Wenn ich ihr damals die Nummer meines Therapeuten gegeben hätte, wäre sie vielleicht …»

«Nicht, Simon», unterbricht sie mich und legt ihren Zeigefinger auf meine Lippen. «Wir fangen jetzt nicht wieder mit den Schuldgefühlen an. Du hast nichts falsch gemacht, okay?»

«Wenn das für mich gilt, dann aber auch für dich», murmle ich gegen ihren Finger und küsse ihn.

Sie nickt. «Ich weiß. Und ich habe fest vor, mich nicht wieder von meinen Schuldgefühlen einwickeln zu lassen. Mir ist klar, dass ich Becka nur helfen kann, wenn sie es zulässt, wenn sie einsieht, dass sie ein Problem hat. Aber ich glaube, dass es wichtig ist, ihr Hoffnung zu geben. Darauf, dass meine Tür nie komplett zu sein wird. Dass ich bereit für einen Neuanfang bin, wenn sie bereit ist, an sich zu arbeiten. Dass ich daran glaube, dass sie sich ändern kann und dass wir …» Wieder hält Alissa mitten im Satz inne. «Ich werde ihr einen Brief schreiben. Jetzt sofort. Einen Brief, in dem ich ihr all das sage. Damit sie etwas Konkretes hat, an dem sie sich festhalten kann. Meinst du, du könntest die Nummer deines Therapeuten jetzt gleich raussuchen?»

«Klar!» Ich setze mich auf und greife nach meinem Handy, als Alissa aufsteht. Das hier … dieser Brief ist vermutlich genau das, was sie gerade braucht, um sich besser zu fühlen. Und ich würde alles tun, um ihr zu helfen. Ihn sogar für sie schreiben, wenn es nötig wäre. Stattdessen suche ich nun nicht nur die Kontaktdaten meines Therapeuten heraus, sondern recherchiere auch nach anderen im Internet. Aus Erfahrung weiß ich, dass die Wartezeiten ziemlich lang sein können. Während Alissa also in ihrem Zimmer den Brief schreibt, stelle ich eine Liste potenzieller Psychotherapeutinnen und -therapeuten mit dem Schwerpunkt posttraumatische Belastungsstörung zusammen. Als ich damit fertig bin, schicke ich sie Alissa per WhatsApp.

Sie antwortet mit einem Herz-Emoji. Einem roten, statt wie bisher mit einem lilafarbenen. Was auch immer dieses Herz zu bedeuten hat, meins bringt es dazu, mindestens zwei Takte höherzuschlagen.

50

Alissa

Körper an Körper, die Beine ineinander verwoben, liegen Simon und ich im Bett. In seinem. Was eine Premiere ist, weil wir bisher immer in meinem Zimmer waren. Ich bin von Kopf bis Fuß in Simon gehüllt, da hier alles nach ihm riecht. Die Matratze, das Kissen und die Decke. Ich atme seinen Duft, während er mir eine Strähne hinters Ohr streicht und sie zärtlich wieder hervorholt. Sein Blick in meine Augen ist von einer Eindringlichkeit, als würde er geradewegs in mich hineinschauen. Ich lasse ihn. Gewähre ihm offene Sicht auf all die Wunden in meiner Seele. Weil ich weiß, dass er mir keine neuen hinzufügen wird.

Es ist beinahe Nacht. Aber meine Gedanken kommen einfach nicht zur Ruhe und kreisen wie ein Karussell um Becka. «Weißt du, was mir vorhin klar geworden ist?», breche ich flüsternd die Stille. «Vorhin, als ich Becka den Brief geschrieben habe?»

«Nein, was denn?»

«Mir ist klar geworden, dass wir *beide* Hilfe brauchen. Becka und *ich*. Da ist so vieles, das ich trotz der Therapie in meiner Kindheit noch nicht aufgearbeitet habe. Zu vieles, das ich verdrängt habe. Meine Albträume. Mein schlechtes Gewissen. Schuld, die schon so lange an mir nagt und mich noch immer von innen zerfrisst. Ich will das nicht mehr, Simon. Ich will keine Gefangene meiner Schuldgefühle sein. Ich will ... frei sein. Auch wenn ich keine Ahnung habe, wie sich das überhaupt anfühlt. Was irgendwie erschreckend ist, traurig und auch beängstigend.»

«Ich weiß genau, was du meinst. So ging es mir damals auch. Ich hatte so Schiss. Sein altes, vertrautes Mindset – selbst wenn es einen krank macht – aufzugeben und gegen ein neues einzutauschen, ist verdammt hart. Weil man dann erst mal nackt ist. Sich neu finden und orientieren muss. Aber es lohnt sich. Eine Therapie zu machen, war die beste Entscheidung meines Lebens. Dicht gefolgt von der, ins INKnovation zu gehen und mir von einer der mutigsten Frauen, die ich kenne, ein Tattoo stechen zu lassen.»

Blut schießt mir ins Gesicht. «Erstens sind wir noch nicht fertig. Und zweitens bin ich nicht mutig.»

«Du bist sogar verdammt mutig, Alissa.» Zärtlich streicht er mir über die gerötete Wange. «Du hast es geschafft, für das, was du brauchst, einzustehen. Und du willst dich deiner Vergangenheit stellen. Das ist mit das Mutigste, was man tun kann. Und ich werde dich, so gut es geht, dabei unterstützen ... wenn ...» Er schluckt, und sein Blick wird dunkler. «Wenn ich darf und du das möchtest.»

«Ja, das möchte ich. Allerdings ...» Diesmal bin ich es, die schluckt, und mein Herzschlag verdoppelt sich.

«Allerdings ... was?» Ich höre die Unsicherheit in seiner Stimme. Sie deckt sich mit meiner, obwohl ich glaube, dass sie unbegründet ist.

«Allerdings ... weiß ich nicht, wann ich mit der Therapie beginnen kann. Nach dem, was du so erzählt hast, würde ich sie gerne bei deinem Therapeuten machen, aber der hat sicher Wartezeiten. Es kann also noch eine Weile dauern, bis es so weit ist. Wochen, vielleicht aber auch Monate ... Und das zwischen uns ... das macht mir manchmal Angst.»

Ich kann sehen, wie Enttäuschung über Simon hereinbricht, bevor ich es verhindern kann. «Weil es sich zu gut anfühlt.» Sofort entspannen sich Simons Gesichtszüge wieder. Sein Brustkorb dehnt sich in einem tiefen Atemzug. «Und weil ich glaube, dass es sich sogar noch schöner anfühlen wird, wenn wir uns besser kennen und immer vertrauter miteinander werden. Das wünsche ich mir für die Zukunft. Für uns. Auch wenn es mir Angst macht.»

Simons Mund umspielt nun ein Lächeln, das seine dunklen Augen erstrahlen lässt. «Ich sagte doch, du bist mutig. Und das entspricht zu einhundert Prozent dem, was auch ich mir wünsche. Und das nicht erst seit heute.» Der letzte Satz kommt etwas leiser über seine Lippen, während sein Blick wie die zärtlichste Berührung über mein Gesicht gleitet. Als er mir wieder in die Augen blickt, stockt mir fast der Atem. Denn auf diese Weise hat mich noch niemand angesehen. Und ich weiß nicht, wie ich darauf reagieren soll. Wie ich diesen Sturm an Gefühlen, die ich jetzt schon für Simon empfinde, bändigen oder in Worte fassen soll. Also schlinge ich meine Arme um seinen Hals und presse ihn an mich. An meine Brust, mein

Herz, meine Seele. So fest ich nur kann. Er drückt mich ebenso fest zurück, gibt mir Küsse ins Haar und murmelt: «Keine Ahnung, wie ich dich jemals wieder loslassen soll, Alissa.»

«Dann tu's nicht», flüstere ich und schließe die Augen.

Als ich sie wieder öffne, ist es bereits hell draußen. Simon scheint mich beim Wort genommen zu haben, denn seine Arme sind von hinten um meine Taille geschlungen. Obwohl ich ihm im Schlaf den Rücken zugekehrt habe, hat er mich nicht losgelassen. Vielleicht hatte ich deshalb keine Albträume.

Aber jetzt rammt die Erinnerung an gestern wieder ihre Klauen in meine Brust. Und die Erkenntnis, mit Becka nun jeden aus meiner Familie verloren zu haben, schnürt mir plötzlich die Kehle zu. Ich atme gegen die Luftnot an, gegen das Gefühl, ganz allein auf dieser Welt zu sein.

«Alissa? Hey!» Simons besorgte Stimme dringt an mein Ohr, als wollte sie mich erinnern, dass dem nicht so ist. Sanft rüttelt er an mir.

«Ich bin wach. Alles okay.» Letzteres sage ich nur, um ihn zu beruhigen.

«Warum atmest du dann so schwer? Hast du schlecht geträumt?»

Es ist okay, wenn du mal nicht okay bist. Dafür musst du dich niemals entschuldigen. Denn auch das bist du, und ich mag jede Version von dir.

«Weil ... Weil mir gerade so richtig bewusst geworden ist, dass ich im Grunde niemanden mehr habe. Nachdem ich gestern den Kontakt zu Becka abgebrochen habe, ist da niemand mehr, mit dem ich Weihnachten oder Ostern feiern kann. Es gab nach dem Unfall immer nur Papa, Becka und mich. Aber jetzt ... Jetzt bin ich allein.»

Sanfte Finger streichen über meine Schulter, bevor er mich langsam zu sich umdreht. «Aber du hast doch noch euren Vater.»

Ich senke den Blick auf seine Brust. «Wir haben kein gutes Verhältnis. Momentan überhaupt keins. Er ... erträgt meine Nähe nicht, weil ich ihn zu sehr an Mama erinnere. Optisch und wegen meiner Kunst. Deshalb war er auch nicht auf der Vernissage.» *Gerda!*, schießt es mir durch den Kopf und ich fühle mich schon wieder schlecht, obwohl sie mir ausdrücklich versichert hat, dass sie mir nicht böse ist.

«Das ... das wusste ich nicht. Scheiße. Tut mir echt leid.» Simons Daumen unter meinem Kinn bringt mich dazu, wieder in seine Augen zu sehen. «Besonders für ihn, weil ihm ein wundervoller Mensch entgeht.»

Ein schwaches Lächeln zupft an meinem Mundwinkel.

«Und außerdem stimmt das nicht ...», fährt er fort und ich sehe ihn fragend an.

«Was stimmt nicht?»

«Dass du allein bist.» Simon dreht sich auf den Rücken und zieht mich auf seinen Körper. Die Hände lässt er meinen Rücken hinab- und wieder hochgleiten. «Fühlt sich das hier etwa an, als ob du niemanden hättest?», flüstert er. «Oder das hier?» Er tupft eine Serie kleiner Küsse auf meine Schulter.

Lächelnd erschauere ich.

«Und wenn du Bock auf Familie hast ... Ich weiß, das ist kein Ersatz, aber bei meiner bist du immer willkommen.

Meine Mutter hat mich letztens noch gefragt, ob ich dich sonntags nicht zum Essen mitbringen könnte.»

Ich verschränke die Arme auf seiner Brust, stütze das Kinn auf meinen Händen ab und sehe gerührt zu ihm auf. «Wirklich? Davon hast du gar nichts erzählt.»

«Na ja, das war zwei oder drei Wochen vor der Ausstellung. Erstens hättest du sowieso keine Zeit gehabt, und zweitens ... hatte ich keine Ahnung, ob du uns eine Chance geben würdest. Ich wollte dich nicht unter Druck setzen und ... mir falsche Hoffnungen machen», gesteht er mit dieser Aufrichtigkeit, die ich so sehr an ihm liebe.

«Und jetzt wäre es okay für dich, mich mitzunehmen?» Ich höre selbst, wie unsicher ich schon wieder klinge, obwohl wir uns gestern Nacht noch gesagt haben, dass es uns beiden ernst ist. Aber jetzt geht es um seine Familie. Darum, ob sie mich an seiner Seite akzeptieren und aufnehmen würde. Ich muss wissen, dass ich bei ihnen willkommen bin. Weil ich es in meiner nie war.

«Jetzt ...» Simons Blick ist weich und warm. «Jetzt nehme ich dich jeden Sonntag mit, wenn du das möchtest. Und ...» Ein Grinsen breitet sich auf seinen Lippen aus. «Außerdem schuldest du mir noch eine Revanche bei *Mensch ärgere dich nicht*. Ich hab die Niederlage noch nicht überwunden.»

«Aha ... das ist also der wahre Grund, weshalb du mich dabeihaben willst. Um dein angekratztes Ego wieder aufzupolieren», scherze ich, weil ich andernfalls nämlich schon wieder in Tränen ausbrechen müsste. Vor Rührung und Trauer.

Und das möchte ich nicht. Ich möchte wieder zu der

Version meiner selbst finden, die ich am liebsten mag: der fröhlichen Alissa. Auch wenn ich weiß, dass die anderen Versionen genauso ihre Daseinsberechtigung haben und ebenso viel Aufmerksamkeit und Liebe verdienen. Trotzdem will ich irgendwann wieder Luft holen können, ohne Schuld zu atmen. Und ich weiß, spüre, dass dieser Tag kommen wird, solange ich mich mit Menschen umgebe, die mir guttun. Menschen wie Simon. Menschen wie Calla und Leo. Und irgendwann vielleicht auch wieder mit Papa und meiner Schwester. Morgen verschicke ich den Brief und hoffe, dass er ihr Kraft, Mut und Zuversicht gibt, sich helfen zu lassen.

So wie ich.

Epilog

Alissa

Zwei Monate später …

«Oh mein Gott! Jetzt ist es offiziell!» Ich halte Simon, der neben mir in der S-Bahn sitzt, mein Handy hin. Wir sind auf dem Weg zu seinen Eltern, zum Sonntagsessen.

Ja, er hat seinen Worten Taten folgen lassen und nimmt mich, wann immer ich Zeit habe, sonntags mit zu seiner Familie. Inzwischen ist es, als hätte ich schon immer dazugehört. Ich habe auch Heiligabend und den ersten Weihnachtstag dort verbracht. Den zweiten hätte ich fast nicht erlebt, weil ich dank Marlenes Koch- und Lottes Backkünsten fast ins Food-Koma gefallen wäre. Am Sechsundzwanzigsten gab es dann Raclette in der WG.

«Was ist offiziell?» Simon nimmt mir, den Arm um meine Schultern gelegt, das Telefon aus der Hand.

«Oma Lotte hat die fünfhundert geknackt und damit mehr Follower als du.»

Ungläubig starrt Simon aufs Display. «Echt jetzt? In so kurzer Zeit? Das gibt's doch nicht. Warum kommen ihre Bilder so viel besser an als meine?»

«Weil es nun mal nicht viele beinahe achtzigjährige

Omis gibt, die sich Tattoos stechen lassen und sie stolz auf Instagram posten.»

Ihrer Familie, inklusive mir, sind beim Sonntagsessen die Kinnladen auf die Teller gefallen, als Lotte uns stolz ihren Account präsentierte. Nora hat ihn ihr auf ihrem alten Smartphone eingerichtet unter dem Profilnamen: *Ach.du.liebes.oma.lottchen.* Sie macht auch die Fotos von ihrer Oma und kann das ziemlich gut. Und Oma Lotte hat mich schon auf einen Termin für ein zweites Tattoo festgenagelt, nachdem ihr das Porträt, das ich ihr im Dezember von ihrem Mann gestochen habe, so gut gefällt. Diesmal sollen es die Namen ihrer beiden Enkelkinder werden. Nora und Simon. Und zu diesem Termin soll nicht mehr Simon zum Händchen-, sondern Nora zum Kamerahalten mitkommen.

«Abgesehen davon ist Lotte einfach hundert Mal cooler als du und ich zusammen», sage ich leise lachend.

«Vermutlich hast du recht. Trotzdem will ich jetzt auch die Fünfhundert knacken. Ich werde auch Videos posten. Davon, wie ich dich später beim *Mensch ärgere dich nicht* abziehe. Du bist schon viel zu lange ungeschlagen.» Mit einem teuflischen Grinsen gibt mir Simon mein Handy zurück. Genau in dem Moment, als eine SMS von Becka eintrudelt. Mein Lächeln friert ein, und ich bekomme augenblicklich Herzrasen. Seit dem Treffen in Lüneburg habe ich nichts mehr von ihr gehört. Was ja auch der Sinn eines Kontaktabbruchs ist. Dennoch hatte ich irgendwie gehofft, sie würde auf meinen Brief reagieren.

Ich starre aufs Display, habe Angst, Beckas Nachricht zu öffnen.

«Hey …» Simons sanfte Stimme bringt mich dazu, den Kopf zu drehen. Ich begegne seinem sorgenvollen Blick, der zugleich auch eine beruhigende Wirkung auf mich hat. «Du musst ihre Nachricht nicht sofort lesen, wenn du dich noch nicht bereit dazu fühlst, Alissa.»

«Ich weiß. Aber … Vielleicht ist es ja wichtig.» *Du bist wichtiger*, erinnere ich mich an mein neues Mindset. *Dein Wohlergehen steht an erster Stelle.* Ich hatte meine erste Therapiestunde letzte Woche, und Simons, oder besser gesagt, mein Therapeut hat mich darin bestätigt, dass wir im Grunde nur die Dinge verfestigen müssen, die ich bereits weiß. Und das heißt, dass ich gewisse Denkmuster meine Schwester betreffend aus meinem Kopf verbannen muss. So ganz gelingt mir das offensichtlich noch nicht.

«Wenn es etwas wäre, das nicht bis morgen oder übermorgen warten kann, hätte sie dich angerufen.»

Das stimmt. Und es nimmt mir zumindest die Furcht davor, dass etwas Schlimmes passiert sein könnte. «Ich will trotzdem wissen, was sie schreibt. Ich muss.»

«Dann lies. Ich bin hier, okay?»

«Okay.» Ich wappne mich mit einem tiefen Atemzug und ziehe sämtliche Schutzmauern um mein Herz, bevor ich Beckas Nachricht lese.

> Liebe Lissi,
> ich wollte dich nur wissen lassen, dass ich gestern meine Therapie bei einem der Psychologen begonnen habe, die du mir in deinem Brief empfohlen hast. Danke dafür. Das wollte ich dir

schon viel eher schreiben. Aber vor
zwei Monaten wusste ich noch nicht,
ob ich da wirklich hingehen würde.
Was wäre mein Dankeschön dann
wert gewesen? Es gibt so vieles, das ich
dir sagen will, Lissi. Und ich hoffe, dass
ich irgendwann, wenn es mir besser-
geht, die richtigen Worte dafür finde.
Dass ich die Gelegenheit bekomme,
all das auszusprechen. Und vor allem
will ich mich bei dir entschuldigen. Für
alles!
Deine Becka.

Die geballte Hand an meine Brust gepresst, lese ich die Nachricht noch mal, obwohl ich kaum noch was erkenne. Mir brennen Tränen in den Augen.

«Und?», fragt Simon. «Alles okay?»

Ich nicke, schüttle dann aber den Kopf. Mein Kinn fängt an zu beben, während Beckas Nachricht nun vollkommen verschwimmt. «Nein, aber ...» Lächelnd hebe ich den Blick und schaue in Simons besorgtes Gesicht. «... aber auf einem guten Weg dorthin. Becka hatte heute ihre erste Therapiestunde. Sie lässt sich helfen, Simon.»

Simon lächelt mich an, nimmt mein Gesicht in seine Hände. «Das ist großartig. Ich freu mich sehr für dich. Für euch beide. Und ich drücke Becka die Daumen, dass sie weitermacht.»

«Das wird sie», sage ich mit voller Überzeugung. «Alles wird gut werden.»

«Das wird es!» Zärtlich streicht er mit dem Daumen eine Träne, die ich nicht zurückhalten konnte, von meiner Wange. «Sollen wir meinen Eltern absagen? Oder bist du okay?»

«Du hast doch nur Angst, gleich zu verlieren!», lachschluchze ich.

Simon schenkt mir sein verschmitztes Grinsen. «Einen Versuch war es wert.»

«Ein ziemlich lahmer Versuch.» Ich nehme eine Faustvoll seiner Daunenjacke und ziehe ihn für einen zärtlichen Kuss zu mir. Einen Kuss, der sich wie Regen anfühlt. Wie warmer Sommerregen auf meiner Haut. Eines der schönsten Gefühle, die es gibt.

Danksagung

Ich kann gar nicht in Worte fassen, was mir dieses Buch bedeutet. Vielleicht ist mir das Schreiben stellenweise deshalb so schwergefallen. Weil es mein erstes Verlagsbuch ist und natürlich perfekt werden sollte. Und weil ich das Vertrauen, das mein wunderbarer Agent Carsten Polzin und meine wundervolle Lektorin Anne Rudolph sowie das komplette Team von KYSS in mich gesteckt haben, nicht enttäuschen wollte. Ich wollte, dass dieses Buch ihren Erwartungen und vor allem meinen gerecht wird. Und was soll ich sagen? Ich liebe alles an diesem Buch. Und das habe ich so vielen lieben Menschen zu verdanken.

Angefangen bei meiner Agentur-Freundin Steffi, die immer für mich da war, wenn ich mal nicht weiterwusste oder jemanden brauchte, der mir half, eine Plotlücke zu füllen. Oder eine Cheerleaderin. Du warst Motivatorin, Trösterin, Kritikerin und so vieles mehr. Du warst immer genau das, was ich am meisten gebraucht habe, und dafür bin ich dir unendlich dankbar. Ebenso dir, liebe Luna!

Ohne dich wäre ich, vor allem zum Ende hin, echt verloren gewesen.

Und dann sind da noch Sarah S., Kimmy, Caro, Berenike, Lenia, Hannah und Sarah H., die es mit meinem Monster namens Selbstzweifel aufgenommen und es in die Flucht geschlagen haben. Ich bin so unfassbar froh, euch zu haben. Ihr hattet immer ein offenes Ohr, habt mir meine Sorgen und Ängste genommen. Besonders vor dem Lektorat, das – dank dir, Anne – wirklich großartig war.

Ich wusste, schon bevor ich dieses Buch geschrieben habe, dass ich es meiner großartigen Kollegin und Freundin Carolin Wahl widmen würde. Du hast alles, was gerade passiert, vorhergesehen. Du hast an mich geglaubt, noch bevor wir uns überhaupt kannten. Du hast mir den wertvollen Tipp gegeben, mich bei Carsten Polzin zu bewerben. Ohne dich wäre er nie mein Agent geworden – der beste, den ich mir hätte wünschen können. Ohne dich würde es dieses Buch gar nicht geben (du kennst ja die verrückte Entstehungsgeschichte). Und ohne dich wäre ich vermutlich nie bei meinem absoluten Traumverlag KYSS gelandet. Durch dich ist auch der inzwischen regelmäßige Kontakt zu Nikola entstanden. Ich wünsche wirklich jeder Autorin so eine wundervolle Verlagskollegin wie dich. Danke, dass ich dich bei unserem ersten Gespräch über Rowohlt und KYSS ausfragen durfte. Danke, dass wir uns in machen Dingen – du weißt, welche ich meine – so erschreckend ähnlich sind und offen darüber reden können. Geteiltes Leid und so ... Und danke, dass ich dich all die Dinge fragen darf, die ich als Verlags-Newbie noch lernen muss. Deine Ratschläge sind Gold wert.

Danke auch an meine Mama, der die Sprache und das Lesen immer so wichtig waren, dass ich als Kind gar keine andere Wahl hatte, als Bücher zu lesen. Dass du so stolz auf mich bist, treibt mir jedes Mal Tränen in die Augen.

Jetzt zu dir, meinem Lieblingsmenschen. Ohne dich wäre ich während des Schreibens vermutlich verdurstet oder verhungert. Danke, dass du für Essen und Trinken sorgst, wenn ich mal wieder in meinem Schreibtunnel bin. Danke, dass du mir den Rücken frei hältst, mich immer unterstützt und mich meinen Traum leben lässt. Dafür – und für so vieles – liebe ich dich!

Und zu guter Letzt ein riesengroßes Dankeschön an meine Leser:innen. Es macht mich so glücklich und stolz, dass ihr den Weg zu diesem Buch gefunden habt. Ich hoffe, dass ihr euch genauso in die Charaktere und das Setting verliebt habt wie ich. Falls ja, lesen wir uns ganz bald wieder, wenn es in Band 2 mit Calla und ihren Freundinnen nach Lübeck geht.